가족에겐 가족이 없다

가족에겐 가족이 없다

1판1쇄 인쇄 | 2019년 12월 25일
1판1쇄 발행 | 2020년 1월 5일
지은이 | 김기우
펴낸이 | 소준선
디자인 | 성혜경
펴낸곳 | 도서출판 세시
출판등록 | 3-553호
주소 | 서울시 마포구 큰우물로 60
전화 | (02) 715-0066
팩스 | (02) 715-0033
ISBN 978-89-98853-34-1   03810

가족에겐
가족이
없다

김기우 소설

세시

저 바다, 저 햇살에 그냥 맡겨 보려고 여기 왔다. 이제 엄마도 파도에 실려 잠깐 눈
좀 붙이고 싶다. 나 잊고 살았어. 여기서 바닷바람 쐬면 나를 찾게 되겠지. 파도에
쓸리고, 바람에 벗겨지면 내가 나타나겠지.

－「바다로 간다」에서

그림자를 그리는 남자

그림자를 그리는 남자

1.

　　　　　예상치 않았던 택배였다. 발신인은 막내 외숙모였다. 무슨 일인가? 보낼 게 뭐가 있으셨나. 나는 막내 외삼촌이 돌아가신 날짜를 헤아려 보았다. 49재 탈상이 지난주에 있었을 터였다. 경황이 없어 다른 사람한테 보낼 물건을 나한테 부친 것은 아닌지……, 나는 조심스럽게 택배 박스를 열어 보았다.

　귀퉁이가 닳은 동식물 백과사전, 카시오 전자 손목시계, 자수정 목걸이, 입센롤랑 선글라스, 그리고 가죽지갑이 들어 있었다. 선글라스와 자수정 목걸이 외엔 모두 내 물건들이었다. 오래 전에 잃어버려 잊고 있었던, 낯익은 것들이었다. 정확히 말해서, 내가 잃어버린 것이 아니라, 외삼촌이 우리 집에 다녀가면 없어졌던, 아끼던 나의 것들이었다. 외숙모는, 외삼촌이 선글라스와 목걸이도 내 방에서 가져온 줄 착각한 모양이었다. 큰 눈을 자주 끔벅이며 친척들의 물건을 분리하는 외숙모의 모습과, 살아생전, 여기저기 친척집을 방문해서 갖고 싶은 물건들을 몰래 자기 가방에 넣는 외삼촌의 모습이 떠올라 웃음이 나왔다.

푸푸거리던 내 웃음은 금방 울음으로 바뀌었다. 나이 차이가 별로 나지 않아 서로 반말하며 놀리기까지 하던 사이였는데……. 막내 외삼촌을 이제 다시는 볼 수 없게 되었다. 외삼촌은 동대문 옷 시장에서 오토바이를 타고 원단 배달하는 일을 마지막 생업으로 가졌다고 들었다. 공사 중이어서 푹 꺼진 도로에 바퀴가 빠지면서 오토바이와 함께 뒹굴었다는데, 그걸로 끝이었다.

스웨터가 상복 저고리 밖으로 삐져나온 채로, 분주하게 식당과 영정 앞을 오락가락하던 외숙모의 모습은 선연하지만, 삼촌의 얼굴은 도무지 떠오르지 않는다. 십 년 전 큰삼촌 칠순잔치에서 잠깐 만났던 모습도 가물가물하다. 영정은 십년 전보다 더 젊었을 적, 것이었다. 최근에는 어떤 모습이었을까. ……물건들은 이렇게 수십 년이 지나도 그대로인데……, 사람은 쉽게 변하고, 변하다가 아예 보이지 않는다.

나는 물건을 다시 박스에 넣어 책상 위에 올려놓았다. 잠깐 잊어버렸던 이 물건들처럼 외삼촌도 어디 다른 곳에 있다가 다시 나타나지 않을까, 하는 생각 중에 휴대폰이 울렸다. 외숙모였다. '택배 잘 받앞어? ……요'라는 말이 동시에 휴대폰 송수화구를 드나들었다. '물건을 주인한테 돌려주어야 한다'는 외숙모의 말이, '이제 친지에게 받을 아무것 없다'는 푸념처럼 들려, 나는 조만간에 찾아뵙겠다, 하고 전화를 끊었다.

들풀처럼 살다가 바람처럼 가 버린 외삼촌을 마지막까지 지키던 외숙모에게 남은 건 남자 아이 하나였다. 자폐증이 있다 했던가, 서번트증후군이라 했나? 공부는 않고 온종일 그림책을 흉내 내며 지낸다고 한다. 관찰력이 뛰어나 그림이 섬세했다. 꾸준히 그려나가면 입시미술학원 갈 필요 없이 미술대학에 갈 수 있을 것이다. 그런데 몸이 약하다고 했다. 안쓰러웠다. 딸아이와 같은 또래의 사촌 동생에게 용돈 한 번 주지 못한 스스로가 한심스러웠다. 이번 대필 원고를 끝내면 최신 컴퓨터라도 사 줘야지……. 조금 고생하면 목돈이 생긴다, 일 년치 강사료를 이번 일 마치면 만지게 된다.

다음 날, 나는 '서현 갤러리'에 가서 조성우 홍보팀장을 만났다. 최대한 빨리, 진중하면서도 쉽게, 회사와 미술관 이미지에 맞춰, 대표님의 업적 중심으로, 사진과 그림 많이 넣어서……. 조 팀장은 서 대표의 결혼기념일에 맞춰 책이 나왔으면 좋겠다고 했다. 부인한테 잘 보이려는 서 대표의 어정쩡한 표정이 떠올랐다. 교열한 원고와 인터뷰 자료가 정리된 단락으로 묶여 있으니, 집중하면 보름 만에라도 해치울 수 있을 터였다. 나는 미술관에 근무하기 전에 모회사인 '情라면'에서 사보를 만든 적이 있어, 서수권 대표의 경영 스타일과 회사 문화를 잘 알고 있었다. 나와 수권은 입사 동기였다. 수권은 회장 딸과 우여곡절 끝에 결혼하면서 고속 승진하고 결국 대표의 자리에 올라선 입지전적인 인물이었다. 서 대표는 갤러리의 이사장직도 겸하고 있어, 내가 식품회사를 퇴사한 뒤에도 갤러리의 일감을 계속 주었다.

나는 조 팀장의 손가락 사이에서 빠르게 돌아가는 볼펜을 물끄러미 바라보며, 이번으로 대필 작업은 마지막이라고 마음먹었다. 자기관련 글은 모두 내게 맡기는 서 대표가 무작정 싫지는 않았지만, 이제 그만둘 때가 됐다. 돈을 받으면 딸아이와 제주도에 다녀와야겠다.

어록 원고가 든 쇼핑백을 끌어안고 나는 월문리 행 버스에 올랐다. 내게 잘못 전달돼 온 선글라스와 목걸이를 돌려줄 겸 외숙모의 서운함도 달래야겠다는 생각이었다. 운전수 뒷좌석에 앉아 창밖을 바라보며 운행에 몸을 맡기니, 숙모의 얼굴이 차창에 어른거리다가 희미해졌다. 졸음이 쏟아졌다. 한 번 닫힌 눈꺼풀은 좀체 열리지 않았다.

클로즈업된 카메라 뷰파인더를 들여다보듯, 삼촌의 깊은 눈이 바로 눈앞에서 어른거린다. 삼촌 얼굴이 금세 서 대표의 혈색 좋은 뺨으로 바뀐다. 부인 잘 만나 재계 50위 안의 회사를 경영하게 된 서 대표의 부드러운 눈빛이 외삼촌의 푹 꺼진 눈두덩에 얹혀 있다. 꿈안에서도 꿈인 듯싶어 꿈밖으로 나가려 해도 눈이 떠지지 않는다. 어디서 끌고 왔는지 삼촌이 오토바이를 몰고 나타나 엉덩이를 들썩인다. 기분이 좋은 모양이다. 오토바이 뒤 안장에서 서 대표가 환하게 웃고 있다. 대표도 즐거운지 어깨를 흔들어댄다.

월문리 정류장에 내려 우측으로 올라가면 '믿음의 마을'이 나온다. 십년 전에 처음으로 와 보고 두 번째인데, 그때나 지금이나 달라진 게 없어 보였다. 마음 속 풍경이 그대로여서인지, 건너편에는 고층아파트가 들어 서 있고, 언덕 위엔 비둘기 십자가가 아치형 대문 위에 새로 세워졌어도 내게는 변함없는 모습이었다. '믿음의 마을'은 개신교에서 분화된 특정 종교 단체가 공동생활을 위해 마련한 동네였다. 지금은 본당이 부산 기장으로 내려가 있고 많은 신도가 각자 흩어져 신앙생활을 하는 중이었다. 마을 입구에는 옛날식 미닫이문으로 된 슈퍼마켓이 있고, 동네 위로 올라가면 기장에서 올라온 식품과 옷가지를 정리하고 보수하는 공장이 있다.

외숙모 집은 세 번째 건물에 있었는데……, 나무가 많이 자라 입구가 더 좁아보였다. 마을 초입은 말끔했지만 안으로 갈수록 초라하기 그지없었다. 주택 벽은 오래 칠을 하지 않아 시멘트가 그대로 드러나 있고, 그 위를 담쟁이넝쿨이 달라붙어 건물을 갉아 먹는 듯 보였다. 골목으로 들어서니 끈끈한 바람이 얼굴을 쓸고 지나갔다. 잔뜩 머금었던 어둠을 뱉어내는 바람이었다. 어둠 바람 안에는 간장 졸인 냄새가 엉겨 있었다. 17호가 맞을 텐데……, 나는 외숙모 댁을 찾아 더듬거리며 걸음을 옮겼다. 골목 바깥으로 나온 생활도구들이

나의 팔과 발을 잡아끌었다. 어디에서인가 손뼉 치는 소리와 찬송 합창이 들려왔다.

외숙모는 나를 반갑게 맞아 주었다. 나는 가방에서 선글라스와 목걸이를 꺼내 숙모 앞에 내밀었다. 숙모는 무덤덤하게 물건을 받아서 경대 위에 올려놓았다. 숙모는 방 안을 둘러보는 내 시선을 쫓으며 안부를 물어왔다. 도장만 안 찍었지 이혼한 상태와 다름없는, 아내와 별거중인 사정을 숙모는 모르고 있었다. 숙모는 딸아이의 근황을 궁금해 했지만 나의 돈벌이를 더 걱정하는 투로 말했다. 내 모습이, 내세울만한 직업 없이 취미를 생업으로 삼아 일생을 허비한 삼촌처럼 보이는 모양이었다. 봄가을에만 저금통장에 찍히는 미술관 강의료로는 교통비와 나만의 입도 달래기 모자라 남의 생각을 글로 정리해 주는 품팔이 노동을 해오는 세월이었다. 미술관 학예사 정무직을 목표로 대학원에서 미학 석박사 과정을 늦깎이로 이수했지만, 여전히 계약직에 머문 상태였다. 조직생활의 긴장이 싫어 정규직을 피해온 것도 이런 처지에 놓이게 했다. 청소년을 대상으로 미술사 강의와 설치미술 제작체험 프로그램을 진행해온 지 십 수 년 째, 고등학생들만 마주하다보니 늘 열여덟 살인 듯 지내오다가, 깊이 패인 눈주름을 알아채고 세월을, 그리고 스스로를 미워하게 돼버린 요즘이었다. 아직도 삼촌의 뻔뻔한 낙관주의와 자기중심적인 체념의 단계에는 못 미치는가.

외숙모에게 물건도 전해 드렸고, 더 할 말도 생각나지 않아, 나는 일어섰다.

– 빈집이 있어.

외숙모가 내 소매를 잡아끌었다. 이민 간 권사의 집인데, 일 년 정도 비게 되었다고 했다. 내게 집필실로 사용하라는 것이었다. 나는 귀가 번쩍 뜨여 외숙모 앞에 도로 앉았다. 그렇잖아도 늘 시끄러운 동네를 벗어나 친구의 오피스텔로 컴퓨터를 옮기려던 중이었다. 외숙모는 그럴 줄 알았다는 듯, 일어서서 앞장섰다. 나는 외숙모 뒤를 따르며 보름 정도면 좋겠다고 말했다. 숙모는 더 있어도 상관없다고, 물세, 전기세도 안 받겠다고, 삼촌이 생전에 조카에게 해 준 게 뭐 있었냐고, 큼큼 헛기침 섞어 말했다.

골목 끝에 있는 집이었다. 집이라기보다 큰 방인 그곳은 오래 비워 둔 상태를 확연히 드러내고 있었다. 습한 벽에 핀 곰팡이 냄새, 커튼 자락에 엉겨 붙은 먼지, 아무런 생명이 없었음을 증명하는 냉기……. 나는 숙모에게 빌린 청소도구로 두 시간을 넘게 청소했다. 걸레를 마지막으로 빨아 널고 허리를 펴니 허기가 몰려왔다. 나는 마을 입구 분식점에서 칼국수를 훌훌 입안에 넣으며 집에서 가져올 물건을 떠올렸다. 의식을 어떻게 해결해야 할지 생각하니 분식점 분위기만큼이나 스산해졌다.

집에서 노트북과 속옷을 챙겨 다시 돌아오니 처음보다는 어색하지 않았다. 복도의 어둠도 낯설지 않았다. 방에 들어서자 숙모가 다녀갔는지, 앉은뱅이책상을 스탠드가 내리비추고 있었다. 책상 위에 노트북을 올려놓으면 순식간에 작업을 모두 마칠 것 같은 분위기였다.

세 시간 넘게 앉아 있었지만, 나는 노트북에 한 글자도 입력하지 못했다. 정리정돈을 했어도 마음은 여전히 어지러웠다. 숙취에서 덜 깨어난 듯 머리가 뜨겁고 어깨가 무거웠다. 앉은뱅이책상 모서리에 이마를 대고 잠깐 눈을 감았는데, 잠이 들었나, 껌껌한 노트북 모니터 화면에 방 안 풍경이 펼쳐져 있었다.

싱크대 안에서 웬 남자의 목소리가 울린다. 기도소리 같기도 하고 책 읽는 소리와도 흡사하다. 혹은 나를 부르는 소리처럼도 들린다. 잠시 후, 똑똑 떨어지던 싱크대 수돗물이 뚝 끊기고, 싱크대 찬장 속에서 한 남자가 튀어나온다. 그는 노트북을 비추고 있는 스탠드 조명 앞에 선다. 막내외삼촌이다. 서 대표도 삼촌 뒤에 바싹 붙어 있다. 서 대표는 옆구리에 태블릿피시를 단정하게 끼고 삼촌 뒤통수만 바라본다.

– 삼촌 안녕하셨어요? 여기 계실 줄 몰랐어요. 식사는 하셨나요?

삼촌은 살이 올라 있다. 서 대표가 태블릿피시를 열어 자판을 두드린다.

– 요즘은 라면만 먹는다. 라면이 그렇게 맛있는 줄 몰랐다.

얼굴엔 미소가 얹혀 있고, 목소리도 높다. 숙모가 해 주는 밥을 먹고 싶다는 투정으로 들린다. 서 대표가 고개를 깊이 끄덕인다.

– 라면에 달걀도 풀어 드세요……

삼촌은 대답을 않고 나를 지그시 바라본다. 그러더니 문득, 고개를 돌려 내 노트북 모니터 안으로 시선을 옮긴다. 삼촌은 문장을 읽듯 웅얼거린다. 서 대표가 태블릿피시에 무언가를 계속 기록한다. 나는 갑자기 대필원고를 써야겠다는 조바심이 일어 노트북에 달라붙는다. 문장이 화면 가득 박혀 있다. 기분이 좋다. 나는 자판을 거침없이 두드린다. 잠깐, 일을 멈추고 삼촌 쪽을 바라보니, 삼촌과 서 대표는 없다. 오토바이 소리가 가까이 들리다가 아득히 멀어져간다.

2.

　싸늘한 목덜미를 감싸며 눈을 뜨니 주위가 낯설었다. 나는 한참을 누워 천장을 바라보았다. 작업 방은 현실이었고, 삼촌은 현실이 아니었다. 나는 누운 채 발가락으로 노트북 전원을 눌렀다. 마우스도 발가락으로 조종해서 모니터에 작업창을 띄우니 꿈에서와는 다르게 한 줄의 문장도 적혀 있지 않았다. 나는 일어나 공용화장실로 가서 찬물을 눈꺼풀에 축였다. 화장실에서 돌아오니 싱크대 아래에 밥상이 놓여 있었고, 상 위에 '국을 데워서 먹어'라는 외숙모의 메모가 누워 있었다.

　나는 콩나물국에 만 밥을 몇 술 넘기다가 일어섰다. 인터넷도 연결할 수 없고, 껌벅이는 커서를 한 칸도 움직일 수 없어, 컴퓨터를 끄고 바깥으로 나갔다. 외숙모네 현관문은 굳게 잠겨 있었다. 사촌동생은 요양시설에, 숙모는 믿음 공장에 있을 시간이었다.

공동주택 건물을 나서니 비가 내렸다. 우산이 필요하지 않은 비였다. 언덕에 화단이 꾸며져 있었다. 물먼지처럼 흩뿌려지는 비를 맞으며 찔레꽃이 방긋거렸다. 화단 위로 파밭이 펼쳐졌고, 그 끝에 컨테이너박스가 덩그러니 앉아 있었다. 컨테이너박스 안에서 흑인이 나오더니 슬리퍼를 끌고 언덕 위로 느릿느릿 걸어 올라갔다. 껌이라도 붙었는지, 흑인은 신고 있는 슬리퍼 바닥을 자꾸 들여다보았다.

흑인이 들어간 건물은 원단창고였다. 가까이 가 보니 흑인 둘이 원단을 옮기고 있었다. 저들은 한국의 겨울을 어떻게 보냈을까, 김치로 겨울을 났을까, 하는 생각은 곧 나타난 개 사육장을 보니 싹 사라졌다. 인기척을 느낀 개들, 대여섯 마리가 한꺼번에 짖어대기 시작했다. 금방이라도 철창을 찢고 나올 듯 맹렬하게 달려드는 개들을 보고 나는 주춤, 뒤로 물러서다가 넘어졌다. 더웠다. 관자놀이 아래로 땀이 흘러내렸다. 이대로 주저앉으면 몇 시간, 아니, 며칠이라도 꼼짝 못하고 이 풍경과 함께 붙박일 것 같은……, 가위눌림이 문득 생각났다.

줄달음질쳐서 개 사육장을 빠져나오니, 떡 하니 단층짜리 벽돌 건물이 가로막았다. '믿음 목욕탕'이라 쓰인 입간판이 건물 문에 기대 있었다. 마을 사람들이 공동으로 사용하던 샤워장이었던 듯싶었다. 지금은 관리가 안 되는지 커다란 자물쇠가 문을 물고 있었다. 현관문은 합판이 겹겹이 덧붙여 있었지만, 밀어보니 부스스 떨어져 나갔다. 폐쇄한 채, 오래 방치해 둔 흔적이 역력했다.

돌아가 눕고 싶어 발길을 옮기려는데, 건물 안에서 엇, 엇 하는, 기합 비슷한 소리가 들려온다. 현관문에 얼굴을 밀어붙이니, 문틈 사이로 물비린내가 훅 끼쳐온다. 하수구로 물이 빠져 내려가는 소리도 희미하게 들린다. 분명 누군가 있다.

누굴까. 기합소리, 중얼거림이 연이어 흘러나온다. 안으로 들어가서 무엇이든 보고 싶은 호기심을 해결 못하면 아무 일도 할 수 없을 것 같아, 나는 자물쇠를 들어본다. 자물쇠는 걸쳐져 있을 뿐, 몸을 열어놓고 있다. 경첩에서 자물쇠를 빼내고 문을 여니, 후덥지근한 습기가 입을 막아온다.

녹푸른 이끼, 군데군데 떨어져나간 타일 조각, 배관에서 뱉어낸 녹물 찌꺼기……, 목욕실은 오래전부터 사용하지 않고 있음을 여실히 보여주고 있다. 하지만 사우나실 안에서 사람의 활기가 전해지고. 그 활기는 어쩐지 친근하고 익숙한 것이다.

사우나실 문을 여니 누군가 웅크리고 앉아 무언가에 열중하고 있다. 가까이 다가서자 그는 고개를 돌려 나를 올려다본다. 외삼촌이다. 두 달 전, 오토바이 사고로 돌아가신 삼촌이 여긴 어쩐 일로 있는가. 나는 너무 놀라 그 자리에 털벅 주저앉는다. 아, 삼촌……, 어떻게 된 거예요? 지금 현실인가요?

있는 그대로 받아들이시게. 조카가 본 것, 보여지는 것, 모두 틀리지 않으이. 봄날 며칠 피다가 바람결에 후르르 떨귀지는 꽃잎과 같은, 남의 것, 내 것 구분 없이 떨어지는 삶. 꿈결처럼 소리 없이 살아갈 뿐.

삼촌은 다시 뭔가에 열중한다. 처음 보는 꽃이다. 창처럼 삐죽 솟은 꽃대 위에 호랑나비가 앉은 듯한 꽃잎이 달려 있다. 삼촌은 꽃을 쓰다듬다가 가만히 들여다본다.

둘러보니 보통 목욕탕에 있는 사우나실보다 다섯 배는 더 넓어 보이는 공간이다. 사우나실 안에는 실험 기구들이 빼곡 들어차 있다. 비닐에 싸인 욕조 바깥으로 쉴 새 없이 김이 뿜어져 나오고, 욕조 둘레에 연결된 호스 끝에서 물방울이 피어오른다. 욕조 안에는 달팽이 같은 벌레가 깨알같이 붙어 있다. 각종 희귀식물이 수경 재배되고, 식물 선반 끝에는 유리 상자가 여러 개 늘어 서 있는데, 상자 안에서는 실험쥐가 무언가를 연신 집어먹는다. 모든 것들이 제각기 중요한 역할을 하고 있어 보인다.

삼촌이 일어나서 사우나 실 옆, 벽 앞으로 나를 이끈다. 그리고는 내게 미소를 지어보이고 벽을 가만히 민다. 벽이 밀려들어가며 숨어 있던 공간이 나타난다. 공간 안으로 스며들듯 들어가니, 숨이 턱 막혀온다. 굉장히 뜨겁고 습한 실내다. 한증막인 듯싶다. 금세 땀이 솟아 이마 아래로 흘러내린다. 눈에 땀이 들어갔나, 쓰리다. 삼촌의 얼굴이 흐릿하다. 슬픔의 감정은 이런 식으로도 찾아온다. 나는 눈을 비비고 삼촌을 똑바로 바라보려 애쓴다. 가슴이 먹먹해온다.

　슬픔 거두시게. 내 필생의 연구 곧 결실 보네. 생명이 얼마나 단
순한지, 곧 알아내게 된다네. 죽음은 삶의 다른 습관. 우리 모두가
잘못 끼워진 단추처럼 어색하게 살아갈 뿐. 이 연구 마치면 한 생
의 체중이 씻겨가고, 평생의 피부병이 벗겨지네.

　삼촌은 땀인지 침인지 턱에 흐르는 물기를 팔뚝으로 닦는다. 당신
이 특수 제작했다면서, 바퀴 달린 의자를 내게 내민다. 휠체어 모양
이지만, 일반 것보다 훨씬 크고 여러 장치가 달려 있다.

　조카가 원하는 삶을 마음에 담아봄세.

　삼촌은 나를 거의 떼밀다시피 해서 휠체어에 앉히고 내 귀에다,
'다른 삶을 생각해 봐'라고 속삭인다. 그리고는 휠체어에 붙은 장치
를 이것저것 만지작거리더니 다른 문으로 훌쩍 나가 버린다. 삼촌의
뒷모습이, 멈추어버린 영화의 한 장면처럼 문에 박혀 있다. ……다른
삶을 담으라니……, 스무 살 이후 삼십 년 가량 남의 삶을 대필해 주
고, 다른 사람들의 경력과 재산 쌓기에 힘을 보태고 그 부스러기를
먹고 살았는데, 이제 직접 그 삶을 살아보라뇨. 가능한가요?
　덥다. 방 안의 온도가 더욱 올라간 듯싶다. 뜨거움이 살갗을 파고

든다. 몸이 바싹 마르는 것 같다. 땀이 이마와 가슴팍 아래로 줄줄 흘러내린다. 내 몸 구석구석에선 열기를 식히느라 수분을 배출하고 있지만, 이곳은 어디에도 수분을 채울, 마실 것이 없다. 나는 목이 타올라 마른침만 삼킨다. 닫힌 문 저편에서 억, 억 하는 삼촌의 기합 소리가 들려온다. 삼촌이 들어와 이 갈증과 열기를 식혀주기를 기다릴 수밖에……, 옴짝달싹 못하는 몸과 마음이 바로 이 상황을 말하는 것이리라. 그래도 어쩔 수 없지 않은가. 이 시간을 인내해야 나를 더 잘 알 수 있고, 나를 견뎌야 세계를 더 잘 알 수 있지 않겠는가, 하는 까닭 모를 다짐이 피어오른다. 그 마음이 갈증을 잊게 해 주었지만 땀은 멈추지 않고 계속 흐른다. 어린 시절, 녹슨 철조망에 허벅지가 찔리던 일, 깨진 유리창에 이마를 찢기던 일, 손이 자전거 바퀴살에 끼여 엄지손톱이 빠지던 일, 발바닥에 못이 박히던 일……, 지금까지 내 몸에 다른 것이 들어와 괴롭던 모습들이 떠오른다. 그런 풍경 너머에서 어떤 목소리가 웅웅거리며 다가온다.

– 잘 돼 가나. 요즘 통 연락 없네?

누구인가. 남성이지만 여성 같이 부드럽고 높은, 귀를 긴장하게 만드는 음색…….

– 이 선생. 인터뷰 없이도 원고 잘 되나 봐?

서수권, 갤러리 이사장. 내 입사 동기이자 고용주다. 서 대표는 결혼 직후 프랑스 지사에 파견 나갔을 때, 두 해 동안 그림 공부를 한 적이 있었다. 장래희망이었던 화가의 꿈을 이뤄보려는 생각이었던

다. 하지만 재능의 한계를 알아 예술 경영으로 전공을 바꿔 졸업하고, 지금은 갤러리 일에 적극 개입하고 있었다. 그의 전시 기획은 교환가치가 높다고 정평 나 있다. 덕분에 회사의 이미지가 특별하면서도 좋게 형성돼 있었다. 문화를 강조하는 시대 분위기를 타서 회사 브랜드 가치를 높이는 중이었다. 서 대표는 요즘 미국 출장 중일 텐데 여긴 웬일인가.

서 대표보다 지금 필요한 사람은 삼촌인데, 삼촌이 어서 *끄집어내*주어야 하지 않나? 이 갈증에서 어서 벗어나게 해 주어야 되지 않나…… 목이 뜨겁다.

모든 일은 순식간에 일어나네. 아주 잠깐 아플 거야. 몸살 같은 살앓이 후에 다른 몸으로 바뀌게 되는 거지. 그의 몸 세포 하나하나마다에 조카의 마음이 스미네. 체코에는 갑충으로 변해 영영 사람으로 돌아오지 못한 사람도 있지만, 조카는 걱정 말게. 삼촌이, 숙모가 있지 않나. 연구를 완성해 봄세.

삼촌이 어느새 내 뒤에서 휠체어를 옮긴다. 삼촌의 기합과 함께 나를 태운 휠체어는 옆방으로 쑥 밀려들어간다. 육중한 방문이 닫히자 금세 한기가 온몸을 싸고돈다. 춥다. 휠체어 바퀴살에 얼음가시가 나오기 시작하고, 팔다리가 여기저기에 쩍쩍 달라붙는다.

흘렸던 땀이 들어가면서 허옇게 얼어가기 시작하는 팔뚝을 바라보다가 잠이 들었는데……. 굵은 고압선에 연결된 음극과 양극 집게를 들고 내 앞으로 다가오는 삼촌이 잠깐 보이다 사라진다.

곧 어둠이 펼쳐진다. 삼촌이 내 몸에 강력한 전기를 넣은 모양이지만, 이미 내 몸은 고압을 느낄 수 없을 만큼 지친 상태다. 나는 스스로를 어둠 속에서 풀어 버리고 있음을 알면서도, 어쩔 도리가 없다. 손가락 하나 까닥할 기운이 없다.

3.

시몬느 웨일.

프랑스 연수생 이름이다. 그녀가 지금 내 곁에서 서 대표의 책상을 정리하고 있다. 유럽인 특유의 긴 팔다리, 주근깨 박힌 얼굴, 쥐색의 젖은 눈동자……. 서른을 훌쩍 넘겼지만 여전히 앳된 소녀의 모습이다. 서양인치고는 이목구비가 오밀조밀하다. 낮은 코와 작은 눈, 갈색피부와 숱 많은 검은 머리가 그녀를 동양 여인으로 보이게 한다. 그녀는 한국에 연수생으로 와서 미술관 일을 돕고 있는 중이다. 연수가 끝나면 그 경력으로 한국에서 교육자로 일할 수도, 본국에 돌아가 큐레이터로 자리 잡을 수 있게 된단다.

그녀가 너무 자연스럽고 익숙하게 서 대표의 책상을 정리하니 나는 어색해서 허둥댄다. 나는 서 대표 앞으로 부쳐온 화집과 도록을 정리한다. 책상 한켠에 못 보던 물건이 있다. 이젤이다. 캔버스도 올려져 있다. 화폭 안에는 남녀의 초상이 들어 있다. 이목구비 윤곽이 없어 선명하지는 않지만, 여자는 시몬느를 닮았고, 남자는 서 대표인 듯싶다.

책과 그림을 보며 지내온 수십 년의 세월이, 어떤 이들에게는 종이뭉치나 쓰레기에 지나지 않을, 책을 들척거리며 살아온 생활이, 갑자기 진저리쳐졌다. 이런 시간이 언제까지 계속되어야 하는가. 시몬느도 이제 시작인데, 다른 즐거운 일들이 얼마나 많은데……. 나로써는 서 대표의 출장 기간 동안 집무실에서 원고 정리를 해도 괜찮다는 허락을 받아 공부방처럼 쓰고 있지만, 그녀는 무슨 심부름이라도 얻어 걸렸는지, 여기저기 둘러보며 청소하고 있다.

― 저……, 대표님. 나, 책 많이 보고 있습니다. 많이.

이젤 턱에 있는 먼지를 꼼꼼히 닦아내던 시몬느, 그녀가 문득 걸레질을 멈추고 나를 빤히 바라본다. 나는 놀라서 그녀의 눈을 마주하곤 곧 외면한다. 그녀가 한국의 미술관 연수 결과보고서를 제출할 때가 된 모양이다. 기관의 책임자가 연수 보고서를 인준해야 인턴 딱지를 떼고 준학예사로 첫발을 내딛게 된다.

― 조금, 보고서 써 보았습니다. 사실로 잘 몰라. 나 잘 몰르겠어요.

마치 서 대표에게 물어보듯, 시몬느는 내 얼굴을 똑바로 쳐다본다. 서 대표는 지금 이 방에 없는데……. 그녀가 착각을 하고 있는 것은 아닌지, 아니면 나를 놀리려고 자꾸 이러는지……. 내가 아무 대꾸 없이 어정쩡한 미소를 보이자 그녀는 입을 비쭉거린다.

– 나 지난번에 드린 리포트 있잖아요. 대표님, 안 봤다, 그죠?

시몬느가 내 쪽으로 몸을 들이민다. 장난치고는 심하다. 내게 변화가 있는가? 그녀와 나 둘 중 누군가 하나는 잘못되었거나, 오해가 있음이 분명하다, 는 생각이 듦과 동시에 '믿음의 마을' 목욕탕에서 옥죄어오던 열기가 훅 끼쳐왔다. 혹시······.

나는 몸을 돌려 창문을 바라본다. 유리창에 비친, 집무실 풍경 속에 묻혀 있는 남자는 내가 아니다. 내가 서 있는 책상 앞, 그 자리에 나는 없고, 대신 서 대표가 있다. 나는 흠칫, 뒤로 물러서다가 전화기를 건드려 수화기를 떨어뜨린다.

– 대표님, 자기 자리도 잘 몰르시나요?

시몬느가 수화기를 제자리에 올려놓으며 장난스런 미소를 지어보인다. 삼촌의 말대로 나는 지금 서 대표가 된 것이다. 갤러리 이사장으로 변이된 모양이다. 어색해서 어깨가 절로 움츠러든다.

– 내가 좀 바빴지. 그렇잖아도 저녁에는 시몬느 보고서 꼭 보려고 했어.

나는 시몬느의 눈을 피하며 목소리를 낮게 깐다. 목소리도 어느새 서 대표의 높은 그것으로 변해 있다.

– 조 팀장이 시몬느 잘 한다고 칭찬하더군.

그녀의 연수기간이 끝나나 보았다. 보고서 인준 사인해 줘야 할 텐데······. 시몬느는 걸상에 앉혔던 가방을 책상 위에 올려놓고 에이포 뭉치를 꺼낸다. 서 대표의 갑작스런 변화가 이상한지, 혹은 보고 서를 꺼내기 부끄러운지 그녀의 얼굴이 붉게 상기돼 있다.

　－이번에 끝낼 수 있는지, 몰라요. 보고서 봐 주시면 나 기분 좋 아요.

　아직 한국말도 서툴고, 우리 그림 제대로 볼 줄 아는지……. 나는 일을 같이 해 본 적이 없어 시몬느의 공부 수준이 어떤지 몰랐다. 조 팀장의 귀띔에 의하면 우리 고등학생보다 식견이 없어 보인다고 했 다. 나는 시몬느의 보고서를 빠르게 훑어본다. 프랑스에서는 동양미 술학부를 우등으로 졸업했다고 한다. 한국에서 연수 마치고 큐레이 터 활동하면서 학생들을 가르치겠노라 호언한다고 들었다. 그런데 이 정도밖에 안 된다면 문제가 심각하다. 보고서를 대신 써 주지 않 는 한 시몬느의 결과물 인준은 불투명하다. 그녀는 한국에서 유학 생활할 수 있는 여건도 충분해 보이지 않았다. 학비와 생활비를 벌 기 위해 공부를 쉬며 돈벌이에 나섰다가 국제 미아가 된 유학생이 얼 마나 흔한 세월인가.

　－다시 차근차근 읽어보고 고쳐야 할 것 이야기해 주지.

　나는 몇 단락 첫 문장만 읽어 본다. 엉망이다. 보고서를 교열하고 심사하는 과정이 힘들겠다. 아무리 쉽게 통과시켜준다 해도 연수결 과만은 제대로 묶여야 하지 않나, 그녀는 자신의 공부가 어느 정도 라는 것을 스스로 알고 있기나 하나.

　－우선 이 책들을 도서관에서 빌려 봐. 그리고…….

메모지를 책상 위에 놓고, 참고해야 할 책 목록을 적어나가는 내 손앞으로 그녀의 얼굴과 가슴팍이 다가온다. 불현, 만발한 장미 다발이 내 앞에 다가온 듯하다. 시몬느의 몸에 묻혀 있던 꽃향기가 풀썩, 내게 끼얹혀진다. 나는 숨을 길게 내쉰다. 대표가 이런 것까지 지시해야 하는가.

— 제목을 다시 써 보도록 하지. 이렇게……, 차례도 바꾸고.

내 펜글씨를 좀 더 자세히 보려고 다가온 시몬느의 팔꿈치가 내 손등에 스친다. 목차를 적어나가다 말고, 곁에 앉은 그녀를 슬쩍 곁눈질 하니, 들뜬 블라우스 깃 사이로 그녀의 가슴골이 훤히 드러나 보인다. 물이 가득 들어찬 풍선 두 개, 튼실하게 익은 과실 두 개가 그녀의 목덜미 아래에서 조용히 오르내리고 있다. 나는 글쓰기를 잠시 멈춘다.

— 나 커피 타요. 대표님 한 잔 드려요.

서 대표가 어느 정도의 묽기로 원두커피를 내려 마시는지, 시몬느는 잘 알고 있는 듯, 자주 해본 손길로 커피메이커를 다룬다. 나는 커피가 만들어지는 동안, 그녀가 봐야 할 작품과 책 목록을 모두 정리해놓고 일어선다. 일어나는 도중에 내 오른쪽 어깨가 그녀의 가슴에 닿는다. 가벼운 스침이지만, 내 어깨는 뜨거운 물줄기에 닿은 듯 화끈거린다.

그녀에게 메모를 전해주니 그녀는 내게 커피를 건네준다. 나는 커피를 마시며 그녀를 곁눈질한다. 시몬느는 말없이 메모를 들여다보다가 집무실을 나간다. 그녀가 나가자 졸음이 쏟아진다. 눈꺼풀에 돌덩이를 매단 듯, 감긴 눈은 떠지지 않는다.

* *

눈을 뜨니 '믿음의 마을' 목욕탕, 얼음 방이다. 곁에 삼촌이 서 있다. 삼촌은 내 어깨를 짚고, 잘 다녀왔냐, 사람들은 만나 보았냐, 다른 사람들이 의심하지는 않더냐, 하고 눈으로 묻는다. 나는 미술관에서 연수생을 만났고, 그녀가 나를 서 대표로 알고 있고, 전혀 눈치채지 못했노라고 속으로 중얼댄다. 아직도 내 오른쪽 어깨에는 시몬느 가슴의 물컹함이 화인처럼 남아 있다. 나는 삼촌에게 바싹 다가간다. 어떻게 이런 일이 가능한지, 꿈결 같지만 정말이고, 정말 같지만 꿈결 같은 이 상황이 도무지 이해 안 된다고, 나는 삼촌의 눈을 바라보며 마음으로 묻는다. 삼촌은 의아해 하는 내 표정이 재미있다는 듯 빙글빙글 웃는다.

네 선택이 네 삶을 이루듯 네가 다른 삶의 기억을 끌어와 맞추면 그 삶을 살게 될 것. 안테나가 주파수를 끌어오듯 강한 확신으로 다른 삶의 체험을 끌어올 수 있을 것.

삼촌이 안테나가 빼어져 나온 소형라디오 같은 장치를 흔들어 보인다. 그렇군. 탈진했던 상태에서 기이한 소리가 귀를 파고들던 생각이 난다. 이제야 알만 하다.

어릴 때부터 늘 말썽만 일으켜 따가운 눈총을 받았던 삼촌이 다르게 보인다. 이집 저집, 친척집을 전전하며 물건을 훔쳐가는 천덕꾸러기로 멸시 받던 삼촌이 이제는 진정 윗사람 같다.

대필원고 작업이 늦어져도 이 상태를 즐기는 데에 시간을 보내고 싶다. 휠체어 등받이에 기대니 피로가 몰려온다. 하품으로 졸음을 쫓아내려 해도 눈꺼풀은 자꾸 내려간다. 내 코 고는 소리가 귓전에 울려도 나는 아득히 멀어져간다. ……빛이 없어도 살아가는 관벌레나 곰팡이처럼 나도 우주의 한 구석에서 조용히, 작게 살아가고 있다. 나는 이 우주의 에너지를 받고 주면서 존재하고 있다. 내가 서 대표에게 관심을 갖는 한 그가 나라고 해도 틀리지 않다. 나라고 할 만한 것이 따로 있기나 한가. 나는 찬송이 들려오는 어둠 속 저편, 휠체어에 탄 나를 본다.

4.

잠깐 고개 숙여 잠에 덮여 있었던 듯싶은데, 고개를 드니 집이었다. 목욕탕인 줄 알았는데, 작업 방이었다. 삼촌을 보고, 서 대표 집 무실에 가고, 시몬느를 만나고, 책 정리하다가 시몬느와 이야기를 나누고······. 모두가 꿈 속 풍경들처럼 아련하다.

아니, 분명한 현실이었다. 아직도 시몬느의 향수 냄새가 콧잔등에 머물러 있고, 바지 끝자락이 젖어 있다. 집무실과 목욕탕에 머물던 흔적이 생생히 남아 있다. 그럼에도 정말이었는지 의심스럽다.

싱크대 아래에 어제처럼 밥상이 차려져 있다. 외숙모가 다녀간 모양이었다. 나는 밥을 몇 술 뜨다 밥상을 치우고, 어록 원고를 쓰기 위해 컴퓨터를 켰다. 집중이 안 됐다. 키보드 위에 손가락을 얹었는데 한 문장도 적지 못했다. 나는 깜박이는 커서를 멀뚱히 바라보다가 일어나 신발을 신었다. 신발이 젖어 있었다.

나는 목욕탕으로 뛰어가 보았다. 목욕탕 문에는 자물쇠가 걸려 있었고, 안에는 아무 기적이 없었다. 지난밤에 어떻게 들어갔는지, 이리저리 둘러보고, 자물쇠를 잡아 흔들어 보았다. 열리지 않았다.

바라보는 행인들의 눈길이 따가워 나는 목욕탕 주변을 배회했다. 흑인 노무자가 여성의류 창고에서 치마를 입고 원단을 굴리는 모습을 한참동안 지켜보다가, 개 두 마리가 혀를 빼물고 교미하는 모습을 바라보다가, 운전연습 중인 자동차학원 차를 피하다가, 쓰레기 소각장에서 주운 어느 가족의 사진을 바라보다가, 다시 목욕탕에 갔다. 여전히 자물쇠가 문을 물고 있었다.

나는 작업 방으로 돌아오는 길에 외숙모에게 가보았다. 외숙모는 마침 집에 있었다. 재봉틀을 끌어안고 옷감을 이어붙이는 외숙모 곁에 앉아 삼촌 만난 이야기를 했다. 지난 밤 삼촌을 보았다고, 목욕탕에서 열심히 연구하고 있다고, 재봉틀 페달 밟는 숙모의 발에 시선을 얹고 말했다. 삼촌은 살아 있는 게 아닐까요?

－죽은 사람이 어떻게 그럴 수 있어. 재주가 많으면 뭐해, 제대로 하는 게 하나도 없었잖아.

외숙모는 실을 이에 물고 잘근잘근 씹어, 끊었다.

－생전에 무슨 실험 같은 거 않으셨나요?

－우리 아가, 남들 앞에서 말 좀 잘했으면 좋겠다. 지 애비 닮았으면 뻔지르르했을 텐데.

－삼촌이 남긴 노트 같은 거라도…….

－우리 아가, 그래도 영접 받았다. 이제 깨어나겠지.

－크면 잘 하겠죠.

－그림으로 최고가 될 거야.

숙모가 내 물음에 답은 없이 아픈 동생 이야기만 하기에 나는 입을 다물어 버렸다. 숙모도 말없이 재봉에 집중했다. 숙모하고는 그렇다 치고 삼촌은 아이와 사이가 좋았을까?

나는 잊고 있던 할 일이 생각난 듯 벌떡 일어났다. 숙모 집에서 나와 목욕탕으로 달려갔다. 같은 장소였지만, 좀 전의 분위기와는 달라 보였다. 자물쇠를 만지자 금세 풀렸고, 문도 쉽게 열렸다. 들어가니 식물원에서 바삐 움직이고 있는 삼촌이 보였다. 삼촌은 활엽식물 잎사귀에 귀를 붙여놓고 무어라 중얼거리고 있었다. 삼촌을 보니 들떴던 마음과 몸이 가라앉았다.

가족에겐 가족이 없다

삼촌은 나를 발견하자마자 휠체어를 끌고 왔다. 나는 허둥댈 틈도 없이 휠체어에 앉아 서 대표에게 나를 옮겼다.

나는 '문화재 보존기술 세미나'에 참석해서 기조발제 순서를 기다리고 있다. 이번 행사는 서 대표가 주도해 시립박물관에서 치르는 중이다. 준비 도중에 여러 문제가 있었지만 노력한 만큼 규모 있게 시작할 수 있었다. 지자체에서 지원해 주는 행사비로는 모자라 여기저기서 후원금을 모으고, 권위 있는 발표자 섭외를 위해 동분서주했다. 물론 조 팀장이 실무를 맡았지만 서 대표도 신경을 많이 썼다.

행사가 시작되기를 기다리는 단체의원들과 공무원들을 보니 가슴이 답답해온다. 세미나가 시작되어 나는 연단에 불려 올라간다. 기조발제 원고를 느긋하게 읽어나간다. 내가 쓴 원고다. 박수가 있고, 질문은 없다. 오래 긴장했던 터라 허전하다. 누군가에게 속내를 털어놓고 싶다는 생각이 간절하다. 오전 발표가 끝나면 오후에는 이사회를 진행할 터이고, 나는 이사장직을 재신임 받을 것이다. 많은 시의원과 재단의 이사들이 서 대표의 재임을 반대할 이유가 없다. 다음 차례는 부인한테 돌아가리라.

마침 시몬느가 앞좌석으로 내려와 앉는다. 나는 우연인 척 그녀 앞을 지나친다. 그녀가 미소로 인사해온다. 나는 잘 만났다는 듯, 보고서 진행 상황이 궁금하다며 그녀를 불러일으킨다. 그녀는 나를 따라 회의장 안쪽, 임원실로 들어온다. 임원실엔 아무도 없다. 나는 시몬느를 곁에 앉게 하고, 연수보고서를 잘 쓰고 있는지 묻는다. 그녀는 심사를 받듯 조목조목 보고서 목차를 읊는다. 나는 그녀의 어깨에 손을 얹고 세미나 리플릿을 쳐다본다.

– 나는 세미나를, 시몬느는 보고서를……, 서로 잘 해 보자고.

나는 그녀의 어깨를 가볍게 감싸안으며 무겁게 말한다.

– 대표님도 잘하십니다. 나도 걱정 말아요. 내 얼굴 다 그리셨나요? 나 보고서 다 써가요.

시몬느는 어깨 위에 올라간 나의 손을 잡아내려 자신의 무릎 위에 놓는다. 긴장한 나를 위로해 주는 그녀의 미소를 보며 나는 맑은 계곡을 떠올린다. 한 번 만이라도 계곡에 풍덩 빠져 심신을 가라앉히고 싶다……. 허리가 뻐근해오며 다리가 더워온다.

* *

어느새 다른 시간과 공간, 프랑스의 홈스테이 집이다. 서 대표의 과장 시절, 서수권이 그림 공부하러 자원한 파리 지사, 그 건물과 같은 골목에 있는 하숙집이다. 그는 가끔씩 유학생들을 불러 모아 모임을 갖는다. 세 명의 유학생과 두 명의 현지 미술학도가 와인 잔을 들고 최근 그림 경향에 대해 대화를 나누고 있다.

서 과장은 요즘 한 소녀의 초상화 작업에 열을 쏟고 있다. 소녀는 시몬느다. 서수권은 지사에 파견 와서 그녀를 처음 보자마자 그려야겠다고 마음먹었다. 카페에서 아르바이트하는 그녀를, 몰래 찍은 사진을 보며 그려왔지만, 오늘은 바로 앞에 앉혀두고 초상화를 완성하고 싶다. 그녀를 모임에 끌어들인 것도 이 때문이다. 그녀의 미소를 완성하는 입술 그림자와 눈 그늘 색채만 뽑아 덧칠하면 끝날 그림이다.

– 오늘 밤, 당신이 꼭 필요합니다.

내가 대신하고 있는 서 과장, 즉 나는 혼자 있는 그녀에게 다가가 조바심을 누르며 말을 붙인다. 그녀는 놀란 눈으로 나를 빤히 쳐다본다. 나도 놀라기는 마찬가지다. 소녀 시절의 시몬느와 마주하고 있기 때문이다.

– 그림을 그리고 있습니다. 매일 당신을 기억해내서 조금씩 그려나가고 있어요. 오늘, 잠깐만 캔버스 앞에 있어 주십시오.

– Corée impatient et qu'il n'est pas pertinent.

그녀는 '한국 사람들 급하고 엉뚱하다'면서 승낙인지 거부인지 크게 도리질했다.

당장이라도 붓을 들면 완성할 듯싶다. 나는 그녀를 끌어올리다시피 이층 작업실로 데려간다. 어정쩡 서 있는 그녀에게 의자를 내줘 앉히고는 캔버스 앞으로 달려간다.

캔버스 안에는 남녀의 얼굴이 담겨 있다. 남자는 서 과장, 여자는 시몬느다. 남녀의 초상은 언뜻 완성된 그림으로 보인다. 하지만 자세히 보면 아직 덜 됐다. 특히 시몬느의 눈과 입술이 밋밋하고 표정이 살아 있지 않다. 눈 그늘과 입술 윤곽이 덧칠돼야 한다. 초상의 핵심

부분이다. 어룽거리던 그녀를 코앞에 놓고 보니 나는 더욱 조급해진다. 나는 팔레트에 물감을 푼다.

그런데, 막상 캔버스와 실물의 그녀를 겹쳐 보니 긴장이 떨어진다. 캔버스 각도를 다시 잡고 붓을 들지만 마음을 다잡을 수 없다. 그녀의 입술 주위에 어른거리는 그림자 빛깔이 좀체 만들어지지 않는다. 팔레트에 갖가지 물감을 짜 올려 뒤섞지만 제 색이 안 나온다. 비슷하다 싶은 색을 캔버스에 칠하고 또 덧칠해서 나이프로 긁어 본다. 색깔이 나올 때까지 계속 덧칠하고 긁어댄다. 그러나 아무리 애를 써도 자연스럽지 않다. 허사다.

– Aucun talent. Une perte de temps.

그녀의 미소 밖으로 '재능 없어, 시간 낭비야'라는 중얼거림이 흘러나온다. 갑자기 기운이 빠지고 팔다리에 힘이 없다. 나는 붓을 던져 버리고 이젤을 걷어찬다. 캔버스 안, 표정 없는 그녀의 얼굴이 내게 덮쳐온다. 나는 캔버스를 깔고 엎어진다. 열정만으로 안 되는 일이 있다.

* *

나는 목욕탕에서 나와 뺨을 어루만지며 작업방으로 걸어갔다. 서 대표에게 내가 너무 익숙해 있는 것은 아닌지…, 그래서 '나'를 허비해 버리는 것은 아닌지, 걱정스러웠다. 그의 얼굴에 얹힌 욕심 어린 내 모습이 문득 우스꽝스럽게 생각됐다.

서둘러 방으로 돌아와 거울을 보니 여전히 내 얼굴이다. 서 대표의 인상이 약간 덧씌워졌다는 느낌이어도, 여전히 나라고 할 수 있다. 그 사이 능청스러워진 얼굴이 거울 속에 있다. ……이 모습이 진정 나인가.

문득, 서 대표의 근황이 궁금해졌다. 미국에서 잘 지내는지, 건강은 괜찮은지, 확인하고 싶었다. 전화는 통화대기음악이 다섯 차례나 반복된 후 연결되었다.

─ 서 대표, 접니다. 잘 있는지 전화해봤어요.

─ 그래, 나 잘 지내. 이 선생, 내 사무실 잘 지키고 있지?

전에 없이 밝고 활기찬 목소리였다. 서 대표는 몸도 마음도 편하고 좋다는 말을 반복했다. 한 번 만나자는 인사치레를 끝으로 서 대표는 어,어, 하며 사라졌다. 나는 끊긴 휴대전화를 귀에 계속 붙여놓고 거울을 바라보았다. 허깨비 같은 사람이 서 있었다.

외숙모가 궁금하기도 하고……, 변한 내 모습을 외숙모는 알아채는지……, 그녀를 보러 갔지만, 나는 방 안으로 들어갈 수 없었다. 교회에서 심방 온 모양이었다. 복도로 찬송가가 창창, 흘러나왔다. 죄를 용서해 달라며 아버지를 찾는 기도가 이어지다가 찬송이 한층 높아진 음정으로 중창되었다.

나는 오랫동안 문 앞에 서서 심방이 끝나기를 기다렸다. 예배 절차를 모두 같이 한 셈이었다. 잠시 후에 교우들이 나오면서 나를 멀뚱히 쳐다보다가 제 갈 길로 뿔뿔이 흩어졌다.

누군가 여전히 방 안에 있는 듯했다. 나는 들어가지 못하고 문지방에 앉아, 열린 문틈으로 방 안을 들여다보았다. 사촌 동생이 누워 있고, 동생의 머리맡에는 목사가, 발아래에는 외숙모가 엎드려 기도하고 있다. 아이의 발목을 부여잡고 있는 듯하던, 숙모의 겨드랑이 아래 늘어진 옷소매가 천사의 날개처럼 풀럭거린다. 찬양대원 예복을 입은 외숙모가 하늘로 올라가려고 애를 쓰지만, 아이가 손에 매달려 날지 못하고 있는 형국이다. 아이가 기를 쓰고 숙모를 끌어내리고 있다. 숙모의 풀럭거리는 날갯짓에 재봉틀이 날아가고, 텔레비전이 날아가고, 냉장고가 날아간다. 모두가 가벼워져 둥둥 떠오른다. 건물도 날리려는가. 죽을힘을 다하는 저 모습이 진정한 신심 아닌가.

종교도 없이, 눈물 철철 흘리며 목 놓아 참회할 대상도 없이, 오십 년을 지내온 나는 무엇인가. 남의 말을 글로 정리해주는 세월만 보낸 나는……, 밥을 먹고 똥을 싸면서 주변 사람들 의심하고 미워하는 나는 누구인가……. 나는 문지방에 이마를 붙이고, 숙모네 신발을 정리했다.

5.

나는 몇 주 동안 어록 작업에 몰두하다가 갤러리 사정이 궁금해서 조 팀장에게 전화를 걸었다. 조 팀장은, 지난주에 서 대표가 한국에 들어왔다고 전했다. 대표가 주주총회에 참석했는데, 다시 뉴욕에 들어갔는지는 잘 모르겠단다. 나는 이번이 마지막이라 마음먹고, '나' 임을 내세워도 다른 사람들이 나를 서 대표로 아는지 시도해 보기로 했다. 나와 대표는 서로 다른 사람이라고 알려주고 싶기도 했다.

* *

나는 서 대표의 오피스텔에서 본사의 라면을 후룩거리고 있다. 신제품인데 호응이 좋다. 식사 중에도 여러 차례 전화가 온다. 나는 회사 일과 갤러리 일을 전화로 처리한다. 조 팀장은 무얼 하고 있나. 윗사람이 눈에 띄지 않으면 조 팀장은 요령을 피웠다. 오후 늦게 출근하는 날도 많았다. ……조 팀장을 얼마나 도왔는데……, 일찍부터 행정업무를 총괄하는 자리에 앉혔고, 연봉도 제일 많이 올려줬는데……. 어록 정리도 자기가 할 일 아닌가. 나는 라면을 물고 있는 젓가락을 던지듯 내려놓는다. 수화기를 들어 조 팀장을 부른다.

─근처에 있으면 이쪽으로 와 주게.

조 팀장의 집은 여기서 오백 미터도 안 된다. 이 오피스텔도 그가 마련해 준 작업실이다. 조 팀장은 지금 갤러리 교육실이라며, 곧 찾아뵙겠다, 필요한 것이 있으면 말씀하시라, 한다. 나는, 필요한 것은 없고 할 이야기가 있으니 미술관 후문 레스토랑에서 만나자, 하고 전화를 끊는다.

십 분 후에 레스토랑에 가보니 조 팀장이 테이블을 차지하고 있다가 나를 보고 일어나 자리를 내준다. 조 팀장에게 섭외와 전시 일정에 대해 말하고 몇 가지 처리해 줄 일을 이야기하는 중에, 시몬느가 테이블에 와서 인사한다. 조 팀장이 부른 모양이다. 조 팀장의 처세가 이렇다. 나는 화제를 바꾸어 최근의 팝아트에 대해, 전시 구성에 대해 이것저것 늘어놓는다. 그들은 여전히 나를 서 대표로 믿는 중이다. 맥주를 연거푸 마시면서 업무에 대해 조언하는 나를 전혀 나라고 알지 못하고 있다. 나는, 내가 서 대표가 아니라고 토로하려던 마음이 사라진다. 지금의 나를 충실히 나이게 하는 나만 있으면 그뿐 아닌가.

시몬느와 조 팀장은 내 이야기를 들으며 고개를 깊이 주억인다. 지루하다는 의미다. 나는 자리를 마무리한다.

오피스텔로 돌아가 욕실에서 세수하려는데, 현관 벨이 울린다. 어안렌즈로 현관 밖을 바라보니, 직감대로 시몬느가 문이 열리기를 기다리고 있다. 현관을 열어야 할지, 말아야 할지, 머뭇거리는 중에 다시 벨이 울려 나는 급히 문고리를 푼다.

시몬느는 왜 기다리게 하냐며, 눈을 흘기고 내게 달려든다. 내 목에 팔을 감고 뺨에 입을 맞추는 시몬느의 거침없는 몸짓이 어색하지 않다. 서 대표와 오랫동안 이런 관계였을까. 낯설다. 나는 어찌해야 할 바를 몰라 멈칫거린다. 두렵다. 자칫 잘못 이 관계가 알려지게 되면 모든 것은 끝이다. 세상의 모든 것은 연계돼 있다.

하지만 그녀는 사랑스럽다. 이렇게 스스럼없으니 더욱 용기가 생긴다. 비밀이 탄로나 죄가 된다 해도 이 순간 행복하면 된다. 순간이 영원 아닌가. 지금 사랑이면 그만이다. 시몬느도 타국 연수생활의 불안에서, 외로움에서, 까마득한 공부에서, 궁핍한 생활에서 벗어나고 싶었을 것이다. 기댈 수 있는 남성에게 순간을 맡기고 안정을 찾겠다는 것은 벌 받을 일이 아니다.

두 사람은 폭풍이 이는 바다에 던져진다. 두 사람은 비늘을 벗어나려고 허우적대는 인어 같다.

폭풍이 가라앉자 나는 옷가지를 추스르고 침대 거울을 바라본다. 시몬느는 묵묵히 천장을 응시하다 나를 보고 미소한다. '달라지셨다'는 시몬느의 중얼거림을 들으며 나는 다시 시몬느를 향해 몸을 돌린다. 그녀와 나, 그리고 서 대표는 서로 다르지 않다. 모두 외로움에 지친 사람들 아닌가.

하지만, 이러면 안 된다. 서 대표가 곤경에 빠질 수 있다. 나는 발을 헛디딘 듯 어지럽다. 문득, 부끄러워 얼굴이 달아오른다. 나는 그녀에게서 등을 돌리고 벌떡 일어선다.

– 대표님, 우리 달아나요. 아무도 모르는 곳에서 우리 둘이 살아요.

그녀는 나의 갑작스런 냉대에 놀랐는지 갑자기 울먹이며, 결혼하자고 한다. 프랑스에서부터 마음을 주었으니 둘이 멀리 달아나잖다.

연수 마치면 함께 살자 했으니, 약속을 지키라고 다그친다. 시몬느의 말에 나는 어떤 응대도 할 수 없다. 지난 변이대로 두 사람은 서수권 과장이 프랑스 지사에 파견됐을 때부터 알고 지내던 사이었다. 회사 와 미술관이 커지니 그가 시몬느를 부른 모양이었다.

– 좀 더 공부에 집중해봐. 우선은 보고서 잘 써야잖아.

가정을 다시 꾸려나갈 수 있을까……시몬느는 내가 시 대표가 아 니더라도 내게 올까. 나는 고개를 돌려 침대 거울을 본다. 시몬느가 떨궈낸 비늘 같은 옷을 주섬주섬 걸치고 있다.

– 그렇다면……, 보고서 대신 써 주쎄요, 책임지고. 당신 글 잘 쓰 잖아.

이런 조건을 내는 시몬느가 불현 추하게 다가온다.

– 안 돼. 시몬느가 해야지. 시몬느 더 노력해. 같이 온 후배보다 못 한 실력으로 어떻게 패스할 수 있어?

비교가 타격이었나. 시몬느는 급히 태도를 바꾼다. 그녀는 어느새 연수생으로 돌아와 공손히 무릎을 꿇는다.

– 열심히 하겠습니다. 제발…….

나는 갑자기 변한 시몬느의 태도에 겸연쩍어진다. 나는 미안해서 그녀의 무릎을 끌어당긴다.

– 안 돼요. 대표님. 이러시면 안 됩니다. 가야게쎄요. 나, 가만두 쎄요.

벌떡 일어서려는 그녀를 잡자, 그녀는, 어딜 만지냐며, 몸에서 손을 떼라고 크게 소리친다. 나는 그녀를 어르려고 안절부절못해 하다가 그녀의 어깨를 부여잡는다. 그녀는 내 손을 세차게 뿌리친다. 그녀의 블라우스가 찢어지고 단추가 떨어져 구른다. 그녀는 블라우스를 감싸쥐고, 왜 억지로 이러시느냐……, 울부짖으며 현관 밖으로 뛰쳐나간다.

6.

두 달이 지났다. 서 대표의 추문이 귀에 들려왔다. 내가 대표의 어록을 탈고한 직후였다. 회사와 갤러리의 명예 실추를 우려해 은밀하고 신속하게 처리했어도 이미 알 사람은 다 아는 사실이었다.

직원들 사이에서도 소문이 퍼졌는데 나만 모르고 있었다. 연수생으로부터 사기죄로 고발됐다는 것이다. 그가 결혼을 빙자해 연수생을 성적으로 도구화했단다. 당시 정황이 녹취된 파일이 있었는데, 그 증거물을 서 대표 부인이 수 억을 주고 연수생으로부터 받아냈다고 한다, 서 대표는 이혼 당했고 회사는 부인의 체제로 돌아갔다.

* *

새 교육프로그램이 개강되어 나는 다시 미술관에 드나들었다. 고등학생들에게 서양미술사를 강의하며 이런 저런 생각의 갈피를 잡아가고 있었다. 그러다가 서 대표를 만난 것은 하계 휴관 때였다. 서 대표는 수신번호 없는 전화를 걸어와, 어록을 수정할 부분이 몇 군데 있으니 보자고 했다.

서 대표는 수치심에 어쩔 줄 몰라 할 줄 알았는데, 정반대였다. 몸은 살이 올라 있었고 얼굴에도 화색이 돌았다. 편안해 보였다. 서 대표는 내 얼굴을 빤히 쳐다보며, 이 선생, 그새 많이 힘들었나 봐, 하며 환하게 웃었다.

─그 동안 자네 생각 많이 했어. 자네처럼 글 쓰면서 자유롭게 살고 싶었지. 가끔씩 꿈에서 자네대신 살아지더군.

서 대표가 어록원고를 풀썩이면서 혼잣말하듯 중얼거렸다.

─그 동안 나 외로웠어. 시몬느도 그랬고. 우린 정말 순수했네.

서 대표가 건네주는 수정 원고를 받는 손에 힘이 풀렸다.

─아무리 발버둥 쳐도 화가는 못됐고, 그들 삶을 대변하고 그림 팔아주는 일로 내 세월 바쳤어. 자네도 그렇게 대신 살아가잖나.

* *

서 대표를 만난 직후, 나는 '믿음의 마을' 안에 있는 목욕탕을 급히 찾았다. 뭔가 확인해야겠다는 생각이 간절했다.

목욕탕 건물은 흔적만 있을 뿐, 벽과 지붕이 모두 허물어지고 골조만 서 있다. 오래전부터 그런 상태였던가 싶다. 잡풀이 무성하게 웃자라 있고, 여기저기, 가구와 벽돌이 널브러져 있다. 나는 목적지를 잘못 찾은 줄 알고 마을 이곳저곳을 둘러본다.

공장, 공동주택, 창고, 교회, 컨테이너박스, 개사육장……. 모든 것이 그대로지만, 목욕탕은 변해 있다. 목욕탕이 정말 있었는지 의심스럽다. 깨진 벽돌 틈에도 풀이 뿌리를 박고 있다. 나는 폐건물로 다시 걸어가 풀숲으로 들어간다. 우거진 풀 사이에 쓰러져 있는 휠체어가 눈에 들어온다. 낯익은 휠체어다. 백과사전, 전자손목시계, 선글라스……, 휠체어좌석엔 삼촌이 가져갔던 내 물건이 놓여 있다. 나는 물건을 주워 무릎에 얹고 휠체어에 앉는다.

나는 눈을 감는다. 삼촌의 깊은 눈이 바싹 다가오다가 주위의 어둠에 스며 없어진다. 시몬느의 회색 눈도, 서 대표의 작은 눈도, 외숙모의 까만 눈도 잠깐 나타났다가 사라진다. 어디에서인가 희미하게 아리아가 들려온다. 자주 듣던 바흐의 'Bist du bei mir'이다. 숙모의 기도 소리도 흐른다.

마음이 가라앉는다. 아무런 상념도, 어떠한 이미지도 떠오르지 않는다. 어둠만이 펼쳐져 있다. 어둠 저 편에서 무언가 꾸물꾸물 기어오는 모습이 보인다. 몸이 불편한 사촌동생이다. 동생의 눈동자가 점점 가까이 다가오지만 나는 가위눌린 듯 외면할 수 없다. 다시는 이 휠체어에서 일어나지 못할 것 같다는 생각이 들면서 나는 잠 속으로 빠져든다.

사촌 동생이 이젤을 놓고 그림을 그리고 있다. 캔버스 안에는 남녀의 초상이 들어 있다. 여자는 시몬느인 줄 알겠는데, 남자는 누군지 분명찮다. 아직 윤곽을 드러낼 그림자가 없어서 얼굴은 뭉개져 보인다. 그늘을 그려넣는 동생의 얼굴이 벌겋다. 온힘을 다하는 모습이다. 이젤 앞 동생의 그림자는 희미해지고, 캔버스 속 남자의 그림자는 뚜렷해진다. ◉

바다로 간다

바
다
로

간
다

1.

　　　　　오 분 간 휴식이다. 원휘는 수업중에 주머니에서 속울음 울던 휴대폰을 열어 보았다. 부재중 전화 세 통, 문자 두 통이 확인을 기다리고 있었다. '엄마가 사라졌다'라고 시작한 누님의 문자메시지 제목을 보고 원휘는 휴대폰을 다시 주머니에 넣었다.

　아버지, 휴식, 자식, 도망, 원망 등의 단어가 계속 꾸물거렸다. 논술 수업이 제대로 진행되지 않았다. 오늘부터 추석 연휴의 시작이고, 수강생이 절반이나 결석한데다가, 문자메시지까지 불안했다. 그는 한 학생한테 숙제로 써온 논술을 읽히고, 초점 없이 강의실 출입구를 바라보았다. 학생의 낭독이 귀에 닿지 않고 허공에 떠돌다 사라져갔다. 어디에선가 어머니의 음정 높은 목소리가 아련하게 들려오고, 식용유 타는 냄새가 콧등을 간질였다. 학생들도 집중이 안 되는지 소곤거리거나 자주 두리번거렸다.

원휘는 정규시간보다 십 분 일찍 수업을 마치고 강의실을 나왔다. 접수 데스크 안에서 잡지를 풀썩이고 있던 백화점 문화센터 직원과 눈이 마주쳐 수업을 일찍 끝내겠다는 고갯짓을 해 보였다. 중고등학생 대상으로 '논술과 창의적 글쓰기'란 과목을, 오래전부터 창작 위주로 수업하고 있어 시간에 큰 구애를 받지 않고 있었다.

원휘는 문화센터 구역을 벗어나 휴게소로 가면서 스마트폰을 깨웠다. 다시 보니 음성 메시지도 두 통이 와 있었다.

─어머니, 어디 멀리 가셨나 봐요. 누님한테 전화 드려 봐요. 다시 전화할 게……

전철로 이동 중이었는지, 아내의 다급한 음성이 전철 소음에 먹혀 버렸다.

─월내 이모님 댁에서 연락 왔어요. 거기 계시대요. 내가 또 혼자 음식 준비해야 되나. 오늘은 꼭 저녁예배 봐야 하는데……

아내의 또 다른 음성 메시지는 한결 또렷했다. 아내는 차례음식 준비가 걱정인 모양이었다. 그럴 수밖에 없을 것이다. 막내며느리여도 항상 제사 음식 준비는 아내의 몫이었다. 두 형수보다 제사 진행에 밝다는 이유로 늘 일을 더 많이 맡았는데, 그것이 습관이 돼 버렸다. 원휘는 막내이긴 해도 아버지와 어머니의 건강상태에 관심이 많았기 때문에 형들보다 자주 본가에 들렀고, 그만큼 아내로부터 불만을 자주 듣고 있던 터였다. 투덜대긴 해도 아내가 잘 따라와 주어, 형님들 불편을 덜어 주고 큰집으로써의 체면을 유지하고 있는 형편이었다. 대신 아내의 종교 생활에 대해 원휘는 가타부타 말을 못했다. 기운을 가족에게 뺏기고 교회에서 얻는다던 아내의 말이 그의 입을 막아왔다.

어머니, 이제 그만 쉬어야 했다. 시집 와서 육십 년 동안 아버지와 자식들 곁을 하루도 떠난 적이 없는 어머니였다. 어머니의 부재는 원휘에겐 가족의 부재와 같은 의미였다. 어머니가 집에 없다는 것은 원휘 자신이 없는 것 아닌가, 하는 생각이 들 정도였다. 원휘는 휴대폰 최근통화목록에서 누나 번호를 찾아 눌렀다. 누나는 전화를 받지 않았다. 누나의 핸드폰에 음성녹음을 남기고 아내를 단축번호로 불렀다.

─당신 먼저 집에 들어가 봐. 아버지 혼자 잘 계시는지 걱정되네.

─아이는 어떡하고요? 제사 어물, 어떻게 해야 하죠? ……저녁에 교회 들러야 하는데.

불평이 담긴 아내의 목소리였다. 그는 아내에게서 또 다시 차례 음식 이야기가 나오자, '당신 어머니하고 통화해 봤어?'라는 한 마디로 그녀의 투정을 눌러 버렸다. 아내는 그의 응대가 언짢았는지, 날씨는 좋은데 마음이 왜 이리 무겁나……하며, 화제를 돌리고 먼저 전화를 끊었다. 아내하고 교회예배 문제로 다툰 적은 없었지만, 요즘 은근히 신경이 쓰였다. 아내는 집안일이 걱정돼서 다니기 시작한 교회를 이제는 걱정을 버리려고 다니고 있었다.

원휘도 어머니와 직접 통화해보지 않은 터라, 곧장 월내 이모네 전화번호를 찾았다. 경남 끝자락 작은 마을에서 횟집을 하는 이모는 어머니의 막내 동생이었다. 이모는 누나와 나이가 같아 누나하고 자매처럼 지냈다. 고등학교를 원휘 네에서 마치고 신랑 따라 바다에서 살겠다고 내려가 스무 해 동안 한 번도 서울에 올라오지 않았다. 원휘네가 가끔 휴가철에 내려가 이모 식구를 만나고 왔다.

통화대기 음악이 세 차례나 반복되도록 이모의 핸드폰은 연결되지 않았다. 음악은 드뷔시의 '바다 2악장'이었다. '파도의 희롱'. 그는 전화를 끊고 다시 연결 버튼을 눌렀다. 클라리넷이 물결을 일으킨다. ……파도가 해변으로 밀려와 발등을 적신다. 그는 모래 물에 잠긴 발바닥의 간지럼을 즐긴다. 어느새 파도가 거세져 해변을 삼킬 듯 달려온다. 그는 해변 위로 뛰어간다. 바닷물 위에 햇살이 부딪치며 은빛으로 물결친다. 가슴이 환해지며 숨을 제대로 못 쉴 정도로 벅차오른다. 저기, 해변에서 어머니가 중얼거린다.

저 파도소리가 나를 불렀다. 들리니? 저 바다, 저 햇살에 그냥 맡겨 보려고 여기 왔다. 탁 트이지? 엄마는 좀 쉬련다. 이제 엄마도 파도에 실려 잠깐 눈 좀 붙이고 싶다. 나를 잊고 살았어. 여기서 바닷바람 쐬면 나를 찾게 되겠지. 파도에 쓸리고, 바람에 벗겨지면 내가 나타나겠지.

파도가 가라앉고 다시 드러난 해변에 갈매기가 구구 운다. 갈매기 소리에 이모의 목소리가 끼어든다.

－이모, 저예요. 거기 어머님 가셨다고요? 아프신 분이 어떻게 혼자 그 먼 데를 가셨대요? 어머니 좀 바꿔 주세요.

－여기 오자마자 코를 고시더니만, 방금 물에 나가셨다. 좀 쉬셔야 할 것 같다.

－제가 곧 내려갈게요, 부탁드려요, 이모.

원휘는 진심으로 죄송한 마음이어서 자꾸 머리를 조아렸다. 쾌활한 이모의 목소리를 들으니 한결 마음이 놓였다. 어머니는 추석 연휴 마지막 날 모셔오면 되고, 아버지에게만 아무 일 없으면 되었다. 얌전한 편이긴 하더라도 기억이 증발한 상태여서, 판단력이 거의 없는 세 살배기 어린애와 같은 아버지였다.

수업 시간 내내 어지럽던 마음이 한결 가라앉았다. 원휘는 휴게실 벤치에서 일어나 백화점 매장으로 천천히 걸어갔다. 아내와 이모, 그리고 어머니께 선물할, 적당한 물건이 있나 살펴보기로 했다. 다음 강의까지 한 시간이 비어 있었다.

허브 향과 플룻 선율이 발목을 휘감아 걸음을 늦추게 한다. 디스플레이에 더욱 공 들인 여성의류 매장에서 걸음을 멈추고 물건을 살펴본다. 마네킹들을 보니, 구매욕을 부추기는 여러 치장들이 오히려 허울처럼 생각된다. 화려한 허울의 초라함. 지금 우리의 삶 대부분이 허울 아닌가, 생각하니 기운이 빠진다. 허울뿐인 세계에 감싸인 자신 또한 허울 아닌가. 다리에 힘이 풀려와 원휘는 휴게 의자에 앉아 눈을 감는다. 화소 낮은 화상을 보듯, 무수한 알갱이들이 눈앞을 기어다닌다. 눈이 따가워 깜박, 감았다 뜨니, 날리던 먼지가 순식간에 뭉쳐져 마네킹으로 되돌아왔다. 그리고 그 사이로 한 여인이 원휘를 무연히 바라보다가는 진열된 옷을 보고, 그를 흘깃 보다가는 마네킹 사이로 숨어들었다. 누군가 알 듯 하기도 한데, 기억이 또렷하지 않다. 어릴 때 친구인가. ……학부형인가? 그는 가물가물했다.

원휘는 옥상에 올라가 쉬려고 비상계단으로 들어섰다. 옥상에 쉼터를 마련해놓고 있다는 것을 고객들은 잘 모르고 있었다. 백화점 직원이나 협력업체 관계자들이 휴식 공간으로 사용하고 있었지만 낮에는 올라가는 사람이 거의 없었다. 수업하러 올 때마다 그는 옥상을 전용 휴게실처럼 쓰고 있다.

그는 계단을 발가락 힘으로 밀어내듯 뛰어, 단숨에 올라갔다. 늘 그렇듯 그는 옥상 바로 한 계단을 남기고 걸음을 멈추었다. 쉬면서 숨을 가라앉혔다. 이 계단에만 서면 무릎이 아파왔다. 그는 난간을 붙잡고 다리를 쉬었다. 햇살이 옥상 비상문 틈 사이로 비집고 들어와 계단에 흘렀다. 계단에 좀 전에 보았던 먼지 알갱이들이 바글거리며 떠다니고 있었다.

그런데, 옥상문 틈에서만 빛살이 새어나오는 것이 아니었다. 한 층 아래, 벽면에서도 빛이 나오고 있었다. 비상구 층이 아닌, 중간층의 옹벽에서 은색의 빛이 새어나와 어둠을 자르고 있었다. 따로 공간이 있을 만한 데가 아닌데…… 원휘는 무릎을 펴고 내려갔다. 옹벽이 아니고 철문이 있었다. 어떤 용도로 이런 공간을 만들었을까. 문에 손을 대니 차가왔다. 문틈에서는 빛과 바람이 나오고 있었다. 옷을 삶는 듯한 냄새가 묻어나왔다. 손잡이는 돌아가지 않고 문은 굳게 닫혀 있었지만, 안에서는 무슨 소리가 계속 들려왔다. 고양이 울음 같은, 아기의 칭얼거림 같은 소리가 날카로운 쇳붙이 마찰음 사이에 섞여 흘러나왔다. 귀를 밀어붙였다가, 눈을 들이대면서 안의 호기심을 풀어내려 애를 썼지만, 아무 것도 확인할 수 없었다. 기계실이거나 보일러실 같다고 추측할 뿐이었다.

그는 다시 계단을 올라 옥상에 갔다. 한 꺼풀 깎아낸 듯한 가을하늘, 맑은 햇살을 받는 휴게의자와 파라솔이 청승맞아 보였다. 사람이 없기 때문일 테지만, 오히려 그런 추레함이 정겨웠다. 몇 해 전이던가. 어머니와 누나 식구들을 데리고 롯데월드에 놀러간 적이 있었다. 휘황찬란한 조명과 전시물 앞에 선 식구들이 초라하기 그지없었다. 다른 사람들은 화려한 배경이 자연스러워 보이는데, 유독 어머니만 잘못 붙여진 판박이처럼 공간에 어울리지 않고 궁상맞아 보였다.

지금은 그런 촌스러움이 원휘의 마음에 닿았다. 벽돌 틈새에 박아놓은 담배꽁초, 균열된 벽을 채워넣은 반창고 같은 페인트 자국, 서랍이 빠진 책상과 다리 없는 의자, 깨진 거울…… 쾌청한 날씨 때문에 드러난 흉터 같은 모습들이 그에겐 백화점의 물건들보다 더 살갑게 보였다. 뒷골목 보도블록 사이에서 제멋대로 자라난 잡풀도 싱그러워 보였다. 보도블록 사이에 여자 아이가 쭈그리고 앉아 혼자 공깃돌 놀이를 하고 있었다. 문득, 어머니가 떠올랐다. 월내에 잘 계시겠지······. 그 아이도 잘 있겠지······. 이모네 집과 그 부근의 바다 풍경 속에 한 여자 아이가 놀고 있는 모습이 늘 원휘의 마음에 자리하고 있었다. 꿈에서나, 바다가 생각날 때나 그 꼬마 여자 아이는 나타나서 해변을 폴폴 뛰어다니고 있었다. ······당신 여동생, 어릴 때 죽었다던 여동생 환영일지 몰라요······. 언젠가 아내가 그런 말을 했는데, 소녀의 모습이 떠오를 때마다 그 말이 항상 껴묻혀 기억났다. 이번엔 어머니의 젊은 시절 모습이 덧씌워졌다.

그는 명절을 앞두고 경쾌하게 움직이는 사람들을 내려다보며, 햇살 먹고 익은 열매가 땅에 떨어져 돌아가듯, 사람도 그럴 줄 알고, 때가 되면 친지를 만나 서로를 확인하려는가 보다 생각했다. 그 되풀이, 되풀이의 기억, 기억의 반복이었다. 모든 만물이 자기 기억을 만나기 위해 어디론가 바삐 가고 있다.

원휘도 오늘 저녁, 모임에 나가야 했다. 해마다 명절이면 은사 댁 근처에서 글벗들이 모여 은사를 모시고 술판을 벌이는데, 올해 날짜는 오늘로 잡혀 있다. 더욱이 오늘은 은사가 새로 낸 책을 기념하는 행사도 겸한다 했다. 연휴를 앞둔, 긴장 풀린 회식 자리가 될 것 같았다.

갑작스런 웅성거림에 뒤가 껄끄러워 고개를 돌려보니, 옥상에 언제 올라왔는지, 고등학생들이 여럿 몰려 담배를 피우고 있었다. 교복을 입은 채 담배를 피우는 모습이 볼썽사나워서가 아니라, 한 쌍의 어린 남녀 학생을 구석에 몰아넣고 돈을 뜯어내려는 녀석들이 문득 무서웠고, 그 두려움을 떨쳐야겠다는 생각으로 바짝 긴장했다. 원휘는 뻣뻣이 고개를 세워 그들의 모습을 지켜보았다. 어린 학생들이 공포에 질려 눈도 제대로 뜨지 못하고 있었다. 그들을 가운데 두고 몰아치는 불량 고등학생들의 모습이 너무도 진지해 보였다. '저런 진지함은 안 돼, 절대!' 라고 속으로 외치고 원휘는 벌떡 일어섰다.

녀석들에게 다가가보니, 그들은 코 밑 수염이 아직 솜털이고 뺨이 맨송맨송한 어린애들이었다. 원휘가 무리 곁에 바싹 다가서자, 궁지에 몰려 있던 남학생이 슬쩍 빠져나가고, 곧이어 여학생도 그의 옆구리를 스치며 달아났다. 손에서 지갑이 떨어져도 여학생은 상관 않고 달아났다. 금품 갈취의 현장을 목격한 터라 그는 더욱 뜨거운 것이 치밀어 올라 눈을 부릅뜨고 녀석들 어깨 위에 손을 얹었다.

어디선가 본드 냄새가 강하게 풍겨와 얼굴을 덮쳐온다는 느낌과 함께 눈앞이 깜깜해졌다. 순간, 원휘는 무릎을 꺾으며 앞으로 꼬꾸라졌다. 무언가 둔중한 것이 머리를 강타했다는 생각이 들었다. 곧이어 눈이 빠질 듯 아프고 머릿속을 송곳으로 후비는 듯한 통증이 왔다. 그는 머리를 감싸안았다. 간신히 눈을 떠보니, 녀석들의 다리 사이로 옥상 구석에 서 있는, 버려진 유모차가 시야에 끌려들었다.

유모차 안에 아이가 있는가……, 아기 울음이 날카롭게 옥상을 흔들어댔다.

– 씨발놈이, 끼어들고 지랄이야. 이 자식 정신 차리게 해줘야겠다.

학생들은 우 달려들어 순식간에 원휘의 팔다리를 붙들고는 옥상 문을 빠져나왔다. 코밑솜털이 아래층 비상계단에 먼저 내려가 철문을 열었다. 좀 전에 원휘가 안간힘 써서 들어가려 했을 때는 꿈적도 않던 문이 쉽게 열렸다. 그가 질질 끌려가다시피 들어간 곳은 백화점의 기계실 같았다. 여러 가지 크기의 파이프가 실내에 가득했고, 냉난방을 조절하는 듯, 계기판이 여럿 붙은, 덩치 큰 기구가 공간 중심에 들어앉아 있었다. 차갑고 어두운 실내에는 휘발유 냄새가 무겁게 가라앉아 있었다. 원휘는 기계의 큰 톱니 밑으로 내팽개쳐졌다. 그가 몸을 추스를 새도 없이 발길질과 주먹질, 그리고 파이프가 날아들었다. 놈들은 매질도 어설펐다. 옆구리에 한 번 제대로 맞아 숨이 턱 막혀왔을 뿐, 여러 차례의 구타는 잔뜩 웅크린 몸 살집에 닿아 튕겨 나갔다. 잠시 발길질이 멎어 고개를 올리니 녀석들 다리 사이로 옥상 구석, 유모차가 서 있고 그 안에 아이가 울고 있는 모습이 또다시 들어왔다.

원휘에게 가하는 린치에 별 효과가 없다고 여겼는지, 콧수염 녀석이 발치에서 무언가를 꺼내들었다. 번쩍, 빛이 눈을 찔러왔다. 잭나이프였다. 원휘는 다시 웅크리고 눈을 감았다. 갑자기 지진이라도 나서 바닥이 갈라졌으면……하는 생각과 함께 해변을 거니는 어머니의 모습이 어른거렸다. 모래 묻은 어머니의 갈라진 발바닥이 확대되어 떠올랐다.

그때, 누가 작동 버튼을 눌렀는가, 큰 기구의 톱니가 움직이기 시작하고 불이 환하게 켜졌다. 원휘만큼 녀석들도 놀라 팔다리를 흔들었다. 기계실로 들어올 때 문을 잠가 아무도 들어올 수 없는 상태였다. 누군가 안에 있었다는 것인데……. 둘러보아도 인적은 없었다. 웅크린 몸을 펴고 벌떡 일어서자, 어디선가 바람이 훅 불어와 주위 공기를 흔들어놓았다. 녀석의 손에서 칼이 툭, 떨어지고 세워져 있던 파이프가 쓰러져 뒹굴었다. 시멘트 바닥을 긁는 쇳소리와 함께 여인의 울음소리가 천장을 가로질러 달려들었다.

– ……귀신……?

녀석들은 소리치며 앞 다투어 기계실을 빠져나갔다. 원휘는 다리에 힘이 빠져 다시 누웠다. 혼비백산 달아난 녀석들에 대한 역정과 그들에게 당한 통증은, 어깨 위에 무거운 이불을 들쓴 듯한 느낌은 뭘까 하는 의구심에 가려지고 말았다.

들어 올리다가 만 역기가 내리누르는 것 같았지만, 그도 차츰 익숙해져 몸이 한없이 가라앉아갔다. 이대로 한 잠 푹 자고 싶다는 생각뿐이었다. 이렇게 한없이 자면서 시간을 흘려보내도 큰 잘못은 아니라고 생각했다. 아니, 저녁에는 은사한테 가야하고, 아버지를 돌보다가, 차례 지내고, 어머니도 모시고 와야 할 것이다. 하지만 그 모두가 자신과는 별 상관없을 수도 있다고 생각한다. 원휘는 상념을 이어나간다. ……그저 이대로 누워 있다가 시간이 오래 흘러, 누군가 누워 있는 나를 발견하고 흔들어 깨운다. 깨지 않으면 그대로 놓아 두거나 경찰에 신고하겠지. 한뎃잠을 자다가 몸을 망가뜨렸다며 식구들은 나를 고향에 묻을지도 몰라. 잠자는 나를 발견 못했다면 오랜 세월이 흘러 백화점 회사가 건물을 새로 지으려 부술 때, 나도 시멘트 더미와 함께 쓸려 어딘가에 버려지려나. 흙더미에 섞인 내 육체의 세포들이 비가 오면 강으로 흘러들거나 지하수에 섞여들어 사라질 게 분명하다. 부서진 나, 조각난 나는 강에서 바다로 흘러가겠지. 육지에서 '나'임을 확인시키던 내 세포들은 소금물에 녹을 터. 세포벽에 갇혀 있던 내 체험들, 기억들은 바다 소금물에 용해되어 바다와 하나가 될 것. 혹은 조류에 휩쓸리거나 물고기들의 아가미에 들락거리다가 수면 위로 올라갈 것. 햇살과 장난하며 놀다 구름을 만나고 찬바람도 만나 비가 되어 다시 땅으로 스며들겠지. 식물의 뿌리가 나를 빨아들여, 나는 잎이나 줄기 혹은 열매가 되었다가, 초식동물의 뱃속에 들어갔다가, 그를 취한 인간의 몸속에 들 수도 있겠지. 그러면 인간의 일부가 되거나 아예 인간이 되기도 할 것. 숨을 들이마시다가 뱉어내면서 한 생을 살아가다가, 숨이 멈추면 다시 흙이나 먼지가 되고, 물을 만나 바다로 흐르다 비가 되기를 되풀이하겠지……

언뜻, 마네킹 곁에 서 있던, 낯익은 여인의 창백한 모습이 나타났다가 사라졌다. 그리고는 누군가의 목소리가 귀 안으로 흘러들어왔다.

모두가 제게 병이 들었다고, 가여워하는 눈으로 저를 보고 말합니다. 저는 아프지 않은데, 모두가 자신을 잘 기억하듯 저도 모두를 생생하게 기억해서, 그래서 얼마나 기운이 넘치는지 모르는데 말이에요. ……그래요. 한 때 아픈 적이 있었습니다. 도무지 아무런 기억이 나지 않았을 때였습니다. 특히 당신이 생각나지 않을 때, 아팠습니다. 아파서 숨이 멎으면 당신에 대한 기억이 온전히 사라질까 두려웠습니다.

깜박 졸았던가. 백화점 스피커에서 누군가를 찾는 안내방송이 들려오고, 멈추었던가 싶던 경음악이 들려와 원휘는 고개를 들었다. 눈이 따가워 주머니에서 안약을 꺼내 몇 방울 털어넣고 그는 일어섰다. 곁에 누군가와 함께 잠을 잤다는 느낌……, 분명 누군가가 옆구리에 발을 얹고 있었다는 무게감이 확실해서 울컥 서글픔이 일었다. 어릴 때, 엄마든가, 형님이 곁에 같이 누워야 잠이 들던 시기가 있었다. 한참을 자고 난 후에 곁에 아무도 없음을 깨닫고, 공연히 슬퍼하던, 그 막막함이 그대로 전해졌다. 침이 한 입 가득 고이는, 공복감 같은 외로움…….

원휘는 침을 뱉어내고 기계실 밖으로 나왔다. 아플 줄 알았던 몸은 무릎만 조금 쑤실 뿐, 아무렇지도 않았다. 조금 전의 일들이 정말 있었던 것인지, 몽상이었는지 의심스러울 정도로 말짱했다. 내일쯤, 긴장이 풀리면 아플지 모를 일이다.

-옥상 오르는 계단 옆에, 기계실 맞지요? 거기 사람 드나들어요?

문화센터 사무실로 돌아오니 수업 십 분 전이었다. 원휘는 직원에게 복사물을 맡기면서 물었다.

-옥상 가셨어요? 폐쇄시켰을 텐데요. 기계실은 아무나 들어갈 수 없고…….

얼굴에 미소를 올리고 있었지만, 놀라는 스스로의 표정을 감추겠다는 모습이 역력했다. 뭔가 있다는 낌새로 그가 눈을 바로 쳐다보자 직원은 비밀이랄 것도 없다는 듯, 지체 없이 입을 열었다.

-아이가 엄마하고 옥상에서 떨어졌어요.

저도 들은 이야기에요. ……명품 핸드백을 유모차, 아이 엉덩이 밑에 숨겨 절도하다 들켜 결국 옥상으로 도망해서…… 같이 떨어졌대요. 투신이 가끔 있다고 경쟁사에서 헛소문을 퍼뜨리기도 한다지만 헛말만은 아니에요. 그 이후로 여인 울음소리가 기계실에서 울린다나…….

원휘는 복사한 모범 작품을 읽는 것으로 수업을 진행하면서, 어수선한 심신을 가다듬으며 두 시간 강의를 채웠다. 몸과 마음이 원래대로 돌아오려면 시간이 꽤 흘러야겠다고 생각하며 그는 문화센터를 나왔다. 백화점과 멀지 않은 지하철역을 향해 걸으며 휴대폰으로 이모를 찾았다. 이모와 연결되니 왁자한 사람들 음성이 들려왔다. 저녁때여서 손님치레 중인가 보았다.

-엄마, 아직 안 오셨는데……. 걱정 마라. 전화 줄게…….

— 네, 이모. 차례 지내고 내려갈게요.

이모에게는 죄송했지만 어머니한테는 휴식 시간이 될 터였다.

원휘는 지하철에 올라 빈자리에 앉았다. 휴대폰에 연결된 이어폰을 귀에 꽂고 인터넷에서 받은 빗소리를 들으며 눈을 감았다. 따스한 물속에 들어앉은 것처럼, 몸이 풀어지며 물에 뒤섞여 흐르고 있다고 상상하니 졸음이 왔다.

아가. 근심 마라. 팔십을 넘어선 늙은이가 더 뭘 바라겠니. 바람 쐬고, 햇살 맞다가 또 만나지면 그때 보자. 그때는 시간도 돈도 많았으면 좋겠다. 여유 있는 집안에 태어나 실컷 공부하면서 내 시간 쓰고 싶구나. ……그래, 나는 너희가 전부였고, 내 생의 의미였다고 믿었다. 지금도, 앞으로도 마찬가지일 거야. 그렇게 잘 알면서도 왜 이렇게 가슴이 미어지는 모르겠다. 통곡 같은 내 새끼들, 천년이든 만년이든 목숨 같은 새끼들 보며 같이 살고 싶다.

많이 피로했던지 옆에 앉은 사람이 어깨로 자꾸 머리를 밀쳐낼 정도로 원휘는 잠에 빠져들었다. 그는 자다깨다를 되풀이했지만 몇 정거장 지나지 않아서 또 고개를 젖혔다. 원휘는 잠을 몰아내려 가방에서 잡지를 꺼냈다. 책을 펼쳐들고 활자를 보았지만, 같은 문장을 계속 읽었다. 건너편에 앉은 한 여인이 그를 똑바로 쳐다보고 있었다.

원휘가 책을 비껴들고 슬그머니 바라보다 그녀와 눈이 마주치면 오히려 그가 그녀의 눈빛을 피할 정도로 그녀는 강하게 원휘를 바라보았다. 공공장소에서 꼴사납게 무슨 잠을 그렇게 험하게 자느냐는, 힐난 투의 눈초리가 아니었다. 잘 아는 사람이 왜 그렇게 모른 체 하느냐는 듯한, 원망이 담긴 눈이었다. 백화점 여성 의류 매장에서 보았던 여인이었다. 도무지 기억에 없는데, 하고 그는 책을 다시 펼쳤지만, 관심이 지속돼 페이지를 접었다. 앞을 바라보니 여인은 사라지고 없었다. 그제야, 낯이 익다는 느낌이 들었다. 해미……, 대학 동기, 어머니와 비슷한 이미지에다가 만나면 푸근해서 어리광을 부리고 싶었던 친구. 창백한 얼굴에 큰 뿔테 안경을 낀 그녀의 얼굴이 지하철 차창에 비쳤다.

마음 갈피 속에 숨어 있다가 늦게 떠오른 해미의 모습에 초점을 맞춰나가려는데, 아내에게서 전화가 왔다. 그는, 아기가 집에 잘 있냐고 물었고, 오늘 저녁 약속에 대해 알려 주었다. 아내는, 아기는 유치원에서 잘 놀다 돌아와 지금 자는 중이라고, 아버님도 잘 계시니 걱정 말라고, 술, 적당히 마시고 늦지 않게 오라고, 한결 차분해진 음성으로 전했다. 목사한테 다녀온 모양이었다. 전하고픈 선물이 있다고 했었다. 추석 연휴의 시작이었다.

당신이 나를 떼민 것은 아닙니다, 그런데도 왜 배신감이 드는지………. 당신과 함께 할 수 없다는 것을 알면서도 당신 곁에 있고 싶어 나는 가슴이 터질 것 같았습니다. 처음 본 그때부터였습니다. 신입생 환영회 자리, 당신과 당신 주변 모든 것이 빛났습니다. 바보 같은 당신, 당신이 미웠습니다. 얼마나 감싸안아야 당신의 빛을 가릴 수 있을까요. 얼마나 깎아내야 당신 뜻 알 수 있을까요. 알려고 다가서면 그저 환하게 웃기만 하던 당신.

2.

약속 시간보다 한 시간이 지나 모임 장소에 도착하니 술자리는 익을 대로 익어 있었다. 음식은 식어 있었고, 술병은 비어 있었다. 선배들이 스승 곁에 붙어 앉아 잔을 채웠고, 후배들은 후미진 자리에서 스승 쪽을 흘끔거리며 잔을 홀짝거렸다. 그는 지각한 벌로 스스로 구석진 자리를 찾았다.

다른 손님처럼 외따로 떨어져 서로의 이야기에 골몰해 있는 테이블이 있었다. 빈자리는 거기 밖에 없어 그는 그리로 가서 앉았다.

예, 너 여전하구나, 지각하고 구석자리 좋아하는 거.

빈 술잔을 들고 자작하려는 원휘의 손을 막는 손의 주인공은 해미였다. 지하철에서 앞자리에 앉았던, 그 모습이었지만, 자기소개를 않으면 모를 정도로 많이 변해 있었다. 큰 뿔테 안경도 얼굴에 없었다. 그녀를 마주하니 시간은 얼어붙고, 순식간에 스무 살 시절로 곤두박질쳤다. 흘러간 세월은 손이 증명했다. 그의 술잔을 채우고 자기 잔에도 술을 따라 훌쩍 마시는 해미의 손은 파리했고, 힘줄이 도드라져 있었다.

―잘 지냈니…….

자작하는 그녀를 보며 그는 어색한 미소를 지어보였다.

여전히, 잘 웃는구나, 여전해 너는. 나는 ……달라졌지?

―아니……. 약간.

눈을 크게 뜨고 놀란 듯이 사람을 쳐다보는 해미 특유의 표정이 신입생 시절로 그를 당겨갔다. 오리엔테이션 때 옆자리에서 허둥대는 그를 챙겨주던 해미. 봄 학기 내내 같은 수업을 들으며 과하게 친절을 베풀어 부담이었지만 더 기대됐던 해미. 다른 남학생에게도 동일한 관심을 보이고 가까이 한다는 소식을 듣고……. 여름방학이 되자 연락을 않으면서, 보지 않으니 자연히 마음에서 떠나게 되었던 해미…….

해미의 연애 소문이 귀에 들려오기 시작한 것은 가을학기가 끝나갈 무렵이었을 것이다. 다른 과의 복학생과 매우 친밀하게 지낸다는 것. 그는 원휘도 동경하는, 이미 등단한 시인이고, 노래도 웬만한 가수보다 잘하는 선배였다. 해미와의 만남이, 심각하게 서로를 탐색하고 보호하려는 마음을 가진 상황은 아니었지만, 선배와 각별하다는 소문을 들으니 원휘로써는 경쟁의식이 생기기도 했다.

언젠가 술을 엉망으로 마시고 토하던 그녀의 모습이 마음 깊은 곳에서 튀어나왔다. 그녀는 집 앞에서 원휘를 불러내 자기 집안 이야기를 하면서 울음을 터뜨렸다. 부모 이혼 후 여기저기 친척집을 돌며 십대를 보냈다는 그녀, 달아난 아버지를 원망하고 엄마가 불쌍하다 울부짖으며 그의 어깨를 파고들던 기억이 새로웠다. 그녀에게서 어머니 냄새가 났다는 기억도 묻혀 나왔다.

선배와 이혼하고 혼자 살고 있다는 말은, 원휘가 제대하고 아내와 결혼한 한참 뒤에 들려왔다.

잘 지낸다는 소식은 듣고 있었어. 부인이 참을성 많은 동문후배라고…… 너는 공부도 계속한다고…….

해미는 남아 있는 안주거리를 원휘 앞으로 몰아주며 그의 형편을 아는 체했다.

– 집사람, 나 재미없어 해. 교회가 전부야. 모두 내 탓이지.

목을 빼들어 친구 이야기에 주의 깊게 반응하는 그녀의 모습은 예전과 다를 바 없었다. 그는 연거푸 소주를 마셨다. 늦게 시작한 만큼 빨리 취해야겠다는 생각보다, 안주거리를 옮기는 해미의 메마른 손과, 소주병에 굴절된 스무 살 시절이 울컥, 가슴을 막아왔기 때문이었다.

은사가 큰소리로 원휘를 불러 그는 술잔을 들고 은사에게로 갔다. 한결같은 미소를 지으며 뭐하고 지내냐, 어서 자리 잡아야지, 안사람은 왜 같이 오지 않았냐……. 은사가 물어오며 따라주는 술을 마시고 그는 변화 없는 근황을 전하고, 은사의 책 줄거리와 감상을 섞어 말했다.

글을 써서 책을 내고 그 자리를 축하해주는 관례가 언제부터였는지, 그리고 그 자리에 섞이지 못하는 숱한 제자들은 다들 무얼 하고 지내는지, 환상에 취해서도 삶을, 세월을 살아갈 수 있는, 일상인이 보기에 그림자의 세계에 살면서도 씩씩하게 세월을 견뎌나가는 소박한……, 그러나 뭔가 결락돼 있어 보이고, 그걸 즐기는 듯 보이는 사람들……. 이 사람들 아닌가, 자신을 포함한……. 원휘는 그런 상념을 채운 술잔을 비웠고, 다시 은사에게 책 속에서 인상 깊은 부분을 전했다. 은사는 원휘의 말을 들으며 고개를 깊이 주억였다. 그림자들도 진지하고 치열하다.

다시 처음의 자리로 돌아오니 해미는 없었다. 아니, 원래 없었다는 듯, 테이블 위엔 음식이 깨끗이 치워져 있었다. 원휘가 옆 테이블을 흘끔거리며 술병을 찾자, 은사가 일어서고, 동문들도 하나둘씩 소지품을 챙겼다. 누군가 이차로 호프 한 잔 하자며 나서니, 많은 사람들이 다리를 세워 신을 꿰었다. 은사는 취했는지 휘청거렸다. 원휘는 xcv은사에게 다가가 취한 몸을 부축해 신을 신겨드리고 바깥으로 나섰다.

은사에게 인사를 하며 하나둘씩 빠져나가는 동문들을 바라보다가 그도 이제 그만 집에 가려고 했다. 그러나 늘 그렇듯, 은사의 뒷모습이 너무 쓸쓸해 보인다는 핑계로 더 있기로 마음먹었다. 무리들의 뒤에 쳐져 걸으며 하늘을 올려다보니 구름 한 점 없는 검푸른 하늘에 보름달이 떠올라 있었다. 보름달 곁에 별 한 개가 유난히 반짝인다. 바람이 서늘하게 뺨을 어르고, 어디선가 귀뚜라미 울음소리가 흘러와 귓속을 간질였다. 계절은 바뀌어도 자기는 바뀌지 않는다는 듯 사람들이 호기롭게 걸어간다. 원휘는 대보름달과 별을 바라보며 속엣것 토해내듯 빌었다. '좋은 소설 쓸 수 있을까요?' 응답은 없고 바람이 휘 불어온다.

그래, 모두 변한다. 시간 이기는 장사 없다. 시간 지나면 몸 아프면서 정신도 흐릿해진다. 아버지 섬기는 시간이 내 생애였다. 나와 무관한 시간이었어. 아가야, 시간은 너를 속이기만 할 것이다. 공부를 하거라. 시간은 늘 곁에 있어도 공부는 멀다. 더 힘을 내라.

이차로 간 호프집엔 대여섯 명이 남아 은사의 무거운 말을 견디며 술잔을 기울이고 있었다. 원휘도 은사의 단어를 곱씹으며 호프를 들이켰다. '건강', '불가지론', '시간', '이데올로기' 등등의 단어가 호프 잔에 들어갔다가 그의 몸으로 들어갔다. 급히 마신 탓인가. 술이 목까지 차올라 그는 화장실에 가서 먹은 것을 토해냈다.

머리가 깨질 듯 아파왔지만 곧 가라앉고, 정신이 또렷해졌다. 어디서 들었는데, 기억이 분명찮다. 해미가 오래전부터 몹쓸 병에 걸렸었다는, 그리고 행방불명됐다는 이야기다. 처음 술집에서 들었나, 아니면 여기 호프집에서 들었나……. 혹은 상상일 뿐인가. 급하게 너무 많이 마셨다. 취했다. 이대로 변기에 앉으면 잠들 것 같아 그는 벌떡 일어나 화장실을 나섰다.

짧은 시간 동안이었는데, 화장실에서 모임 장소로 돌아와보니 아무도 없었다. 은사를 모시고 다른 장소로 옮겼을 리는 없을 터여서, 모임을 주관했던 후배에게 전화를 걸어볼까 하다가 그만두었다.

원휘는 호프집을 나와 은사네 아파트 단지 안으로 걸어 들어갔다. 지하주차장이 없는 오래된 아파트여서 자동차들이 겹겹이 주차돼 있었다. 그는 자동차 사이를 비껴가며, 차창에 비친 자신의 모습에게 못난 놈, 하고 혀를 차곤 놀이터로 갔다. 놀이터 벤치에 벌렁 누우니 귀가 간지러웠다. 누가 험담을 하나, 귓바퀴를 털어내니 귀지가 떨어져 나왔다. 몸이 갑자기 추워졌다.

제일 서러울 때가 예측 없이 아파올 때입니다. 장맛비가 퍼부을 때, 비를 온전히 맞고 당신 집을 달려갔더랬지요. 쇳덩이라도 녹일 듯 뜨거운 채로 당신 집 앞에서 당신 모습 멀찌감치 바라보곤 그대로 쓰러졌습니다. 한 마디 뱉을 힘 없어도 당신 곁에 있다는 느낌만으로도 가슴이 벅차올랐어요. ……이제는 혼자서 병을 안고 살아갑니다.

벤치에 누워 밤하늘을 바라보다가 잠이 들었나 보다. 깊은 어둠뿐인 거리를 헤매다가 아파트 단지 공중화장실에 들어가 손을 씻고 있는데, 누군가 어깨를 가만히 흔드는 느낌이 들었다. 고개를 돌리니 해미가 있었다. 그녀는 하얀 이를 드러내 보이며 그의 팔을 잡았다.

'지금 여기가 진실인가요?' 라는 물음이 불쑥 튀어나왔고, 해미가 물기 있는 눈썹을 열어 그렇다고 응해왔다.

감고 있던 가로등 빛을 풀어내며 놀이터로 나온 두 사람은 아파트 단지 입구 포장마차로 들어갔다. 차가워진 몸을 덥히라며 해미가 소주와 국물을 시켰다. 다시 취기가 돌아야 오한이 없어질 것 같아, 라기 보다는 해미와 밤새 이야기를 나누어야 할 것 같다는 생각으로 원휘는 소주를 계속 입으로 가져갔다. 소주 두 병이 금세 비워졌고, 둘의 말은 더 풍부해졌다. 그 동안 원휘의 귀에 간간이 닿았던 그녀의 소식이 풍경으로 펼쳐졌다.

해미는 신입생시절부터 아프리카에 가서 봉사활동하고 싶어했는데……, 희망일 뿐이었다. 그녀는 이 학년 봄학기에 결혼식을 치렀다. 시부모 모시면서 출판사에 나가고, 집에 와서도 수공업을 하는 시아버지와 남편의 일을 도와야 했다. 시아버지는 단추를 만들어 의류회사에 납품했는데, 그녀는 밤늦도록 덜 뚫린 단춧구멍을 확인하거나 뚫어야 했단다. 한 번 유산을 겪고 간신히 아들을 낳았는데, 심신의 피로는 나날이 더해가고, 남편은 음반을 내곤 여가수와 다른 살림을 차렸다. 결국 이혼하고 아들도 빼앗겼다는 말을 할 때, 해미의 눈빛은 원휘가 처음 보는 무서운 것이었다. 그러나 봄날의 학교, 집 앞에서의 우스개, 군대에 있을 때 그에게 보낸 엽서 등등의 이야기는 눈에 미소를 담게 했다. 둘이 마신 소주가 다섯 병이 넘어도 정신은 말짱했다. 추위는 사라지고 열이 올랐다.

화장실에 다녀오니 해미가 포장마차 문 앞에 서 있었다. 계산을 마쳤으니 그만 가자고 그의 손을 잡았다. 그는 스무 살로 돌아가 있었다. 촉촉한 물기가 남아 있는 원휘의 스무 살 손이 해미의 차가운 손에 청춘을 얹었다. 해미는 남은 손으로 가로등 불빛을 가리켰다.

불빛이 나를 기다리잖아. 그 아래가 내 집이야. 거기 가요.

그는 해미의 손에 끌려 가볍게 발을 옮겼다. 연립주택의 지하 단칸방이 해미가 혼자 살고 있다는 집이었다. 각 주택에 달린 창고였다. 어둡고 좁은 통로를 지나니 똑같은 문이 바짝바짝 붙어 있었다. 그 중 하나의 문손잡이에 해미가 열쇠를 꽂았다. 문이 열리고 곧 불이 켜졌다. 에이포 종이만한 현관 위로 방 하나가 전부였다. 그러나 살림에 필요한 것은 다 있어 보였다. 컴퓨터, 침대, 책상, 냉장고, 소형전축, 비닐옷장……. 작게나마 부엌과 찬장도 있었다. 해미는 원휘를 앉히고 커피 물을 끓였다. 천장에 창문이 붙어 있는 듯, 커튼이 벽 꼭대기에 달려 있었고, 지나는 사람들의 하반신이 자동차 불빛에 어룽거렸다.

해미가 커피를 만드는 동안, 원휘는 화장실에 다녀와야겠어서 어정거렸다. 해미가 화장실은 바깥 골목에 있다며, 다녀오라고 고갯짓으로 알려 주었다. 그는 공용화장실에서 소변을 본 뒤, 다시 해미의 방으로 가려고 지하 복도로 들어섰다. 복도 끝에서 환하게 밝아졌다가 금방 꺼지는 백열등이 보였다. 환했다간, 어두워지고……, 불빛은 어색하게 반복됐다. 그와 함께 부산스러우면서도 조심스런 인기척이 귀에 달라붙었다. 간간이 여인의 억눌린 비명도 섞여 들렸다. 취기가 말끔히 가시는 듯했다. 무슨 음흉한 일이 벌어지고 있는 것만 같아 긴장이 왔다. 취기를 빌린 만용이 분명했지만, 무슨 일인가 확인하고 싶었다. 숨을 멈추고 발걸음을 최대한 빠르게 하면서도 소리를 죽여 복도 끝에 다다르니, 벽이 가로막고 있었다. 베니어합판으로 만든 벽은 드나드는 문도 없어보였다. 소곤거리는 사람의 음성이 복도 천장을 타고 벽을 넘어왔다. 철물이 부딪는 소리와 울음을 참는 소리도 올라왔다.

그는 턱걸이하듯 벽에 올라서 안쪽 아래를 내려다보았다. 알전구가 바퀴 달린 침상을 비추고 있었고, 침상 위엔 어려 보이는 여자가 하반신을 드러낸 채 무릎을 세우고 누워 있었다. 무허가 의료시술 중인 듯 보였다. 흰 가운을 입은 중년의 대머리가 침통한 표정으로 여자를 굽어보고 있었고, 간호사로 보이는 여인이 탈지면을 한 아름 들고 그 곁에 서 있었다. 누워 있는 여자 아이의 눈빛이 그에게 쏘인 듯해서 그는 황급히 벽을 내려왔다. 안에서 척척, 가윗날이 맞부딪는 소리가 들렸다.

다시 어둠이 눈앞에 몰려들었고, 그는 해미의 방을 찾아 어둠 속을 더듬어나갔다. 가윗날 소리와 아기의 비명이, 잘못 잡은 라디오 주파수처럼 귓속을 후비고 들어왔다. 그는 침을 삼켜 소리를 지우고 셋방들을 확인해 나갔다. 해미의 방이 몇 호였는지 도통 생각이 나지 않았다. 방들마다 똑같은 낙서였다. 해미를 큰소리로 부를 수 없어 그는 해미에게 전화를 하려고 핸드폰을 빼들었다. 십 오년 만에 만난 해미의 번호가 핸드폰에 저장되었을 리 없었다. 건물 바깥으로 나와 좀 전의 기억대로 다시 내려갔다.

해미가 방문을 열고 그를 기다리고 있었다.

마음 쓸 거 없어. 여기 별의 별 일 많아.

해미는 그가 허둥대는 모습을 보고 앉기를 권했다. 어느새 작은 술상이 차려져 있었다. 커피도 있었다. 해미가 내놓은 와인을 마시고, 안주로는 커피를 마시며, 그는 해미에게 가족 이야기를 하고 싶어졌다. 그에게 가장 현실적이고, 가장 현재적인 문제가 가족이 아니었던가. 그러면서도 이상하리만치 추상적이고 모호한, 별로 기대할 것 없고, 외면해도 별 아쉬움 없을 것 같은 가족…… 치매 걸린 아버지, 집을 비운 어머니, 바쁘다고 서로 피하는 형님과 누님들, 교회에 들러붙은 아내…… 하지만, 가족이 위안을 주고 있지 않은가. 더욱이 아이는 거울처럼 늘 자신을 비춰주고 있지 않은가. 자신의 흔적이고 미래이고, 귀소의 자리인 아이.

그의 상황을 해미는 이미 들어 알고 있었다고, 모두 힘들게 살아가고 있지 않냐, 며 훌쩍거렸다. 자신의 처지가 환기되는지, 해미의 훌쩍거림은 더 심해졌다. 그는 그녀의 어깨를 그러안고 등을 토닥였다. 문득, 백화점 기계실과 옥상이 떠올랐다. 바다를 바라보는 어머니의 작은 등도 보였다. 해미의 흐느낌 사이로 기계실의 여인 울음소리가 끼어들었고 그녀의 머리 뒤로 어머니가 어른거렸다. 여러 겹의 풍경이 겹쳐진 필름처럼 흐릿해지며 구분이 안 됐다. 작동예약을 해 두었는지 전축 스피커에서 음악이 흘러나왔다. 바그너의 '발키리의 기행'이었다. 발크레 기행의 어지러운 선율을 따라가다 원휘는 옆으로 쓰러졌다. 곧장 어둠 속으로 빠져 들었다. 어둠 끝에서 해마가 다가왔다. 둘은 '발키리의 기행'에 맞춰 몸을 흔들었다. 트럼본이 외치듯 그가 해미를 불렀고, 바이올린이 울 듯 해미가 응답했다. 심벌즈가 터지며 클라이맥스를 알리자 해미와 그는 한 옥타브 올라간 주제 선율에 튕겨 쓰러졌다.

－너는 내 숨통이야. 졸라, 숨통을 졸라, 어서!

해미의 입에서 원휘의 한숨이 흘러나왔다. 바그너가 끝났다. 둘은 어깨를 맞대고 앉았다. 아담은 자기 속에서 이브를 떼어냈다. 눈을 뜨니 폭죽이 터지는 듯 환하고 어지러웠다. 커튼 속으로 보름달의 달무리가 스며들었다. 해미의 몸으로 달빛이 흘렀다. 문득 흰 쌀 밥이 떠오르고, 미역국이 먹고 싶은 생각이 간절했다. 원휘는 그녀에게 바싹 다가가 그녀의 눈을 바라보았다. 달빛을 튕기는 검푸른 바다가 펼쳐지고 그는 풍덩, 그 안으로 빠져들었다.

모두 빈틈없이 잘도 돌아가요. 내가 남쪽 바다에 내려가니 모두가 금세 잊어버리고 잘 지내더군요. 시간이 흐르면 없어질 추억들. 꼬투리라도 잡으려 애쓰는 내가 싫어요. 하지만 아직은 나, 돌아볼 힘이 없어도 당신을 기억합니다. 당신이 나를 잊었더라도 나는 괜찮아요. 내가 당신을 이렇게 또렷이 새기고 있으니까요.

휴대폰 알람음이 가방에서 들려와 그는 슬며시 일어났다. 기상시간이었다. 바다 쪽을 돌아보니 해미는 깊이 잠들어 있었다. 그녀에게 뭔가를 선물하고 싶어 가방을 뒤지니 자신의 글이 실린 잡지가 있었다. 원휘는 수첩을 뜯어, 건강하게 잘 지내라, 메모를 써서, 책갈피에 끼웠다. 그는 책을 컴퓨터 옆에 두고 방을 나왔다.

보름달은 기울어가고 있고, 어둔 하늘은 남청빛으로 밝아오기 시작했다. 원휘는 아침 햇살이 눈을 찌르기 전에 지하도로 재빠르게 내려가 집 방향 전철에 올랐다.

집에 들어가니 아이는 자고 있었고, 아내는 없었다. 아내는 새벽 기도회에 있을 터였다.

3.

높을 대로 높아진 하늘에 실구름이 흐르고, 그는 그 위를 서서히 날아올라 비행한다. 누구든, 무엇이든 긍정하고, 불쌍히 여길 듯하다. 원휘는 꿈인 줄 어렴풋이 느끼면서도 청명한 가을 하늘을 더 날고 싶어, 전화벨이 계속 울리는데도 일어나지 않았다. 휴일이고, 가볍게 날아오르는 중인데…….

─여호와는 나의 목자시니 내가 부족함이 없으리로다. 그가 나를 푸른 초장에 누이시며, 쉴 만한 물 가로 인도하시는도다……. 안녕하세요. 오늘은 시편 23편을 읽어보았습니다. 여기서 말씀하시는 것은…….

성경 읽어주는 여자였다. 지난달에 한 번 응해주었더니, 일주일에 한 번 이상 전화를 걸어 성경 한 구절을 읽고 설명해 준다. 신학대학원생이라던가, 아내를 알고 있는 듯싶었다. 선교 방식이 독특하고 듣기 나쁘지 않아 끝까지 들었더니, 자주 전화해온다. 원휘는, 오늘은 바쁜 일이 있으니 나중에……, 하고 끊었다.

그는 잠을 깨고도 두어 시간 가량을 더 뒤척이다가 일어났다. 아이와 아내를 차에 태우고 본가로 향하면서 어제 일을 떠올렸다. 백화점 문화센터 수업과 옥상의 아이들, 스승과 동문들 모임, 그리고 해미.

정말 어제 거기 있었던가, 의심스러울 정도로 아득하게 느껴졌다. 그러고 보면 어머니의 가출부터가 이상한 일이고, 아내가 자신의 외박 이유를 묻지 않는 것도 낯선 일이었다. 술기운이 남아 있어 찌뿌드드한 몸에, 마음도 어수선한 오전이었다. 원휘는 어머니의 안부를 자꾸 묻는 아내의 의도를 헤아리며 묵묵히 앞만 보고 운전하다가 본가에 도착했다.

지난밤에는 조카가 아버지를 지켰나 보았다. 그가 들어가자 조카는 보던 TV를 끄고 원휘 네를 반겼다. 그는 조카를 보내고 아버지를 깨웠다. 목욕을 시켜야 했다. 그가 아버지를 목욕탕으로 몰고 들어 가니 아내는 제사 어물을 사러 가겠다며 밖으로 나갔다.

ー 오줌은 변기에다 싸셔야죠!

그가 벗은 아버지의 등에 샤워기 꼭지를 들이밀자 아버지는 컥컥 거리고, 고개를 주억인다. 알아듣는다는 표현이 아니라, 물 온도가 맞지 않는다는 뜻이다. 아버지는 육체의 감각적 반응만 있을 뿐, 사 람을 인지하거나 물건의 쓰임에 대한 기억은 없어보였다. 말도 잃었 다. 십 년째 치매 상태인 아버지를 돌보느라 어머니는 얼마나 괴로웠 을까. 심신이 낡은 헝겊 조각 같을 어머니를 생각하면 공연히 화가 치민다. 때밀이 수건으로 아버지의 등을 세차게 밀어내니 아버지가 또 '꺼꺼' 소리를 낸다.

ー 아버지는 모든 게 행복이겠죠. 좋은 것, 싫은 것 딱 두 가지만 아 시니까 행복하시겠죠.

사람은 수만 가지의 마음 때문에 불행하다고, 원휘는 아버지를 볼 때마다 생각한다. 아버지는 그가 초등학교에 입학할 때부터 늘 술에 취해 살았다. 어머니가 악착 같이 아버지의 몫을 대신해 주었다. 종 손인 아버지가 종가 일을 외면해도, 조부모님을 봉양하지 않아도, 아버지가 늘 술에 취해 큰 소리를 칠 수 있던 이유는 어머니가 대종 계의 사업에 서너 차례 목돈을 내놓았기 때문이었다.

초등학교 육학년 때던가, 할아버지가 시골에서 올라왔다. 원휘는 마침 기말시험 결과 전교 최고여서 할아버지한테 상장을 보여드리고 칭찬을 받고 싶었다. 그러나 할아버지는 원휘의 성적에는 별 관심을 보이지 않고, 어머니만 찾았다. 어머니는 앞집에서 텔레비전 연속극을 보고 있을 텐데요……. 할아버지는 원휘의 말이 끝나기 전에 풀럭, 도포자락을 추스르고 가게로 향했다. 할아버지, 아버지, 숙부, 재종 아재……, 집안의 모든 남성들에게 맏며느리로서 할 일 제대로 못한다는 비난을 어머니가 받아들이고 그들의 질타를 묵묵히 감내하던 까닭을 그때 어렴풋이 알았다. 답답할 정도로 느릿하지만, 결코 흔들리지 않는 할아버지의 무거운 몸짓, 금방이라도 터져 나올 것 같은 합리적인 호통을 누르고 있는 듯한 숱 많은 수염, 닳아 보풀이 일지만 몸이 움직일 때마다 중심을 잡고 있는 옷고름……. 그런 소재와 이미지가 전하는 위압, 도무지 한 마디 대꾸, 잠시라도 저항의 표정이나, 거역의 제스처를 보일 수 없는, 사람의 힘으로는 도무지 한 치도 움직이게 할 수 없는 장벽이 할아버지 주위에 드리워져 있던 것이다. 그 속에는 강력한 자력으로 뿌리 깊은 조상숭배 사상이 자리하고 있었다.

어머니는 보이지 않는 도그마의 힘에 주눅 든 채 무조건 돈을 많이 벌어, 저축해서 고향의 땅에 쏟아 부었다. 배운 것 없어도 종갓집 맏며느리 몫을 충분히 해내리라는 할아버지의 판단은 옳았고, 일자무식이어도 어머니는 시댁에 인정받고 싶어, 돈과 땅에 그렇게 집착했던 것이다. 어머니의 어머니, 시어머니의 시어머니, 그의 어머니 시절부터 여성이어도, 한 세상 살아가는 일에 큰 몫을 하고 있다고 신뢰 받고 싶어 하던 존재들이었다. 가족, 씨족, 민족의 결속을 유지하기 위해 현모양처로 의당 희생해야 한다는 오랜 풍속, 그 요지부동의 습관, 아버지들의 습관에 맞추려 어머니들은 뼈를 깎고 살을 베어내야 했다. 그 고통을 견딜 수 있는 힘은 사랑이라는 환상을 받아들이면서.

어머니는 아버지를 진정 사랑했을까. 아버지를 끝까지 끌어안은 힘이 정말 사랑이었을까. 술과 잠으로 자기만의 세월을 보내는 아버지에게 어머니는 악다구니를 퍼붓기도 했다. 가끔씩 서로 만신창이가 되도록 싸우는 모습을 자식들 앞에서 버젓이 보였어도 두 사람이 갈라서지 않았던 이유는 단지 자식들 때문이었을까.

아버지의 무기력과 어머니의 억척스러움은 또 다른 방식으로의 사랑의 조건을 형성해 주기도 했을 것이다. 예술가 기질이 강했던 아버지로서는 종손으로서의 의무가 부담이었을 것이고, 그런 유아적 기질을 모성애로 받아들이는 어머니의 성격이, 어긋나는 서로의 관계를 그나마 유지시켰을 것이다. 두 사람 모두 자기애가 강한 분들이었다. 아버지는 종계 일은 피하면서도 가게 물건을 관리하는 정도의 일로 어머니의 원망을 흘려버릴 수 있었고, 어머니는 아버지 몫 이상의 재화를 기부함으로써 집안 어른들의 힐난을 면하면서 종계 아버지들의 꾸중을 넘겨냈을 것이다.

두 분 모두 자기 한계에서 오는 외로움을, 서로 할퀴고 서로 보듬어 주면서 육십 년을 살아왔다. 그리고 이제 한 분은 정신이, 한 분은 육신이 제 기능을 못하게 된 시기를 맞은 것이다.

원휘는 아버지를 일으켜 세워 비누 거품을 낸 타월로 몸 구석구석을 문지른다. 아버지가 몸을 비틀어댄다. 가랑이 사이에 타월이 들어가 사타구니에 닿자 아버지는 더욱 몸을 움츠리며 괴성을 지른다. 여전히 무성한 검은 털 사이로 숯덩이 같은 생식기가 움찔한다. 그는 아버지의 음부를 꼼꼼히 씻겼다. 꺽꺽거리며 엉덩이를 빼는 아버지. 어릴 때 아버지가 원휘를 씻길 때 원휘도 그렇게 움츠러들었다. 민감한 부분인 줄 아버지는 본능의 기억으로 갖고 있다. 그 부분도 언젠가는 시커먼 먼지기둥이 될 텐데.

아버지를 얼마나 미워했는지, 아니 얼마나 사랑했는지. 아가야, 너희들은 아버지보다 더 사랑이라고 할 수 없을 것 같다. 아버지, 가련한 사람이란다. 내가 없으면 아무것도 못하는 응석쟁이야. 나는 아버지를 통해 나를 세우고 전할 수 있어 좋았다. 아버지는 술로 허무를 이겨내고, 나는 너희 뒤에 있는 아버지를 연민하며 나를 견뎌낼 수 있었단다.

어머니가 어떻게 있을지 갑자기 궁금해졌다. 원휘는 아버지 목욕 순서를 여느 때와는 다르게 뭉텅 빼먹고 아버지를 욕실에서 내왔다. 이모에게 핸드폰을 연결하려 했지만 불통이었다. 가게에 전화를 넣어 보았다. 계속 통화중이었다. 누나에게 연락해보니 별일 없다고,

어머니 잘 있다고 이모와 통화했다고 한다. 언제 적 통화였는지 묻지 못하고 끊으니 더욱 애가 탔다. 휴대폰을 쥔 손이 뜨거웠다. 원휘는 아버지 옷을 입히며 애써 불안을 가라앉혔다.

어머니는 자식들의 앞날이 늘 걱정돼서 이모하고 점쟁이에게도 자주 갔는데, 다녀온 다음에는 꼭 티가 났다. 형제 누군가의 옷가지나 가방에서 부적이나 비방이 나왔다. 원래는 교회에 충실했다는데, 원휘의 여동생이 죽고부터 무당을 만나기 시작했단다. 용하다는 무당을 두 번째로 찾아가는 것을 수치로 여길 정도로 부지런히 다녔다. 한때는 여동생을 위한 작은 제단이 부엌에 꾸며지기도 했었다.

원휘가 아버지의 옷을 갈아입히는데, 아내가 돌아왔다. 제사 어물을 사온 아내는 손을 씻고 음식을 만들기 시작했다. 그도 아내를 도와 손을 빠르게 움직였다. 아이도 조막손으로 심부름을 했다. 아내와 아무런 대화 없이 제물을 만들고, 만든 음식을 소쿠리에 모으고 청소를 마치니 저녁 여덟 시가 넘어 있었다. 저녁을 간단히 먹고 아내와 아이를 찜질방에 보내고 나니, 다시 집안은 고요해졌다.

밤낮이 거꾸로 된 아버지가 잠에서 깨 거실로 슬그머니 나왔다. 원휘는 텔레비전을 켜서 적막을 몰아냈다. 아버지는 소파에 앉아 텔레비전에 시선을 두다가, 원휘를 보다가, 천장을 보다가, 현관 쪽을 보다가, 산만하게 고개를 움직였다. 잠시도 한 군데만을 응시하지 않는 아버지의 눈빛이 요즘 눈에 띄게 흐려져 있었다. 그래도 오늘은 손뼉을 치지 않아 조용했다. 한번 손뼉을 치기 시작하면 온종일 손

뻑 뿐 아니라, 방문, 창문, 장롱문 등등 문이란 문은 모두 두드려대
관리실에서 인터폰이 왔다.

원휘가 거실 바닥에 쿠션을 베고 누워 아홉 시 뉴스를 보고 있는
데, 전화기가 울렸다.

─ 여호와의 율법은 완전하여 영혼을 소생케 하고 여호와의 증거
는 확실하여 우둔한 자로 지혜롭게 하도다…….

시편을 읽어주는 여인이었다. 이곳에도 전화 선교를 하는 중인가
보았다. 아내가 연결해놓은 것일까……. 원휘는 그녀에게 지금 차례
음식 만드는 중이라 거짓말을 하고 나중에 전화해 달라며 끊었다.
그는 다시 누웠다.

스포츠 뉴스를 보다가 깜빡 잠이 들었던가. 바지주머니에서 허벅
지를 간질이는 핸드폰 진동이 느껴졌다. 원휘는 주머니에서 핸드폰
을 꺼내 귀에 갖다 댔다. 누군지, 말이 없었다. 아버지가 소파에 앉
아서 원휘를 내려다보고 있었다. 그는 핸드폰을 다시 주머니에 넣고
잠에 빠지려 눈을 감았다. 또 진동이 왔다. 핸드폰 액정을 보니 발신
자 번호가 없었다.

여보세요…….

그녀였다, 해미. 약간 떨리는 음성으로 속삭이듯 작게 말했지만
그는 음성의 주인이 해미임을 금방 알아차렸다.

지난 밤, 아니 새벽엔 잘 들어갔어요?

─ 어……, 잘 들어갔어.

그러고 보니 그는 그녀에게 전화해 주어야겠다는 생각도 못하고 있었다. 꿈결 같았던 어제가 실재였는지도 의심스러웠다. 그녀가 이렇게 먼저 전화해 올 줄은 전혀 예상 외여서 더 혼란스러웠다. 꿈 속 아니었던가.

— 명절인데 뭐해? 우리는 차례를 지내는데…….

음……. 그냥 쉬어야지. 바다에나 갔다 올까 봐요. 갑자기 남쪽 바다가 보고 싶네.

해미가 보고 싶어 하는 게 바다인지, 그인지, 혹은 그 둘 다라는 마음이라고 원휘 자신이 해석하고 싶은 건지……, 애매하게 들려왔다. 좀 더 확실한 답을 듣고 싶어 물어보려는데, 현관문이 벌컥 열렸다. 목욕 가방을 든 아내가 아이와 함께 들어서고 있었다.

……잘 있어요. 두고 간 책 잘 볼게.

그가 안녕히, 라고 인사하기도 전에 그녀가 먼저 끊었다. 아내가 거실로 들어서자 아버지는 머리를 흔들며 다시 주위를 둘러보기 시작했다. 시계는 열 시를 가리키고 있었다. 아내는 차례 음식을 다시금 둘러보고, 어머니 방에 들어가 잠자리를 만들어 곧장 아이와 함께 누웠다. 잠자리에 누운 아내와 아이를 보고 원휘는 다시 거실로 나와 아버지 곁에 앉았다.

아버지는 그를 무연히 바라보다가 미소를 지었다. 그도 풋, 하고 웃었다. 아버지의 세월이 잘못되었는가, 아버지가 잘못인가? 아버지의 음주와 권태는, 할아버지와 어머니에게 보답 못하는 사랑을 스스로 알아차리고, 미안함을 견디려는 아버지 식의 생활 방식이었을까. 자기애와 가족애 사이에서 어쩔 줄 몰라 알코올의 힘을 빌려 시간을 삭인 아버지의 세월……. 원휘는 홑이불을 꺼내와 소파에 누운 아버지 위에 덮고, 자신도 거실 바닥에 누웠다.

그는 해미를 떠올려 보았다. 바다에 가고 싶어 하는 해미. 해변을 거니는 여인의 모습이 어렴풋하게 그려졌다. 그런데, 해미와 방금 통화했음에도 해미의 음성이 기억나지 않았고, 얼굴도 분명하게 떠오르지 않았다. 여러 사람의 얼굴과 목소리를 환기하며 눈을 감았다, 떴다, 뒤척이고 있는데, 아버지가 깨어났다. 머리맡에 있는 휴대폰을 들어 시간을 확인하니 새벽 세 시였다. 내일 아침 차례를 잘 지내려면 조금이라도 눈을 붙여야 하는데, 아버지가 잠을 완전히 달아나게 했다. 아버지는 손바닥으로 소파 팔걸이를 툭툭 쳐대기 시작했다. 저렇게 아침을 맞을 것이다.

─야, 네 엄마 어디 갔어? 빨리 가서 찾아와!

빠른 어투로 또박또박 발음되어 나온 아버지의 음성이었다.

─내일 차례 지내야지. 어서 엄마 불러 앉혀놔.

어둠 속이지만, 아버지가 원휘의 얼굴을 똑바로 응시하며 원휘에게 지시하는 중년의 아버지 모습을 또렷이 느낄 수 있었다. 원휘는 일어나 거실 등을 환하게 밝혔다. 아버지의 입에서 이렇게 정확한 말이 나온 지 십 년이 지났다.

─아버지, 나를 알아보시겠어요? 정신 드셔요?

아버지에게 바짝 다가가 앉으니 아버지는 몸을 비끼며 다시 여기저기에 시선을 바삐 옮겼다. 그리고는 한 마디도 않고 손뼉을 치다가 다시 꾸벅꾸벅 졸았다. 조는 아버지를 바로 누이고 원휘도 이불을 머리끝까지 올려 덮었다.

누가 있는가.

탁, 탁, 탁, 베란다 창문을 두드리는 소리에 잠에서 깨어 일어나보니, 아버지가 베란다에 나가 있었다. 아버지는 비스듬히 서서, 화분 하나를 물끄러미 바라보고 있었다. 행운목이었다.

─ 일찍 오셨구먼유. 손자가 다 차려놨네유. 아가도 왔구나.

분명 그는 아버지가 하는 말을 들었다. 돌아가신 할머니와 죽은 여동생이 떠올랐다. 아버지가 베란다 안쪽으로 더 들어가 보이지 않자, 원휘는 일어서서 베란다로 향했다. 꿈속이라 생각했다. 베란다를 걸어가는 자신이 보이는 꿈이었다. 할머니와 소녀가 행운목 앞에 쭈그리고 앉아 아버지를 빤히 쳐다보았다. 아버지가 다가가자 그들은 금을 그어놓고 손을 뒤집었다 폈다 하며 공깃돌 놀이에 열중했다. 아버지는 그들이 그어놓은 금 안으로 들어가지 못하고 멀뚱히 놀이를 바라보고만 있었다. 원휘도 나무 근처에 가보지 못하고, 베란다 문턱 앞에서 지켜보기만 했다. 어느새 베란다 창을 밀고 들어온 주황빛 햇살이 아버지의 어깨를 붉게 물들여갔다. 아버지가 나무처럼 팔을 벌리고 서서 빛줄기를 받아들이다가 금세 활활 타올랐다. 그는 눈이 쓰라려 꾹 감았다. 이번엔 노을이 번진 바다가 펼쳐졌다.

태양이 저물어가며 푸른 바다를 붉게 물들였다. 해는 온몸을 이글거리며 바다 속에 잠기지 않으려 안간힘 쓰고 있었다. 푸름이 아직 남은 육지 쪽, 한 여인이 한복을 곱게 차려 입고 노을 쪽으로 빠져들고 있다. 불타는 돌덩이를 가슴에 안은 형국으로 바다 속으로 끌려간다.

　　정성 들였구나. 고마워. 힘들어도 아버지 잘 모셔라. 슬픔은 살아 있다는 증거. 그래도 너무 슬퍼하지 마라. 다시 만나지 않겠니. 노을이 지고, 어둠이 걷히면, 다시 해가 솟지 않니. 무수히 반복되는 시간. 그 흐름 속에서 우리 다시 웃으며 이야기 나누게 되겠지.

어머니인가, 바다에 빠져드는 여인. 아, 안 돼요 엄마!
원휘는 눈을 비벼 떠 아버지를 바라보았다. 아버지는 행운목 곁에 쪼그리고 앉아 졸고 있었다.

　　4.

　　원휘는 아침 여섯 시에 잠시 눈을 붙이고, 일곱 시에 일어나 차례 음식을 진설하기 시작했다. 그는 어제 만든 음식을 조심스레 담아 제사상에 올렸다. 지방을 쓰고 향로를 놓으니 숙부 가족이 몰려왔다. 모두들 어머니의 부재를 궁금해 했다. 잠깐 쉬러 가서서 아직 오지 않았다는, 같은 대답을 반복하면서, 원휘는 바쁘게 움직였다.

예전보다 더욱 제의 절차에 신경을 곤두세운 탓인지, 차례가 끝나자 졸음이 왔다. 원휘는 음복 후에 잠시 눈을 붙였다가 아내가 깨우는 통에 눈을 떴다. 식구들 있을 때, 친정에 가겠다며 아내는 서둘렀다. 자기 닮은 조상에게 성의를 보였으니, 이제는 살아 있는 어른들 찾아뵈어 건강을 빌고 기억해달라는 인사를 올리는 일이 남았다.

원휘는 아내와 아이를 차에 태우고 처가에 가서 어른들께 절을 올렸다. 장모가 차려준 과일과 식혜를 먹고, 아이와 아내를 남겨둔 채, 처가에서 나와 다시 차에 올랐다. 어머니 데리러 당장 월내에 다녀오겠다는 뜻이었지만, 해미에게 먼저 들러볼 심산이었다. 지난밤의 아련함이 진실인지 확인해 보고 싶었다. 해미가 바다에 가고 싶다 하지 않았는가. 갈 수 있으면 같이 월내바다에 가겠냐고 권해 볼 생각이었다.

도무지 차가 전진할 기미가 보이지 않는 꽉 막히는 도로에서, 그는 해미에게 전화를 걸려고 핸드폰을 열었다. 최근통화목록에 해미의 것임직한 전화번호를 찾아보았다. 번호는 없었다. 어젯밤에 분명 전화가 왔었는데, 그 시간의 통화는 목록에 없었다. 정체모를 발신자 번호도 없었다. 통화목록을 삭제하지 않았는데, 이상했다.

어제 왔던 길목을 몇 차례나 돌아도 해미의 집을 찾을 수 없었다. 연립주택 단지 자체가 원래부터 없었던가……? 그는 차를 은사네 아파트 단지에 세워두고, 바둑에서 복기하듯 어제 갔던 장소를 되짚어 나갔다. 고기 굽던 술집 – 호프집 – 놀이터 – 포장마차……. 그는 포장마차 주위를 빙글빙글 돌았다. 그러고 보니, 빈 포장마차가 어제 그 점포였는지도 분명찮았다. 길 건너에도 포장마차가 눈에 들어와 그리로 달려가 보니, 어제 그 집이었다. 그리고 연립주택도 눈앞에 서 있었다. 그는 해미와 들어갔던 건물 지하로 내려갔다. 바짝바짝 붙어 있는 지하 방 중에서 어느 것이 해미의 방인지 도무지 알 수 없었다. 복도 끝에 있었던 수상한 벽도 누군가 말끔히 치웠는지, 없었다. 다른 건물인가……. 의아해 하며 돌아나오는데, 바닥에 눈에 익은 볼펜이 떨어져 있었다. 그가 해미에게 준 책에 메모했던, 문화센터 개강 기념 볼펜이었다. 볼펜 끝이 가리키고 있는 곳이 해미의 방임에 틀림없었다. 문에는 음식점 소개와 각종 광고지가 붙어 있었다.

 – 없나?

 그는 천천히 노크했다. 응답이 없었다. 나지막이 해미를 불렀다. 아무 기척도 없었다. 방문 손잡이를 잡으니 먼지가 뽀얗게 묻어 나왔다. 어디선가 고양이 울음소리가 들려오고, 곰팡내 섞인 비눗내가 훅 끼쳐왔다. 순간, 롤러코스터를 타고 곤두박질치는 듯한 기분이 들었다. 한껏 불안에 찼다가 철렁, 가슴이 내려앉는, 어릴 적, 코피를 쏟아낼 때의 급작스런 어지럼증 같은 것이 몰려왔다. ……해미 어디 갔나.

5.

 부산으로 향하는 중부고속도로 위, 그는 시속 백 킬로미터를 유
지하며 액셀러레이터를 밟았다. 차 안의 디지털시계는 여덟 시 팔 분
을 표시하고 있고, 차창 밖 이정표엔 이천 휴게소가 십 킬로미터 남
았다고 적혀 있다. 내일 오후부터는 귀경 차량이 몰려들 게 분명하
므로 아침 일찍 어머니와 함께 돌아와야 했다. 차량이 많지도 적지
도 않아 운전이 힘들지는 않았다. 차창을 여니 습한 바람이 들이닥
쳤다. 태풍이 북상중이라는 아침 뉴스가 기억났다.

 이천 휴게소에서 주차하고 화장실을 다녀오는데, 어디에선가 불
쑥 나타난 중년 여인이 손을 내밀어 차비를 구걸했다. 원휘는 깜짝
놀라 팔에 얹힌 그녀의 손을 치우고 달아나듯 차로 돌아왔다. 시동
을 걸고 서둘러 움직이는데 창밖, 산발한 청년이 그의 차를 향해 놀
란 눈을 하고 손가락질을 했다. 뒤를 무언가에 잡힌 듯한 기분이었
다. 룸미러를 보아도, 속도를 늦추고 고개를 돌려 뒷좌석을 보아도
아무 것도 없었다. 운전을 하면서 원휘는 어깨를 흔들어 긴장을 풀
었다. 괜한 불안이었다.

 낮 동안 월내에 닿으려면 더욱 속도를 내야 하는데 차량이 많아져
시속 육십 킬로 이상을 달리지 못했다. 단조로운 고속도로 운전이어
서 졸음이 왔다. 가끔씩 눈에 돌덩이를 얹힌 듯 눈꺼풀이 절로 감겨
왔다. 원휘는 혀를 깨물거나 허벅지를 꼬집어 졸음을 몰아내면서 가

까스로 양산까지 왔다. 양산에서 월내까지는 삼십 분 정도의 거리여서 잠깐이라도 차 안에서 눈을 붙여야겠다고 생각했다. 그는 양산 나들목에서 고속도로를 빠져나와, 한가한 도로 곁에 차를 세웠다. 허리를 펴고 누우니 이명이 들리고 잠이 오지 않았다. 바람이 더욱 거세졌고 빗방울이 듣기 시작했다. 가까운 여인숙이나 찜질방이라도 가야 할 듯싶었다.

원휘는 다시 액셀러레이터를 밟아 달렸다. 속도가 나기 시작할 때, 가로수가 흔들, 하면서 검은 물체가 가로수 밑동에서 튀어나왔다. 급히 브레이크를 밟아 차를 세웠지만, 이미 검은 물체는 앞 범퍼에 부딪고 튕겨져나갔다. 차체에 부딪치는 둔중한 소리와 거친 타격의 감촉이 그의 몸에 즉각 전달됐다. 순식간에 벌어진 상황이어서 그는 어찌할 바 몰라 한동안 차를 멈춘 상태로 있었다.

컴컴한 차도 바닥에 널브러져 누워 있는 것은 사람이 아니었다. 짐승 같았다. 원휘는 숨을 크게 내쉬고 바깥으로 나가, 쓰러진 짐승 쪽으로 천천히 가 보았다. 고양이였다. 척추가 부러졌는지 등이 꺾이고, 얼굴은 함몰되어 보이지 않았다. 그래도 숨은 붙어 있어 노인이 끙끙 앓는 소리를 내고 있었다. 그는 차 트렁크에서 우산을 꺼내 고양이를 차도 바깥으로 내몰고 은박 돗자리를 덮어 주었다. 곧 숨이 끊어졌는지, 앓는 소리도 그쳤다. 등 위를 누군가 짓누르는 듯한 압력이 느껴지며 가슴이 답답해왔다. 대형트럭이 욕을 하며 지나쳤다. 차에 오르자 뺨을 때리듯 갑자기 비가 쏟아지며 차창을 두드려댔다.

가듯말듯 차를 일 킬로미터 정도 몰았을 쯤, 큰 교통사고가 벌어져 있었다. 방금 일어난 사고로 보였다. 응급차, 레커차, 경찰차가 제각기 비상벨을 울리며 요란하게 서 있었고, 많은 차와 사람들이 웅성거리고 있었다. 대형 트럭이 졸음운전을 했는지 중앙선을 넘은 채 승용차를 깔아뭉개고 있었다. 원휘는 서서히 사고 현장을 비껴나갔다. 승용차에서인지 트럭에서인지 남자의 악다구니가 계속 들려왔다. 통증을 잊으려는 비명이었다. 트럭은 좀 전에 원휘의 뒤를 바짝 쫓다가 추월하면서 차창을 열고 뭐라 소리쳤던 그 차였다. 승용차의 카오디오에서 푸치니의 '별은 빛나건만'이 흘러나오고 있었다. 빗물 위로 기름인지 핏물인지 검붉은 액체가 섞여 흘렀다.

터미널 여인숙에 들어, 허리를 펴고 누우니 몸이 제자리를 찾아드는 듯, 이곳저곳이 아려왔다. 한참을 기지개를 켜고 다시 앉으니, 퀴퀴하고 눅눅한 이불과 베개가 그제야 눈에 들어왔다. 옆방에서 켜놓았는지 텔레비전 소리가 넘어왔다. 남녀의 웃음소리도 간간히 겹쳐 들렸다.

니코틴과 화장품 냄새가 범벅이 된 이불을 이리저리 포갰다 폈다 하고, 누웠다 엎어졌다 하면서 시간을 흘려보내도 그는 도통 잠을 이룰 수 없었다. 눈을 질끈 감고 어린 시절, 잘 다니던 우물을 떠올려 보아도 예전처럼 졸음이 몰려오지 않았다. 잔상으로 남아 있는 천장의 벽지 무늬가 무겁게, 무겁게 내려앉고 있었다. 큰 바윗덩이가 몸을 덮어 누르는 듯했다. 눈을 뜰 수도, 고개를 틀 수도, 소리를 지를 수도 없었다. 늪 속에 빠지면 이럴까. 귀가 먹먹하고, 피부에 전류가 흐르는 듯해도, 도무지 손가락 하나 움직일 수가 없다. 누군가 곁에서 입김이라도 불어준다면, 이 가위눌림에서 벗어날 수 있을 것 같은데…….

내게 있어 당신이 가득 차 있는 우물이어도 언제 증발해 버릴까 나는 불안합니다. 몸 세포 하나하나가 마취 당한 듯해도 당신은 늘 웃고만 계십니다. 한 계절이 끝나면 당신이 잊힐까, 나는 환절기마다 안절부절 못합니다.

샤워 물소리가 들리며 귀가 통통 부어오르는 듯해서 그는 간신히 고개를 돌리고 손을 움직여보았다. 경직된 몸이 차츰 풀리기 시작했다. 머리가 깨질 듯 아팠다. 텔레비전에서인지, 바깥에서인지, '독도는 우리 땅'이라고 소리치는 남녀의 듀오 같은 음성이 방안에 들어와 울렸다.

그제야 그는 일어나 앉았다. 태풍 중의 산사태처럼 문득, 어머니가 잘 계신지 걱정이 밀어닥쳤다. 휴대폰을 들어 시계를 보니 여덟시였다. 액정에 확인 안 한 문자 메시지가 두 통 와 있었다. 지난밤에 왔었던 문자였다.

'6기, 박해미. 오랜 투병 끝에 하늘나라로 갔습니다. 성심병원장례식장. 발인 22일.'

한 통은 부음이었고, 또 한 통은 아내의 통보였다.

'교회기도원에 들어가요. 아이는 친정 엄마네 두었어요. 언제 올지 몰라요. 당신 그림자에 늘 겹쳐 있던 그 사람 무서워요. 더 늦기 전에 내 삶, 내 미래에 대해 깊이 생각해봐야겠어요.'

폴더를 닫으니 향냄새가 훅 끼쳐왔다. 문득, 머리가 횡하니 비워오며 울컥, 토악질이 올라왔다. 아이의 조막손, 이 빠진 미소, 맑은 눈이 어른거렸다. 아이를 못 본다는 것은 있을 수 없는 일이었다. 이제 남은 것은 그림자와 같은 문우들뿐인가.

원휘가 휴대폰을 팽개치듯 내려놓으려는데, 진동이 울렸다.

― 여호와여, 도우소서 경건한 자가 끊어지며 충실한 자가 인생 중에 없어지도소이다…….

성경 읽어주는 여자였다.

어떻게 휴대폰번호까지 알았는지……, 원휘는 상대가 시편을 전하는 도중에 전화를 끊어 버렸다.

그는 이불을 걷어치우고 바깥으로 나갔다. 어머니가 어디 계신지 알 것 같았다. 어머니는 근래 들어 자주 월내바다에 가고 싶다고 했다. 방파제에 앉아 파도에 발을 적시는 어머니의 모습이 뚜렷이 그려졌다. 그는 차를 급히 몰았다.

빗방울을 떨궈내며 나가는 차 안에서 누군가 웅얼거린다. 바다를 바라보며 하염없이 앉아 있을 어머니 생각에 자식 도리 못한 참담한 심정이 액셀러레이터에 힘을 주게 한다. 차 안으로 여러 겹의 목소리가 덧씌워진다.

　– 어머니, 물이 차 올라와요. 어머니 무릎을 적시는데도 꼼짝 않고 앉아만 계시면 어떡해요. 주머니에 있던 손톱깎이를 꺼내 눌러 바다를 끊어내자 해미의 절규가 들려온다. – 어머니 이제 돌아가요. 제가 얼마나 찾았는데요. 갈매기가 내려와 파도를 지치자 바다 한 쪽이 튕겨나와 낮달이 된다. 어머니가 달무리를 붙들고 일어선다. – 아가야, 나 이제 간다. 바다로 간다.

　원휘는 월내 앞바다에 도착하자마자 급히 차를 세우고 뛰쳐나갔다. 비는 그쳤지만 파도가 높아 제방에는 가까이 다가갈 수 없었다. 제방에는 아무도 없었다. 원휘는 비바람에 헝클어진 해변을 이리저리 뛰어다녔다. 쓰러졌다 다시 일어나 모래톱 위를 달렸다. 머리 위까지 숨이 차올랐다. 눈앞의 모든 것들이 까마득히 멀어지며 바다가 검푸르게 다가왔다.

　털썩 주저앉아 숨을 진정시키니, 바다가 서서히 본래의 모습으로 돌아온다. 파도는 제 상처를 핥으며 가라앉아 가고, 햇살이 제 힘줄을 튕기고 있다. 흰나비들이 몰려와 물결에 슬쩍슬쩍 날개를 적신다. 도통 떠오르지 않던 해미의 얼굴이 이제야 그려진다. 나비 떼에 둘러싸인 해미가 눈웃음을 지으며 해변에 떠 있다. 은빛 물결이 일면서 어머니의 얼굴로 바뀌어간다. ◉

봄이 끝날 때

봄이 끝날 때

1.

　　아침부터 미세먼지가 자욱했다. 오후에는 황사도 몰려온단다. 아버지가 쓰러졌다는 어머니의 전화를 받았을 때, K는 텔레비전 화면에 시선을 얹고 있었다. 휴식 시간에 켜두는 케이블방송의 오지탐험 프로그램이었다. K는 멀리 달아나고 싶었다. 아무도 찾지 못하는 깊숙한 산골에 박혀 아버지를 잊을 수 있다면, 그럴 수 있다면 좋을 것 같았다. 아니면, 자신도 팔을 부러뜨려 입원하면 어떨까, 생각했다. 하지만 그럴 수 있겠나. 아버지처럼 기억이 모두 증발해버린 치매 상태가 아닌 바에야, 아버지처럼 고관절 뼈가 부서진 상황이 아닌 바에야, 아픈 몸을 모를 만큼 정신이 흐리지 않고서야, 그렇게 할 용기가 그에게는 없었다.

K는 눈을 감았다. 눈에 티가 끼여 있는 듯 뻑뻑했다. 아버지가 입원해 있는 병원으로 가는 버스 안, 운전사가 틀어놓은 라디오 방송에서 록 음악이 스피커를 밀치고 나왔다. 거친 사포로 가슴을 문대는 듯한 가수의 목소리가 K의 눈을 더욱 쓰리게 했다. 그는 잠을 청하려고 휴대폰을 깨웠다. 연결된 이어폰을 귀에 꽂고 음악 아이콘을 누르니 곧장 쇼팽이 연주된다. 숙면에 도움이 되는 듯싶어 두 시간 동안 반복 연주하도록 녹음해둔 녹턴들이다. 이 피아노를 들으면 바다로 나가게 된다. 아무도 없는 해변, 일렁이는 연둣빛 파도가 황금 모래를 적시고, 햇살이 후르르 부서져 벌거벗은 K의 몸에 내려앉는다. 그는 해변에 앉아서 오랫동안 바다를 바라보다가 문득 일어나 모래 위를 거닌다. 파도가 넘실, 발등을 핥는다. 파도에 몸을 맡기기로 하고 K는 바다로 서서히 들어간다. 바닷물은 따뜻하다. 파도가 허리춤에서 찰찰거리다가 가슴 위로 성큼 올라오고, 곧이어 머리 위를 덮친다. 그는 물에서 사라진다. 어둠뿐이다. 쏴아쏴아. 아득해지는 파도 소리도 어느새 먹먹하다. 고요. 안도. 그는 바다 밑으로 끝 간 데 없이 가라앉아간다. 눈을 떠, 어서! 하고, 누군가의 외침이 들려와도 그는 눈을 뜰 수 없다. 뜨겁다, 눈이 뜨거워 뜰 수가 없다……

병원 입구 정류장에서 버스를 내린 K는, 고개를 들어 하늘을 올려다보았다. 일기예보대로 미세먼지와 황사가 짙게 드리워져 있었다. 몽골, 시라무원 초원에서 날아온 황사는 이곳의 태양을 가리고, 건물을 가리고, 사람을 가리고, 자동차를 가렸다. 주위의 모든 것들이 미세먼지와 황사에 실려 희미하게 떠다니고 있다. 눈이 뜨거웠던 이유가 있었다. 이제 막 꺼진 향불 같은 황사가 속눈썹 사이를 헤집고 들어왔던 것이다. 그는 숨을 가득 담고 병원 안을 향해 뛰었다.

K는 곧장 입원실을 찾지 않고 접수대기 의자에 앉아 숨을 골랐다. 아버지를 보기 전에 앞으로의 시간을 가늠해야 할 것 같았다. ……이번 학기에는 논문을 제출하고 꼭 졸업해야 하는데, 이번만큼은 그 일을 위해서만 시간을 써야 하는데, 아버지가 입원해 있단다. 아버지가 누워서 간병을 기다리고 있는 중이란다. 이번에도 물러나야 하나……. 또 자신이 지켜야 하는가. 치매 칠 년 동안, 가족 중에서 가장 자유롭게 시간을 조절할 수 있다는 이유로, 주로 K가 아버지를 돌보게 되었다. 어머니가 오랫동안 아버지의 수발을 들었지만, 지난해 어머니조차 병이 들어 간병인과 K가 아버지의 낮과 밤을 맡았다. K는 수업 시간을 줄이고 매일 저녁 아버지 곁에서 잠을 잤다. 지도교수의 특별한 부탁과 친지의 결혼식 같은, 꼭 참석해야 할 애경사가 아니면 본가 밖으로 한 발짝도 나가지 않았다.

아버지는 K가 중학교에 입학하고부터 술잔을 손에 들기 시작하더니, 식구들이 술을 숨기자 차츰 외박을 했고, K가 중학교를 졸업할 무렵에는 아예 집에 있지 않았다. 어머니는 아버지의 술잔을 치워버리고 장사에 매달렸다. 아버지를 잊은 듯이 어머니는 경제 활동에만 온 힘을 다했다. 어머니는 아버지를 찾을 생각이 전혀 없어 보였는데, 어느 날 문득 생각났다는 듯 K를 데리고 길을 나섰다. 십 년 만이었다. 메모지에 적힌 주소 따라 찾아든 '햇빛 여인숙'에서 아버지는 혼자 화투 패를 떼고 있었다. 일진을 보는 중이었다며, 손님이 자꾸 나온다 싶었단다. 집에 가야겠다고 늘 생각했지만, 집으로는 발길이 돌려지지 않았다고 울먹였다. 아버지의 눈자위보다 붉은 노을이 여인숙 문지방을 넘어들고 있었다. 아버지의 뺨에 흐르는 눈물도 노을빛으로 물들었고, 어머니와 K의 발목도 어느새 붉게 젖어 있었다. 화투 패를 챙기고 집으로 돌아오는 아버지의 발걸음이 똑바르지 못한 것은 세월 탓만이 아니었다. 이미 아버지는 혈관 계통에 이상이 생긴 상태였다. 집 현관을 들어서면서 아버지는 아예 노을이 되었다.

집으로 돌아와 식구하고 마주치는 게 불편했는지, 아버지는 식수를 책임지겠다고 아침마다 자전거에 올랐다. 안장 뒤 짐받이에 생수통을 싣고 페달을 밟는 아버지의 모습은 고목 같았다. 생장을 다하고 줄기와 잎을 피워낼 기력이 없어 간신히 몇 날 잎사귀만 매달고 있는 고목. 그 나무가 핸들을 잡고 기우뚱거리며 달리면, 자전거 바퀴살에 부딪혀 튕겨 나오는 햇살이 가시가 되어 K의 가슴에 날아들었다.

아버지가 들고 온 봇짐 속에는 오래된 수첩이 있었다. 주로 아버지의 이십 대 중반 나날이 적혀 있는 노트였다. 시골에서 서울로 올라와 어머니와 함께 보낸, 고된 서울 생활에 관한 메모가, 아버지 특유의 날카로운 글씨체로 쓰여 있었다. 글은 가계부처럼 그날그날의 수입 지출이 꼼꼼히 적혀나가다가 어느 날부터는 일상의 진술로 바

꿰어가기 시작했다. 문중의 종손, 그리고 한 가족의 가장으로서의 부담, 부모를 모시지 못하고 있다는 자책, 공부를 계속하고 싶어도 부족한 여건으로 희망일 뿐이라는 조바심……, 등이 주된 내용이었다. 술로 나날을 보내면서 건강을 잃었다가, 술을 끊고 다시 건강을 찾았다는 단락이 반복되기도 했다. 노트의 뒷부분에는 『논어』와 『대학』, 『영문법』, 그리고 플라톤의 『국가론』이 두서없이 필사돼 있었다. '인간은 패배했을 때 끝나는 것이 아니라, 포기했을 때 끝나는 것이다', '일이 왜 벌어졌는지 궁금해 하는 대신 왜 내게 일어났는지 생각하라' 어디서 읽었는지, 아버지는 명언을 화두 삼아 그즈음의 생활을 정리하고 있었다. 쌈짓돈으로 보따리 장사를 시작하면서, 앞으로 크게 기부하는 부자가 되겠다는 다짐도, 격언과 함께 색 바랜 펜 자국으로 남아 있었다.

경험과 정보의 부족으로 갖고 있던 모든 것이 사라지자, 아버지는 공사판을 전전하기 시작했다. 다국적 건설회사가 벌여놓은 대형 빌딩 공사 현장에서 이런저런 육체노동을 견디다가 포기할 즈음, 아버지는 관리직 정규사원이 됐다. 아버지와 미국인이 수월하게 의사소통하는 모습을 본 현장 소장이 아버지를 사무직으로 전근시킨 것이었다. 아버지는 글씨도 잘 쓰고 한문도 많이 알아 현장 소장들에게 인기가 높았다. 그들의 브리핑 서류 작성을 도와주고, 공문서도 합리적으로 꾸며주어 능력을 인정받았다. 그때가 아버지에겐 가장 안정된 시기로 보였다. 정해진 날짜에 꼬박꼬박 월급을 받으니, 아껴

저축하면 한두 해 내에 가족들 몰래 진 빚을 갚을 수 있겠다 싶었다. 적금 만기 달에, 집에 알리고 가족 곁으로 돌아가려 했다. 그런데, 잘 알고 지내던 회사 매점 주인에게 저축한 돈을 떼이고, 도망간 그를 찾느라 결근을 자주하게 됐다.

다시 공사 현장으로 밀려난 아버지는 회사를 그만두고 술로 자존감을 채우다가, 결국은 어머니에게 소식을 띄운 것이었다. 다른 사람을 통해 아버지의 근황을 전해 받고 어머니가 찾은 곳이 '햇빛 여인숙'이었다. 여인숙 관리인은 아버지가 달 방에서 술만 마시는 것 같았다고, 언제 어떻게 잘못될까, 늘 걱정이었다고 했다.

집에 와 자전거에 올라타기 시작한 지 일 년도 채 안 돼, 아버지는 다시 술잔을 들기 시작했다. 어느 날, 약수를 받아오는 길에 뺑소니차에 치여 허리를 다친 것이었다. 식구들에게 알리지 않고 혼자 해결하려 했지만, 결국 뺑소니차는 찾지 못하고 병만 얻었다. 아버지는 허리앓이를 자기 식으로 다스리겠다며, 약 대신 소주를 마셔댔다.

그렇게 십 년을 보낸 아버지에게 치매가 왔다. 병원에서 MRI를 찍어보니 뇌혈관이 헐고 뇌세포까지 많이 손상돼 회복 가능성이 없다는 판독이 나왔다. 술 없으면 말도 없던 아버지였는데, 결국은 한마디도 못하게 되었다. 아버지 입에서 제대로 발음이 되어 나오는 단어는 '맘마' 뿐이었다. 나머지는 성대를 자극해 만들어내는 기이한 의성뿐이었다. 아버지는 '으, 억', '읍빠빠' 따위의 소리만 냈다. 스스로도 말을 못하고 있다는 것을 아는지, 괴성을 지르며 울다가 웃다가, 아무 데나 침을 뱉으며 하루하루를 보냈다.

언어는 그렇다 치고, 행동은 또 어떤가. 생각대로 안 되는지, 그래서 식구를 미워하는지, 아버지는 일부러 못된 짓만 골라 하는 악동처럼 굴었다. 대변을 바지에 감싸 장롱 안에 넣어둔다든지, 먹을 것을 신발에 부어둔다든지 하는 일은 잠깐 화를 내면 잊어버릴 사소한 것이었다. 문제는 가끔씩 사라지는 일이었다. 곁에 분명히 있었는데, 조용하다 싶으면 어느새 없어졌다. 온 식구가 일주일 동안 만사 제쳐두고 찾다 지쳐 있을 때, 고향인 충청북도 음성에서 전화가 온 적도 있었다. 아파트 현관을 나서면 좌우도 못 가리고, 엘리베이터도 타지 못하면서 어떻게 음성까지 갔는지, 불가해한 일이었다. 정초에 K는 아버지 방 손잡이를 바깥에서 잠글 수 있도록 뒤집어 달았다.

낮과 밤을 구분하지 못하면서 아버지는 본능이 필요로 할 때만 의식이 있어 보이는 서너 살의 어린아이와 같았다. 특히 계절이 바뀌는 시기에는 잠도 자지 않았다. 급격히 달라지는 기온의 변화에 적응을 못하는지, 잠을 안 자고, 밤낮없이 기이한 소리를 지르면서, 눈에 띄는 것이면 무엇이든 두드려댔다. 손톱이 패이고, 손끝이 짓무르다가 굳은살이 박일 때까지, 아버지는 두드리고 또 두드렸다. 아랫집에서 찾아와 조용히 해달라 짜증을 내고, 곁에 있는 가족들도 잠을 이룰 수 없게 되자, K는 어쩔 수 없이 아버지에게 병원에서 금지한 수면제를 먹였다.

잠을 자는 것이 두려웠던 것일까, 아버지에게는 수면제도 소용없었다. 겨울이 가고 봄이 다시 오자 아버지는 더욱 충혈된 눈을 두리 번거리며 한층 높아진 음성으로 소리를 질렀다. 그런데, 기이하게도 아버지는 거울을 마주하면 잠시 동안이나마 모든 행동을 멈췄다. 목욕탕에서 샤워할 때, 벌거벗은 몸을 거울에 맞닥뜨리면 잠잠해지 는 것이었다. 거울에 비친 자신의 벌거벗은 몸이 낯선지, 아버지는 경계심을 나타내다가 가까이 다가가서 거울에 손을 대기도 했다. 잠 시도 가만있지 않던 아버지가 골똘히 생각하는 표정으로 거울 속을 응시했다. 초점이 분명한 눈빛을 보내면서 손을 가져다 캔버스에 물 감 칠하듯 오랫동안 거울을 어루만졌다. 그러면서, 약간 어눌해도 정확한 발음으로 몇 마디 말을 뱉어내는 것이었다.

– ……잘못했어. 내가 많이 잘못했어. ……살아 계실 때 효도했어 야 하는데, 그래야 했어. ……그만둬! 네가 나를 얼마나 알아?

K가 씻기기 위해 다가가기 전까지 아버지는 똑똑히 말했다. 그러 다가 K가 곁으로 가 거울 속에 모습을 보이면 아버지의 시선은 금세 흐려지고, 입에서는 다시 괴성만 나왔다.

아버지는 점점 퇴행하여 갓난아기가 되어가고 있었다. 본능도 조 절하지 못할 때가 많았다. K가 보는 앞에서 생식기를 만지작거리기 도 하고, 똥을 누어 K의 책에 발라놓기도 했다. 냉장고를 열어둔 채 밤새 음식을 먹다가도, 며칠씩 식음을 전폐하기도 했다.

'얼마나 미워해야 이런 짓 그만둘 거예요? 언제까지 가족을 괴롭 힐 거냐고요, 평생을 하고픈 대로 멋지게 살았으면 됐잖아요!'

K는 퀴퀴한 냄새가 진동하는 아버지를 씻길 때마다 속으로 악을 썼다. 그럴 땐 알아듣는지, 아버지도 덩달아 억억거렸다.

　병실에 들어서니 큰누나가 웃으며 K를 반겼다. 성품이 낙천적이어서 늘 입에 미소를 달고 있는 누나는, 아버지의 일련의 일들을 반감 없이 받아들이는 편이었다. 어쩔 수 없지 않느냐, 그래도 아버지인데, 아버지의 아버지도 그랬을 것이고, 그 어른의 아버지도 그랬을 텐데……, 당연한 것을 왜 피하려 하느냐, 그럴수록 스스로만 괴롭지 않느냐, 라는 식이었다. 세속의 일을 초월한 듯한 누나의 그런 모습이 예전에는 푸근해 보였지만, 시간이 금쪽같은 지금은 껄끄럽기만 했다. 아버지란 존재는 K가 보호해야 할 아이가 아니라, K를 지켜주고 밀어주어야 할, 후견인이면서 보호자였다. 이런 당연한 질서가 현실에서 전혀 이뤄지지 않고 있는데, 무슨 억지스런 여유인가, K는 누나의 태도가 어색하기만 했다. 이번에도 아버지는 K의 일상을 흔들어놓으며 시간을 앗아갈 뿐이었다.

　ㅡ지금 주무시고 계셔, 내일 아침에 수술이래. 인공관절을 끼운다나…….

　누나가 보호자 침상을 꺼내 K에게 앉기를 권했다. K는 어정쩡 서서 침상에 누워 있는 아버지를 내려다보았다. 아버지는 입을 반쯤 벌린 채로 잠들어 있었다. 머리 위에는 '금식'이라는 팻말이 기우뚱, 어설프게 걸려 있었다.

－내일 아침 몇 시요?

－너 바쁜 것 같으니 내가 지키지.

누나는 K의 얼굴을 슬며시 외면하고 침대를 정리했다. 병원에 일찍 왔으면 수술 안 해도 됐다는데……. 우물거리는 누나의 말에는 K에 대한 원망이 스며 있었다. K도 들은 적이 있었다. 엉덩이뼈는 쉽게 부서지지만 쉽게 붙기도 한다고. 욕실에서 넘어진 아버지도 일찌감치 병원에 들어와 안정하고 치료했으면 수술 않고 퇴원할 수 있었을 것이다. 아버지가 통증을 호소하지 않으니 어머니와 K는 아버지의 상태를 짐작할 수 없었다. 금이 갔는지, 부러졌는지 몸속을 볼 수 없으니 알 도리가 없는 일이었다. 아버지는 여전히 밥을 아귀처럼 먹었고, 똥을 싸서 뭉갰으며, 이해 못할 괴성만 질러댔었다.

－일 없는 날, 별일 없으면 제가 지키죠. 집사람도 오라 할게요.

K는 또박또박, 약간 높은 음성으로 아버지를 바라보며 말했다. 미안함을 떨치려는 목소리였다. 누나의 입에 다시 미소가 올라왔다. K는 그제야 병실 안을 천천히 둘러보았다. 4인실인데, 침상에는 한 환자밖에 없었다. 모두 빈 침상이지만 팻말에 이름이 적혀 있었고 잡물이 놓여 있었다.

－수술 후 일주일 정도 있으면 퇴원할 수 있대.

그러나 인공 고관절이 제대로 붙으려면 한 달은 꼼짝없이 누워 있어야만 한다는 것이다. 옆으로 누워도 안 되고 엎드려도, 앉아도 안 된단다.

─무조건 똑바로 누워 있어야 된대.

뒤척이는 아버지를 추스르는 누나는 벌써 지쳐 보였다. 아버지의 허리에는 이미 복대가 채워져 있었다. 조금이라도 자세가 흐트러지면 관절이 떨어진다네, 오줌 똥 받아내야 하고, 음식도 누운 채로 드시도록, 늘 조심해서, 한 달 동안, 그렇게 지켜야…… 아버지의 복대를 바싹 당기며 한 마디 한 마디 뱉어내는 누나의 말들이 K의 가슴을 조여 왔다. 답답했다. 치매 상태에다가 고관절 수술이라니…… 올가미에 걸려 이러지도 저러지도 못하는, 토끼와 같은 처지에 있는 아버지를 어떻게 제대로 돌볼 수 있겠는가. K는 절벽 낭떠러지에 내몰린 기분이었다.

─간병인을 써야겠어요. 능숙한 사람으로.

─모여서 의논해보자.

……졸업논문이 급해요. 더 이상 미룰 수가 없어요. 저 좀 놓아주면 안 돼요? 하는 하소연을 K는 토해놓고 싶었지만, 목 안에서만 맴돌고 발음이 되어 나오지 않았다.

─어차피 간병인은 두어야 해요. 모두 출근해야잖아요. 밤에는 형제들이 돌아가면서 지키고.

K는 논문 초록 제출 날짜를 헤아려보았다. 시간이 턱없이 부족했다. 밤새 아버지를 돌보며 책을 읽을 수는 있지만 논문을 쓸 수는 없을 것이다. K는 익숙지 못한 공간이면 글쓰기에 집중을 못했다. 병실에서는 더욱 쓸 수 없을 것 같았다.

누군가 텔레비전을 켰다. 영화가 막 시작됐는지, 높은 곳에서 시골 마을을 조망하는 장면이 펼쳐졌다. 배경음악으로 첼로의 선율이 흐르고 있는데, 귀를 기울이니 부르흐의 '콜 니드라이'였다. K의 처지를 더욱 우울하게 만드는 음악이었다. 첼로의 서늘한 음색이 가슴을 얼어붙게 하는 듯했다. ……아버지가 내 삶을 살면 안 되나, 내가 아버지의 삶을 살면 안 되나, 아버지, 나의 거울, 나의 절망, 나의 벽, 죄……. 결론 없는 생각의 끝에 몰린 K의 마른 입술에서는 탄식만 나왔다. 아, 아버지, 식충이!

– 형들하고 나눠서 당번을 정하죠.

– 너희들 늘 바쁘잖아. 아버지는 간병 아주머니가 봐드리면 된다 하고, 집에 있는 엄마는 누가 돌봐드리지? 아들 며느리가 있어도……, 바쁘다니 할 수 없지. 엄마도 간병 여사에게 맡기든가.

누나는 늘 K의 형수들과 아내를 못마땅해 했다. 맏이로써 누나의 부담이 제일 크니 그럴 수밖에 없을 것이다. 어릴 때도 가끔 그랬듯이 조만간 누나로부터 큰 꾸중을 들을 듯했다. 누나의 절규와 같은 푸념은 한번 시작되면 몇 시간 계속될지 몰랐다. 그때가 오기 전에 잘 다독여야 했다.

– 낮에는 간병여사들한테 부탁하고, 밤에는 요일별로 당번을 서죠. 오늘 밤은 제가 지킬게요.

– 어쨌든 긴장해.

누나가 돌아가고 난 뒤, K는 누나가 사다놓은 김밥으로 저녁 끼니를 대신하고 책을 보았다. 집중하려고 휴대폰 음악 폴더에 귀를 연결해도 같은 문장을 몇 번이고 다시 읽었다. 책의 내용과 관련 없는 풍경만 자꾸 떠올랐다. 바닷가다. 책에 몰두하려 들수록 활자 사이를 열고 밀어닥치는 바닷물을 막을 수 없다. 그 속을 K는 거닐고, 가라앉고, 떠다닌다. 그는 책을 옆구리에 끼고 해변을 거닌다. 앉아서 활자를 읽다가 바다를 바라본다. 햇살이 등을 감싸며 내려앉는다. 슈트라우스의 왈츠가 온몸을 쑤셔대고……, K는 멀리, 바다 끝이라도 뛰어갈 듯 가뿐하다.

─아, 차가워!

깜박 잠이 들었던가. 허벅지에 차가운 물기가 닿는 듯해서 K는 번쩍, 눈을 떴다. 아버지의 오줌통이 침상에 엎어져 있고, 아버지가 일어나려 안간힘을 쓰고 있었다. 아버지 스스로 오줌을 누려다 통을 놓친 모양이었다. 손목시계를 보니 새벽 두 시였다. 오줌은 이미 침대 아래께를 흥건히 적시고 있었다. 아버지는 대변도 본 듯했다. 이불을 들추니 구린내가 코를 후비고 들어왔다. K는 벌떡 일어나 수건으로 침대를 훔쳤다. 아버지의 배에 감겨 있는 복대를 풀어 급한 대로 똥을 훔쳐냈다. 그런 다음 환자복 바지와 팬티를 벗기고, 물티슈로 엉덩이를 닦았다. 깔아뭉갠 똥 흔적은 이미 침상까지 배어 있었다. 그는 아무 생각 없이 최소한의 동작으로 최고의 속도를 내어 아버지의 배설물을 처리했다. K에겐 오래전부터 익숙한, 기계적인 손놀림이었다. 하지만 여기는 병실이었다. 그것도 4인실. 아버지 외에도 세 명의 환자가 더 있고 보호자가 함께 있는 공공장소였다. 환자복을 갈아입히는 중에 배변 냄새는 병실 안을 가득 채웠을 것이다. 옆 환자의 보호자가 사정을 알았는지 큼큼거리다가 헛기침을 했다. 아버지가 그 소리에 장단이라도 맞추는 듯 어, 어, 하며 소리를 냈다. K는 아버지에게서 벗긴 속옷을 둘둘 말아 휴지통에 쑤셔 넣었다. 책으로 흔적을 씌우고 이불을 덮었다. 아버지는 답답한지 이리저리 뒤척이며 어, 어, 하고 아버지만의 말을 계속 뱉어냈다.

─아버지, 조용히 하세요. 여긴 집이 아니에요. 다들 자고 있잖아요.

K는 점점 소리를 높여가는 아버지를 진정시키려고 아버지의 팔을 잡았다. 그러나 아버지는 더욱 크게 소리를 질렀다. K는 아버지의 입을 손으로 막았다. 아버지의 입에 가해지는 K의 손힘이 강해질수록 아버지도 소리를 높였다.

─제발 좀 그만하라니까요!

K는 팔등으로 아버지의 턱을 밀었다. 아버지도 얼굴을 들려고 온몸에 힘을 주었다. 아버지의 힘과 K의 힘이 팽팽히 맞서 병실의 어둠을 더욱 긴장시켰다. 곁에 있는 환자와 보호자들이 어둠 속에서 둘을 지켜보고 있는 듯했다. 달아오르는 수치심을 누르려, K는 아버지의 머리맡에 얼굴을 묻었다.

얼마 남지 않았어요. 미완성인 내 인생. 이젠 우는 일도 없겠지요. 말도 필요 없어요. 소리가 무슨 소용이에요. 고요만이 가득한 어둠의 세상. 침묵 속에서 나는 나를, 한때 내 것이었던 육체를, 거기에 붙어 떨어지지 않으려 안간힘 하던, 그래서 아팠던, 못난 나를 바라보겠죠. 얼마나 우스울까요? 그래서 눈물이 납니다. 내 눈을 볼 수 있는 눈망울을 찾아 육십 년을 떠돌았지요. 없었어요. 네가 있어 좋아요. 내가 뿌린 씨, 좋은 줄 몰랐어요. 나를 용서해줘요.

머리를 감싸 쥐고 자꾸 돌아누우려는 아버지를 K는 바로 눕혔다. 아버지의 눈에 눈물이 비치는 듯싶다. ……아버지, 이제 주무시라니까요.

새벽이 밝아와서야 아버지의 움직임이 잦아들었다. 아버지에게 잠이 찾아온 모양이었다. K도 자꾸 눌어붙는 눈꺼풀을 치뜨다 지쳐, 아버지의 팔뚝에 이마를 붙이고 잠을 맞았다.

2.

아버지는 새벽 다섯 시에 한 번 더 소변을 보고 계속 잠을 잤다. K는 아버지의 소변을 처리해주고 다시 눈을 붙였다. 아버지의 체온과 맥박을 재러 온 간호사의 인기척에 깨어 시계를 보니 아침 일곱 시였다. 한 시간 뒤에 누나가 와서 그는 누나에게 보호자 의자를 내주고 병실을 나왔다.

뜨거운 물에 몸을 담그고 싶었다. 뜨거운 물이 긴장을 풀어줄 것이다. K는 병원에서 나와, 건너편 '해수사우나'라는 찜질목욕탕으로 들어갔다. 입욕 요금을 치르고 탈의실에서 옷을 차례로 벗었다. 그는 허물을 벗듯 옷을 몸에서 떼어냈다. 움직임에 따라 몸, 이곳저곳이 욱신거렸다. K는, 일 년여 동안 졸업논문을 준비하면서 감기를 달고 살았다. 최근 몇 달 동안 일주일 중에 나흘 정도는 하루 열 시간 이상 꼼짝 않고 앉아 있기만 했었다. 더욱이 지난밤 아버지와 전투를 치르고 난 터라 지금의 몸은 자신의 것이 아닌 듯했다. 목, 어깨, 허리, 무릎, 발목 등 모든 뼈 마디마디가 조금이라도 균형을 놓치면 어긋날 것 같았다. 이미 조금씩 비틀어졌는지, 움직일 때마다 뼈마디에서 소리도 들려왔다. 살앓이도 함께 와서 이제는 손톱 끝까지 아려왔다.

K는 사물함에 옷을 집어넣고 욕실 안으로 들어갔다. 마침 아무도 들지 않은 해수탕 안에 몸을 담갔다. 뜨거운 물에 몸이 조금씩 녹는 듯한 기분이었다. 샤워기 아래에서 물을 맞으며 서 있는, 사람들의 번들거리는 뒷모습이 어쩐지 외설스러워 보였다. K는 피로한 탓이라 생각하고 눈을 감았다.

······해수욕조의 물이 몸을 빨아들이기 시작한다. 어느새 몸이 욕조 가득 채워진다. 녹푸른 해수에 황갈색 살이 퍼진다. '나'임을 알게 하던 몸 구석구석이 해수에 녹아들어 물과 하나를 이루어가고 있음을 K는 느낀다. 움찔거리는 자신의 깊은 어둠 속, 바다의 기억,

수초였던가. 그는 수초가 되어 물살에 흔들리며 물고기를 기다리던 기억이 있다. 그러다 어느새 물고기가 되어 바다 속을 헤엄쳐나간다. 바위를 만나면 지느러미를 비벼 간지럼을 즐기고, 수초를 만나면 이파리를 쪼면서 장난을 쳐본다. 깜빡 졸았는가 싶었는데, 문득 그는 플랑크톤이 되어 바닷물을 끊임없이 빨아들이고 있다. 잠시 후, 수명을 다했는지 아예 바닷물이 되어버린다. 바닷물이 되어가면서 그는 모든 기억을 안고, 쓰다듬고, 밀치다가 서서히 자신과 관련한 모든 것을 잊어버린다. 마침내 모든 기억이 용해되어 소금기만 남은 바닷물이 바로 자신이라는 것을 느낀다. 햇살 한 줌 들어오지 않는 바다 아래 깊은 곳, 칠흑 속에서 희미하게 반짝거리는 빛방울이 보인다. 그 빛이 기억을 되새김질하면서 커져가고 있는데…….

누군가 자신의 옆구리를 파고드는 느낌이 있어 그는 번쩍 눈을 떴다. 중년의 대머리가 욕조 안으로 발을 담그며 서서히 들어오고 있었다. 탕에서 나온 K는 샤워기 아래로 가 털썩 주저앉았다. 해수가 되었던 자신의 흔적을 샤워물로 씻어냈다. 주위를 둘러보니, 남자들의 벌거벗은 몸뚱이가 흐느적거리고 있었다.

모두 물로 씻기워져가는가. 물고기처럼 보이던 남자들의 몸이 욕실 타일과 구분이 안 됐다. 그들은 샤워물 속에서 흐물거리다가 사라져갔다. 어디선가 파도 소리가 아득하게 들려오면서 바닷물이 귓속을 덮쳐왔다. 물 먹은 귀는 점점 부풀어 오르다가 이내 터질 듯 빵빵했다. 가위 눌린 듯 몸은 꼼짝할 수 없었고, 까닭 모를 공포만이 몸 주위에 팽팽하게 감돌았다. 아, 하, 숨을 내쉬며 침을 삼키자, 탄식과 함께 현실이 몸을 찾아들어왔다. K는 샤워를 끝내고 다시 탈의실로 들어가 몸에 묻은 물기를 닦았다.

거울이 그를 비추고 있다. 거울은 자신을 고스란히 재현해야 하는데, 오히려 일그러뜨리고 있다. 구부러진 코와 삐뚤어진 입, 휘어진 머리카락……. 거울 속의 나는 나인가? 어릴 때 잠깐 보았던 할아버지와 비슷하고, 아버지 얼굴과도 닮아 보인다. 자신의 엉클어진 모습에 아버지의 코와 입이 달라붙고, 아버지의 이마와 머리칼이 덮씌워진다.

K는 로션 병을 들어 거울을 깨부수고 싶은 충동에 놀라 거울 속 자기 모습을 외면했다. 그는 탈의 보관함에서 찜질 가운을 빼내 끼워 입고 찜질방으로 들어갔다. 참나무 숯가마라는 한증막에 들어가 살갗을 찔러대는 열기를 견디다가 나와서 그는 벌렁 누웠다. 자신의 마지막 잠이 이러지 않을까 생각하며 K는 깊이깊이 가라앉아갔다. 자기 것인지, 남의 것인지 낮게 코 고는 소리가 들려오다가 점점 멀어져갔다. 눈꺼풀은 쇳덩이에 눌려 있는 양, 절대 떼어지지 않을 것 같고, 정수리에서부터 발가락까지 밧줄에 꽁꽁 묶여 있는 듯했다. 어둠 속, 좀 전에 한증막 안에서 보았던 사람들이 수족관에서 유영하는 물고기처럼 떠다녔다. 유리벽에 비친 자기 모습에 놀라 달아났다가 다시 벽으로 다가오기를 되풀이하고 있었다.

K는 찜질 바지에 찔러 넣은 휴대전화의 진동을 느꼈다. 깨어나 시간을 확인하니, 오후 한 시를 막 지나고 있었다. 아내로부터 걸려온

전화였다. 아버지의 수술이 잘되었단다. 그는 잠을 매단 채, 잘됐다고, 고마운 일이라고, 곧 가겠다고 우물거리곤 전화를 끊었다. 병원에 가기 전에 독서실에 들러야 했다. 오늘 밤 당번이 누구로 정해질지 알 수 없기에, 그동안 써두었던 졸업논문 초록을 들고 다니며 시간 날 때마다 들여다보아야 했다. 논문은 제목과 목차만 정해놓고 아직 첫 문장도 쓰지 못한 상황이었다. 학위 과정 중에 발표했던 소논문이 본론의 구성에 많은 도움을 주리라는 여유도 게으름을 부추겼다. 하지만, 체계를 세워주는 서론과 합리가 부여되는 총론은 아직 한 단어도 쓰지 못한 채였다. 다음 주 초에 초록을 발표해야 하므로 적어도 내일까지 서문의 초고라도 작성해놓아야 했다. ……매 순간이 금쪽같은데, 수술한 아버지를 간병해야 한다니……. 얼마간 피로가 풀렸는지, K는 다시금 자신의 상황이 짜증스러웠다. 가족 사이에서 자신은 어떤 존재였던가? 늘 그래 오지 않았나. 형님 둘과 누님 둘이 있는데, 아버지 간병은 언제나 먼저이지 않았던가. 아버지는 집에 돌아온 이후, 왜 자식을 당신의 시간 속으로 자꾸 끼워 넣으려 하나……. 갑자기 다리에 힘이 풀리고 허기가 몰려와 K는 목욕탕 음식점으로 가서 미역국을 주문했다.

비가 내리면 좋겠어요. 산에 올라가 초목 적시는 빗물을 받아 부서진 뼈에 바르고 계곡 바람에 말리고 싶어요. 자동차에 치어 드러난 정강이뼈를 핥는 개처럼, 조각난 뼈가 붙고 피가 돌 때까지

뼈를 핥으면 아픔이 가시겠지요. 뼛조각에 새살이 붙지 않아도 좋
아요. 젖어 있게 비가 내리면 좋겠어요.

찜질방 밖으로 나오니 거리는 여전히 뿌옇게 흐려 있었다. 입안이
텁텁하고 눈알이 따끔거렸다. 길은 미세먼지에 뒤섞인 사물과 사람
들로 북적거렸다. K도 그 무리 속으로 빨려들어갔다.

3.

병실, 아버지 침상 주위에 식구들이 둘러서 있다. 아내와 누나, 형
과 형수가 아버지를 내려다보거나, 침대에 걸린 수건을 만지작거리거
나, 다른 침상에 누운 환자를 곁눈질하고 있다. K가 들어서니 아내가
먼저 눈인사를 보내온다. 수술을 지킨 사람은 아내 혼자였나 보았다.
아내가 수술이 잘됐다고, 저녁에나 마취에서 깨어나실 거라고, 깨어
나면 여러 가지 불편해하실 거라고, 링거를 바라보며 그에게 말했다.
아버지는 복대를 새로 두툼하게 두른 채 잠들어 있었다. 여전히
마취 중인지 나지막이 코를 골았다. 어제보다 더 창백해 보였다. 낡
은 헝겊 같은 피부가 간신히 뼈를 덮고 있는, 쇠할 대로 쇠한 몰골이
었다. 누나와 형도 그에게 반갑다는 표정을 보내다가 얼굴을 돌려 다
시 각자 두었던 곳으로 시선을 두었다. 잠깐 보였던 눈빛만큼이나 어

색한 침묵이 흘렀다. 앞으로의 간병을 걱정하는 속내들이 링거에서 떨어지는 포도당처럼 방울방울 드러났다가 스러졌다.

— 오늘 밤이 고비라는구나. 오늘은 내가 있을게. 내일부터는 당번 정해야지?

형수와 형들이 아무 말도 않자, 누나가 먼저 당번을 서기로 했다. K는 형들의 침묵이 무겁고 답답해, 슬며시 일어나 병실 복도로 나갔다.

복도에는 양쪽 다리에 깁스를 한 청년이 휠체어에 앉아, 휴대폰을 귀에 붙여놓고 큰 소리로 통화하고 있었다. 교통사고였던 모양인지, 그의 입에서 보험, 합의, 경찰서, 형사 따위의 단어들이 자주 나왔다. 휠체어 앞으로 침상이 지나갔다. 침상에 아이가 누워 있었다. 부모로 보이는 보호자는 울상인데, 아이는 환하게 웃고 있었다. 환자복 소매에서 마술처럼 담배를 꺼내 물더니, 창문에 대고 담배 연기를 뿍 뿍 뿜어대는 할머니도 있었다. 몸이 온전치 못하면 마음도 허술하듯, 환자들 모두 어딘가 모르게 결락돼 있어 보였다. K 자신도 경미한 교통사고가 나거나 원인 모를 병균이 침입해 침상에 잠깐만 누워 있으면 좋겠다고 생각했다. 가족들로부터 간병과 위로를 받으며 몸이 제 기능을 찾아갈 때까지 쉬고 싶다고 K는 생각했다. 부서진 뼈를 맞춰가거나 병균을 차단하는 힘은 어디에서 오는가, 육체의 기억을 되찾는 에너지는 어디에 있는가……. 그것은 '나'이고 '사랑'이 아니던가. 그저 아무 생각 없이 나를 사랑하는 일, 그것이 전부 아닐까?

내가 나임을 알고 있다는 것이 살아가는 일이다. 나를 의식하는 것, 그것을 넘어 그 자체가 되는 것이 바로 온전한 육체와 정신의 기억을 찾는 일이다. 이번 작업도 많은 분량이 그와 관계있었다. 논문을 쓰기 위해 사설 독서실을 잡아놓은 지 한 달하고 보름도 넘었는데, 별 진척이 없었다. 도무지 긴장이 안 됐다. 아니, 지나치게 긴장한 탓인지 몰랐다. 오래전부터 생각해둔 주제여서 자료를 웬만큼 갖춰놓고 체계에 맞춰 분류해놓은 상태였는데, 도대체 문장이 꾸며지지 않았다.

학위논문이 통과되면 형식적으로는 공부의 끝이라는 막연함과 또 다른 불안이 K를 짓눌렀다. 이제는 자신에게 달린 식구들에게 그동안의 희생을 보상해주어야 했다. 다른 가장처럼 정기적으로 외식도 하고, 야외 나들이도 하고 기념일도 챙겨야 했다. 집도 마련하고, 아내도 이제 직장을 그만두게 해야 했다. 아내는 벌써 기대에 차 있는 눈치다.

ㅡ아버지, 괜찮으실 거야. 사나흘만 조심하면 된다더라.

어느새 병실에서 나왔는지 큰형이 곁에 와 있었다. 사나흘이 문제가 아니라 아버지는 계속 조심해야 했다. 형은 아버지 퇴원 후의 간병을 걱정하는 눈치였다.

ㅡ학교 일은 괜찮니?

형은 K의 졸업 진행 상황을 묻는 것이었다. K는 대답대신 미소를 지어 보였다. 중국을 오가며 액세서리를 만들어 파는 형의 일은 별진전이 없는 듯했다. 어머니만 알고 있는 사실이라지만, 가족 모두 낌새를 채고 있는, 본가와 고향 땅을 담보로 대출을 받아 확장한 사업은 답보 상태로 보였다. 중국 시장을 너무 가볍게 보았거나 늦게 뛰어든 때문일 것이다. 몇 년 전까지만 해도 가식으로나마 넘쳐 보이던 의욕도 이젠 없는 듯했다. 형수와의 사이도 좋지 않은 분위기였다. 지친 탓이다. 건강치 못한 부모가 늘 뒷덜미를 당기고 있으니, 자식들은 욕심껏 일을 해내기 어려웠을 것이다.

오랜만에 만났어도 형과 길게 나눌 화제도 없고, 서로가 미안해하는, 그렇다고 부담을 온전히 안지 못하는 처지라는 회피의 표정을 만들어 보이다가, 그 어색함도 견디기 어려워 K는 병원을 나왔다. 오늘 밤은 누나가 아버지를 잘 돌봐줄 테지.

4.

독서실은 K의 마음을 가장 안정시키는 장소다. 책상에서 책을 읽거나 뭔가 기록하는 사람들을 보면 K는 기분이 좋아진다. 재수생, 고시생, 승진을 준비하는 중년이 형광등 불빛 아래 머리를 디밀고 책을 들척이는, 같은 공간에 있는 것만으로도 안심이 된다.

K는 자신에게 가장 적합한 풍경인 독서실 내부로 들어가 자신의 현실에 적극 참여하기로 했다. 그는 자리로 가서 의자에 앉았다. 의자도 엉덩이의 한 부분처럼 느껴졌다. 탁상 형광등을 켜자 책상 위

에서 자고 있던 사물들이 깨어나 웅성거렸다. 논문 초고 노트, 볼펜, 샤프펜슬, 지우개, 메모수첩, 포스트잇, 영한사전, 국어사전, 옥편, 그리고 논문에 쓰일 다른 문헌 복사본과 자료들……. 문방구와 책들 뒤편에 조그마한 화분이 놓여 있었다. 복사물에 가려 잎사귀 몇 개만 비쭉 내밀고 있는 허브였다. 지난겨울, 평생교육원 수강생이 준 손바닥만한 화분인데, 환경이 적당치 않은지 생기가 없었다.

K는 화장실에 가서 허브에게 물을 주고 돌아와 논문 초고를 폈다. 집중하지 않으면 자신도 알아보기 힘든 악필을 일별해보았다. 그는 글자들을 읽어나가다가 다른 생각에 빠졌다. 아버지, 병원, 논문, 내일, 한 달 후, 일 년 후, 아내와 아이……. 모든 사람은 자기를 붙들 수 있는 자기 생각이 있고 그것을 말로 묶어두고 말로 표출하면서 자기임을 확인하는데, 아버지는 한마디도 할 수 없으니……, 지금 여기의, 자기라고 할 상황을 이미 벗어나 있는 상태가 아닐까. 아버지는 다른 세계에 가 있는 듯하다. 자신의 모든 것을 방기한 채, 홀로 행복하게 지내고 있는지 모른다. 어쩌면 우리는 말로 자기를 내세우기에 갈등에서 벗어날 수 없다. 갈등에서 오는 불행을 의도적으로 없애기 위해 우리는 구원을 찾는다. 그러나 그 구원도 말로 얻어진다. 언어를 가지고 구원을 이룰 수 있기에 우리는 불행의 도구로 행복을 찾는 역설을 받아들일 수밖에 없다. 더욱이 자기를 이루고 있는 것이 기억이기에, 자기를 붙들어두려면, 아이러니 아닌 자기 회상에 온 힘을 다해야 할 것이다.

아버지는 찾았다고 볼 수 있을까? 구원을 얻었다고 할 수 있을까? 아니, 포기한 것 같았다. 십 수 년 동안 누워 꿈을 꾸면서 기억을 꿰맞춰 보았지만, 결국 아버지는 꿈에서 헤어나지 못했다. 어쩌면, 아버지는 그것을 원했는지도 몰랐다. 최근 몇 년 동안은 스스로 지우개가 되어 자신을 지워버리려 애쓰는 모습이었다.

K는 논문 초록을 펼친 채, 화분을 초점 없이 바라보면서 다른 생각을 이어나갔다. 움찔, 누렇게 말라가는 허브의 이파리가 흔들렸다. 자세히 보니 딱정벌레가 흙더미를 떨궈내며 화분 위로 올라오고 있었다. 머리의 초록빛이 유난히 반짝거린다. 어릴 때, 발견하고 신기해하던 그 딱정벌레가 아닌 다른 것이 분명했지만, 그는 여전히 그 딱정벌레로 여기고 있다. 벌레도 모두 다른데, 그는 어리석게도 어릴 때의 그것으로 알고 있다. K는 화분에 둔 시선을 옮겨 논문을 바라보았다. 글자와 문장마다 자신의 의식이 스며 있었다. 행간에도 자신의 의식이 있음을 알겠다. 의식을 의식하는 자신을 방기해두어야 적절한 어휘가 선택되고, 문장이 잘 이어진다는 것을, 그는 자신의 글쓰기 습관상 잘 알고 있음에도 실제로 적용하기 어려웠다. 의도적인 무관심이었다. 그러니까, 의식을 의식하지 않으려는 의식을 갖추기가 정말 힘들었다. 그는 벌떡 일어나 독서실을 나와 건물 옥상으로 올라갔다. 옥상에서 잠시 거리를 바라보다가 다시 자리로 돌아왔다. 누군가에게 쫓기는 듯한 움직임이었다.

펼쳐놓은 노트 위에 떠오르는 대로 문장을 써내려갔다. 머릿속에 떠다니는 이미지를 언어로 붙잡아두면 다른 이미지가 떠오르고, 그것을 문장으로 얽어매면 다음에 써야 할 문구가 생각났다. 정확하게 수습할 겨를 없이 말이 쏟아져 내려 K는 펜으로 거두어들이기 급급했다. 노트의 여백은 차츰 없어지고, 페이지는 글자로 채워져 다음 장으로 넘어갔다. 호흡을 늦춰야 하는데, 잘 안 됐다. 글쓰기에 흥이 나 올라간 머리의 온도는 좀체 내려가지 않았다. 그는 더욱 뜨겁게 벽을 쌓아놓아야 아버지가 틈입하지 못한다는 것을 스스로에게 주입시키며, 아버지가 쫓아오지 못하도록, 빠르게 달려가듯 문장을 적어나갔다.

얼마나 시간이 흘렀는가. 휴대폰을 열어 시간을 확인하니, '02:12'였다. 다섯 시간 가량을 쉼 없이 써내려간 것이었다. 문장의 정합성은 차치하고라도 서론의 대부분과 본론에서의 방법론 소개는 분량을 채운 듯싶었다. 고개를 들고 꼬았던 다리를 푸니 허리와 장딴지가 뻐근해오며 저릿저릿했다. 몰두하느라 앉은 자세를 잘못 잡았나 보았다. 바로 하려고 다리를 추스르자 엄지발가락에 통증이 왔다. 날카로운 것에 찔리는 듯한 아픔이었다. 슬리퍼를 벗어 발가락을 들여다보았다. 검붉은 피멍이 맺혀 있었다. 한참 동안 발가락을 구부린 채로 힘을 주고 있어 피가 통하지 않았던 모양이었다. 바늘로 찌르면 금방이라도 죽은피가 줄줄 흘러나올 듯 탱탱하게 불거져 있었다.

발가락을 마사지하고 기지개를 켜자 몸 여기저기서 반응이 왔다. 그의 의식은 다시 몸을 인식하며 통증을 전해오고 있었다. 피로가 몰려왔다. 어지러움에 이어 잠이 쏟아졌다. 새벽 세 시. 그는 휴대폰 알람을 여덟 시에 맞추고 책상에 팔베개를 만들어 머리를 얹었다. 어둠이 짙어지고 잠이 왔다.

강변 풍경이 어슴푸레 펼쳐진다. 강물이 차츰 밝아지더니 이내 환하게 출렁거린다. 흐르는 물을 앞에 두고 한 남자가 벌거벗은 채 우두커니 서 있다. 찰랑거리는 물을 보니 새 지저귀는 소리가 아련하게 들려오는 듯싶다. 강변에는 나무도 한 그루 서 있다. 허브 같은 모양이지만 크기는 남자 키의 두 배만 하다. 남자는 나무 곁으로 다가가 어깨를 기댄다. 나무에 기댄 그의 어깨가 나무둥치에 스며든다. 어깨뿐 아니라 나무줄기와 이파리 속으로 남자의 팔과 허리, 다리와 머리까지 비집고 들어간다. 나무인지 남자인지 분간 못할 정도로 뒤범벅 물체가 된다. 드러난 나무뿌리 사이에서 딱정벌레가 한 마리, 흙을 뒤집어쓴 채 올라온다. 딱정벌레는 나무 둘레를 빙빙 돌다가 나무속으로 파고들려고 집게발을 빠르게 놀려댄다. 그는 아프다. 몸 이곳저곳이 쑤시고 욱신거린다. 어서 이 나무에서 빠져나가야 하는데, 이 현실에서 빠져나가야 하는데, 깨어나야 하는데…… 간절함 뿐이다. ……벗어나면 어쩌려고? 깨어나면 무엇 하겠나……, 라는 누군가의 탁한 음성이 새소리에 섞여 들려온다.

휴대폰 알람 진동이 K를 깨웠다. 눈을 떠 휴대폰 시계를 보니 아침 여덟 시였다. 잠깐 졸았나 싶었는데, 다섯 시간을 아무 뒤척임 없이 잤다. 편안한 잠이었다. 머릿속이 맑았다. 노트를 펼쳐보니 많은 분량을 써놓은 상태였다. 안심이 되었다. 이 정도면 충분히 초록을 발표하고, 본론을 첨가해 심사용 논문을 만들어낼 수 있을 것 같았다. 손에 중요한 도구를 든 유인원처럼, 그는 노트를 들고 흔들어보았다. 오랜만에 마음이 가벼웠다.

독서실을 나가려 필기도구와 노트를 정리하는데, 허브 화분이 그의 눈을 찔러왔다. 화분 안에서 무언가 반짝거렸다. 유심히 바라보니, 누렇게 말라죽어가는 잎사귀를 밀쳐내며 맑은 연두색 새순이 올라오고 있었다.

5.

집에서 샤워한 뒤, 잠시 허리를 펴려고 누워 있는데 누나에게서 전화가 왔다. K의 상황을 묻고, 교대 좀 해달라는 내용이었다. K는 곧 가겠다고 말하고 일어섰다.

아버지는 잠들어 있었다. 이맛살을 잔뜩 찌푸리고 입을 반쯤 벌린 채로 코를 골고 있었다. 방금 진통제를 맞았다고 누나가 소곤거렸다. 누나는 K에게 고관절 치환 수술 환자의 주의사항이 쓰여 있는 인쇄물을 건네주고, 마치 의사처럼 간병할 때 조심해야 할 보호자의 수칙을 일러주었다. 인쇄물에는 인공 고관절이 수술 부위에 자리 잡기까지, 환자의 몸을 움직이지 않게 하려는 조처가 그림과 함께 강한 어조로 설명돼 있었다. 일주일 동안 거의 꼼짝 않고 누워 있어야 하는데, 아버지가 그 자세를 견디며 지시대로 해줄지 의문이었다. 당장 육체가 불편한 것을 참아내지 못하는 어린애가 아버지였다.

아버지는 병이 들기 전까지 여러 일에 예민해 있었지만 대개 조용했다. 취해 있을 때는 부산스러워 보였어도 특별한 순간만큼은 진지하고 신중했다. 읽은 책을 마음에 정리해두려는 듯 책갈피를 매만질 때, 또는 텔레비전에서 '동물의 왕국'을 볼 때, 혹은 무언가를 기록할 때에는 온몸에 중량감이 있어 보였다.

누나가 대학 입학 학력고사를 준비하던 겨울이었다. 시험일이 며칠 남지 않아 그녀는 매일 밤을 새다시피, 공부에 열을 올리고 있었다. 당시 K 가족은 가게에 달린 방에서 식구 모두가 생활하고 있었다. 목돈이 필요하셨던지, 어머니가 집을 독채로 전세 놓아서 가족은 가겟방으로 몰려들었다. 가정집이 아닌, 가게에 달린 방이어서 춥고 좁았다. 그래도 방 가운데를 책장으로 가로막아 두 칸 방으로 만들어놓고, 윗방에는 어머니와 누나가, 아랫방에는 아버지와 K 형제가 사용했다.

일요일 오후였다. 아버지가 방 위쪽에서 족보인지, 수첩인지, 들추고 있는 모습을 K는 지그시 바라보며 깜박깜박 졸고 있었다. 밤에 제사가 있다고 했다. 어머니는 형과 제사 어물을 준비하러 나가고 없었다. 사각사각, 종잇장 넘기는 소리를 귓등으로 흘려들으며, 잠에 들려 하는데……, 갑자기 누나의 비명이 귓속을 찌르고 들어왔다.

– 앗, ……뜨, 뜨거!

K는 벌떡 일어나 누나가 있는 윗방으로 건너갔다. 방 안에는 물이 흥건했다. 커다란 물주전자가 엎어져 있었고, 전기곤로가 주전자 뚜껑을 뒤집어쓴 채 나자빠져 있었다. 항상 주전자가 얹힌 전기곤로를 끼고 있더라, 싶었다. 우려했던 사고였다. 공부하다 잠깐 쉬려고 일어나다가 곤로를 쓰러뜨린 모양이었다. 다른 생각에 골몰하다가 물건을 놓친다든가, 남을 비키려다가 자기가 넘어진다든가, 누나에겐 그런 일이 잦았었다.

누나는 K를 보더니 한결 가라앉은 음성으로, 아버지가 마시던 '소주를 가져다 달라'고 했다. 바지와 스웨터가 젖어 있었다. 덴 곳을 응급처치하려는 모양이었다. K는 황급히 아버지를 찾아 불렀다. 그러나 아버지는 여러 차례 불러도 건너오지 않았다. 누나가 뜨거운 물에 젖은 스웨터를 뜯어내듯 벗으려 할 때 K는 아버지 방으로 넘어갔다.

K가 술을 찾으려 수선을 떨어도 아버지는 잔뜩 웅크린 채 꿈쩍도 하지 않았다. 방 안은 한 줄의 물결도 일지 않는 고요한 호수와도 같았다. 아무도 없는 듯했다. 이 정적을 깨뜨리면 더욱 큰 사고가 일어날 것 같았다. K는 천천히 아버지 곁으로 다가가 아버지의 시선께를 들여다보았다. 아버지는 화선지를 펼쳐놓고 무언가를 적고 있었다.

'維歲次…… 孝子 長烈 敢昭告于…… 謹以淸酌庶羞 尙 饗.'

제사 때 읊을 축문이었다. 물속 깊은 곳에서 파문이 이는 듯, 그의 마음속에 아련한 울림이 전해졌다. K가 아버지 곁에 가까이 가도 아버지는 한 치의 흐트러짐 없이 글씨 쓰기에 집중하고 있었다.

K는 아버지가 술을 숨겨놓는 창틀 아래로 가서, 소주를 찾아 누나에게 전해주고 방을 치웠다. 한참 후에야 깊이 몰아 내쉬는 아버지의 숨소리가 들려왔다. 건너가보니 아버지는 일어서서 힘이 들어간 눈으로 축문을 쳐다보고 있었다. K는 아버지를 향해 원망과 울분이 섞인 비명을 내질렀다. 누나의 흐느낌도 넘어 들어왔다.

아버지는 이제 모든 생활을 침대에 누워서 해야 한단다. 밥을 먹거나 물을 마실 때도, 가래를 뱉거나 용변을 볼 때도……, 인공 고관절이 아버지 골반뼈와 근육에 자연스레 붙을 때까지, 몸을 모로 기울이거나 엎드려서도 안 되고, 늘 똑바로 누워 있어야 한단다……. K는 숨을 길게 내쉬었다.

– 진통제 효력이 떨어지면 무척 아파하시더라. 한잠 못 잤어.

누나는 밤새 아버지를 움직이지 못하게 하느라 온 기력을 소모한 모양이었다. 충분히 짐작할 만했다. K는 누나에게 어서 가서 쉬라고 손짓했다.

– 그래, 오늘 밤은 네가 수고해줘라. 심하게 뒤채시면 간호사 불러.

누나는 충혈된 눈으로 미소를 보내며, 진통제를 자주 맞히면 수술 자리가 빨리 아물지 않는다더라, 하고 덧붙였다.

누나가 가고, 병실에는 환자 셋과 보호자 둘, 그리고 아버지와 K

가 있었지만 실내는 문득 고요해졌다. 텔레비전을 보던 환자들이 하나둘 일어나 병실 밖으로 나가기 시작하더니, 보호자들도 따라나섰다. 다 같이 굳은 표정이었다. 그들의 침묵이 의미하는 바를 K는 이내 알아차렸다. 자는가 싶었는데, 아버지가 어느새 깨어나 변을 보아버린 것이었다. 기저귀를 채웠어야 하는데, 미처 준비를 못한 상태였다. 변 냄새가 금세 병실 안에 가득 차, K는 재빨리 문이란 문을 모두 열고, 수건을 빨아 와 아버지의 가랑이에 받쳤다. 그러고는 두루마리 휴지를 풀어 아버지 사타구니에 마구잡이로 쑤셔 넣었다. 아버지는 '억, 억' 소리를 높이며 손을 엉덩이에 가져갔다. 딴에는 휴지로 밑을 닦아야겠다는 생각인가 보았다. 그러나 손에는 오히려 변이 묻어 나왔다. 눈이 간지러운지 아버지는 똥칠한 손으로 눈을 비벼댔다. K는 오른손으로는 아버지의 손을 잡고 왼손으로는 바지를 쥔 채, 어찌해야 할지 몰라 한참을 멍하니 있었다. 아버지가 다시 손을 얼굴로 가져가려 했다. K는 침대에 올라가 아버지의 손이 옴짝달싹 못하게 무릎으로 누르고 변을 처리했다.

저녁 식사 후, 갈아입은 속옷이 익숙지 않은지 아버지는 자꾸 뒤척였다. K는 아버지가 뒤챌 때마다 힘을 주어 다리를 붙들었다. 아버지가 K에게 간절한 눈빛을 보내며 끙끙댔다. 아버지, 모두 아파요. 참는 수밖에 없다고요. 불편하시더라도 견뎌야죠. 아버지 제발 좀 가만 계세요!

그러나 아버지는 밤에 통증이 더욱 심해지는 모양이었다. 계속 뒤

틀면서 억눌린 소리를 질렀다. 병실 사람들도 한숨을 내쉬며 불편을 내비쳤다. 붙잡아 누르는 K의 힘이 약해지자, 아버지는 링거에 연결돼 있는 팔뚝을 들어 올렸다. 주사기가 빠지면서 피가 솟구쳐 올랐다. K는 응급 호출기를 눌러 간호사를 불렀다. 당직 간호사가 달려와 상황을 보고 아버지의 팔에서 혈관을 찾아 링거를 다시 연결해주었다. K는 간호사에게 진통제를 주사해달라고 청했다. 그녀는 차트를 보고, 이미 하루치의 주사량을 넘겨 안 된다고 잘라 말했다. 그러면 진정시킬 수 있는 방법을 알려달라고 채근하니, 그녀는 주사약 쟁반을 들고 와서 아버지에게 주사를 놓고 돌아갔다.

진통제를 맞은 아버지는 곧장 잠이 들었다. 인공관절이 자기 육체가 아니라는 것을 의식하고 있으니 아버지의 기억은 아직 남아 있는 셈이다.

아버지, 기억나세요. 기말고사에서 전교 일등 했다고 약속으로 사 주신 자전거. 처음으로 그걸 타다가 노점상 진열대 유리상자를 들이받은 적이 있지요. 아버지한테 혼날까 봐, 자전거를 빼앗길까 봐 허벅지에 유리 조각을 박은 채로 집에 들어갔잖아요. 그 상처, 아직 있어요. 허벅지가 그 사건을 증거하고 있어요. 지금도 가끔 그 기억을 떠올릴 때마다 허벅지가 쓰려요. 기억이 몸인가요. 아버지, 허벅지가 아파요……. K는 상념을 버무려 아버지에게 속엣말을 전했다.

이제 내 기억을 가두어둘 마음이 허물어지기 시작한다. 기억이 몸을 아프게 한다. 아픈 습관은 더 큰 아픔으로밖에는 없앨 수 없겠지. 마지막 고통이 곧 오겠지. 나는 기억할 힘 이제 없다. 나는 모른다. 모른 체하는 것이 내 새로운 습관이 되었다. 이제 기운 떨어져 너를 모르겠다. 내 몸은 닳아 없어질 것이다. 한 방울의 빛으로밖에는 남지 않겠지. 그 앙금이 네게 전해지지 않으면 좋으련만. 그러니 이렇게 놔두지 말고, 내 목을 조르거라. 어서, 졸라! 어서!

K는 입을 벌리고 자는 아버지를 물끄러미 바라보다가 잠이 몰려와 휴대폰에 이어폰을 꽂고 음악을 열었다. 곧장 바다가 펼쳐진다. 이번에는 어둠 속의 바다다. 병실에 고여 있던 환자들의 신음이 파도 소리에 섞여 흐른다. 절해고도가 선뜻 나타나고 절벽 끝에 누군가 위태롭게 서 있다. 갈 길 모르고 절벽에 부딪고 뒤채는 파도, 그 아래로 곧 떨어져 내릴 듯, 그는 검은 바다를 굽어보며 깊은 숨을 내쉰다. 벼랑 아래로 처박힐 것인가, 능욕을 감수할 것인가, 그의 발 아래에서 여인의 신음이 흘러나온다. 사랑하지 않는 남자에게 몸을 허락한 여인의 흐느낌이 그럴 것이리라. 여인은 보이지 않는데, 흐느낌은 계속된다. 아랫도리가 묵직해오며 허리가 저려온다. 잠시 끊겼던 광경이 다시 펼쳐진다. 참지 못하고 바다에 사정하는, 온몸으로 발기한 그의 모습이 보인다.

병실 안에서 누군가, 격한 울음을 참는 소리가 K의 귀에, 얼굴에 끼얹히듯 들려왔다.

6.

아침 여덟 시, 주치의가 회진 올 때까지 아버지와 K는 잠에서 깨어나지 않았다. 회진하는 의사와 간호사들이 소란스러워 더 이상 눈을 붙이고 있을 수 없었다. 주치의는 간호사에게 진통제를 줄이라 지시하고 다른 병실로 옮겨갔다. 곧 누나가 왔다. K는 누나와 교대하고 집으로 돌아와 다시 눈을 붙였다.

정오, K는 알람 소리에 일어나 샤워하고 수업 가방을 챙겼다. 강원도에 있는 대학에 강의가 있는 날이다. 세 시간짜리 강의가 오후 세 시부터 시작이었다. 그리고 한 시간 뒤에 평생교육원 수업이 있었다. 오 년째 일주일에 한두 번씩 강의하러 갔다. 37번 국도를 달리는 운전이 일상을 벗어나는 듯한 기분을 주어 즐겁게 오가고 있었다.

오늘 수업은 수강생의 작문을 토의하는 시간으로 상당 부분 할애할 예정이어서, 따로 수업 준비가 필요치 않았다. 글쓰기에 관한 수업은 수강생들을 향한 즉흥연주와 같은 성격을 지닌 것이었다. 기존 선율은 갖고 수업에 들어가지만, 습작생이 자신의 장단점을 발견하도록, 자연스러운 감응을 끌어내기 위해, 즉흥설명이 필요했다. 질의와 응답 위주여서 수업이 끝나면 이론 강의보다 훨씬 피로했다. 전통적인 글쓰기 요령을 전했다고 강사의 몫을 다한 것은 아니었다. 수강생들이 갖고 있는 개성을 스스로 깨닫게 해주어야 했다. 교실 안의 모두가 일심동체 돼야 좋은 효과를 얻을 수 있었다.

37번 국도는 굴곡이 심해서 잡념 없이 운전에 집중토록 했다. 가끔씩 드러나는 북한강은 시원한 풍경으로 긴장을 풀어주었다. 학교 갈 때마다 K는 북한강물을 헤엄쳐 기슬러 오르는 기분으로 구형 코란도의 액셀러레이터를 밟는다. 풍경이 뒤로 쓸려나가면서, 일상도 밀려나가길 바라면서.

학교에 도착하기 전, 늘 쉬어가는 강변 휴게소 앞이다. 이곳은 안개가 짙고 잘 걷히지 않는다. 낮과 밤의 기온차가 심하고 습도가 높기 때문이다. 오후에 접어들었는데도 북한강의 굽이진 여울에는 여전히 물안개가 피어오르고 있었다. K는 강변 휴게소에 정차하고 화장실로 내려갔다.

화장실에서 올라와보니 휴게소 뒤편으로 강 풍경이 놀란 듯이 펼쳐졌다. 강변 휴게소에 자주 들르지만, 강물은 언제나 신선했다. 푸른 산등성 아래, 은빛 물너울, 파득거리는 은색 물결 위로 녹색 융단의 일렁임이, 눈을 말갛게 씻어내고 가슴을 환하게 틔워주었다. 사람도 자연과 마찬가지여서 이렇게 좋은 산수를 만나면 반가웠다. 아주 먼 옛날부터 서로 잘 알고 있는 생명의 기운 같은 것, 그 생생한 기운을 맞닥뜨려 즐거웠다. 뱃놀이하는 사람, 강변을 거니는 사람, 물수제비뜨는 사람……. 모두 한결같은 자연이고 똑같은 기운이다. 강물에서 눈을 뗄 때 고개를 왼쪽으로 돌리니 큰 배가 가로막았다. 중세 유럽의 범선을 본떠 카페로 활용한 건물인데, 언덕에 세워져 하늘에 떠 있는 듯했다. 여기 올 때마다 보는 건물인데도 또 새로웠다.

K는 벤치에 앉았다. 문득, 강물과 하늘과 범선이 퍼즐 조각처럼 끼워 맞춰지다가 떨어져, 그의 몸 주위에 머뭇거리다가 달라붙는다. 이런 것들이 시간, 아닌가. 정해진 궤도를 돌면서 생겨난 시간의 궤적, 그 궤적에 남겨진 우리의 흔적, 그 이미지가 시간 아닐까.

그렇겠지. 기억의 부스러기들이 맺혀 있는 것이 시간이고, 우리에게 시간은 무한하겠지. 우리 안팎에 자리 잡고 있는 모든 것이 시간의 파생물들이다. 안개를 덮고 누워 있는 아스팔트, 자동차 바퀴를 발로 차는 중년 남자, 기차를 얹고 꿀렁거리는 교각, 떠받든 하늘에 점묘화를 그리는 은행나무, 들쥐를 한입 가득 물고 고개를 치켜든 구렁이, 구렁이를 쪼아대는 오리, 호박에 담아 삶아낸 오리를 뜯는 소녀들의 작은 입…… 이곳을 지나간 무수한 사람들이 내뱉은 숨결과 그들의 발자국, 그들의 몸에서 배어나온 냄새가, 저기 보이는 장절공 신숭겸의 묘처럼, 조각난 시체를 여기저기 묻어놓은 마음처럼, 누군가, 꿈을 꿀 때, 시간의 갈피갈피에 끼워져 있다가, 힘들여 회상할 때, 또렷한 영상으로 떠오르겠지.

학교에 도착하여 주차장 한구석에 차를 대놓고 K는 잠시 눈을 붙였다. 십 분가량을 그렇게 있다가 일어나 시간을 확인했다. 차에서 나온 K는 행정실에 들러 커피를 한 잔 마신 다음, 강의실에 들어갔다. 몇 년 전부터 해오던 기계적인 동작이었다. 강의실에는 수강생들이 둘러앉아 K를 기다리고 있었다. K는 글쓰기에서의 화자 문제에 대해 강조하고 작품을 논의해나갔다. 글쓰는 에너지는 작가가 아닌 화자에게서 비롯되게 하자고, 작가가 곧 독자, 독자가 작가가 되게 화자의 기운을 사용하자고 했다.

수업이 끝나, K는 학생식당에서 저녁을 먹고 평생교육원 사무실로 걸음을 옮겼다. 복사물을 맡기고 교실로 들어가 수강생들을 만났다. 수강생은 대부분 주부들이었고, 간혹 연세 든 남성들도 있었다. 정년 이후 시간을 메우려는 사람들이었다. 이번 학기에도 퇴임한 교장 선생이 수업에 참여했다. 그는 매 주 세 편의 글을 만들어 와 읽었다. 구성이 산만한 글이었지만 높은 열의로 사람들의 이목을 끌었다. 밤 아홉 시, 수업을 마치고 강의실을 나와 집에 가려는데, 그로부터 전화가 걸려왔다. 맥주를 한잔 사겠다는 것이었다. 황혼이혼을 했다는 둥, 자녀들이 잘난 사람들이지만 의절한 모양이라는 둥 글쓰기 열정만큼 그에게는 뒷말이 많았다. 그의 전화는 좀 부담스러웠다. 다른 사람보다 자기 작품에 신경을 더 써달라는 의도가 전해졌다.

K는 그의 차가 있다는 주차장으로 내려갔다. 황사와 미세먼지는 어느새 강원도 깊숙한 곳까지 몰려와 머물고 있었다. 이 지역은 호수와 댐이 많아 안개가 자주 끼는데, 황사까지 겹쳐 눈앞에 막을 드리운 듯 사물들이 두터워 보였다. 멀리, 호수변의 주황빛 가로등 불이 검붉은 빛으로 변해 있었다. 자동차들이 전조등을 켰지만 빛은 약했다. 습도가 높은 지역인데 황사가 머물러 더욱 꿉꿉했다. 눈에 티

가 들어갔는지 눈꺼풀이 따갑고 화끈거렸다.

　K는 실눈을 뜨고 후문 주차장까지 걸어가 교장의 차, 제네시스를 찾아냈다. 그가 차 안에서 문을 열어주어 K는 조수석에 앉았다. K가 눈을 못 뜨고 손등으로 자꾸 눈을 비비자, 그는 차를 출발시키려다가 멈추고 불쑥, K 앞에 코를 들이댔다. 그러더니 오므린 입을 K의 눈에 대고 훅, 숨을 뱉어냈다. 갑작스런 행동이어서 놀랐지만 눈의 티는 없어져 시원했다.

　뒤에서 누군가 까르르 웃어 돌아보니, 다른 수강생이 차에 타고 있었다. 수업에 자주 나오지 않지만 올 때마다 짙은 화장과 화려한 옷차림으로 주목받던 주부였다. 나이도 회원들의 평균 연령보다 훨씬 적어 남성들에게 귀여움을 받는 여성이었다. 어두워서 뒷좌석은 잘 보이지 않았다. K는 흠칫 놀라 이마를 차문에 부딪쳤다. 그와 그녀가 까르르 웃었다. 그들은 수업에서와는 전혀 다른 언행으로 K를 대했다. 오래된 동기동창의 모임 분위기가 났다. 두 사람은 친근해 보였다. K를 의식 않고 지난번 회식 때의 이야기나 소풍 갔던 이야기를 스스럼없이 나눴다.

　교장선생은 자주 들른다면서 호프집 앞에 차를 세웠다. 밖에서 볼 때는 허름했지만 안은 꽤 넓고 실내장식도 우아했다. 둘러보니 시화액자가 많이 걸려 있었다. 주인이 시를 쓰는 사람이라고, 교장이 주문을 마치고 알려주었다. 이 도시에서 만났던 사람들이 대부분 시인이거나 교육자였다, 는 생각이 들자 K는 순식간에 흥미가 사

라졌다. 호프가 날라져온 뒤, 그는 계속 사진과 시에 대해 그녀와 K
에게 말을 걸어왔다. 그녀는 말없이 웃기만 했고, K는 호프를 들이켜
면서 고개를 주억였다.

취기가 금세 온몸에 퍼졌다. 배도 불렀고 몸도 더웠다. K는 문학
이야기가 싫어졌다. K는 그에게 자리를 옮기면 어떨지, 물었다. 교장
이 어디로? 하는 말이 떨어지기 무섭게, 그녀가 나이트클럽! 이라고
답했다. K도 호프집에서 나가고 싶었다. K는 이 도시에 올 때마다
밴드가 공연하는 곳에 가고 싶었지만, 적당한 여건이 되지 않았다.
K는 대학 시절, 대중가수의 꿈이 있어 친구들과 밴드를 결성한 경험
이 있었다. 무도회장의 연주자들을 동경하던 스무 살 시절이었다. K
는 그녀의 제의에 적극 찬동했다.

나이트클럽은 호프집에서 그다지 멀지 않은 곳에 위치해 있었다.
엘리베이터에 들어갔다 나오니 전자음악이 쏟아져 내리고, 나비넥타
이들이 꾸벅 허리를 숙였다. 교장 선생과 K는 나이트클럽 안으로 들
어가 안내 불빛을 따라 걸어가다가 불빛이 멈춘 자리에 앉았다. 화장
실에 다니러 갔던 그녀도 어느새 자리를 찾아와 앉았다. 이제 막 쇼
를 시작하는 중이었다. 동남아시아인 남녀가 거의 벗은 채로 붙어서
선정적인 춤을 추고 있었다. 그들이 공연을 마치자 각설이 타령이 이
어지고, 차력사가 나타났다 사라졌다. 다시 외국인들이 무대 위에 올
라와 춤을 추고, 밴드가 음반 배경음악을 실제로 연주하면서 등장하
자, 테이블에 앉아 있던 사람들이 플로어로 올라가기 시작했다.

많은 사람들이 리듬에 맞춰 몸을 흔들어댄다. 물고기가 빽빽이 들어찬 전시용 어항 같다. 물고기들은 이리저리 물속을 헤엄치다가 조명이 껌벅일 때면 깜짝깜짝 놀란다. 놀랄 때마다 무대 광장에 붙박이는 사람들. 사진기에 시·공간이 잡히듯, 그들도 어항 안에서 깜박이는 조명에 순간순간 움직임이 잡힌다. 그들은 이렇게 시·공간에 남고, 자신의 기억에도 정지된 채 저장된다.

춤춰! 라는 그녀의 외침과 치켜든 손을 따라 K와 교장선생은 무대에 올라갔다. 사람들 틈바구니에 들어서니 더욱 취하는 듯싶었다. 굉음에 가까운 전자음악은 몸과 마음을 비틀게 했다. 눈에 티가 또 들어갔는지 눈을 제대로 뜰 수가 없었다.

그녀가 허공을 찌르던 손으로 K의 얼굴을 감싸 쥐더니 와락 당겨 입김을 불어대다가, 숨을 깊이 들이쉰다. 그녀의 입속으로 K의 눈이, 그의 얼굴이 빨려들다가 뱉어지다가를 반복한다. 그는 그녀의 입안으로 연방 드나든다.

—축구 말이야, 한국 애들 승부차기까지 가서 또 졌지? 내가 보기엔 없어. 투지가 없단 말이야. 병신 새끼들.

그녀는 K의 눈에서 입을 떼어 그의 왼쪽 귓불에 붙이고는 숨을 거칠게 뱉어낸다. 느린 음악이 연주되면서 그녀의 얼굴이 K의 귀에서 떨어진다. K가 무대에서 내려와 자리로 돌아오니 교장이 없다. 무대를 보니 그녀와 교장이 느린 템포의 곡에 맞춰 춤을 춘다. 교장은 그녀가 K에게 한 것처럼 그의 눈에 입바람을 불어넣고 있는 듯하다.

곡이 끝나자 두 사람은 자리로 돌아와서 다시 맥주를 마시고……, 기본 안주가 동이 나니 교장이 일어서자고 손짓한다. K는 익숙지 않은 장소여서 그가 하자는 대로 따른다. 그녀는 일어서 나가려다 멈추고, 바쁜 사람처럼 휴대폰을 자꾸 확인한다. 교장이 그녀의 옆구리를 잡는다. 전화는 오는데 그녀는 받지 않는다. K는 두 사람을 두고 혼자 무대로 올라간다. 연주자들 바로 앞에 가서 스피커를 밀치고 나오는 리듬에 몸을 맡긴다. 축구공 같은 소리가 스피커에서 나와 그의 어깨를 주무른다. 소리는 귀, 얼굴, 어깨에 이어 손과 발, 허리와 종아리까지 어루더듬는다. 몸이 스피커와 같아진다. 마음도 음악이 된다. 세 곡이 연주될 동안 한참을 그렇게 서서 음악에 몸을 맡기고 있는데, 교장이 K의 손을 잡아끈다.

세 사람은 클럽에서 나와 계단을 몇 개 오르고 엘리베이터를 탄다. K가 눈을 감았다 뜨니 노래방 입구다. K가 취기를 떨구려 깊은 숨을 내쉬었다 들이마시니, 마이크가 그의 코를 툭툭 쳐댄다. K는 교장선생이 선곡한 노래를 연이어 부른다. K가 노래를 부르는 동안 두 사람은 소파 구석에서 속삭인다. 그녀는 노래 목록을 풀풀 넘기다가, 교장에게 귓속말을 하다가, 다시 노래책 쳐다보기를 반복한다. 대부분 K가 노래를 부르고, 두 사람은 이야기를 나눈다. 그녀가 훌쩍거리는 모습을 보고 K는 노래를 멈춘다. 교장이 K에게 「봄날은 간다」라는 노래를 청한다. K는 성의껏, 구절마다 힘을 주고 목청을 높인다.

  ─노래, 망치지 마소. 당신, 노래 너무 못해부리네이. 멋을 몰라도

한참 몰라부러.

영호남 사투리가 범벅된 호통으로 그는 K에게 노래를 못하게 한다. K가 마이크를 탁자에 놓고 화장실에 다녀오니, 교장과 그녀가 같이 소파 구석에서 훌쩍거리고 있다. K가 못 본 척 다시 노래를 찾아 화면의 가사를 쫓아가고 있는데, 그녀와 교장이 어느새 K 곁에 바짝 다가와 K의 손목을 쥔다. K는 마이크를 놓을 수밖에 없다. 교장이 K의 머리칼을 쓰다듬고, 그녀가 와락 그의 얼굴에 달려들어 강아지처럼 뺨과 귀를 핥기 시작한다. K는 두 사람의 손길을 떨어내고 술을 마신다. 마신 술이 주량을 훨씬 넘어섰다는 걱정에도 맥주는 목구멍 안으로 계속 들어간다. 아버지의 모습과 음성이 자꾸 어른거리는 만큼 술잔도 연방 비워진다.

K는 배가 불러 노래도 못하겠고, 등허리를 잠깐 펴야겠다는 생각으로 소파에 누웠는데, 잠이 쏟아진다. 그는 천장을 훑는 노래방 조명을 깜빡깜빡 쳐다보다 눈을 감아버린다. 그러나 그는 곧 일어나야 했다. K는 교장과 그녀에게 잡힌 허리춤을 그냥 둔 채 그들이 가는 데로 따른다.

노래방 바로 앞에 안마시술소가 있어 세 사람은 현관문을 활짝 열고 들어선다. 좁은 방에 높은 침대가 들어차 있다. 그녀는 K를 누이고 다리를 붙잡는다. 교장이 K 위에 올라탄다.

K가 일어서려 하자 교장이 K의 어깨를 내리누른다. 교장의 완력에 K는 꼼짝달싹할 수 없다. 그녀가 K의 아래를 자신의 가슴에 댔

다가 뗀다. 가슴은 안 돼, 내 가슴 아무도 건들지 못해. 수술했단 말이지. 교장이 껄껄 웃는다. K는 무심결에 아버지……, 라고 중얼거린다. K는 자신이 선인장이 된 듯하다. 모래에게 붙들리고 태양을 맞는, 달궈진 채 온종일 서 있는 선인장……. 꿈과 현실이 분간 안 되는 상황 속에서 그는 갈증이 심해져 일어난다.

세 사람은 어느새 안마시술소 앞에 서 있었다. 세 사람 중 누군가 한숨을 내쉬면 건물이 폭삭 주저앉아버릴 것만 같았다. 두 사람은 K의 눈을 바라보고 머뭇거리다가 혼자 잘 쉬라, 하곤 차에 올랐다. 교장선생의 차 꽁무니가 빨갛게 달아올랐다가 꺼져 멀어지는 모습을 K는 한참 바라보았다. 지금까지 그들과의 만남이 정말이었는지 망상이었는지, 뚜렷하지 않았다. 그는 두 사람이 사라진 길을 뒤쫓아 걸었다. 날이 희붐히 밝기 시작했다. 남청빛 하늘이 차츰 옅어지는 중이었다. 황사는 여전했다. 거리의 네온도 빛을 잃었다. 몽골의 모래언덕에 태풍이 몰아치면 이럴까. K는 푹푹 빠지는 모래 속을 걸어가는 듯, 다리가 천근만근 무거웠다. 입안에 모래가 들어와 서걱거렸다. 목이 칼칼했다.

뜨거운 날들이야. 땡볕이 내리쬐고 기차가 모래 위를 달려. 내 정수리를 향해, 꼭 나를 뚫고 지나가야겠다는 듯, 똑바로 달려와. 눈을 뜰 수도, 감을 수도 없어. 모래가 휘몰아치는 폭풍 속에서 나는 굳어버려. 털끝 하나 움직일 수 없어. 누군가 나를 깨워주면 좋으련만, 내 손가락을 살짝 건드려주기만 해도 좋으련만, 그러면 날아오를 수 있을 텐데. 기차는 혀를 날름거리며 달려오고 나는 도저히 피할 수 없어. 기어이 머리가 빠개지고 뇌가 쏟아져 모래 바닥에 뒹굴어. 대머리독수리들이 꽃을 물고 날아와 내게 던지고 나를 쪼아. 이제 나도 날아갈 수 있을까.

안마소로 다시 돌아가려 했지만 K는 길을 잃었다. 네온간판이 건물 위에서 모자처럼 번쩍거리는 나이트클럽 건물과 안마소가 바로 눈앞에 있는데, 입구는 보이지 않았다. 건물을 빙글빙글 돌다가 입구라 여겨지는 문을 두 개나 찾아 열려 애써도, 열리지 않았다. 오래전에 폐쇄시켰다는 듯, 문고리에 쇠사슬이 채워져 있거나 안으로 각목이 받치고 있었다.

K는 계속 건물 주위를 두리번거리다가 아침을 맞았다. 어디에서인가 수탉의 울음이 꺼이꺼이 들려왔다. 간간이 아버지가 욱욱, 하는 괴성도 섞여왔다.

7.

가족회의가 있어 K는 본가에 갔다. 아버지의 퇴원을 이틀 앞두고 앞일을 논의하기 위해 누나가 소집한 회의였다. 어머니도 이젠 지칠 대로 지쳐 있었다. 아버지가 병원에 입원한 후, 어머니도 병을 얻어 눕게 되었다. 노환이었고 병원에 입원시킬 여유가 없는 상황이었다. 한두 달만이라도 어머니를 쉬게 해야 했다. 아버지를 요양원에 두거나, 집에서 두 노인을 함께 지킬 요양보호사를 찾아야 했다. 하지만 병든 노인 둘을 돌볼 보호사가 쉽게 구해질 리 없었고, 아들과 딸, 며느리와 사위까지 합쳐서 여덟이나 있는데 보호사에게 모두 맡긴다는 것은 모두에게 부끄러운 일이었다. 아버지나 어머니가 병고에 시달리는 동안, 단 일주일만이라도 본가에 들어가 살림을 맡은 자식이 없었다.

형제들은 우선 요양원을 직접 답사해보고, 저녁에 모여서 생각을 나눠보자고 했다. 큰형이 여러 군데를 알아보았다고 했지만 불확실했다. K는 학교에서 알고 지내는 사회복지사를 통해 요양시설을 몇 군데 소개받은 바 있었다. 누나와 형을 차에 태우고 K는 본가에서 가까운 지역에 가보기로 했다.

본가와 같은 구에 있는 요양원은, 시내 복판에 위치해 있어 하늘로밖에는 공간을 활용할 수 없었던지, 이십 층짜리 좁은 건물이었다. 각 층을 전문적인 분과가 맡아 쓰고, 환자실은 위층에 배정돼 있었다. 엘리베이터를 타고 요양원으로 가보니, 병실처럼 칸칸이 방이 나뉘어 문이 열린 채였다. 안에는 침상이 둘, 혹은 넷이 벽과 맞붙게 놓여 있었다. 퀴퀴한 냄새가 배어 있는 실내에는 환자복을 입은 노인들이 떠다니듯 움직이고 있었다. 그들은 K네를 빤히 쳐다보다가 눈이 마주치면 고개를 돌렸다. 한 노인이 복도로 슬며시 나와 누님을 뒤에서 껴안고는 달아나다가 발걸음이 엇갈려 스스로 넘어졌다. 이곳은 아니었다. 아버지는 더 조용하고 사람들이 적은 곳에 있어야 했다.

K는 본가 구역을 여러 곳 돌아보다가 경기도로 향했다. 아버지가 머물 조건을 만족시키는 곳은 없었다. 공기 좋고, 시설 말끔하고, 관계하는 사람들도 호감 가는 요양원은 대개 국영이었다. 만족스런 민영이 있어도 요양비가 예상 외였다. 국영은 부양할 슬하가 없는 노인들만 이용할 수 있고, 민영은 K네로서는 감당할 수 없는 이용료를 요구했다. K네가 경기도 북부와 서부를 돌며 요양원을 찾아다니다가 저녁에야 돌아왔다. 두어 군데 적절한 곳이 있긴 해도 당장 계약을 않았다. 가족회의를 해봐야 결정될 것이었다.

요양원 이미지와 분위기를 담고 집에 온 K 형제는 피로해진 낯빛을 서로에게 보이고 둘러앉았다. 요양원을 한나절 둘러보며 각자마다 의무를 덜려는 듯한 말투와 표정을 뱉고 보이느라 더욱 지친 모습이었다. 진정한 도리와 효가 어떤 것인지 판단을 내리지 못해서가 아니라, 당장은 이 복잡하고 긴장된 상태에서 벗어나고픈 마음뿐이라는 속내가 차츰 얼굴에 드러났다.

— 형님, 어떻게 했으면 좋겠습니까? ……우선은 목돈이 필요한데…….

작은형이 찌그러뜨린 입으로 큰형에게 날카로운 음성을 내보냈다. 해외근무를 오래 했고 출장이 잦아, 언제나 집안일에는 도통 관심 둘 여력이 없다는 식이었던 작은형이어서, 빨리 결정을 내려야겠다고 생각했나 보았다.

—돈? 돈은 차후 문제고, 우선 아버지가 요양원에 가서 좋을지, 더 나빠질지, 그리고 어머니를 어떻게 해드려야 할지 정해야 하는 거 아냐?

동생의 벼르는 듯한 어조가 거슬렸는지, 큰형은 짐짓 목소리를 높였다.

—돈이 제일 문젭니다. 형님이 우리 몰래 집하고 땅 담보로 대출받는 돈, 그걸 먼저 해결해야 돼요.

—……그래, 내가 그랬다. 너는 아버지 입원하고 병원에 낯짝 한번 내밀어봤어!

담보 이야기는 발설하면 안 되는 금기사항이었다. 큰형과 어머니만 알고 있는 일이었다. 어머니가 툭툭 던진 말을 유추해보면, 지난해 아버지 인감을 형이 가져갔다고 했다. 동생의 말이 비수가 되어 형의 가슴을 찌른 셈이었다. 작은형의 도발에 큰형은 손과 머리를 떨면서, 부릅뜬 눈으로 허공을 한참 동안 응시했다.

작은형은 어쩔 수 없이 이젠 형제들 중에서 누군가 본가에 들어가 책임 있게 부모를 모셔야 한다는 생각을 했나 보았다. 그리고 그 누군가는 K를 염두에 둔 상태로 보였다. 작은형의 잔뜩 오므린 입이 K를 향하다가, 곧 말을 뱉어낼 순간, 큰형이 벌떡 일어섰다.

—그만 가봐야겠다. 얘기가 안 돼. 내일 다시 보자.

큰형이 등을 보이자 K는 큰형의 회피하는 듯한 태도에 불쑥 화가 치밀어 올랐다.

－큰형님은 늘 그런 식이잖아요! 형이 저질러놓으면 식구가 처리하고…….

K는 큰형의 등 뒤에다 절규와 같은 말을 퍼부었다. 그러나 큰형은 돌아보지 않고 나가버렸다.

－작은형도 그래, 그렇게 뒷짐 지고 있지만 말고 나서봐.

모든 일을 자기 편의로 해석하여, 본인 위주로 결정하고 위와 아래에게 책임을 더 지우려는 작은형의 태도도 K는 싫었다. 형들의 미진한 행동과 무관심, 아버지와 어머니의 병환, 써야 할 졸업논문 등이 범벅이 되어 쇠뭉치처럼 K의 마음을 짓눌렀다. K는 가슴을 옥죄는 쇳덩이를 폭파시키고 싶었다.

－제발, 그만해! ……빠져나가려 하지 마! 엄마가 얼마나 힘든지 알아! 모두 힘들지만, 어떡해요. ……도와줘. 제발…….

부모를 떠맡을 수 없는 상황인 스스로에 대한 노여움이 왈칵 치밀어 올라 K는 부르짖었다. 그리고 그 끝에 결국 울음을 터뜨렸다.

－그만들 해라.

K의 울부짖음을 누님이 막았다.

－며느리들도 혼나야 해.

계속해서 여러 문제가 발생하는데, 한 가족이라 할 수 있는 형수와 매형도 적절한 반응을 보이지 않아 야속하기만 했다. 자신보다 누군가 더 희생해주기를 바라는, 그 속내를 들키지 않으려는 말만 골라 하고, 그래서 어색해진 행동이 K는 보기 싫었다. 이미 가정은 파선 직전에 내몰린 배와 같았다. 항로는 오래전에 이탈됐고, 선장은 유고 상태이며, 선원들도 뱃전만 붙들고 누군가 먼저 용기 내어 뛰어내리기를 바라고 있었다. 그들은 암초에 걸려 부서질 대로 부서진 배에 더 이상 미련을 두지 않고 있는 모양새였다.

K는 형제들을 언제부턴가 외면하고 싶었다. 형들한테 해줄 수 있는 것이 부모의 건강을 지켜주는 것이라 생각하고 나름대로 노력했는데, 결과는 이 지경이 되어버렸다. 미안했다. 그리고 미웠다.

형들이 나가고, K는 누나를 전철역까지 바래다주기 위해 차를 몰았다. 그리고 다시 본가로 오면서 잘못을 뉘우쳤다. 형한테 못할 말을 한 자신이 부끄러웠다. 반성합니다, 잘못했어요, 형님······. K는 차 안에서 눈물을 훔쳤다. 아버지도 거칠게 다루었고, 어머니한테도 소리를 질렀어요. 못된 놈이에요, 저는. 차를 밀어대는 도로가, 거리를 밝히는 네온간판이, 껄껄대는 가로수가, 행인들과 상점들이 모두 자신을 바라보고 있는 듯했다.

오늘 일어났던 일들······, 요양원을 돌아보고, 모여서 이야기를 나누고, 이야기 끝에 서로에게 상처만 준 채, 결론 없이 끝난, 모든 일들이 며칠 전에 꾼 꿈과 똑같았다. 이런 일이 일어나리라, 꾸었던 꿈 그대로였다. 차 안에서 울고 있는 자신의 모습도 그는 꿈에서 보았다. 그런데, 지금의 현실에 꼭 들어맞는 이 장면을, 누군가 또 응시하는 시선을 K는 느낄 수 있었다. 그가 누구인지, 찾아내고자 고개를 돌리려 해도, 그는 꼼짝할 수가 없었다. 목에 깁스를 한 듯, K는 앞만 바라볼 수밖에 없는 상태였다. 움직여지지 않았다. 전혀 안 됐다.

언제부터인가 내 몸 안을 바라볼 수 있게 되었네. 내 뼈와 살에 고름이 차기 시작해. 고름 사이에 얽혀 있는 혈관도 많이 헐었어. 이제 오래지 않아 혈관도 허물어지겠지. 내 시간 없는 줄 나는 잘 알아. 널려 있다 내 몸을 마르게 할 시간들. 너무 늦었다고 후회해도 소용없는 줄 알아. 흔적 없어져도 원망 없어.

K는 자기를 바라보는 시선이 자신의 것이라고 어렴풋이 느끼며, 컴컴한 도로를 빠르게 밀치고 나갔다. 어둠 저편에서 한 줌, 빛이 다가오며 점점 커지고 있었다.

8.

아버지가 퇴원하는 날이다. K와 누나가 아버지 퇴원을 도왔다. K가 원무과에서 병실 이용료와 수술비를 정산하는 동안, 누나는 병실에서 사용했던 물건들을 정리했다. 결국 아버지는 집에서 치료 받으며 요양하기로 했다. 열 시간 동안 노인 둘을 돌볼 요양보호사를 찾아 부탁해놓은 상태이고, 밤 시간은 가족이 돌아가면서 보기로 했다. 하루씩 나눠 아버지의 밤을 맡을 형제들 순서를 정했지만, 언제나 그랬듯이 이번에도 형들 모두 바쁠 것이다.

K가 퇴원 수속을 마치고 병실로 돌아와 보니, 아버지가 희미하게 웃으며 침상 모서리에 앉아 있었다. 환자복이 아닌, 일상복을 입고 있는 아버지의 모습을 보니, 지금까지 아버지가 꾀병을 부린 것은 아닌가, 하는 의구심도 들었다. 그러나 바닥에 떨궈진 아버지의 초점 없는 시선은 여전히 앞날의 고단함을 예고하고 있었다. 수술이 잘됐지만, 한두 달간은 조심해야 한다, 는 의사의 말은 앞으로도 아버지와 식구들이 무척 괴로우리라는 선고와 마찬가지였다. 오늘은 세미나가 있는 날이지만, K는 선배에게 전화를 걸어 불참을 통보했다. 아버지의 퇴원을 지키며 형들에게 쏟아 부은 푸념의 대가를 치러야 했다.

K는 누나에게서 아버지의 손을 넘겨받고 병원 현관으로 향했다. 병실에서 나오자 누나는 화장실이 급하다며 아버지 곁을 떠났다. K가 아버지를 현관 소파에 남겨 두고 주차장으로 간 것이 잘못이었다. 주차장에서 차를 빼내 로비 앞에 대놓고 다시 병원 안으로 들어서니, 아버지가 없었다. 비어 있는 소파만 덩그러니, 눈을 가득 채웠다.

이런 일이 자주 있던 터라 K는 걱정보다 짜증이 먼저 치밀었다. 곧이어 누나가 돌아와 K의 표정을 보더니, 두리번거리며 아버지를 찾아 나섰다.

한나절 동안 병원을 돌고, 집을 드나들고, 버스정류장을 헤매고, 지구대를 찾아가보았지만 아버지는 없었다. 집으로 돌아온 K는 기진해서 누워버렸다. 아버지를 다시 잃은 것인가, 이번엔 얼마나 오래

걸릴 것인가. 홀로 누워 있는 어머니를 보니 숨이 턱 막혀왔다.

막막함이 온몸을 짓누르는 자정 무렵, K는 큰형으로부터 전화를 받았다. 형은 수금 문제로 부산에 내려갔다가 누나의 전화를 받고 고속열차로 올라왔다고 했다.

─아버지, 응급실이야.

형은 울먹이는 것 같았다. 아버지를 병원 안, 부속실에서 발견했단다. 아버지는 입원해 있던 병실에서 불과 십 미터도 떨어지지 않은 곳에 있었다. 환자들의 식사를 정리하고 음식물 쓰레기를 처리하는 곳이었다.

응급실로 달려가 보니 아버지는 엉망이었단다. 금방 교통사고라도 난 사람처럼 얼굴은 온통 상처투성이였다. 처음 발견됐을 때는 음식물 쓰레기로 뒤범벅이었단다. 끊임없이 먹어대는 식성이 또 도졌는지, 쓰레기 드럼통 안에 들어갔다가 빠져나오지 못해, 몸부림 끝에 이렇게 된 것이란다.

─죄송합니다. 제가 죽일 놈입니다. 모두 제 잘못이에요.

큰형이 아이처럼 엉엉 울었다. 형은 부산에서 누나의 전화를 받고, 아버지가 꼭 그곳에 있을 것 같았다고, 선연하게 떠올랐다고, 아버지를 어서 쓰레기통 안에서 꺼내야 한다고, 가슴을 태우며 올라왔단다.

느껴 우는 형의 울음소리가 병실을 흔들었다. 누나도 눈물을 훔쳤다. 아버지는 다 큰 자식이 우는 모습이 창피하다는 듯, 눈을 동그랗게 뜨고 형을 바라보았다. 아버지의 퉁퉁 부은 입술 사이로 쉬,

쉬, 자식을 어르고 달래는 소리가 계속 나왔다.

결국 아버지의 퇴원은 이 주일 뒤에야 이뤄졌다. K는 본가에 고관절 지지대와 환자용 침대, 배설물 처리기, 보행기와 지팡이 등을 비치해 놓고 아버지를 퇴원시켰다. 아버지를 건넌방에 누이고 나니 해가 기울 고 있었다. 안방 침대에는 어머니가, 건넌방 침대에는 아버지가, 그리 고 거실 소파에는 K가 누워 있다. 집은 병실처럼 서늘하고 산만했다.

누나가 와서 아버지와 어머니를 맡기고 K는 바삐 독서실로 향했다. 책상 앞에 앉으니 잠이 쏟아졌다. 그는 엎어져 한숨을 돌렸다. 일어나 세수를 하고 논문 초록을 훑어보았다. 불명료한 부분이 많이 눈에 띄 었다. 중언부언, 부정확한 전개, 논리의 비약, 상투적인 표현……. 얼 굴이 달아올랐다. 심사 일정에 맞춰 수정해낼 수 있을지 의문이었다.

이제 시간도, 기운도 없다. 아버지를 돌봐야 한다는 강박은, 어쩌 면 능력 부족의 왜곡 심리 아닌가. 여느 가정처럼 평범한 아버지였더 라면 순조로웠을까? 아니다, 무능한 자의 핑계일 뿐이다. 아니, 가족 이 좀 더 힘이 되어주었더라면……. 아버지가 발목을 잡지만 않았더 라도……. 역시 과욕이었나. ……봄이 끝날 때까지만이라도 아버지를 안심하고 맡길 수 있는 곳이 있다면, 집중할 수 있을 것 같은데……. 이렇게 어지러운 마음뿐이라면 그 어떤 것도 정리할 수 없을 것이다. 갈급증만 더해 한 글자도 못 쓰고, 이번 학기에도 졸업논문을 제출할 수 없을 텐데……. 펼친 노트 위로 이런저런 걱정이 스치고 지나갔다.

퍼뜩, 음성이, 아버지의 고향인 충청북도 음성, 초천리 응달마을이, 떠올랐다. 지난해 가을, 벌초하러 시골에 내려갔을 때, 몇몇 집이 비어 있지 않았던가. 당고모도 여전하고, 마을회관에서 소일하던 친지 노인들도 무탈해 보였다. 친지들한테는 계면쩍은 일이지만, 이번 봄 학기만은 잘 넘겨야 한다. 당고모님께 간절히 말씀드려 보자. K는 이 생각을 전에도 해보았지만, 친지들의 반응이 두려워 적극 행동으로 옮기지는 못했다. 이제는 어쩔 도리가 없었다.

K는 독서실 옥상에 올라가 누나에게 전화를 넣어 그 생각을 전했다. 누나는, 어머니와 다른 형제들 생각도 들어보고 결정해야 옳겠지만, 그렇게밖에 할 수 없는 네 입장이라면 시도해보자고 했다.

K는 집으로 가서 고모와 숙부에게 전화를 넣어 도움을 구했다. 고모는, 너희 사정은 알고 있지만, 나도 지금 건강이 썩 좋지 않다, 라며 에둘러 마다하는 어조로 말했다. K가, 잠깐 바람 쐬는 정도만이라도 아버지를 머물게 하면 안 되겠는지요, 하고 간곡히 부탁하니, 고모는, 그럼 몇 달만 그렇게 해보자, 하고 말했다. 고모는, 아버지를 이곳에 두면 정신이 돌아올 수도 있지 않겠냐, 덧붙이고 혀를 끌끌 찼다.

9.

아버지를 태우고 가는 중부고속도로는 시원했다. K는 문득, 바다가 갈라지면서 땅이 드러나는 '모세'의 한 장면이 떠올랐다. 안전벨트를 매고 조수석에 누운 아버지도 고향 가는 줄 아는지, 연신 미소를 띠고 있다.

집에서 자동차로 두 시간밖에 안 되는 거리임에도 자주 찾지 못하던 시골집이었다. 사촌들과 고모를 만나면 어떤 표정을 지어야 할지, 아버지를 맡기면서 무슨 말을 해야 할지, K는 적절한 단어가 떠오르지 않았다. 할 말이 없었다. 모든 말은 변명이 될 것이다.

어제 숙부와 고모에게 전화를 드렸을 때, 따뜻하게 감싸주던 말들이 새록새록 떠오르며 힘을 주었다. 아버지를 보고 상태를 겪으면 당장에는 어이없어 하면서 눈총을 주겠지만, 집에서보다 더 좋게 아버지의 건강을 챙겨줄 것이다.

……바람 부는 공터, 재건축 아파트, 허물어진 상가, 빈 어항, 라면이 말라버린 싱크대, 이런 것들만 보다가 이제 집에 가요. 집에 가면 물기 있는 공기 속에서 실컷 노래하고, 맘껏 춤출 거예요. 팔다리가 썩어 제대로 걷지도 못하지만, 나, 집에 가면 차렷하고 어머니 아버지께 절하고 내 등에 업어드릴 거예요. 어화둥둥, 내 아들, 내 새끼, 하면서 아버지 어머니가 했던 대로 어르겠어요. 너무 기뻐서 울음이 나요. 이 모습, 까마귀가 보고 흉보지 않을까. ……아버지 초가지붕에 올라가고, 어머니 부엌 아궁이에 들어가요. 나 아버지, 어머니한테 가요.

봄의 끝이다. 꽃가루가 차창에 달라붙었다가 떨어져나간다. 민들레씨도 함박눈처럼 날린다. 황사도 사라져가고, 봄날은 이렇게 끝나고 있다. 아버지는 차창에 달라붙는 꽃가루가 신기한지, 손가락으로 차창을 툭툭 쳐댄다. 그러면서 입으로는 리듬을 맞추는 듯, 억억, 소리를 낸다. 아버지는 아버지만 아는 노래를 부르고 있다.

음성 읍내에서 응달마을로 꺾이는 분기점에 다다르니 비가 후둑거리기 시작했다. 꽃가루와 황사가 빗물에 섞여 차창에 얼룩을 만들었다. 봄의 흔적들을 지우려는 듯, K는 윈도우브러시를 작동시켜 얼룩을 없앴다. 한여름처럼 후덥지근했다. 차창을 여니 어느새 고향이 성큼 들어와 있었다.

K는 마을회관 옆, 빈집 앞에 차를 세우고 아버지를 업었다. 할아버지의 옛집이다. 할아버지가 짓고 할머니와 평생 지냈던 집이다. 싸릿대로 걸쳐놓은 문을 열고 안으로 들어서니, 금방 허물어질 것 같은 슬레이트 가옥이 어정쩡, 앉아 있었다. 지붕 한 귀퉁이는 바람이라도 불면 풀썩 주저앉을 듯 기울어져 있었고, 부엌과 창고 문은 떨어져 나가 아예 보이지 않았다. 그래도 보일러는 새로 들여놓은 모양인지, 번쩍번쩍, 부엌을 빛내고 있었다. 담배 건조장도 골조만 남아 있는 모습이었다.

K는 아버지를 마루에 내려놓고 방을 둘러보았다. 고모의 수고가 곳곳에 배어 있었다. 도배와 장판이 새로 단장돼 있었고, 아버지를 위해 침대도 마련해 두었다. 밖은 허름해 보였지만, 방 안은 깔끔하

고 따스했다. 고모는 산책 나간 모양이었다. K는 고모를 만나기 전에 조부모 산소에 가서 인사드려야겠다고 생각했다.

　그는 아버지를 업은 채, 우산을 펴들고 집 뒷산을 올랐다. 아버지도 할아버지 산소에 가는 줄 아는지, 좀 전보다 팔에 힘을 더하며 끙끙거렸다. 허물어진 담배 건조장을 아버지가 자꾸 가리켰다. 아버지는 군대 가기 전, 몰래 담배 건조장에서 담배를 피우다 할아버지한테 들켰다고 했다. 할아버지가 아버지에게 좋은 궐련을 피우라고, 걱정하는 형식으로 혼냈다는 이야기도 아버지의 수첩에 적혀 있었다. 아버지는 할아버지를 무척 무서워했던 듯싶다. 할아버지는 고향에서 표창을 받고, 가문의 공헌자로 족보에 기재될 정도로 종계에서 인정해주는 능력자였다. 아버지에게 할아버지는 경외의 대상이었지만 아버지는 종손 역할이 부담스러웠을 것이고, 거느린 가족도 버거워했던 듯싶다. 할아버지에 대한 아버지의 의도적인 무관심으로 결국 종계일과 집안일 일체는 숙부가 맡는 상황으로 전개됐다. 아버지는 친척들로부터도 지탄을 받기 시작하자 빠르게 일탈로 빠져들었다. 아버지로써는 한번 외면한 친족을 다시 보는 일도 자존심이 허락지 않았을 테다.

　빗방울이 더 굵어지기 시작했다. 돌아갈까 하다가, 바로 뒤에 산소가 있으니 빨리 인사하고 오자는 생각으로 K는 성큼성큼 뒷산을 걸어 올라갔다.

　고모가 벌초도 해놓았는지, 조부모 묘소가 말끔했다. 비를 맞는

　가족에겐 가족이 없다

산소는 초록빛을 반짝거리며 K 부자를 반겼다. K가 묘 앞에 잠시 서 있자, 어디에서 그런 힘이 나오는지 아버지는 K의 어깨를 밀치고 내렸다. 그러곤 산소 쪽으로 빠르게 기어갔다.

─……어, 어, 엄, 마……, 빠, 빠.

아버지는 묘소에 파고들어가기라도 하듯 머리를 조아리고 손을 떨어댔다. 그러다가 꼼짝 않고 연신 '엄마'와 '빠빠'라는 말만 되풀이했다. 말을 만들려고 안간힘을 다하는 모습이었다. K는 아버지에게 우산을 씌워드리고, 마음속으로 조부모에게 용서를 빌었다. ……죄송합니다, 불효자식, 나무라주세요. ……할머니, 할아버지, 넓게 살펴주세요.

가랑비는 어느 순간 소나기로 바뀌어 줄기차게 사방을 적시기 시작한다. 허공에서 떠돌던 황사와 꽃가루, 홀씨들은 빗줄기에 씻겨 사라지고, 쏟아지는 빗발 사이로 물먼지가 피어오른다. 주변의 나무와 풀들은 생명을 한껏 뽐내며 세상을 녹푸르게 칠해놓는다. 빗소리도 점차 커져가고, 물너울끼리 서로 부딪치며 더욱 큰 물소리를 낸다. 산을 통째로 허물어뜨릴 듯, 빗물은 점점 불어나 계곡을 덮고 능선을 넘어, 콸콸 흐른다. 세상이 온통 물바다로 변해간다.

……어, 엄마, 엄마……. 아버지가 산소에 엎드려 계속 엄마를 부른다. K는 아버지를 일으켜 세우려다 그만, 발을 헛디뎌 아버지 위로 엎어진다. 산등성 계곡에서부터 불어나기 시작한 물이 묘소를 덮치고, 소나무를 쓰러뜨리고, 아버지와 K를 내동댕이친다. 집과 자동차, 강아지와 가로등…… 모두 물에 잠겨버린다. 새들과 허공도 물의

회오리 속으로 들어간다. K 부자도 물구멍 속으로 빨려들어가 세상의 모든 것과 하나가 된다. 아버지의 입이 커다랗게 벌어지고, K가 아버지 입안으로 들어간다. 모든 것이 물속에서 뭉개져버리고, 모두 물 범벅이 되어 어디론가 쏠려 들어간다.

내 몸, 살과 뼈가 허물어져 한 방울 물이 되어요. 물 안에서 물 밖을 그리워하지요. 새벽 햇살을 받는 물방울, 증발하는 쓰라림을 견디면서 빛이 됩니다. 이제 돌아가요. 침묵 속으로, 물 속으로, ······빛 속으로.

비가 뚝 그쳤다. 조용했다. 아버지가 K의 눈을 똑바로 응시했다. 냄새가 나는 것 같았다.

―이제 내려가요, 기저귀하고 바지, 차에 있잖아요.

K는 아버지를 부둥켜안아 일으켰다. 서쪽 하늘로 먹구름이 서서히 물러갔다. 그 사이로 빛이 뿜어져 나와 대지에 꽂혔다. 아버지와 K의 등에도 한 줌 빛이 내려앉았다. ◉

누웠던 자리

누웠던 자리

1.

　　　　　자동차가 달려들었다. 자전거 핸들을 놓을 수밖에……. 자전거에서 몸을 떼어내려 허리를 급히 세웠지만, 이미 자전거와 나는 자동차 보닛을 들이받고 꼬꾸라졌다. 자전거는 도로 가운데로, 나는 도로 바깥으로 곤두박질쳤다.

　하늘이 맑다……, 싶더니 곧 먹빛으로 물들기 시작했다. 내가 지금 눈을 감고 있는 것인가. 꼭 그렇지 않은데, 금세 어둠이 몰아닥쳤다. 등허리가 거대한 바윗덩이에 눌린 듯 무겁고 아팠다. 얼굴도 얼얼하기만 했다. 눈을 뜬 채인가? 모르겠다. 방금까지 보았던 풍경이 다시 간단간단 어른거렸다. ……알이 송골송골 열린 은행나무, 하얀 꽃이 피어오른 파밭, 잎이 마르기 시작한 플라타너스, 잡초가 무성한 두 기의 무덤, 경사를 오르던 페달 위 나의 발목……. 자전거에 올라 타 외곽도로를 달리는 내 모습이 보였다가, 안 보였다, 했다. 바람이 한 줄기 불어오면서, 정연한 풍경이 잠깐 일그러지는가 싶더니, 회색빛 중형 자동차가 바람을 밀고 들이닥쳐 그림을 허물어뜨렸다. 잘 맞물려 빈틈없던 눈앞의 모습은 이내 찢어져 사라져 버렸다.

관 속이라면 이 정도로 어두울까……, 눈을 떴는지 감았는지 모를 어둠, 그 속에 한 줄기 빛이 챙챙거리며 다가온다. 빛 더미 너머에 물이 고요히 흐른다. 은빛으로 찰랑거리는 물 저편에 별들이 끓어오르는 모습도 보이고, 왈츠의 선율이 흐른다. 이렇게 가뿐할 수가, 몸도 마음도 안온하고 그지없이 상쾌하다. 나는 나를 본다. 강물을 뒤집어쓸 듯, 강변에 내가 편안히 앉아 있다. 나는 앉아서 모래로 성 쌓기 놀이를 하며 웃고 있다.

시계가 분해되었다가 다시 짜 맞추어져 돌아가기 시작한 것인가. 눈두덩이 뜨거워 나는 눈을 번쩍, 떴다. 내 몸 안으로, 해체되었던 시계가 비집고 들어오는 상념과 함께 온몸이 뻑뻑한 기분이 들면서 나는 몹시 아팠다. 교통사고가 났다는 생각이 퍼뜩 들었다. 자전거에 탄 나를 들이받은 자동차를 똑똑히 보아야 한다는 생각도 곧장 이어졌다. 하지만 기운이 모두 어디로 빠져나갔는지, 나는 손가락 하나 움직일 수 없었다. 고개를 돌려 자동차의 번호판을 보아두어야 한다는 생각만 간절했다. 보이지 않던 자동차가 다시 돌아왔는지, 내 곁을 스치다 멈칫, 섰다가 다시 붕, 달아났다. 우회전하는 자동차의 꽁무니가 눈에 박혀왔지만, 번호는 잘 보이지 않았다. 쥐색의 '소나타' 구형임이 분명했다. 아니, 분명하다고 생각하고 싶은지도 몰랐다. 도로에는 차가 없고, 바람만 다시금 불어왔다. 풍경이 잠시 일렁이다가는 맞추어져 원상태로 돌아왔다. 모든 것이 선명했다.

나는 다시 눈을 감았다. 눈앞의 광경을 보는 것만으로도 피로했다. 또다시 어둠, 빛살과 강물은 어디론가 사라져버렸고, 나도 보이지 않았다. 아무 것도 없었다. 깊은 물 속이 이럴까? 우주의 검은 물질 속이 이렇지 않을까…….

아스팔트 콘크리트 위에 얼마나 누워 있었는지, 대형 트럭의 폭발음 같은 경적소리에 나는 화들짝 놀라 눈을 떴다. 빛이 쏟아져 눈을 찔러댔다. 빛은 트럭에서 뿜어내는 전조등이었다. 트럭은 나를 피해 브레이크 소리를 내며 급정지했고, 운전수가 차창을 열어 큰 소리로 욕을 퍼붓곤 다시 운행했다.

시간이 얼마나 지났는지, 어둠이 두텁게 도로 위를 덮고 있었다. 사고 당시엔 그래도 주변 사물을 식별할 수 있었는데, 지금은 모든 것들이 거무스름하게만 보였다. 나는 일어서야겠다고 생각하고 아스팔트에 떨궈진 손을 들어 보았다. 그러나 손은 꼼짝하지 않았다. 허리에 쇳덩이가 얹힌 듯, 손을 움직일 힘이 도저히 주어지지 않았다. 손바닥에 힘을 주려 하면 목과 허리에 먼저 지독한 통증이 왔다. 간단한 움직임으로 될 것 같지 않았다. 먼저 목을 천천히 들어보았다. 도무지 들어올려지지 않았다. 당장 일어설 수는 없을 것 같고, 우선 차도를 벗어나야 한다는 생각이 강했다.

차도에서 벗어나려는 생각은, 아이의 얼굴이 떠오르면서 더 간절해졌다. 유치원 종일반에 있는 딸아이, 딸아이가 유치원에서 돌아올 시간이 넘었을 것이다. 아이보다 먼저 집에 와 있어야 했다. 집에 아무도 없으면 아이는 얼마나 서운해 할까. 외진 도로로 자전거를 몰고 온 것도 아이에게 줄 크레용과 금붕어를 빨리 갖다놓으려는 생각에서였다. 아이의 작은 모습이 가물거리다가 사라졌다.

이대로 엎드려 수천 년의 시간이 흘러도 별 불만은 없을 것 같았다. 나와 무관해 보이는 세상, 조그맣게, 아주 조그맣게 세상을 향해 비난을 퍼붓다 잠을 자고 싶다……. 이렇게 아스팔트에 눌어붙어 바싹 말라버려도 후회는 없을 것……, 후루루, 곧 떨어질 낙엽을 덮고 한 잠 자고나면 나는 완전하게 여기에서 없어질 테고……, 그래도 자동차는 달리고, 사람들도 다니겠지……. 금붕어는 어디 있나……, 지도교수가 교정을 부탁한 석사논문을 읽어야 하는데……, 치매 걸린 아버지 목욕은 이제 누가 시켜 드리나……. 이런 자포의 심정과 미련을 둔 걱정이 희미하게 떠오르지만, 내 육체는 깨어날 기미를 보이지 않는다. 완전히 탈진한 상태, 숨을 곳 없어 보이는 상황, 한 포기 잡초가 되었다가, 한 마리 나비가 되었다가, 후미진 시골 뒷골목 풍경이 되어가고 있다는 희미한 의식만 있달 뿐, 내 육체를 일으킬 기운은 전혀 없었다. 자기를 완전히 쏟아 부은 성 접촉 이후의 쇠진,

혹은 외로움 같은…….

　이 정도라도 편안하면 그만 아닌가, 생각하다가 문득 아이의 얼굴이 눈앞에 다가왔다. 그리고 콘크리트 바닥에서 "일어서야지. 아직 일이 남았잖아, 어서 일어나." 하는 외침도 울려왔다. 나는 팔을 들어 올려 보았다. 팔은 천천히 올라갔지만, 내려가지 않았다. 내릴 힘이, 용기가 나지 않았다. 팔을 내리면 어깨가 뚝, 떨어져나가 아스팔트에 나동그라질 것 같았다.

　다시 차들이 지나갔다. 큰 차가 오는 듯, 환한 전조등 빛이 가깝게 다가왔다. 불빛이 증오스러웠다. 손목에 힘이 생겼다. 허리에도 긴장이 왔다. 근육에 기운이 붙는 듯했다. 육체가 증오 덩어리인가, 힘이 가해지면서 고통이 왔다. 달려오는 자동차도, 스승과 부모와 형제, 그리고 친구와 친척과 아내도 모두 미움의 대상이었다. 왜 그들은 내 곁에 있는가, 왜 마음 쓰게 하는가……. 내게 관심을 주고 있는 그들에게 꼼짝할 수 없는 이 아픔을 떠넘기고 싶다…….

　미움이 힘을 내게 했는지, 나는 가까스로 손을 내려 바닥을 짚고 몸을 굴렸다. 길가로 나와 숨을 고르니 앉을 힘도 생겼다. 잠시 후엔 일어서서 걸어보았다. 무릎에 주어지는 힘이 약할 뿐, 걷기에는 무리 없었다. 내가 누워 있던 도로 오른쪽 구석에 자전거가 널브러져 있었다. 자전거 바구니는 떨어져나가 보이지 않았고, 크레용 박스만 눈에 띄었다. 금붕어를 담은 물 봉지는 아무리 살펴보아도 없었다. 앞바퀴가 휘어져 구르지 않는 자전거를 질질 끌고 도로 바깥으로 나왔다. 다시금 화가 치밀었다. 주머니에서 핸드폰을 꺼내 112에 신고했다. 잠시 후, 경찰서에서 확인전화가 걸려와, 곧 출동하겠으니 꼼짝 말고 현장에 있으라 했다.

나는 아내에게 전화를 넣어볼까, 하다가 그만두었다. 지금으로선 큰 부상은 없어 보이는데, 괜히 핀잔만 들을 것 같았다. 지난주에 장인어른이 전립선 수술을 받았는데도 찾아가 보지 못했다. 평안보다 걱정과 불안을 주는 남편이 믿음직스러울 리 없을 것이다.

경찰차는 삼십 분이 지나서야 도착했다. 젊은, 그리고 장년의 경찰, 둘이 차에서 내리더니 다짜고짜 몸을 보잖다. 나는 바지를 걷어 올려 다친 곳을 보여 주었다. 무릎과 허벅지에 큰 상처가 나 있었다. 젊은 경찰이 나의 신상과 사고 경위를 묻기에, 나는 되도록 한 마디라도 과장하지 않으려 애썼다. 뺑소니의 황당함을 곧이곧대로 전하려 했다.

나는 상황을 정확하게 재현하려 차근차근 설명했다. 경찰차에서 계속 호출하는 무전이 터져 나오는 소리를 들으니, 공연히 조급해져서 말과 행동이 빠르고 커졌다. 아프다는 사람에게서 의외의 모습을 보았는지 늙은 경찰이, 걸어보시죠, 해서, 나는 도로변을 걸어보았다. 될수록 똑바르게 걸으려 했지만 몇 걸음 진행 못하고 절름거렸다.

괜찮군……, 일단 댁에 가서 씻으시고……, 밤늦게라도 어떤 변화가 있으시면 지구대로 나오십시오, 늙은 경찰이 바쁘다는 듯이 젊은 경찰에게 고갯짓하고 차에 빠르게 올랐다.

경찰차의 붉고 푸른 경광등을 바라보니, 나는 정말 괜찮은 것 같았다. 집에 가서 뜨거운 물에 들어갔다 나오면 통증이 말끔히 사라질지도 몰랐다. 하지만 막연히 불안했고, 그로 인해 또 짜증이 났다.

집에 오니 아이는 자기 방에서 자고 있었다. 나는 목욕탕에 들어가 옷을 벗고 거울을 바라보았다. 이마에 상처 약간, 그리고 허벅지와 무릎에 짙푸른 멍이 들어 있었다. 정강이에는 살갗이 벗겨졌다가 이미 아물어 검붉은 흉터가 남아 있었다. 아프지는 않았다. 거울 속의 내 눈빛이 어색해 보였다. 다른 때보다 얼굴이 많이 상기돼 있었다. 무슨 조치를 취해야겠는데, 앞으로 어떻게 해야 할지, 전혀 생각해 낼 수 없었다. 피로가 몰려왔다. 한 숨 푹 자고 일어나면 이 사고가 꿈이기를 바랐다.

뜨거운 샤워를 마치고, 수건으로 물기를 닦는데, 아내가 현관을 들어서는 소리가 들렸다. 나는 서둘러 옷을 입고 거실로 나왔다. 내 얼굴을 본 아내가 무슨 일이 있었냐고 물었다. 나는 뺑소니 사고에 대해 간략히 말하고 소파에 앉았다. 내가 앉는 모습이 부자연스러워 보였는지, 아내는 안 되겠다, 당장 경찰서에 가자며 나를 현관으로 몰아세웠다. 아이가 잠에서 깨어나 흥분한 엄마의 모습을 보고 울음을 터뜨렸다.

아이와 나, 그리고 아내는 택시를 불러 타고 지구대로 달려갔다.

지구대에는 좀 전에 보았던 젊은 경찰이 컴퓨터 모니터에 머리를 들이대고 앉아 있었다. 아내는 그 경찰 책상으로 빠르게 다가가 말했다.

– 뺑소니 교통사고가 났는데, 피해자를 집에 들어가라 하고 한가하게 컴퓨터나 보고 있냐, – 주민 세금이 어디로 가고 있냐, – 무서워서 어디 살 수 있겠냐. 오페라에서 클라이맥스를 노래하는 소프라노처럼 높은 음정으로 쏘아붙였다.

그 소리를 들었는지, 늙은 경찰이 사무실 안쪽 철문에서 나와 아까와는 완전히 다른 태도로 큰 경찰서로 가자고 했다. 그는 우리를 경찰 응급차에 태우고 관할 경찰서로 데려갔다. 경찰서에 내린 아내는 성큼성큼 사무실로 들어가 뺑소니사고 전담 형사를 찾았다.

박 형사라면서 명함을 내민 사복 경찰은 입을 쩍 벌리고 하품을 했다. – 전화 받아 알고 있습니다, – 어디 다친 데는 없습니까, – 사고 위치가 어딥니까, – 차종과 차번호를 대십시오. 그는 걱정스런 시선으로 나를 바라보다가, 다시 나를 외면하고 목소리를 높였다. – 기억하셔야 합니다, – 사고 확인서를 받으시려면 증거가 있어야 돼요. 나는 그의 지시에 따라 상처 부위를 보이다가, 눈을 내리깔고 차종을 기억하려 애를 쓰다가, 사고 장소를 말하다가, 그의 눈을 살펴보다가, 다시 눈을 내리깔다가…… 내가 정말 뺑소니 피해자인가? 혹시 나는 아무 이상 없는데, 거짓 진술을 하는 게 아닌가? 그런 걱정이 들어 아내를 쳐다보았다. 아내는 내 태도가 답답하다는 듯, 한숨을 내쉬고 담당 형사에게 다가가 손을 모았다. – 이 사람 지금 충격이 커서 말을 제대로 못해요, – 사고확인서 떼 주세요, 뺑소니 맞아요, 이 이가 거짓말할 리 없잖아요. 소프라노는 어느새 사라지고 아내는 얌전해졌다.

경찰은 의자를 뒤로 빼 고쳐 앉고, 책상을 내려다보며 말했다. ─ 부주의한 자전거 운전자들이 많습니다, 피해자가 바뀔 수도 있어요. 나는 한 마디도 대꾸 못하고, 콘크리트 바닥에 누워 있는 나와 꽁무니 빼는 자동차를 힘껏 떠올렸다. 아무리 애를 써도 번호는 보이지 않았다.

묵묵히 나를 지켜보던 아내가 다시 나섰다. ─ 사고 당한 사람이 어떻게 금방 기억할 수 있어요, 자전거가 부서질 정도인데, 지금 이 이, 겉은 멀쩡해도 속은 어떻게 됐는지 몰라요, 내일 병원에 가 보면 다 나오잖아요? ─ 아까, 아반떼라고 했는데, 우선 수사부터 시작하셔야죠. 아내의 음정이 다시금 높아졌다.

아내의 다그침에 형사는 천천히, 서랍에서 서류를 꺼내 도장을 찍고 건네주었다. '교통사고확인서'였다. ─ 병원에서 치료부터 하세요, 수사는 우리가 알아서 할 겁니다, 다음에 오실 때 뭔가 증거라도 가져오시면 좋고요. 아내는 그가 전한 확인서를 가방에 넣고 일어섰다. 나도 따라 일어서 아내의 뒤를 좇았다.

집에 와서 아내는 병원과 보험회사 잘 다니라며 확인서를 식탁 위에 놓고 침실로 들어갔다. 나는 내 방에 들어가 컴퓨터를 켜서 메일을 확인해 보았다. 허리가 욱신욱신 아팠지만, 모니터에 집중하니 통증도 가라앉는 것 같았다. 지도교수의 부탁을 받은 터였다. 석사과정을 마친 연구조교의 학위논문을 읽고 수정해 달라는 지시였다.

심사 일정이 빠듯했다. 메일이 도착해 있었다.

[선배님, 논문 보냅니다. 지난 번 학술대회 때 선배님의 논문 발표를 지켜보았어요. 언제나 나도 선배님처럼 쓸 수 있을까, 선배님의 반만이라도 따라갔으면 좋겠다고 생각했어요. 제 논문 보시고 실망하시면 어쩌나 걱정입니다. 제 곁에 좋은 선배가 있다는 행복을 아시나요? 언젠가 술자리에서 거침없이 후배들에게 해 주시던 말씀……, 적으면 그대로 명문장이 될 것 같은 말씀에 저는 흠뻑 빠졌지요. 하나도 불필요한 말이 없었지요. ……저는 할 말이 없어서 떠나간 남자친구 이야기만 주저리주저리 했잖아요. 선배님이 곧 누군가 다시 새로운 친구가 나타날 거라 위로해 주셨잖아요. 왈칵, 울음이 터져 나왔지만, 마음이 한결 평안해졌어요. ……부족한 논문, 잘 읽어 주시면 고맙겠습니다.]

그녀의 메일에 첨부된 파일을 열어보니, 초고치고는 분량이 많았다. 새로 목차를 짜고, 그에 맞게 문단의 위치를 조정하면, 급한 대로 심사는 받을 수 있을 원고였다. '학위논문 제출자 김은수', 그녀의 이름이지만, 얼굴이 생각나지 않았다. 작은 체구에 단발, 그리고 청바지 입은 엉덩이만 둥글둥글 떠올랐다. 특징 없는 모습이기에 그렇겠지만, 메일을 읽고 논문을 훑어보면서 까닭 없이 선정적인 상념이 들었다. 몸이 비정상임이 분명했다. 교통사고난 사람이 쓸데없는 상상이라니……. 아마도 지도교수의 거침없고 낭만적인 연애이야기를 많이 들어온 터여서, 그녀하고 지도교수와의 현실성 없는 상황이 문득 스쳤기 때문일 것이다. 은수는 연구조교라지만, 지도교수의 비서 노릇 외에 학술지 원고 수합과 배포까지 맡고 있는 듯했다. 장학금이라는 명목이 무색하리만큼 수고비는 형편없을 것이었다. 누구보다 정신없이 지내는 상황에 원고 쓸 시간이 있었나……. 지금 그녀의 얼굴도 가물가물한데 논문을 수정해 달라는 애교치고는 과한 게 아닌가…….

나는 거실에 이불을 깔고 누웠다. 잠이 오질 않았다. 허리를 커다란 빨래집게가 잡고 있는 듯했다. 아픔도 모를 정도로 잔뜩 조여진 상태였다. 다리도 저릿저릿했다. 할 일이 산적해 있는데, 계획대로 해 낼 수 있을지 의문이었다. 몸에 이상은 없는지 이것저것 검사하고, 치료해나가야 할 것이고, 사고처리로 여기저기 다녀야 할 곳도 많을 것이다. 계획하고 있는 원고도 몇 가지 있고, 지도교수가 올해 맡고 있는 학술 저널도 내 손을 기다리고 있다. 학기 중이어서 후배들 지도도 안 할 수 없고, 읽어야 할 책도 많은데 언제 페이지가 펼쳐질지 몰랐다.

처리해야 할 일은 많고 보수는 거의 없다시피 한 대학원 연구생활……. 모두가 당장 필요할 때만 불러 일을 맡기고, 시간을 만들어 내 일을 볼라치면 자기 일 거들지 않는다고 불만인 얼굴들……. 좀체 잠이 오지 않았다.

소파에 다리를 올리고, 새벽까지 뒤척거리다 간신히 눈을 붙였는데, 깨어나 보니 정오가 가까워왔다. 온몸이 쑤셨다. 꿈이었길 바랐던 지난밤의 교통사고는 현실이었다. 어깨도, 다리도, 계속 오그라드는 듯 아팠다. 누구에게든 내 몸을 거저라도 주고 싶었다. 아니, 돈을 들여서라도 주면 안 되나. ……너무 아프다.

2.

정형외과 외래에 접수하고 진찰을 기다려도 누나는 오지 않았다. 누나가 근무하는 병원이어서 여러 절차가 늘 간소했었는데, 이번에는 바쁜지, 누나는 미리 예약을 해놓지 않았다. 나는 뭉그적거리다 순번을 놓쳐, 오히려 다른 환자보다 더 많은 시간을 기다렸다.

방사선과에서 사진을 찍고 다시 외래로 가 차례를 기다리고 있는데, 누나가 왔다. 나는 의사에게 진찰을 받았다. 의사는 내 허리를 찍은 엑스레이 필름을 바라보고 말했다. 뼈에는 별 이상이 없고 세부 검진을 하려면 CT나 MRI의 도움을 받아야 하는데, 며칠 더 두고 보자고 한다. 아내의 얼굴이 떠올랐고, 소프라노 음성이 들려왔다. 나는 구부린 등에 손을 가져가며 허리가 계속 아파온다 했지만, 의사는 필름에 대고 물리치료를 받아보라고 말했다. 나는 의사에게 뺑소니 사고에 대해 구구절절 늘어놓고 싶었지만 그가 진찰실을 나가 버려 나도 곧 나갔다.

누나가 건네준 진단서에는 '요추 염좌, 4주 가료'라고 쓰여 있었다. 누나는 전에 없이 침묵했고 매우 피로해 보였다.

－무슨 걱정 있으세요?

－네 매형, 아프다, 아주 많이.

근심 어린 누나의 얼굴에서 매형이 어른거렸다.

－수술해야 돼. ……어떻게 될지 몰라.

목례하고 지나는 젊은 간호사에게 미소로 답하지만, 누나의 눈에는 눈물이 고여 있었다. 치받는 오열을 참아내려는지 누나의 얼굴이 일그러졌다. 그녀는 고개를 돌렸다.

－……어떡하지. 아이 대학에 입학시킬 때까지만이라도 살고싶다는데…….

울음과 뒤섞인 발음이어서 매형이 어떤 상태인지 정확히 알 수 없었지만, 췌장 쪽 암이고, 말기여서 이미 치료하기 힘든 상태라는 것으로 알아들었다. 매형에게 가 봐야 할 것 같았다.

－어디 계세요?

－더 큰 병원으로 옮겼어.

암치료전문병원이란다. 당장 가 보려 했지만, 매형이 오늘 저녁 수술 받으니까 며칠 후에 가보라 했다. 누나는 급하다는 듯이 돌아서, 근무하는 층을 향해 계단을 올랐다. 누나의 위태로운 걸음을 바라보는 나의 시선이 초점을 잃고 흔들렸다.

나, 많이 힘들어. 이제 자리 잡기 시작했는데, 하늘 떠받듯 이제 껏 견뎌왔는데, 힘든 일 잊고 편히 쉬려나 싶었는데, 달콤한 꿈은 벌써 깨어지는가, 희극 같은 비극, 모든 게 한낱 꿈이런가. 나, 어 떻게 이 악몽을 견뎌내지.

누나는 성실이라는, 그 낱말 그대로의 사람이었다. 초·중·고·대 학을 모두 우등으로 졸업하고 곧장 취직한 직장이 이 병원이었다. 몇 해 전에 이십년 근속 표창을 받고 휴가를 우리 식구와 같이 다녀 왔다. 누나가 우리 집안에 없었더라면……, 있을 수 없는 우리 가족 이었다. 누나는 직장생활 첫 달부터 본가에 내놓던 생활비를 지금까 지도 부쳐주고 있다. 집안에 큰일이 있을 때면 목돈을 척척 내놓았 다. 나의 대학 입학금도 누나가 해결해 주셨다. 매형을 만나서 결혼 한 지, 십오 년이 지나가고, 조카아이도 사춘기를 잘 넘겨 공부에 열 중하고 있는 듯한데……, 이 무슨 청천벽력 같은 일인가. 나는 병원 에서 나와 곧장 집으로 갔다.

인터넷을 접속해서 '췌장암'을 쳐 보았다. 췌장 곁에 바토팽대부 가 있는데 매형에겐 그곳에서 암세포가 집중 발견되었다고 했다. 검 색해 보니, 자각 증상 없이 황달이 급작스레 나타나는데, 황달이 발 견되었을 때는 이미 말기라는 것이었다. 치료에는 수술과 방사선, 약 물투여가 있고, 수술을 해도 예후가 좋지 않아 생존율이 오 퍼센트 정도밖에 안 된단다. 육 개월이 고비라고 한다. 암 중에서도 가장 치료가 어렵고 힘들다는 곳에서 발병한 것이었다.

나는 암에 관한 무수한 글을 읽다가 검색창에 불쌍한 매형, 누나, 조카, 암환자 가족……, 따위의 단어를 되풀이 찍었다가 지우기를 반복했다. 깜빡거리는 커서를 한참 바라보다가 내 아이디로 들어가 메일을 확인해 보았다. 은수에게서 새로운 메일이 와 있었다.

[제 논문, 읽어 보셨는지요. 보낸 지 채 하루도 되지 않아 확인 메일을 보내는 무례를 이해해 주세요. 마음이 급해서……. 제 논문 주제가 마음에 들지 않는다고 지도교수님께서 말씀하셨지만, 저는 고집했어요. 남녀 사이의 성차별적인 권력 형태를 없애는 시도가 바로 젠더혁명이고, 평등한 관계가 합류적인 사랑이라고요. 주제를 허락하신 자상한 지도교수님. 제가 보답해 드리고 싶어요.]

은수는 지도교수와 어떤 관계이고, 왜 내게 이런 내용을 보내는 것인가……. 나는 아플 뿐이었다.

3.

교통사고 사흘째 되는 날 아침, 나는 꼼짝하지 못했다. 시멘트 반죽에 굳히면 이러지 않을까 할 만큼 온몸을 옴짝달싹할 수 없었다.

천장 형광등에 붙어 말라죽은 나방의 날개 무늬가 눈에 익을 때까지, 한참을 누워 있은 후에야 약간 몸을 움직일 수 있었다. 다른 어떤 존재가 내 몸을 안간힘 다해 누르고 있는 기분이었다.

가장 고통스러운 곳이 허리였다. 허리를 누군가에 꽉 잡힌 듯했다. 책을 읽으며 학교에서 얼쩡거리고 살아온 세월이 문득 한심스럽게 생각되었다. 표 나지 않아도 해야 할 일이 산적해 있는데, 누워 있어야만 하다니……, 마흔 해를 넘긴 내 시간, 나를 갉아 먹고 자란 나의 시간을 헤아리는 일이 이렇게 괴로울 줄이야……. 벌레에게 갉아 먹히고 껍질만 남은 밤톨처럼 내 몸도 기운이 모두 빠져나가 가죽만 남아 있는 듯했다. 옴짝달싹할 수 없고, 눈만 이리저리 굴리는 허리앓이 환자……. 내 인생의 중후반을 이렇게 누워서만 지내야 하는 것은 아닐까? 이러다 금방 백발이 되는 것은 아닌가……. 그냥 이대로 삶이라는 것을 마치면……, 사람들의 기억 속에 잠깐 남아 있다가 몇 해 지나면 그마저 닳아 없어질 텐데, 나라는 사람이 살았다는 사실도 사라져갈 텐데…….

이런 울적한 상념에 빠져 있는데 장식장 곁에 놓인 집전화 벨이 울렸다. 아이도, 아내도 없고 나는 일어날 수 없는 상황이어서 전화를 못 받았다. 다시 전화가 왔다. 집에 있는 줄 알고 있으니 어서 받으라는 투로, 끈질기게 벨은 울어댔다. 나는 온몸을 힘껏 구부려 허리에 힘을 모았다. 간신히 일어나 앉을 수 있었다.

전화기 쪽으로 기어가 수화기를 잡고 귀에 댔다. 아내였다. 차려놓은 밥상 뒤에 용돈이 있으니 오전 중으로 진료를 받으러 가라는 내용이었다. 아침에 MRI촬영이 예약돼 있었다. 오늘은 매형한테도 들러 수술 예후를 알아봐야 했다. 나는 수화기를 내려놓고 무릎에 힘을 주어 일어섰다. 입에서 비명이 터져 나올 정도로 통증이 심했지만 일어서니 오히려 편안했다.

국에 밥을 말아 몇 술, 목 안에 넘기고 집을 나섰다. 병원까지 가는 버스 안에서 도로에 흐르는 차량을 바라보았다. 나는 사고 후, 자동차를 유심히 보는 습관이 생겼다. 특히 사고 당시 눈에 박혔던 같은 차종과, 같은 색깔의 차가 보이면 더욱 긴장했다.

나를 치고 달아난 녀석은 술을 먹었음에 분명하다, 퇴근하고 회식하면서 술을 마셨을 것이고, 음주측정단속을 피하려고 외진 길을 택했겠지. 아니, 초보운전 여자일지 몰라, 여자여서 그렇게 멈칫멈칫하다가 그냥 달아났던 것 아닐까? 혹은 나를 잘 아는 사람, 나를 미워하는 선배 아닌가. 그의 차종도 아반떼였지 않은가. 지도교수 앞에서 나를 얼마나 경계했던가. 아니, 어쩌면 같은 동네 사람일 수도 있어……. 끓어오르는 온갖 상념 속에서 스스로 부글대다가 피로해져서 나는 꾸벅꾸벅 졸았다.

버스에서 내려 병원으로 가니 누나가 정형외과 외래 앞에 서 있었다. 누나와 함께 진료실에 들어가니, 의사는 내 차트를 보다가 내게 누워보라며 침상을 가리켰다. 나는 다리를 들리고, 허리를 눌리면서 진찰을 받았다. 의사는 내 몸의 여기저기를 찌르고 누르던 손을 멈추고 디스크 증상이 의심되니, MRI 촬영 뒤에 다시 보자고 했다.

나는 허리를 더 힘들게 하고, 진료실에서 나왔다. 방사선과로 가면서 누님에게 조심스럽게 매형의 안부를 물었다.

- 지금 여기 중환자실에 계셔. 좀체 황달기가 없어지지 않아…….

협진병원에서 수술하고 누님이 자주 확인할 수 있도록 여기서 회복하기로 했단다. MRI 촬영 내내 누나의 근심 어린 얼굴이 어른거렸다.

희망이 있나? 우리에게 빛이 있나? 한 줌, 한 가닥, 빛살이라도 있다면 얼마나 좋을까? 아이 아빠, 얼마나 착한데, 왜 그 이에게, 우리에게 혹독한 시련을 주는가? 암세포를 이겨내는 고통을 내가 안았으면…… 차라리 나, 죽고 그 이가 살아난다면…….

우리는 MRI 촬영 후 방사선과에서 나와 병실 복도를 걸었다. 내 차트를 받아 든 누나의 손이 자꾸 흔들렸다. 손에 힘을 주어 울음을 참는 모습이었다. 방사선과 창으로 들어온 햇빛을 받아 누나와 나의 그림자가 복도에 길게 깔리고, 그림자를 비껴 빛살이 튕겨나가고 있었다.

누나와 나는 다시 정형외과 외래 진찰대기석에 앉았다. 바깥을 바라보았다. 외래병동 전면 유리창 위로 펼쳐진, 푸른 하늘이 눈에 들어왔다. 흰 뭉게구름이 넓게 퍼져, 떠 있었다. 오랫동안 병원에 왔다갔다 했어도 이렇게 하늘을 바라본 적이 없었다.

저기 구름 좀 봐. 뭉게뭉게 피어오르다 사라지고, 다시 뭉쳐지는 구름처럼 지금 우리가 그렇잖아. 저기 가서 햇살 덮고, 푹 자고 일어나면 아무 일 없을 것 같지 않아?

나를 두고 진료실에 들어갔던 누나가 나왔다.

– 걱정하지 마라. 별로 나쁘지 않대. 꾸준히 물리치료 받으면 나을 거야.

매형은 어떠시냐고 나는 누나에게 물었다. 누나가, 가 보자, 해서 우리는 중환자실로 걸음을 옮겼다.

중환자실, 바퀴 달린 침상에 누워 있는 매형에게서는 예전의 모습을 볼 수 없었다. 소파처럼 살집 좋던 몸은 바싹 말라 있었다. 사람의 몸이 저렇게 노랄 수 있을까, 할 정도로 황달은 얼굴 뿐 아니라, 몸 전체에 퍼져 있었다. 단무지 같은 노란 빛이 매형의 몸 곳곳에 박혀 있었다. 눈빛도 노랬다. 노란 색 주위로 잿빛 점이 보였다. 생명의 싱싱함은 찾아보기 어려운 몸이었다. 쇠진한 육체가 간신히 매형의 의식에 붙어 있는 것처럼 보였다. 그래도 매형은 나를 보자 반갑게 맞이하며 애써 일어나 앉았다.

매형은 몸 여기저기에 호스와 연결된 비닐 봉투를 매달고 있었다. 봉투에는 노랗고 붉은 물이 고여 있었다. 매형 주변의 공기마저 노랗게 물들어 가고 있는 듯했다.

─내 모습 좀 우습지. 나, ……쉬면 나아질 거야. 곧 나가야지. 민물고기를 잘못 먹은 게 탈이 났나봐. 너도 조심해라. 아, 뺑소니 당했다고? ……잡아야 할 텐데…….

매형은 정말 곧 퇴원해도 될 사람처럼 큰 음성으로 말했다. 목소리도 컸지만, 웃음도, 몸짓도 컸다. 나처럼 매형도 처가에 피해의식이 있어 보였다. 누나에 대한 미안함과 안쓰러움이 반작용으로 표현돼 나타났다. 처가 식구들에게 의도적으로 거리를 두려 했고, 형제들의 사소한 잘못을 과장해서 들추기도 했다. 매형은 처갓집이 바로 옆 동네여도 명절 때에만 누나를 앞세우고 찾아왔다. 하지만 나하고는 여러 일로 자주 만나게 되었고, 아내와는 특히 친하려 애쓰는 모습이었다. 우리 세 식구하고는 외식도 자주 했다.

─퇴원하면 컴퓨터 공부 좀 해야겠어. 그 동안 좋은 프로그램 많이 나왔지?

매형이 힘이 드는지 누우려 해서 내가 재빨리 다가가 등을 받쳐주었다. 등허리가 나무토막 같았다.

─컴퓨터하게 되면 메일 보낼 테니, 주소 좀 적어놓고 가.

베갯머리에서 꺼내 건네준 수첩을 펴보니 열 명 정도의 이름과 이메일 주소가 쓰여 있었다. 병문안 온 사람인 듯싶었다. 나는 메일 주소를 적고 수첩을 베갯머리에 넣어주었다.

─어서 쾌차하셔서 소주 한 잔 해야죠, 매형.

나는 이불을 매형 턱 밑까지 끌어올려주고 몸 여기저기에 박혀 있는 여러 호스를 정리해놓았다. 인큐베이터 안에 들어 있는 아기와 같은 매형, 감은 눈에 눈물이 비쳤다. 누나도 눈물을 감추려 고개를 돌렸다.

물리치료 시간이 되어 나는 중환자실을 나왔다. 누나가 곧 따라 나왔다. 항암치료하면 좋아지는 경우 많으니 걱정 말라고, 물리치료 잘 받으라며 돌아섰다. 검고 풍성하던 누나의 머리카락이 어느새 많이 희어 있었다.

나도 머리카락, 필요 없어. 사라져 버릴 머리카락, 좋은 기억만 남겨진 것 담아놓고 모두 잘라버리겠어요. 이 방 저 방 떨궈진 우리 머리카락 모두 쓸어모아 태워 없애요. 굵은 머리카락 새로 나도록 모두 잘라 없애.

수술 후 항암치료까지, 이 개월이 고비라 했다.

물리치료를 마치고 집으로 오는 길에 나는 경찰서에 들렀다. 박 형사는 없었다. 나는 그가 준 명함을 지갑에서 찾아 휴대전화번호를 눌렀다. 나는 나를 밝히고 수사는 잘 진행되는지, 자주 찾아뵙지 못해 죄송하다는, 준비해둔 인사를 건네자, 그는, 잘 지내고 있다, 의심 차량 이십 대 정도 탐문 중에 있다, 고 즉각 답했다. 바쁜 듯한,

그의 빠른 말투가 전화한 일을 금세 후회하게 했다. 내가 만나 뵙고 싶다 하니, 그는 그러지 말고 기다려라, 기다려라, 라고만 되풀이하고 먼저 끊었다. 다리에 기운이 없어지며 허리가 욱신거렸다. 주변에 힘이 되어줄 친지가 없다는 것이, 아니, 있다손 쳐도 도움을 청하지 못하는 주변머리 없는 자신의 소심함, 무력함이 더욱 기운을 빠지게 했다.

집에 돌아와 잠시 누웠다가 컴퓨터를 켜고 은수의 논문 원고를 출력했다. 논문 내용을 검토하고 수정사항을 전해 주어야 했다. 무언가에 집중하지 않으면 여러 생각들이 육체를 더 아프게 했다. 논문 원고를 읽어야 했지만, 걸상에 앉을 수 없었다. 누워서 책을 볼 수 있도록 독서대를 이리저리 해체하고 조립했다. 독서대를 완성시켜놓으니 마음이 가벼워졌다.

나는 누운 채 원고를 꼼꼼히 읽었다. 수정할 부분을 포스트잇에 간단간단 메모해 붙여놓으며 페이지를 넘기다가……, 깜빡 잠이 들었던가.

……나는 자전거에 올라타 페달에 힘을 주며 시내를 달려, 대형마트에 들러…… 아이의 유치원 준비물인 크레용과 아이가 좋아하는 금붕어를 두 마리 사서 외진 길로 돌아오는데…… 승용차가 비칠거리며 다가오는 모습을 보고, 이리저리 핸들을 꺾다가, 비켜나지 못한 채 충돌하고……, 자전거와 나는 튕겨나가 콘크리트에 꼬꾸라지고, 꼼짝없이 엎어져 있다가, 간신히 기운을 내서 경찰을 부르고…… 경

찰서에서 뺑소니 피해를 호소하다 병원에 가서 진찰 받고 집으로 돌아와 누웠는데…….

휴대폰에서 문자 메시지 도착 소리가 울려 깨어났다. 꿈이었나. 지난 사고 그대로 재연된, 현실과 똑같은 상황이었다. 샛노란 은행잎이 파들거리고, 잡초가 무성한 두 기의 무덤, 그 풍경을 머리에 이었다가 떨구고 꽁무니를 빼는 아반떼 승용차…… 휴대폰 문자는 꿈에서도 읽은 문장, 그대로인 듯했다.

'별 일 없겠지? 이번 원고 꼼꼼히 살펴 주기 바라네.'

지도교수는 내가 먼저 전화하도록 이렇게 문자를 자주 넣었다. 나는 이번에는 전화 대신, '성의껏 읽겠습니다' 라고 문자 메시지로 답했다. 잠에서 깨고 나서도 방금 꾼 꿈이 너무 생생해서, 당장 바깥으로 나가 사고현장을 돌아보고 싶었다. 현장에 가 보면 뺑소니차량이 그대로 멈칫거리며 있을 것 같았다.

꿈일 뿐이었다.

나는 일어나서 컴퓨터 앞으로 갔다. 컴퓨터를 켜니 예상대로 그녀로부터 메일이 와 있었다. 원고 수정 사항을 전해 주어야 했다.

[선생님의 자상함이 저를 견디게 해 줍니다. 아버지 같은, 오빠 같은, 때로는 친구 같은……. 주위에서 저를 어떻게 바라보든 상관 없어요. 어떤 부끄러움도 저를 향한 그 분의 생각 앞에선 후루루 떨어져 나가요. 한 때의 환상일지도 모르지요. 그래도 저의 허무

를 메워주고 계세요. 이해해 주시고, 끌어안아 주세요. 그 분 아파

요. 많이, 저 때문에…….]

지도교수가 병이 생겼다는 소리를 듣지 못했는데, 정말 의미 있는

관계인가, 혹 그녀는 망상에 사로잡혀 있는 것은 아닌가. 하지만 모

두가 나와는 무관하지 않은가, 내가 앓고 있는 병을 스스로 다스리

기도 힘겨운데.

　나는 후배의 메일 내용에 어떤 코멘트도 달지 않고, 논문 수정 사

항만 조목조목 번호를 매겨 간략히 설명해 발송했다. 심사기간 동안

고칠 수 있을지 모르겠지만, 본인이 고생해야 학위 과정을 잘 치렀다

고 생각 들지 않겠는가. 문득, 마음이 흐려졌다. 평소에 나를 도우는

사람이 있었던가. 나는 도움을 받아본 적이 별로 없었던 것 같다. 누

구에게든 눈치 보며 내게 좋은 인상을 갖도록 애써온 세월이었다.

……몸이 아프면 마음도 허약해진다는 말이 맞았다. 피해의식을 갖

는 자신이 부끄러웠다. 나는 가슴이 답답해서, 간신히 몸을 추스르

고 바깥으로 나갔다. 꿈속 상황도 선연히 떠올랐다. 동네 주변이라

도 돌아보고 싶었다. 뺑소니 차량과 마주할지 모른다는 생각만 가득

했다.

　바깥에는 비가 부슬부슬 내리고 있었다. 나는 다시 집에 들어가

우산을 받쳐 들고 나왔다. 주차장에 서 있는 차들이 비를 맞으며 번

들거리고 있었다. 비 맞는 차들이 모두 내가 찾는 뺑소니 승용차 같

았다. 내가 탔던 자전거의 흠집을 묻히고 있는 듯했다. 두 시간 넘게 아파트 주차장의 모든 차들을 살피고 다녔더니, 바지가 젖어 다리가 무거웠다. 바람이 쌀쌀했지만 몸은 더웠다. 빗줄기가 우산 안으로 들어와 내 몸을 찔렀다. 불쑥 화가 치밀어 올랐다. ……나쁜 놈들, 왜 나 괴롭히는 거야, 왜 못살게 구는 거야…….

― 개새끼들아!

입안에서 맴돌던 욕설이 왈칵 터져 나왔다. 내 고함이 아파트 단지에 메아리처럼 울려 퍼지다 빗소리에 이내 묻혀 버렸다.

4.

내가 교통사고가 난 지 한 달이 되었고, 매형이 수술 받은 지도 그만한 날이 지났다. 아침 일찍 일어나 물을 마시고 버릇처럼 컴퓨터를 켜서 내 주소로 들어가보니 매형으로부터 메일이 와 있었다.

[공사다망하실 텐데 병문안 오시어 감사한 마음 이루 헤아릴 수 없습니다. 최선을 다해 병마를 이겨 반드시 쾌차하겠습니다. 폐 끼치지 않도록 노력하겠습니다. 감사합니다.]

두루미가 날고 있는 배경 그림에 궁서체로 써넣은 전자엽서였다.

매형은 컴퓨터를 잘 활용하고 있었다. 병이 악화되지는 않아 보였다. 매형의 담관암 발병은, 직장의 구조조정이 얼마간 영향을 주었다고도 할 수 있다. 이십 년 넘게 근무하던 회사에서 지난 해 명예퇴직을 권고 받았었다. 그 전에 몇 년간 지방으로 전근하더니, 결국 퇴직당한 것이었다. 작은 체구이지만 넉넉하고 푸근해 보였는데, 지방 근무 시절부터는 조급하고 날카로운 모습이, 초라해 보이기까지 했다.

나는 물리치료를 받으러 병원으로 가기 전에, 매형을 잠깐 뵈어야겠다고 생각하고, 집을 일찍 나섰다. 병원 건너 아파트 단지에 누나 집이 있었다.

매형은 방금 샤워를 마쳤는지 귓불에 물방울을 매달고, 정리 안 된 옷차림으로 나를 맞았다. 머리카락이 없는 머리에도 물이 맺혀 있었다. 방사선 치료가 힘들다고 하던데……. 바싹 마른 나뭇잎 같은 얼굴에 광대뼈가 드러나고 눈은 움푹 들어가 있었다. 내가 몸은 어떠시냐, 고 묻자 매형은 미소를 보이곤 옷을 제대로 입으려 안방으로 들어갔다.

나, 괜찮아, 내 속에 있는 암, 나 몰아내려고 하지만, 반드시 나 지킬 거야. 식구들 많이 힘들어도 좀 더 참아주었으면 좋겠어. 안 사람이 제일 고생이지. 내가 암 덩어리 쫓아내고 식구 지킬 거야.

매형은 트레이닝복에 방한조끼를 껴입고 거실로 나왔다. 감기를 조심해야 할 것이다. 매형처럼 매사에 철저하고 꼼꼼한 사람의 몸 안에서도 암세포가 자란다는 사실이 의아스러웠다. 어쩌면 그래서 매형과 가족은 더 괴로울지 몰랐다. 식구끼리 서로 눈치를 많이 살피며 지내는 모습이 상상됐다. 요즘은 아이와 마찰이 잦은 모양이었다. 이제 갓 중학교에 들어간 조카아이는 사춘기를 넘기면서 자의식을 더 키우고 있을 것이다.

−아이가 말을 잘 안 듣는다. 뭐가 되려고 저러는지. 자기 손으로 자기 방 치우는 꼴을 못 봤어.

앞으로 살아갈 나날이 확실히, 많이 주어져 있지 않은 매형에게는 아이에 대한 걱정이 상당할 것이고, 아이는 불안해서 꼼꼼히 따지는 아빠에게 늘 긴장해야 할 것이다. 가까이 다가갈수록 부딪치는 모양이어서 나는 뭐라 의견을 내놓지 못했다. 건강하시고, 꼭 쾌차하세요, 라는 말만 반복하다가 나는 매형 댁에서 나왔다.

병원에 가서 누나를 찾아 매형 뵌 이야기를 했다. 누나는 수술은 잘 됐지만, 너무 어려운 곳이어서, 예후가 좋지 않다고 했다. 음식을 삼킬 수 없이 괴로워해서 식도에 스탠드를 넣기로 했단다. 스탠드삽입수술 후에도 항암치료는 계속 해야 한단다. 이것저것 식이요법도 알아봐 해나가고 있는 상황이지만, 밤마다 힘들어 하는 모습을 보는 것이 고통이란다.

나는 물리치료실로 올라가고, 누나는 근무처로 내려갔다. 물리치료실 대기실에 앉으니 아래가 시려왔다. 어디선가 바람이 불어와 발목을 감았다.

그이가 편안하다면, 내 내장 끊어주고 싶다. 누구보다 성실한 가장인데, 피를 토하면서, 똥을 뭉개면서 우리에게 고함을 쳐도 착한 아빠인데, 이제 시간 얼마 남지 않았다고 더 서러워한다. 삶에 늘 자신만만해 하던 사람이어서 더 아픈가. 우리 모녀는 이제 기둥이 없어진다. 그래도 살아간다. 어쩌겠니, 그리움만 계속될 테지만, 살아가야지.

누나는 최근에 불교로 개종했다. 어릴 때부터 몇 년 전까지 일요일마다 성경책을 옆구리에 붙이고 바삐 움직이더니만, 이제는 시간이 날 때마다 절에 오르고 있다. 종교를 가진 누나는 죽음을 삶처럼 여기는 듯했고, 종교가 없는 매형은 삶에 더욱 집착하는 모습이었다. 교통사고가 이렇게 흔한 세월, 나도 뺑소니를 당해보니 죽음은 순식간에 닥쳐온 수면 상태 같은 것 아닌가 하는 생각이 들었다. 죽음과 삶의 경계는 무엇인가. 잠에서 깨어나지 못하는 것, 그것이 죽음이고, 깨어나 활동하는 것, 그것이 삶이다. 그러나 진정한 삶은 활동하는 자기를 매순간 알아차리는 것 아닌가.

내 물리치료 순서가 되어 나는 빈 침상에 올랐다. 뜨거운 팩을 허리에 깔고 누웠다. 허리가 아팠다. 삶은 아프다. 늘 변화하는 것에 적응하려고 아프다. 아프다가 쉬면 덜 아프고, 활동하면 다시 아프고……, 그러면서 시간을 견디다가 늙고, 기운 없어 숨 멈춘다.

고주파 압축기로 등허리의 근육을 조였다 푸는 치료 중에 깜빡 잠이 들었나.

간호사가 내 등에 올라타더니 머리를 쥐어뜯으며 허리를 눌러댄다. 허리앓이에는 이게 최고라며 콧바람 섞인 음성을 내 귀에 쏟아붓고는 연방 아래를 짓이기는 그녀의 엉덩이 아래로, 어느새 다리가 문어처럼 여러 개 뻗어 있다. 그녀는 자기 다리를 물어뜯으며 비명을 지른다. 무슨 일이 벌어졌나, 궁금해 하는 표정으로 내 병상의 커튼을 들춰 그녀를 바라보는 무리들, 그들도 어느새 문어가 돼 서로 엉킨 다리를 물어뜯기 시작한다. 가습기로 눅진했던 물리치료실에 차츰 물이 차오르더니 금세 바다로 바뀐다. 물 속에서 우리는 서로가 서로를 물어뜯고 있다.

치료가 끝나 집에 와서, 습관처럼 컴퓨터를 켜서, 메일을 확인해 보았다. 새로운 메일이 두 통 와 있었다. 매형과 은수의 것이었다.

[왔다가서 반가웠다. 나, 연민하지 마라. 나도 이제 알아간다. 내 시간, 내가 일찌감치 다 먹어치웠다. 하지만, 하지만, 아이가 너무 불쌍하다. 학사모를 쓰고 같이 사진 찍고 싶었는데, 그때까지 만이라도 살아 있고 싶었는데……. 나만 노을 속에 빠져 있구나.]

[논문 심사 들어갔어요. 수정 지시가 또 나올 텐데, 제가 고쳐서 마지막으로 한 번 더 보여 드리면 너무 염치없겠죠? 선배님 뵙고 싶어요. 감사해요.]

나는 컴퓨터 전원을 끄고, 검게 비어 있는, 모니터에 비친 나를 오래 바라보았다. 낯설었다.

5.

교통사고가 난 지 삼 개월이 지났다. 나는 양방의 물리치료와 함께 한의원에 가서 침도 맞았다. 내 사고 소식을 들으셨는지, 은사께서 한약을 보내셨다. 고마우신 분이다. 은사님의 걱정 때문인지 나의 허리앓이는 차츰 나아가고 있었다. 그러나 매형은 점점 어렵게 돼가고 있었다. 물조차 식도로 넘기지 못해 두 번째 스탠드 삽입 수술을 했고, 수시로 피를 토해냈다. 나를 치료하는 한의사에게 매형을 보인 적이 있었다. 매형은 한방을 그다지 신뢰하지 않는 듯싶었다. 한 번 보고 그것으로 끝이었다. 한의사도 매형을 너무 늦게 만났다는 말 이후로 더 이상 매형에 대해 묻지 않았다.

눈이 펑펑 오던 날, 나는 매형을 보러 집으로 찾아갔다. 추우면 허리가 더 긴장됐지만, 이제는 예전의 몸으로 완전히 돌아온 듯싶었다. 미끄러운 눈길을 걸을 때만 허리에 힘이 주어질 뿐, 조심하면 편안했다.

매형은 거실 소파에 앉아 텔레비전을 보고 있었다. 누나는 빨래를 하고 있었던지, 나를 맞이하는 누나의 손에는 물 묻은 고무장갑이 껴 있었다. 매형의 얼굴은 검은 빛이 퇴색한 잿빛이었다. 머리칼은 모두 없었고, 쾡한 눈은 곧 잠에 빠져들 듯 힘이 없었다.

소파에 기댄 매형의 팔다리는 소파 곁에 서 있는 온열기의 목보다 가느다랬다. 전원을 넣지 않은 차가운 온열기가 매형과 닮아 보였다.

— 왔구나. 네가 좋아 보이니 나도 기분 좋다. 나도 어서 나아야지. 누나가 나 때문에 비쩍비쩍 마른다. 내가 빨리 기운 차려서 저 사람 좋은 데 데려가야 하는데……

매형은 누나가 다시 들어간 다용도실 쪽에 시선을 두고 말끝을 흐렸다.

아직 내 시간 있다고 믿어. 일 년 만 더 살았으면 좋겠다. 집사람하고 여행 실컷 다니고 맛난 것 실컷 먹으며 시간 보내고 싶어. 나 만나서 어디 한 번 멀리 가 본 적 없어. 고생만 시켰지. 무엇이든 흘러가겠지. 시간도 사랑도……. 아, 흘러가는 모든 것들 꺼져버려!

어느새 다용도실에서 나왔는지, 누나가 과일 담은 쟁반을 받쳐 들고 우리에게로 왔다. 누나는 아무 말 없이 쟁반에 담긴 과일을 깎아

접시에 담았다. 사과 껍질을 깎아내는 누나의 손이 많이 야위었다.

이 추위 끝나면 봄이 찾아오려나. 봄이 정말 다시 오려나. 강추
위만 계속돼 우리 식구 모두 그대로 얼어 잠들었으면…… 수백 년
후에 깨어나면, 암세포 쯤 아무것도 아닌 시대에 살고 있겠지.
……지금 얼어 죽고, 그때 다시 삶을 얻는다면.

접시에 떨어져 나온 사과 조각이 매형의 발가락 끝에 가서 붙었
다. 누나가 사과 조각을 집어 먹었다. 현재 우리의 시간, 그리고 여기
말고 다른 공간이, 죽음 이후에 있을까, 나는 생각했다. 병 있는 매
형은 없다고 여기는 것 같고, 건강한 누나는 있다고 믿는 듯싶다. 이
렇게 육체의 건강에 따라 마음도 달라진다.

매형은 아이에 대한 불만이 여전해 보였다. 정리 않는 것은 여전하
고 이제는 거짓말도 한다면서, 아이가 어째 그렇게 고집이 센지……,
하면서 힘없이 고개를 젓는다. 누나는 아이의 성격이 아빠와 똑같다
며 매형을 핀잔했다. 병이 깊어도 가족의 사랑 다툼은 여전했고, 평
화로워보였다.

겨울이 언제였던가 싶게 곧 날이 풀렸다. 어김없이 계절은 바뀌었
지만, 여전히 나는 뺑소니 사고에서 벗어나지 못하고 있는 상태였다.
날씨가 따뜻해오면서 허리는 훨씬 부드러워졌어도 신경은 날카로웠

다. 미온적인 수사나 보험회사에서의 냉랭함도 짜증났지만, 허리앓이에 대한 주위 사람들의 인식이 더욱 신경을 거슬리게 했다. 많은 사람들이 허리앓이를 심각한 병으로 여기지 않고 있었다. 나를 꾀병이나 부리는 약삭빠른 사람으로 취급했다. 그런 시선이 허리보다 머리를 아프게 찔러왔다. 나는 아픈데, 아프지 않은 사람이었다.

이런저런 피해의 원인은 결국 뺑소니 운전사였다. 지난겨울에는 뺑소니차를 맞닥뜨리는 꿈도 몇 차례 꾸었지만, 이제는 기억도 희미해졌다. 차종이나 차 색깔도 기억과 맞는지 의심스러웠다. 일부러라도 빨리 그 사고에서 벗어나고자 하는 심사인지 몰랐다. 몸도 거의 나았기 때문에 굳이 그 일을 기억해 내서 불쾌해 할 것 없지 않은가, 하는 속내였을 것이다.

당장 산적해 있는 일을 처리하기 바빠 그 일은 잊히고 있었다. 이러다가 차츰 사고는 무의식 깊숙이 가라앉겠지……, 하고 지내는데, 뺑소니 승용차임에 틀림없다고 생각되는 차가 눈앞에 나타났다.

봄기운이 완연한 오후, 나는 고장 난 컴퓨터를 이리저리 뜯어 간신히 고쳐놓고, 산책을 나갔다. 오랜만에 자전거에 올라 페달을 밟았다. 따스하고 푸른 기운이 후루루, 몸을 스치는 기분을 즐기며 천천히 아파트 단지를 빠져나가는데, 눈에 익은 아반떼 승용차가 내 곁에 멈추어 섰다가, 움직이기를 되풀이했다. 내가 멈추면 승용차도 멈추었다가, 내가 움직이면 따라서 운행하는 것이었다. 승용차는 큰 도로로 접어들기까지 대여섯 차례 그러다가, 속도를 내서 빠르게 달려 나갔다. 처음엔 긴가민가했지만, 뺑소니 차량이 분명하다고 생각되는 순간, 나는 힘껏 페달을 밟아 그 차를 쫓았다. 허리 아픈 줄 모르고 달리고 달렸지만, 자전거가 자동차를 쫓을 수는 없는 일이었다. 배기가스를 유난히 짙게 뿜어내며 속도를 내던 아반떼는, 내가 큰 은행나무가 서 있는 모퉁이를 돌자, 이미 사라지고 없었다.

어느새 나는 사고현장까지 와 있었다. 지난해보다는 오가는 차량이 많아졌고, 아스팔트도 약간 넓어진 듯했다. 나는 자전거에서 내려 천천히 주위를 둘러보았다. 도로를 정비한 모습이지만, 내가 쓰러져 있던 곳은 아직도 흙더미가 언덕에서 쓸려 내려와 있었고, 그 위에 잡초가 뿌리를 박고 자라고 있었다. 아스팔트 위로 아지랑이가 피어오르고 진달래꽃망울이 흘렀다. 나무와 풀들이 지난 해 바깥 공기 쐬던 잎을 떨어뜨리고 연한 새순을 내밀고 있었다.

수풀 안쪽, 무언가 자꾸 눈에 걸리는 것이 있었다. 가까이 가 보니, 검은 비닐봉투였다. 혹시, 지난 사고 때, 금붕어를 담았던, 그 봉투 아닌가……. 바람이 불어 봉투 입구가 풀썩거렸다. 봉투 입을 벌려 안을 들여다보니 붕어 봉투가 맞았다. 금붕어, 몸체는 없고 머리꼭지만 말라붙었다. 죽은 붕어에 기생해서 알 낳고 부화했던 나방의 흔적이 남아 있었다. 붕어 머리 곁에 많은 나방 시체가 점점이 붙어 있었다. 바람이 불어와 봉투의 입을 닫았다 열릴 때마다 나방 날개가 풀럭거렸다.

매형은 복수가 차올라 병원에서 일 주일 정도 입원해 있다 돌아가셨다. 스탠드를 했다지만 아무 것도 소화해 낼 수 없어, 종당에는 굶어서, 뼈만 앙상히 남긴 상태로 운명하신 것이었다. 매형의 몸에서 자라나 정상 세포를 잠식해 들어가던 암 세포도 더 이상 에너지를 얻을 수 없었겠지. 결국, 매형은 물 한 모금 입에 넣지 않고 아사(餓死)의 방식으로 암세포를 죽인 것이었다.

……그리고, 그리고, 매형은 어디로 가셨나…….

냉동실에 있다가 화장터로 가셨다. ……그리고 한 줌 먼지가 되어 유골 단지에 들어가 납골당에 앉아 있다……. 그리고, 이제는 우리 마음에 흔적처럼 남아 있다.

누나는 매형이 화장될 때, 화장터 바닥을 뒹굴며 오열했다. 누나의 오열은 나의 내장을 끊어놓았고, 누나의 눈물은 나의 가슴을 녹여 버렸다. 화구에 들어간 매형은 쇄골, 습골, 분골을 거치며 흰 가루가 되었다. 누나와 조카는 화장 내내 통곡했다. 나도 눈물을 흘렸다. 가족 모두 울었다. 화장터의 열기에 눈물은 곧 말라 없어졌겠지만, 매형 유골함에 우리의 통곡이 들어가 담겨 있을 것이다. 너무 울어 허물만 남은 매미처럼, 누나는 부석거리는 몸으로 유골함을 받아 들었다. 유골함이 통곡했다.

─조금만 더 살아주면 안 되나. 좀 더 같이 있으면 안 되나요. 그렇게 해 주면 안 되는 이유라도 있나요?

매형이 떠난 지 한 달이 되었다. 나의 허리앓이는 이제 사라졌다. 나는 사고 이전보다 더 건강해진 기분이었다. 글쓰기와 글읽기, 학교 일 돕기 등, 할 수 있는 일들을 꼼꼼히 해나갔다.

마지막으로 물리치료를 받는 날이다. 선물의 집에서 누나에게 줄 브로치를 사서 병원으로 향했다. 병원 가까이 오니 핸드폰이 울렸다. 지난 가을에 있었던 뺑소니 사건 담당 검사란다. 그는 높고 메마른 음성으로, 몸은 어떠시냐, 그 동안 의심 차량 이십 여 대를 조회하고 탐문했지만, 증거 미비로 어떻게 할 수 없었다, 이제 수사를 종결하려고 하는데, 동의하시냐……, 라고, 빠르게 말했다. 수사 종결 권유 전화였지만 강압이 느껴졌다. 내가 답을 망설이자 그는, 그럼 이의 없는 걸로 알고 사건을 마무리하겠다고, 통보하듯 말했다. 나는 그렇게 하라고 간단히 말하고 통화종료버튼을 눌렀다. 일면식도 없는 수사관에게 느닷없이 뺑소니 사건 종결 전화를 받으니, 지나가던 차 바퀴에서 튀어오른 흙탕물을 뒤집어 쓴 기분이었다. 몸과 마음이 갑자기 무거워졌다.

병원 로비에 들어서니, 나를 기다리고 있었는지, 누나가 반갑게 맞아 주었다. 누나의 얼굴이 많이 상해 보였다. 그렇지만, 어릴 때부터 그랬듯이, 누나는 여전히 든든한 모습이었다.

– 햇살, 좋지?

만지면 부서질 듯, 병원 로비에 들어앉은 햇살을 무연히 바라보는 누나를 보니, '감사'라는 낱말이 문득 떠올랐다. 로비 문이 열리자 햇살 조각이 튕겨 나와 누나의 반 쪽된 얼굴을 어루만졌다.

불현, 뺑소니차가 생각났다. 그 사람도 잘 지내고 있을까? 차 안 어둠 속에서 아스팔트에 팽개쳐진 나를 지켜보던 그도, 햇살을 잘 받고 있을까? 그에게도 햇살이 환히 비추었으면 좋겠다. 아니, 그도 지금 빛을 받고 있을 것이다. 햇살은 누구에게든 고루 빛을 비추어 줄 테니……. 몸이 편해지니 이런 아량도 생긴다. 어찌 보면 내게 도 잘못이 있었다. 어스름한 외길을 자전거로 달리는데, 깜빡이등이 라도 켜놓았어야 했다. 게다가 천천히 달려야 했다. 급한 마음에 속 도를 더 내지 않았던가. 조심했어야 했다. 조심하지 않은 죄로 허리 앓이라는 벌을 받지 않았는가.

물리치료를 받는 중에 학과모임에서 문자가 왔다. 메일을 보냈으 니 확인하라는 내용이었다. 이번 학기 모임과 회비에 대한 안내문일 것이다.

집에 와서 컴퓨터에 전원을 넣고, 내 주소로 들어가 받은편지함을 보니, 메일이 세 통 와 있었다. 나는 깜짝 놀랐다. 세 통의 메일 중, 하나는 학과에서 부친 것이었고, 다른 하나는 은수의 것, 또 하나는 매형으로부터 온 것이었다.

[논문이 나왔습니다. 선배님께 어떻게 감사의 뜻을 전해야 할지 모르겠어요. 곧 연락드리고 책 드리겠습니다. 행복합니다. 제가 생 생하게 살아 있다는 기분입니다. 이런 기쁨은 난생 처음입니다.]

[곧 못 보게 되겠지. 이제는 마음 내려놓으려 해. 아무 희망도, 절망도 없어. 힘든 것도 모르겠어. 단지 내 식구들에게 미안할 뿐이야. 작은 처남이 누나, 잘 지켜줘, 해준 것 없이 고생만 시켰어. 그리고 우리 아이, 잘 커나가길 소망해. 언젠가 다시 만나게 되겠지. ……잘 지내. 안녕.] ◉

물
의
꿈

물
의
꿈

1. 거실, 소파 / PM 12:00

끔찍한 꿈이었다. 나는 신라의 통일 전쟁에 투입된 앳된 화랑인가. 갑옷을 출렁거리며 이리저리 마을을 뛰어다니고 있는 사람은 나였다. 누군가를 찾는 중인가 본데, 눈에 띄지 않는 모양이다. 누구인가는 분명치 않지만, 나는 그가 눈앞에 나타나기를 간절히 바라면서, 집집마다 헤집고 다닌다. 마을은 바다에 연해 있는 듯, 파도가 넘실거리는 모습도 비친다. 칼이 팔을 잡아 빼는 듯하고, 갑옷이 목을 죄는 것 같아, 당장이라도 칼과 갑옷을 벗어 던지고 바다에 뛰어들고 싶지만, 그럴 수 없는 듯, 답답하다.

찾아야 하는 그 누군가를 금방이라도 맞닥뜨릴 것 같다. 마을의 끝 집에 이르렀다. 나는 무엇에 이끌려 나무판자 대문을 박차고 곧장 헛간으로 달려들었다. 짐승 가죽을 늘어뜨린 헛간 안으로 칼을 들이미니, 할머니가 아이를 안고 있다. 컴컴한 배경에 아이의 이마가 환하다.

할머니는 아이에게 젖을 물리고 있다. 이가 몇 개 없는 할머니가 내 눈길과 마주쳤다. 부끄러운 광경을 들켰다는 양 고개를 가만히 수그렸던 할머니가 어느새 힘이 센 여전사가 돼 있었다. 불현, 두려움이 일었다. 그녀는 웃는지 우는지, 입을 씰쭉거리는 얼굴을 내 앞에 디밀며 벌떡 일어났다. 그녀 품에 있는 아기도 조막손을 벌려 내 얼굴을 만지려 했다. 나는 그들에게 죽임을 당할 것 같다는 생각이 들어, 들고 있던 칼을 아무렇게나 휘둘렀다. 할머니의 머리가 쉽게 잘려 나갔다. 머리가 잘려나간 목에서 피가 솟구쳤다. 분수와 같이 세차게 피가 뿜어져 나왔다. 할머니의 품에서 나온 아이가 뽈뽈, 내 앞으로 기어왔다. 머리털이 곤두섰다. 다가오는 아이를 향해 칼을 찔렀다. 아이의 팔다리가 툭툭 떨어져나가 바닥에 뒹굴었다. 아이도, 할머니도 형체를 알아볼 수 없게 되었다. 이상하게도 마음이 가라앉았다.

할머니가 달려들었던 이유는, 아이를 내게 전하려 했기 때문이 아닐까, 하는 생각이 퍼뜩 스침과 동시에 나는 어느새 바닷가에 나와 있었다. 햇살이 눈을 찌르고 갈매기가 깔깔 웃었다. 모래사장이 펼쳐졌을 줄 알았는데, 검은 개펄이 눈을 가득 채웠다. 발목에 힘을 주어도 한 걸음 떼기가 어려웠다. 누군가 내 발목을 꽉 움켜쥐고 있는 듯한 기분이었다. "아버지"라고 했던가, "아빠"라고 했던가. "아바이"라고도 들렸다. 차차차 풍의 노래 같기도 했다. 피 묻은 칼을 씻어야 한다는 조바심만 가득했다. 쩍쩍 달라붙는 뻘 바닥을 칼로 디디며 발을 옮기고 있는데, 어디서 나타났는지 검은 복면을 얼굴에 두른 자객이 달려들었다. 그는 순식간에 내 앞으로 바싹 달려들더니 가슴을 만지고 금세 사라졌다. 내 가슴에 칼이 꽂혀 있었다. 나는 가슴에 칼이 박혔어도 아무 통증이 없었다. 칼을 간신히 빼내니 오랫동안 소화 못시키던 고깃덩이가 내려앉은 듯했다. 오히려 머리가 아파, 틀어올린 머리에서 비녀를 빼내자, 머리칼이 파도처럼 출렁이며 눈을 찔렀다. 가슴에 닿은 머리카락 사이로 피가 스며들었다.

피로 검붉게 물들어가는 뻘밭을 내려다보며 나는 시원한 바람을 즐기듯 오래 서 있었다. 없어졌던 그가 다시 내 앞에 불쑥 나타나 복면을 벗고 악다문 이를 보였다. "원수"라는 말이 그의 이빨 사이로 나왔다. 누구인지 아는 얼굴이고, 듣던 목소리인데……. 누구인가…….

거실 소파에 누워 아이가 유치원 방학 숙제로 그림을 그리는 모습을 곁눈질하다가 깜박 졸았던 모양이다. 잠에서 깨니, 딸아이는 완성된 그림을 내려다보고 있었다. 나는 잠에서 깨고도 한참 동안 꿈의 장면, 장면을 연결하려 눈을 감았다 떴다 하며 서사를 꾸려보았다.

─다 그렸지, 아빠가 자는 동안. 끔뻑끔뻑 금붕어야, 아빠 같은 금

붕어. 우리 집 금붕어.

올해로 일곱 살 된 딸아이는 유치원 여름방학 숙제를 하고 있었다. 나는 일어나 앉아 스케치북을 들여다보았다. 화면 가득 빨간 금붕어가 머리를 쳐들고 있다. 아이는 금붕어의 몸 안에다 시를 써 넣었다.

[우리 집 금붕어는 착한 아기. 엄마는 입만 열면 큰소리 쏟아내는데 금붕어는 언제나 말없음. 아빠는 빨간 눈으로 온종일 컴퓨터 들여다보는데 금붕어는 끔뻑끔뻑 우리를 지켜봄. 아가는 금붕어.]

꿈을 되새기다가, 시를 들여다보다가, 지금의 시공간에 의식을 맞춰가고 있는데, 장인을 앞세워 아내가 현관을 들어서고 있었다. 무슨 일인가. 나는 거실 텔레비전 위에 있는 벽시계를 바라보았다. 정오였다. 아내는 일터에 있을 시간이었다. 봉투를 들고 서 있는 장인, 물방울이 툭툭 떨어지는 장인의 지팡이, 아내의 물기 어린 어깨가 여전히 꿈결인 듯, 어색해 보였다. ― 점심때여서 잠깐 왔어요……. 아내가 장인이 벗어놓은 신발을 가지런히 정돈하고 나를 보았다. ― 당신 오늘 아이하고 강릉 간다고 아버지께 말씀드렸더니, 아버지도 꼭 가보고 싶다고 하셔서……. 아내가 장인을 부축해 소파에 앉히고, 장인의 손에 든 봉투를 받아 거실 탁자에 척, 올려놓았다. 봉투에서 닭튀김 냄새가 풍겨 나왔다. 아이가 봉투 앞으로 다가앉았다.

－먼저, 할아버지께 인사 올려야지.

나는 장인의 발밑에 머리를 조아렸다. 아이도 금방 일어나 나를 따라 넙죽 절을 올렸다.

－아, 아, 아 아니야. ……아, 아, 아픈 사, 사, 사람한테…… 저, 저, 절, 하지 않아도 도, 도, 돼.

장인이 손을 가까스로 가슴께에 올리고 천천히 저었다. 말도 어눌했지만, 움직임도 힘겨워 보였다. 작년 가을, 장인은 처남 결혼식 직후 쓰러졌다가 일어났다. 감기인 줄 알았는데, 뇌경색이었다. 병원에서는 가망 없다고 마음의 준비를 하라고 가족에게 당부했지만, 식구들은 정성을 다해 돌보았다. 장인은 식물인간으로 육개월 정도 누워 있다가 깨어나 이제는 수영과 등산도 한다.

－소, 소, 손주딸, 하, 하고 ……애, 애, 애비, 보, 보면 돼, 됐지. 가, 가, 긴 어딜, 간다고…….

장인은 그렇게 말하지만, 내게는 이번 강릉 나들이에 당신도 꼭 데리고 가야 하지 않겠냐 하는 뜻으로 들려왔다. －아버님, 휴가가 아니어서 좀 지루할 수도 있습니다……. 장인의 안색을 살피며 내가 나지막이 말하자, 아내는 －아버지, 그 쪽 바닷바람 쐬고 싶다고 오래전부터 말씀하셨어요, 당신 가는 길에 다녀오시면 좋겠다고 몇 번이나 얘기하시던데…….

이 방 저 방 드나들며 말을 뿌리던 아내가 불룩한 여행 가방을 거실 탁자 옆에 떨구었다. 강릉이 고향인 옛 직장 상사 문상차 조용히 혼자 다녀오려던 계획이 흔들려, 나는 흥이 떨어지면서 마음이 복잡해졌다. 아내와 결혼한 지 십년이 넘도록 장인과 함께 어디 다녀온 적이 한 번도 없었다. 아니, 이렇게 장인이 우리 집에 온 것도 이사 온 후 구 년만이었다. 올해에는 설날에 뵙고 처음이다.

장인은 육이오 때 월남하신 분이어서 근친들을 끔찍이 여기고, 가정 안팎으로 늘 강한 모습이어서 가까이 할 엄두가 나지 않았다. 뚜렷한 직장 없이 대학원에서 공부하는 작금의 내 처지로서는 더욱 격조할 수밖에 없게 되었다. 그래도 신혼초, 대기업 계열의 식품회사를 다닐 때에는 처가에 가서 장인어른께 술도 몇 차례 올리기는 했는데…… 그 시간이 바로 어제 같은데, 벌써 십년이 지나버렸다. 문득 죽은 윤 차장의 얼굴이 떠올랐다. 오래전 직장 선배여서 부음을 받고도 한참동안 떠오르지 않던 윤 차장의 얼굴이 이제야 생각났다. 장인 어른은 북녘 바다가 보고 싶으신 걸까? 아이와 함께 하고 싶으신 것이겠지.

─가는 거야, 같이. 바다에 같이, 모두 함께. 바다에 가서 할아버지, 맘껏 소리쳐. 크게, 말이야. 그러면, 병이 없어진대. 그랬어, 엄마가. 동화책에서도 봤어. 할아버지 튼튼해져야지. 바다처럼, 튼튼!

아이가 손을 입으로 가져가 허공에 외치듯 말했다. 우리는 모두 아이를 바라보며 웃었다. 세 살 때 말이 트였던 아이는 요즘 더욱 말이 많아졌고, 표현이 시원시원했다. 아내와 다툴 때나, 공부에 진도가 더딜 때, 친지들에게 주눅 들거나, 지도교수에게 꾸지람을 들었을 때, 아이를 보고 아이의 말을 들으면 기분이 달라졌다. 아이는 가뭄 때 단비처럼, 추석 대보름같이, 나의 몸과 마음을 시원하고, 환하게 해 주었다. 아내도 마찬가지일 것이다. 우리 내외는 아이로부터 기운을 얻어 우리 시간을 견디고 있는 참이었다. 지금 우리의 삶의 이유이고 나침반 같은 존재가 아이였다. 장인도 젊을 때 아내로부터 팍팍한 시절을 견디는 기운을 얻었을 것이다.

아내는 여행 물품 넣은 가방을 열어 나에게 보여줬다. 더 가져갈 것 없느냐는 뜻이었다. 나는 욕실에서 칫솔과 치약을, 그리고 내 방에서 「서사담론」과 핸드폰을 들고 나와 가방에 넣었다. 장인이 가져온 닭튀김과 음료수도 가방에 이미 들어가 있었다. 아이도 곰돌이 인형을 손에 들고 목걸이 수첩을 목에 걸어 준비를 마쳤다.

장인은 우리의 여행 준비 모습을 미소로 지켜보고는, 아내에게 파스 한 장 붙였으면 좋겠다고 했다. 아내는 약통을 가져와 장인의 러닝셔츠를 들췄다. 장인의 등허리에는 이미 파스가 여러 개 붙어 있었다. 아내는 오래된 나무의 껍질을 벗겨내듯 장인의 등에 붙은 파스를 떼어내고 새로운 파스를 붙였다. 등허리 근육에 긴장을 주는 장인 나름의 여행준비였다. 혹 장인은 나를 유효기간이 지난 붙임성 없는 파스라고 여기는 것은 아닐까……. 나와 장인은 잘못 붙어 공기가 가득 들어찬 파스와 등허리 같은 관계처럼 생각되었다.

나는 스마트폰을 열어 날씨와 교통 사정을 살펴보았다. 특별한 상황은 없었다. 남태평양 대기압이 태풍으로 발전하려다가 대마도 부근에서 거의 소멸됐고, 영동고속도로는 횡성에서 면온 사이가 정체일 뿐, 대부분의 구간이 원활하게 소통되고 있었다.

뉴스 중에 신경을 거슬리는 제목이 있어 터치해서 자세히 읽어보았다. 경기 북부와 강원 산간에 집중 호우가 예상된다는 예보였다. 내일 새벽부터 내리기 시작하여 다음 날까지, 많으면 삼백 밀리미터까지 내릴 수 있다는 소식이었다. 내일 새벽부터라면, 우리에게는 해당되지 않을 수 있었지만, 혹시 모르니 서둘러야 했다.

나는 거실로 나와 당장 출발해야겠다고 말하고 가방을 들었다. 한 시를 가리키는 벽시계를 보고 아내가 일터로 간다며, 먼저 현관을 나섰다.

나는 장인과 아이를 옆에 붙이고 엘리베이터에 들어섰다. 장인이 아이의 손을 잡고 엘리베이터 거울을 보며 환하게 웃었다. 누구에게든 소풍은 마음을 들뜨게 한다. 엘리베이터 안이 여느 때보다 넓고 깨끗해 보였다. 거울을 바라보니, 거울 속 저편에서 꾸며낸 듯, 실제인 듯, 일렁이며 눈에 익은 그림이 펼쳐지고 있었다. 바닷가 마을……, 갑옷 입은 화랑……, 할머니와 아이의 동강난 몸뚱이……, 개펄에 꽂힌 장검……, 가슴을 찌르는 복면 검객……. 꿈속의 이미지들이었다.

아이와 장인을 자동차의 뒷좌석에 앉히고 운전대를 잡으니 어젯밤 꿈이 더 선연했다. 바닷물처럼 출렁거리는 나의 푸른 머리칼에서 떨어지는 붉은 핏물, 바람처럼 다가왔다가 사라지는 복면의 자객……. 뒷좌석을 보려고 룸미러에 시선을 올리니 장인의 얼굴이 들어왔다. 처갓집 안방에 걸려 있는 장인의 청년 시절 독사진이 꿈 속 복면과 닮았다는 생각이 퍼뜩 들었다.

나는 피어오르는 망상을 지우려고 아이에게 노래를 시켰다. 아이는 곧장, '맑게 개인 공원에서, 턱수염난 화가 아저씨…….' 「화가」를 불렀다. 아이가 좋아하는 동요였다. 아이는 이 노래를 토막 내어 자기 식으로 고쳐 불렀다. 「아기곰 세 마리」와 「꽃밭에서」라는, 다른 두 동요의 몇 소절과 섞거나 새로 지어서 노래했다. 이것저것 마구잡이로 불러재끼는 것 같아도 질서가 있는 아이의 노래는 귀를 즐겁게했다. 아무도 의식하지 않는 듯하는 아이의 규칙이 신선했다. 이런저런 기준과 약속에 얽매여 기계 같이 움직이는 어른들의 모습에 비하면 훨씬 밝고 건강해 보인다.

노래를 부르며 제 흥에 겨워 어깨를 들썩이는 아이를, 장인은 얼싸안고 볼을 비빈다. 아이가 깔깔거리고 더 목청을 돋운다. 장인과 나 사이의 거리를 아이가 좁혀 주고 있다. 장인은 처남들보다 아내를 더 미더워해서 아내를 자주 찾았다. 그만큼 내게는 미안해하는 낌새였다. 그러면서도 딸자식을 풍족하게 해 주지 못하는 사위를 미워하는 눈치다. 나는 피해의식을 덜려고 장인이 내게 보내는 미움의 가시를, 우리 부모를 앞세워 아내에게 되돌리기도 했다. 그래도 아내는 별 반응 없이, 자기 생각대로 해나갔다. 작은 체구였지만 빠르고 부지런해서 시부모가 서운해 하는 일은 없었다.

아내는 대학 졸업 후, 지금까지 처가에 생활비를 내놓고 있는 모양이었다. 장인은 우리의 신혼 초, 언젠가 만취해서 아내가 당신의 누님과 많이 닮았다고 한 적이 있었다. 실향의 외로움을 겪어보지 않은 나는 딸자식에게 너무 과민한 것은 아닌가, 생각했다가 요즘에는 언뜻언뜻, 나도 얼마 지나지 않아 장인이 될 것 아닌가, 하는 반성도 들었다. 그러다가 장인과 나 사이에 다시 벽이 높이 생겼다. 나는 백년손님이 맞았다.

비가 내리기 시작했다. 후둑후둑, 차 앞 유리에 빗방울이 달라붙었다가 흘러내렸다. 와이퍼를 느리게 작동시켜놓고 차창을 닫았다.

[비가 우리한테 말 거는데, 아빠가 창을 닫아 차한테만 속삭이네요. 매미는 빗물 맞아 조용하고, 나는 꿈나라 간 할아버지 쫓아가야지. 비는 그냥 내리는데, 우리 꿈이 젖을까 걱정 태산이네요.]

아이가 노래를 만들어 흥얼거렸다.

아파트 단지에서부터 내 차를 바싹 따라붙어 달리던 미니 버스가 추월하더니 속력을 냈다. 아파트 게시판에 오늘, 어른들 모시고 여행을 떠난다는 부녀회 소식지가 기억났다. 노인들이 잔뜩 들어 차 있을텐데 저렇게 속력을 내면 어쩌나……

앞서가던 효도관광 승합차가 갑자기 멈추어 갓길로 빠졌었다가 다시 끼여드는 바람에 따라가던 내 차가 놀라 꿀렁거렸다. 그 통에 깨어나셨는지 장인어른이 헛기침을 했다.

– 애, 애, 애비야……, 처, 처, 천히 가, 가, 가자. 야, 야, 양보가 좋아.

나는 액셀러레이터에서 발을 떼었다. 굵은 빗방울이 세차게 내리기 시작했다.

피난할 때 아버지 어머니 못 만나 저는 죽어야 했는데, 여태 살아 있습니다. 죄인 중의 죄인, 저 대동강물 속에 잠겨야 하는데, 여태 땅 위를 달리고 있습니다. 아버지, 용서하세요. 저 혼자 살겠다고 배 타고, 기차 타고, 부산 바다까지 갔더랬죠. 어머니, 저 죄인이어도, 어릴 때 어머니 곁에서처럼 잘 입고 잘 먹고 잘 잡니다. 혼자만 편해요. 어머니, 저 죽어서 어떻게 어머니 뵙나요? 어머니 찾으러 미군부대 자원해서 살 찢기고 뼈 부러지는 훈련 받았어도 고향 못 갔어요. 여태 못 가본 고향, 이제 팔 망가지고, 다리 힘 없어 갈 수도 없습니다.

축석령을 지나 수목원을 향하는 동안, 뒷좌석에서는 아무 움직임과 소리도 없었다. 나는 액셀러레이터를 눌렀다, 떼었다 하며 운전에만 집중했다. 내촌으로 접어들어, 현리 방향으로 속력을 내니, 아이가 쉬었다 가자며 운전석 뒤에서 얼굴을 내밀었다. 룸미러를 보니 장인도 나를 바라보고 있었다. 나는 내촌 휴게소로 차를 몰아 정차했다.

아이와 장인을 허리춤 양쪽에 끼고 나는 화장실에 들어갔다. 장인을 부축하면서 아이를 지켜보았다. 아이는 좌변기에 올라가 소변을 잘 처리하고 있었다. 장인은 당신의 둔한 움직임을 스스로 못마땅하다고 여기는지, 차근차근 하라며 내 손길을 자주 막았다. 처가 식구들이 장인의 불평을 참기 힘들어한다고 아내가 자주 말했었다.

나는 자꾸 내려가는 장인의 팔을 추켜올리며 화장실 세면대에서 손을 씻겨 주었다. 장인은 거울을 보며 혼잣말로 계속 웅얼거렸다. 뜻대로 움직이지 않는 몸에게 투정을 부리는 듯싶었다. 장인과 나의 분위기가 어색했는지 어느새 곁에 온 아이가 누구에게랄 것 없이 박자에 맞춰 말했다.

－화장실에 파리가 있고, 우리 집에도 파리가 있고, 화장실에서 우리 가족이 손을 비비고 있고, 우리 집에서도 파리가 손을 비비고, 쓱쓱, 싹싹, 쓱싹 쓱싹.

차 안으로 돌아오기까지 아이가 계속 흥얼거려, 장인은 미소를 지었고, 나는 마음이 한결 가벼워졌다. 나는 차에 시동을 걸고 곧장 출발했다. 현리에서 청평으로 진입하면서부터 굵어지는가 싶던 빗방울이 이제는 아예 분수의 물줄기처럼 내렸다. 아스팔트 콘크리트에 물고인 웅덩이가 많아, 반대 차선에서 달리던 트럭이 우리 차에 빗물을 뒤집어씌우기도 했다. 그럴 때마다 나는 놀라서 급브레이크를 밟았다. 윈도브러시를 빠르게 작동시켜도 시야가 금세 확보되지 않았다.

비가 세차게 내리면서 차량이 많아졌고, 차의 속도도 줄어들었다. 차가 밀리기 시작하던 도로는 가평에 이르자 아예 주차장이 되어 버렸다. 이십 분 넘게 브레이크 페달만 밟은 상태였다. 곧 춘천이고, 홍천 방향으로 빠져서 중앙고속도로에 오르면 거침없이 달릴 수 있는데⋯⋯. 내 머릿속에 그려진 약도가 다른 운전자에게도 같이 떠오르는지, 많은 차량들이 슬금슬금 차를 유턴시켜 왔던 길을 돌아갔다. 나도 막연하게 기다릴 수만은 없어, 내비게이션에 전원을 넣었다. 좀 돌아가더라도 저녁에는 강릉에 도착해야 했다. 내비게이션이 제시하는 여러 경로 중에서 국도를 택해 갈 길을 설정해놓았다. 고속도로보다는 십 킬로미터 정도 길었지만, 여러 상황으로 보아 가장 적절한 경로로 보였다.

나는 내비게이션이 지시하는 대로 운전대를 움직여나갔다. 내비게이션은 양구에서 인제 방향으로 진행하라고 알려 주었다. 빗줄기는 여전히 굵고 거셌지만 도로는 그다지 미끄럽지 않았다. 차량도 많지 않아 나는 속도를 올렸다. 장인과 아이가 졸고 있는 모습이 룸미러에 비쳤다.

아이 업은 누님이 한 알 총으로 쓰러진 대동강 흙탕물, 그 위에 찢어진 하늘 사이로 오열은 파고들고, 인민군이 거둬간 북쪽 하늘은 오늘도 먹구름이 끼여 있네. 총 피해 내려갔다가 아직도 못 올라간 내 육신, 구름 헤쳐 오르려나.

─애, 애, 애비⋯⋯. 비, 비, 비가 마, 많이 오네. 개, 개, 개구리도

우, 우, 울고……. 부, 부, 부모님은 어, 어, 어떠신가. ……조, 조, 좀 나아 지, 지, 지셨나?

장인은 자는 줄 알았는데, 깨어 있었다.

–아버지는 장 그러시고, 어머니도 여전하십니다.

또 이북 이야기를 하시려나……. 고향인 평안남도 순천 이야기, 삼촌과 사촌들 이야기, 전쟁 전후, 피난 당시, 그리고 이후 지금까지……, 장인의 세월을 어눌한 말로 또 들어야 할 것 같아, 나는 운전에 집중해야 한다는 시늉으로 핸들 아래 이런저런 기계 장치들을 공연히 누르거나 돌렸다. 장인은 다시 침묵했다. 차창 밖을 바라보는 모습이, 아마도 지난 기억의 조각들을 이리저리 꿰맞춰가는 듯싶었다. 어디에서인가 구급차 소리가 들리더니, 여러 대의 레커차가 차선을 무시하고 달려나갔다. 사고가 난 모양이었다. 나는 내비게이션이 안내하는 데로만 핸들을 움직이며 액셀러레이터 밟기를 조절해나갔다. 인제 방향으로 진입하는 중이었다.

인제에서 대관령으로 올라가는 인터체인지에서 차가 막히기 시작하더니, 잠시 후에는 아예 움직일 수 없을 정도가 되었다. 나는 사이드브레이크를 걸고 차 바깥으로 나가 보았다. 약해진 빗줄기는 안개처럼 바람에 실려 날리고 있었다. 도로는 차의 전시장처럼 온갖 차들로 붐비고 있었다. 민방위 모자를 쓴 사람들이 차량 진행을 막고, 경찰봉을 든 의경이 빠르게 봉을 흔들어댔다. 꽁무니를 물고 있는 차들 사이로 사람들이 많이 나와 있었다. 아예 캠핑용 파라솔을 갖길에 펼쳐놓고 과일을 깎아 먹거나, 트럭에 있는 물건을 사고팔기도 했다. '속초 가는 길이 막혔다', '홍천으로 돌아갈 수 없다', '집중호우가 내려 도로가 유실됐다'는 말들이 차 위로 넘실거렸다.

도로가 언제 복구되고 자동차가 또다시 움직일지 아무도 모르는 상황이었다. 우선 비가 완전히 그쳐야 할 텐데, 빗방울은 멈췄어도 하늘의 먹구름은 낮고 무겁게 도로를 내리누르고 있었다. 나는 다시 차로 돌아갔다. 장인과 아이에게 상황을 전하고, 의견을 들어본 후 움직여야 했다. 무작정 이 도로에 서 있을 수만은 없는 일이었다. 어떻게든 여기서 빠져나가야 했다.

닷새 굶은 후 찬 물에 만 보리밥 입에 넣으며 울었습니다. 묘지에 굴 파 들어가 애벌레 섞인 고추장 먹을 때도 나오지 않던 눈물이, 목포로 피난 가 보리밥알 삭히면서 쏟아집니다. 「목포의 눈물」 들을 때마다 조건반사처럼 콧등이 시큰거리고 가슴이 먹먹합니다. 부산에서 막노동하며 수수 보리로 끼니 때우다가 서울 청계천 자동차부품상점에 취직해 순대 맛보고 또 눈물……. 지난 시간 돌아보니 내 평생이 피난세월, 그 유랑 생활이 바로 어제 같아 서럽습니다. 저 번쩍이는 번개처럼 한 생은 찰나인 것을.

장인은 차창에 기대어 창밖을 무연히 올려다보고 있고, 아이는 수첩에 무언가 끼적거리고 있다.

－……사, 사, 사람들, 가, 가, 갈팡, 지, 질팡하다가 하, 하, 하늘만 쳐, 쳐다 보네. 비가 그, 그, 그치지 아, 아, 않겠어…….

장인이 말해 와 나는 뒤돌아 장인의 얼굴을 보고, 라디오를 켰다. 교통방송에서는 떠나기전, 인터넷에서 보았던 내용을 그대로 전하고 있었다. 비가 많이 오리라는, 주의하라는 예보와 복잡한 도로 사정을 반복할 뿐, 지금 이곳 상황에 대해선 정보를 주지 못하고 있었다. 나는, 얼마나 교통이 막힌 상태인지 모르겠지만, 자칫 잘못하다가는 여기서 밤을 샐지도 모르겠다고 중얼거렸다.

－비 맞지 않으려고 사람들 숨어버렸는데, 새들은 어디로 숨었을까. 새들은 비에 젖어 조용해요. 사람도 비가 오면 조용한데. 잠 자기 좋은 조용.

아이가 수첩에 쓴 글을 소리내어 읊조렸다. 장인과 나는 흠흠, 웃었다.

2. 전나무 숲 / PM 6:00

비가 그치면서 틈이 생겼는지, 차량들이 조금씩 움직이기 시작했다. 그러나 곧 모든 차들이 정지할 수밖에 없게 되었다. 유턴하는 차, 앞지르려는 차, 시동이 꺼진 차들이 엉켜 도로는 다시 꽉 막혀버렸다. 운전자들이 차창을 내려 한 마디씩 내뱉었다. 어디선가 교통

경찰이 나타나 겨우 공간을 만들어냈다. 호루라기 소리와 경찰봉의 지시에 따라 차들은 정렬되어 나갔다. 나는 내비게이션을 켜서 다시 경로를 설정하고 핸들을 돌렸다.

큰 도로에서 빠져나와 차선이 없는 좁은 길로 접어드니 차들도 뜸해졌다. 외진 도로라서 그런지 오가는 차량은 없고 가끔씩 경운기가 앞을 가로막았다. 백 미터 정도 앞에 낯익은 차량이 눈에 들어왔다. 가속해서 차 꽁무니에 달라붙어 보니, 우리 동네 효도관광 승합차였다. 차 뒷자리에 몰려 노래를 부르는 듯한 동네 어르신들의 모습이 보이자, 아이가 「은하철도 구구구」라는 만화의 주제곡을 불렀다. 그 만화영화는 오래전 유행했던 작품인데……, 아이에게 시청 경험을 물어보니, 유치원에서 자주 보던 동영상 중 하나란다. 내 차가 승합차의 뒤 범퍼에 닿을 듯 따라붙었는가 싶었지만, 굴곡 심한 길을 두어 차례 지나자 그 차는 사라지고 없었다.

우리 차는 자전거를 탄 할머니를 지나치자, 전나무가 울창하게 서 있는 도로로 접어들게 되었다. 은행나무와 플라타너스도 간간이 보였지만, 대부분 전나무로 숲을 이루고 있었다. 전나무가 끊어지는 길로 우회전하여 들어서니, 많이 익숙해 보이는 좁은 길이 나타났다. ……플라타너스가 문득 사라지고, 오 킬로미터 정도 늘어선 전나무들 사이를 지나 우회전하여 일 킬로미터 정도 달리자 갈참나무들이 손을 벌리고 하늘을 떠받는 숲이 나타났다. 속력을 줄이고 좌우를 살피니 왔던 길목이었다. 전나무들 속으로 길이 있어 그쪽으로 들어섰는데, 결국 지났던 길을 다시 온 것이었다. 위성 신호를 놓쳤는지, 내비게이션은 자꾸 우회전하라고 떠들고 있었다. 내비게이션의 안내 목소리가 전에 없이 날카로웠다. 나는 액셀러레이터에서 발을 떼서 속력을 줄이고 도로 바깥으로 차를 운전했다.

마침 도로에서 멀리 떨어지지 않은 곳에 넓은 자갈밭이 있어 그쪽으로 차를 몰고 가 브레이크를 채웠다. 계곡이 굽어보이는 자갈 언덕이었다. 이곳이 어디인지, 우리 위치가 잘 잡히는지, 내비게이션 버튼을 이것저것 누르며 화면을 확인해 보았다. 그러나 내비게이션의 현 위치 화살표는 좀 전의 막힌 도로에서 멈춰 있었다.

나는 바깥을 좀더 자세히 살펴보려고 차에서 내렸다. 비는 그쳤지만 희뿌연 운무가 주위에 가득 차 있었다. 숨이 턱, 막힐 정도의 습한 안개가 전나무와 갈참나무 잎잎마다 스미는 중이었다. 안개는 이미 자갈을 축축이 적셔놓아 발바닥을 자꾸 미끄러트렸다.

손목시계를 보니 오후 여섯시를 넘어서고 있는데, 벌써 노을이 덮치는가, 안개가 어느새 주황색 스프레이로 변해, 주변을 온통 감귤색으로 물들이고 있었다. 갑자기 졸음이 몰려와 눈이 절로 감긴다. 몸에 기운이 빠져나가는 것 같아 나는 차로 돌아왔다. 아이와 장인도 이 숲이 궁금한지 차 문을 열어놓고 바깥을 보고 있다. 장인은 차에서 나오려 혼자 애를 쓰고 있었다. ─ 아, 아, 아가가 배, 배, 배고프다 하네……. 나는 차에서 발을 내놓고 나오려는 장인을 부축하곤 아이를 바라보았다. 아이가 뭘 먹어야겠다는 시늉을 해 보였다. 나는 차 뒤 트렁크를 열어 아내가 챙겨준 통닭과 음료를 꺼내와 아이에게 주었다.

장인이 더 배가 고팠던 모양이었다. 아이가 간식 포장을 펼치자 장인은 닭을 덥석 잡고 몸통을 손으로 쩍쩍 갈랐다. 닭기름이 범벅된 손으로 장인은 허겁지겁 닭조각을 입에 우겨넣었다. 아이가 한 조각 먹을 동안, 장인은 한 마리를 거의 혼자 해치웠다. 장인의 식탐은 뇌졸중 후 커져갔다고 했다. 몸에 좋다는 음식도 그렇지만, 세 끼 식사도 병환 이후 두 세 사람 분의 양을 먹는단다. 운동을 자주 한다고 해도 노인이 너무 많이 드시는 게 아닌가, 식구들이 늘 걱정이었다.

닭뼛조각까지 우둑우둑 씹어 먹는 장인을 곁눈질하며 깜빡 눈을 감았다 싶었는데…… 어느새 나는 다른 장소와 다른 시간대에 훌쩍 건너가 있다. 안개가 촉촉이 차를 감싸며 차 안에까지 스며들고, 계곡 물 소리가 차츰 아득해지면서 귀 뒤쪽으로 흘러나간다.

꿈인가, 생시인가…… 열대우림 속, 나는 그물침대에 누워 졸고 있다. 물 속에 담갔다 금방 빼낸 듯, 그물침대가 눅눅하다. 수풀 바깥 도로변, 가마솥 앞에 앉아 있는 아내가 보인다. 가마솥 아래에 화덕이 있는데, 아내는 불을 보다가, 가마솥 뚜껑을 열었다 닫는 동작을 반복하고 있다. 잠시 후, 아내가 가마솥 안에서 뭔가 꺼내는데, 자전거 튜브 같다. ……, 멀리서 보아도 그것은 순대였다. 아내는 김이 모락모락 피어오르는 순대를 썰어 접시에 담고는 어디론가 가져간다. 나는 맛 보고픈 욕심이 목까지 차올라 아내에게 다가가고 싶지만, 그물 침대 자리를 빼앗길 것 같아 차마 내려서지 못한다. 한참을 기다리니 아내가 빈 접시를 들고 와선 다시 순대를 썰어 담는다. 그리곤 또 사라지고, 다시 나타나고……. 서너 차례 그러다가 앞치마 주머니에서 돈을 꺼내 센다. 꽤 많은 양을 세더니 깔깔 웃는다. 어디 갔다 왔는지, 장인과 아이가 나타나서 아내로부터 돈을 받고 사라진다. 나도 아내에게 돈을 받고 싶은데, 나는 그물침대를 벗어나지 못한다.

잠시 후, 번쩍, 하는 빛줄기가 아내의 가마솥에 닿는가 싶더니 가마솥 뚜껑이 떨어져나간다. 나는 그물침대에서 황급히 내려 아내 쪽으로 달려간다. 빛줄기는 발사된, 총탄에서 뿜어져 나오는 것이었다. 기관총의 연발 폭발음이 들려온다. 아내는 화덕 아래에 쭈그리고 앉는다. 늘 있는 일이라는 양, 아무렇지도 않게 앉아서 다시금 돈을 꺼내 센다. 나는 화덕 뒤에서 바들바들 떨고 있는데, 아내는 환하게 웃는다. 어느새 장인과 아이가 돌아와 있다. 손에는 순대를 들고 있는데, 순대에서 검붉은 물이 뚝뚝 떨어진다. 피가 아닌가……. 장인이 붉은 물을 접시에 받쳐 담는다. 아이와 나, 그리고 아내의 모습이 고인 물에 비치고, 장인이 그 붉은 물을 마신다. 장인의 입으로 식구의 얼굴이 들어간다.

갈증이 났다. 나는 마른 침을 삼키며 깨어났다. 깜빡 졸았던 운전석 등받이에서 몸을 떼어 차 밖으로 나와 트렁크를 열어 보았다. 생수 남은 것, 먹다 남은 오징어도 있었는데……. 트렁크 안의 잡물들을 뒤적이며 찾아보았다. 아무 것도 없었다. 스펀지에 물기가 빠져나간 것처럼, 나는 힘이 하나도 없었고 긴장이 되지 않았다. 갈증과 공복 때문인지 머릿속도 텅 비어 버린 듯했다. 나는 한참을 자동차 뒷범퍼에 기댄 채, 자갈을 깔고 앉아 있었다. 좀 전의 꿈 속 이미지가 어른거리다 사라졌다. 간식을 다 먹은 아이와 장인은 조는지 조용했다. 가랑비가 내리기 시작했다. 나는 차 안으로 들어가려고 일어섰다. 많은 비를 품은 구름이 점차 낮게 드리워지면서 숲이 어둑해졌다.

― 비, 비, 비가 쏘, 쏘, 쏟아지겠어. ……어, 어, 어서 여, 여, 여기서 나가야 돼.

언제 깨어났는지, 장인이 차창 밖, 하늘을 손가락으로 가리켰다. 먹구름 속에서 번쩍, 번개가 일고 곧이어 천둥이 쳤다. 천둥과 번개는 점차 우리에게 가까이 다가왔다. 번개는 안개가 자욱한 숲을 잠시 밝혔지만, 이내 어둠을 두텁게 드리우고 도망갔다. 움직이는 생물이라곤 주변에 우리밖에 없어 보였다. 차분히 가라앉은 숲에서 무슨 일이 일어나지는 않을 테지만, 장인의 우려도 무시할 수 없었다. 차 안에 있다가 무슨 변을 당할지 몰랐다. 번개와 비를 피할 장소를 찾아야 했다. 나는 트렁크에서 돗자리와 우산, 그리고 슬리핑백과 그늘막을 챙겨 짊어 맸다. 쿠션을 집어든 아이가 어느새 곁에 와서 소매를 잡았다. 천둥소리에 놀란 모양이었다.

― 아가야, 차 안에 있으면 위험해. 번개 그칠 때까지 바깥에서 캠핑놀이 하자.

나는 아이에게 작은 우산을 쥐어주고 앞장세웠다. 도로 위로 올라서니 도로 건너편에 작은 언덕이 눈에 띄었다. 언덕 가운데에 동굴 같은 공간을 품고 있는 커다란 바위가 눈에 들어왔다. 우리 세 명이 있을 가장 적당한 장소로 보였다. 나는 아이를 점퍼로 감싸안고, 서둘러 언덕으로 올라갔다. 그리고는 다시 급히 내려와 장인을 부축했다.

바위에 돗자리를 깔고, 나뭇가지에 줄을 걸어 파라솔과 그늘막을 설치하니, 얼마간 안온한 공간이 되었다. 장인은 돗자리를 편편하게 다졌고, 아이는 슬리핑백을 들쓰고 앉아 수첩에 또 뭔가를 기록했다.

[아기 공룡 둘리는 우비를 썼어요. 우비 안에서도 번개 치고, 천둥 울어요. 둘리 머리 때리는 빗방울, 우비 써도 빗방울은 달려오지요.]

장인은 쿠션을 베고 이리 누웠다, 쿠션을 안고 저리 앉았다, 뒤척였다. 장인이 불안해 보여 나는 이것저것 손을 보았다. 줄을 당겨서 그늘막을 팽팽히 조이고, 빗물이 넘쳐오르지 않도록 바위 주변에 도랑을 팠다. 일을 마치니 먹구름이 가라앉으면서 어두워졌다. 굵은 빗방울이 그늘막 위에서 뛰어다니기 시작했다.

항아리에 들어가 빗소리를 듣습니다. 전쟁 전에는 인민군 피해 내가 숨던 항아리, 전쟁 나서 국군이 들어오니 매형이 숨습니다. 어머니는 둘 다 숨겨놓으시고 혼자서 비를 맞습니다. 어머니, 이제는 비에 녹아들어 사라지고 안 계십니다.

억수 같은 비. 그 말이 실감났다. 지금 이 비는 내리는 것이 아니라 물이 퍼부어지는 것이었다. 비만 오는 게 아니라 번개도 삼 초에 한 번씩, 바로 눈앞에 내리꽂혔다. 아이가 무서움을 떨치려고 수첩에 적은 글을 한 소절씩 읽을 때마다 번쩍, 번쩍, 계곡이 환하게 밝아졌고, 곧이어서 천둥이 숲을 뒤흔들었다. 어둠 속에서도 물이 한꺼번에 쏠려 내려오는 모습이 어른거렸다. 어둠보다 더 어두운 흙탕물이 계곡을 덮으며 주변의 나무와 풀, 돌과 흙을 쓸어내렸다. 탱크가 지나가면 저런 소리가 들릴까. 십톤 무게의 화물트럭이 연이어 지나가는 듯한, 물의 굉음이었다.

골짜기를 찢어놓는 천둥과, 계곡을 갈아엎는 흙탕물은 숲 전체를 공포로 뒤덮었다. 모두 물에 잠겨 쓸려 내려가는 것이 아닌가……. 아이는 내 곁에 바싹 붙어 귀를 막았고, 장인은 초점없는 시선으로 하늘을 바라보았다. 추웠다. 떨렸다. 기온이 낮은 탓이 아니었다. 주위의 모든 것이 곧 허물어져 사라질 것 같았다.

3. 계곡 / AM 4:30

물이 차오르지 않나 노심초사하는 동안 시간은 빠르게 흘러갔다. 손목 위 시계를 보니 새벽 네 시 삼십 분이었다. 집은 어떤가, 아내와 통화하려고 휴대폰을 깨워 보니, 이미 아내로부터 전화와 문자가 세

통이나 와 있었다. 엊저녁에 전화했던 모양인데, 벨소리가 빗소리에
묻혀 들리지 않았나 보았다. 문자 메시지는, 강원지역에 호우경보가
내렸으니 조심하라는 내용이었다. 문자를 확인하고 통화버튼을 눌
렀지만, 신호가 떨어지지 않았다. 휴대폰 액정화면에 송신불능지역
표시가 떴다. 손을 뻗어 이리저리 움직여 보아도 불능표시는 없어지
지 않았다. 전지 충전 막대도 짧아져 있었다. 방전될까 불안해서 나
는 휴대폰 화면을 얼른 껐다. 잠깐 눈을 붙였다 일어난 장인이 손바
닥으로 이마를 눌렀다.

　－머, 머, 머리가 무, 무, 무겁네. 호, 호, 혹시, ……애, 애, 애비,
두, 두, 두통약, 가, 가, 가진 것, 어, 어, 없지? ……어, 어지러워.

　장인은 뭔가를 찾는 듯 주머니를 뒤적였다. 바지 주머니에서 비닐
봉투가 나왔다. 혈압강하제를 찾는가. 장인이 봉투 안의 물건을 쏟
아 이것저것 뒤적였지만, 찾는 약은 없는 모양이었다. 장인은 무릎
을 세우며 일어서려 했다.

　－차에 가시려고요?

　나는 차 있는 곳에 가려는 장인을 부축해 도로 앉게 했다. 차에서
나올 때, 뒷좌석에 전에 없던 손가방이 눈에 띄던데, 장인의 소지품
가방인 모양이었다.

　－제가 다녀오겠습니다.

　그러고 보니 차에서 미처 가져오지 못한 게 많았다. 언제 비가 그
칠지, 햇살이 나오기를 기다리려면 방석도, 손전등도, 물도 있어야

할 것 같았다. 차에 간식과 생수가 남아 있을 것이다. 차 있는 자갈밭까지 다시 내려갈 엄두가 나지 않았지만, 어쩔 수 없었다. 몸이 으슬으슬 떨려오고, 머리가 뜨거웠다. 비 맞을 생각을 하니 온몸이 욱신거렸다. 아무래도 아스피린을 먹어 두어야겠다고 생각했다.

그늘막을 빠져나와 하늘을 올려다보았다. 어둠 속에서 구름이 빠르게 흐르고 있었다. 비는 멎었지만 무겁게 드리운 먹구름 틈으로 남청색 하늘이 내려앉는 중이었다. 새벽이 밝아오고 있었다.

……없었다. 엊저녁, 자갈밭에 세워두었던 차가 보이지 않았다. 내 차가 있던 그 자리가 분명한데, 차는 없었다. 바위 사이를 이리저리 뛰어다니고, 수풀 안쪽을 헤쳐 살펴도 눈에 띄지 않았다. 그런데, 가만히 서서 아래를 보니, 어제 그 자리, 차를 세워둔 그 자갈밭이 아니었다. 내가 서 있는 곳은 고운 모래밭이었다. 주위를 찬찬히 둘러보니, 물이 불어 있었다. 원래 차가 있던 자리보다 훨씬 도로 가까운 쪽을 나는 맴돌고 있었던 것이었다. 차가 계곡 아래로 둥둥 떠내려가는 모습이 어른거려, 나는 얼른 기슭을 따라 내려갔다.

상상했던 모습 그대로였다. 차는 나뭇등걸에 걸쳐져 있었다. 비교적 물살이 약해 보이는 골짜기, 떠내려온 나무들과 차는 엉켜 있었다. 바퀴가 물에 잠겨 바둥거리는 형국이었다. 어떻게 해야 좋을지 막막했다. 휴대폰도 불통이어서 보험회사나 응급구조대에 연락할 수도 없었다. 여기가 어디쯤인지 모르는 상태로 무작정 뛰어다닐 수도 없는 노릇이었다. ……비가 완전히 그쳐 물이 빠지길 기다리는 수밖에, 차를 빼내어 이 계곡에서 벗어나는 수밖에…….

우선 장인의 혈압강하제를 찾고, 생수와 방석도 가져가야 했다. 나는 바윗돌을 조심스레 디디며 차로 향했다. 금세 신발 안에 물이 차고, 허벅지까지 젖어 올라왔다. 나는 차근차근 바위를 짚으며, 나뭇가지를 붙잡으며, 전진해나갔다. 간신히 차 문 앞까지 다다라서야 허리를 펴고 일어설 수 있었다.

차 안은 시트 바닥만 약간 젖어 있을 뿐, 말끔했다. 조수석의 글러브 박스를 열어 아스피린을 찾고, 기어변속대에 끼어넣은 생수병도 챙겼다. 그리고 뒷좌석 구석에 박혀 있는 장인의 손가방을 집어 주머니에 넣으려다말고, 호기심이 나서 열어 보았다. 손가방 안에는 약봉투와 편지, 사진, 그리고 콘돔이 들어 있었다. 두 통의 편지 중, 하나에는 어머니의 안부를 묻는 내용이 구구절절 적혀 있었다. 몇 해 전, 북한에 남아 있을 듯하다는 육촌 동생에게 보내는, 아내의 글씨체로 쓰여진 편지였다.

그리고 또 한통은 장인이 받은 것이었는데, 미안하고 죄송하다는 문장으로 일관하고 있는 편지였다. 꼭 찾아 뵙고 용서를 구하고 싶다는 문장도 서너 차례 반복되고 있었다. 발신인은 여자였고, 발신지는 강릉이었다. 장인이 강릉에 가려는 이유가 따로 있었던가…….

사진에는 장인과 장인의 누님이 어깨동무하고 있는 어린 시절의 모습이 담겨 있었다. 오래되어 보풀이 일고 균열이 생긴 편지와 사진은, 얇은 비닐에 겹겹이 싸여 있었다. 그런데, 콘돔은 무슨 일로 갖고 계신지, 의외였다. 제조년월이 삼십 년도 넘은, 다섯 개들이 한 벌로 된 콘돔이었다.

이것저것을 잡고, 끼고, 운전석에 깔린 방석까지, 물건을 한 아름 안으니 차 밖으로 몸을 빼기가 불편했다. 잠시 숨을 돌리려고 앉아 있는데, 사이드미러로 누군가의 모습이 비쳤다.

여의도로 이산가족찾기 나갔습니다. 며칠 밤새워 형님 내외 이름 적힌 표지판 만들어나갔는데, 고향사람 맞닥뜨렸습니다. 매형하고 같이 슬렁거리던, 누님을 쏘았다던, 누님 말고도 우리 친척 많이 괴롭혔다던 녀석. 보지 않으면 좋았을 얼굴입니다. 그래서 외면했던가요. 집에 돌아와 삼십 년 간 소화 못시키던 밥알 모두 토해냈습니다. 이제 좀 시원합니다. 몰래 침투해서라도 칼침을 놓고 싶었던 녀석, 나만큼 늙었더군요. 분노도 세월 먹으니 삭아버리고, 증오도 묻혀버리는가 싶더군요.

사이드미러에 비친 것은 그 무엇도 아니었다. 바람이 불면서 나뭇잎이 떨어진 것일 테다. 장인 생각 때문인가, 나는 일어서 나가려다 발을 헛디뎠다. 바위에 얹으려던 발이 나뭇가지에 걸려 미끄러졌다. 첨벙, 물에 빠지면서도 장인 얼굴이 떠올랐다. 구두쇠 장인, 엄살쟁이 장인, 허풍선이 장인……. 왜 장인이 원망스러운지, 스스로 우스워 벌떡 일어나 차로 다시 들어가 앉았다. 요 몇 년 사이, 장인에 대한 존경의 마음이 차츰 가시고 있었다. 아내와의 결혼을 처음부터 반대했다는, 그리고 내가 실직하자 아내에게 이혼을 권하기도 했다는, 말이 돌고 돌아 내 귀에 닿고부터는 더욱 멀게만 생각되었다.

1983년 KBS에서 이산가족찾기 방송할 때, 장인도 여의도에 나갔다고 했다. 아내가 써준 팻말을 들고 피난 당시 헤어졌던 형님을 찾으려 했단다. 그런데 장인은 형님은 못찾고 매형 친구를 봤단다. 그는 장인을 몰라봤지만 장인은 그를 알아보고 치를 떨었다. 누나와 조카에게 총을 쏜 놈, 우리 가족을 못잡아서 안달이던 인민군 놈. 그도 팻말을 들고 가족을 찾고 있었단다. 장인은 여의도에서 집으로 돌아와 사흘 밤낮을 두문불출했단다.

지난 해 장인이 쓰러져 병실에 누운 모습을 보니 그동안 격조했다는 반성이 들었다. 건강에 무척 신경을 써서 나이보다 훨씬 젊은 체력을 유지하는가 싶었는데, 중풍을 맞으니 급작스레 늙으셔서 초라해보였다.

강릉댁이라고, 강릉에 장인의 동향 여인이 있다는 말을 아내에게서 언뜻 들었던 기억이 났다. 장인과 미래를 약속했지만 장모와 결혼하면서 떨어지게 됐다는, 당시의 어수선한 상황만큼 혼란스런 사정이 있던 듯 싶다.

조심조심 물에서 나와 비탈을 걸어오르며 아이 생각으로 장인 얼굴을 지우려 하는데……. 길을 잘못 들어섰는지, 발 앞에는 어느새 물안개가 솜이불처럼 피어오르고, 계곡물도 두꺼운 비닐처럼 풀럭거리며 불어나고 있었다.

차가 있던 자리를 돌아보니, 계곡물만 보일 뿐, 차는 또 온데간데 없었다. 여기, 어디인가? 도대체 이 숲은 어디가 길이고, 어디가 계곡인가? 모든 게 얽히고설켜 어지럽다, 는 상념이 끓어올랐다. 손가락, 발가락 끝으로 몸에 있는 기운이 모두 빠져나가는 듯싶었다. 놀이공원에서 사람에, 탈것에 지친 아이처럼 나는 바위에 털퍼덕 주저앉았다. 기진맥진하여 무릎 위로 물이 차 올라와도 일어서기 힘들었다.

산등성이에 잠겨 있던 물이 한꺼번에 이 계곡으로 몰렸는지, 시커먼 흙물이 쏟아져내려오기 시작했다. 이렇게 가만히 앉아 있다가는 흙탕물에 휩쓸릴지 모른다는 생각이 들면서도 몸은 움직여주질 않았다. 무릎에서 허벅지까지 차올랐던 물은 금방 허리께에서 찰랑거렸다.

나는 일어나서 발을 옮기려다가 미끈, 넘어져, 풍덩 물에 빠져버렸다. 조급해졌다. 이러다가 어디론가 쓸려 내려갈지 몰랐다. ……어디 잡을 것 하나 없잖아, 그냥 헤엄쳐 볼까? 오히려 물에 몸을 맡기는 게 더 안전할지 몰라……. 마음이 복잡해질수록 몸은 물 속으로 점점 깊이 빠져들었다. 허우적거리다가 물을 몇 모금 먹고나자 더 무서워졌다.

그때였다. 손목이 와락 당겨지는 느낌이 들었다. 누군가 뒤에서 내 팔을 잡아끌고 있었다. 세차게 끌어당겨지는 손길을 따라 고개를 돌리니, 장인이었다.

－어, 어, 어서 이, 이, 이짝으로 오, 오, 오라우. 그, 그기 말고, 이, 이, 이리로 옴매.

병든 몸 어디에서 그런 완력이 나오는지……, 장인은 나를 힘껏 잡아 이끌었다. 나는 금세 물에서 나와, 큰 도로로 올라왔다. 아이 생각으로 가득 차 언덕까지 정신없이 달려갔다. 아이는 슬리핑 백 안에서 곤히 잠들어 있었다. 나는 바닥에 털벅 주저앉아 숨을 몰아 내쉬었다. 이제야 정신이 드는 듯했다. 장인도 곧 올라와 그늘막 폴대에 어깨를 기댔다.

잠 자고 있는 아이를 바라보니 가슴이 뻐근해왔다. 하마터면 영영 보지 못할 수도 있었다. 몸이 떨려왔지만, 시야가 선명해지면서 근육에도 힘이 주어졌다.

[울렁거리네, 아빠 가슴. 내 가슴. 비가 그치면 무지개 오르고, 무지개 지면 햇살 나오고, 우리는 바다에 가요. 바다 보러 가요.]

아이가 꿈을 꾸는지, 잠꼬대를 하다가 일어나 앉았다.

－……아빠, 배가 아파요.

배에 손을 대고 일어났다가 내 무릎에 다시 누우려는 아이는 식은땀을 흘리고 있었다. 얼굴은 창백하다 못해 푸스름했다. 나는 아이의 접힌 허리를 펴고 몸을 어루만져보았다. 머리는 뜨거웠지만, 배가 얼음장처럼 차가왔다. 파랗게 질린 입술이 부들부들 떨리는 모습은, 한 살 때 경기를 일으킨 후 처음 보는 것이었다.

 ─따, 따, 따야겠다. 소, 소, 손가락, 바, 바, 발가락 모두…….

 장인은 엊저녁에 먹은 통닭이 얹힌 것으로 진단하고, 바늘을 찾았다. 혈을 통하게 해서 체중을 가라앉혀야 한다는 것이다. 이곳에 바늘이 있을 리 없었다. 나는 나대로 여기 저기 주머니를 뒤지고, 장인은 장인대로 주변을 두리번거렸다. 허둥대는 내 시선에 장인의 손가방이 들어왔다. 손가방 안, 사진과 편지를 감싼 봉투에 걸려 있는 옷핀이 기억났다. 옷핀이 눈앞에서 크게 어른거렸다.

 장인은 내 눈길을 느꼈는지, 혹은 당신도 생각나셨는지 손가방을 뒤졌다. 장인은 한참을 머뭇거리다가 봉투를 꺼내 옷핀을 빼내고 펴 놓았다. 그리고는 아이의 손가락과 발가락에 바늘 침을 놓고 피를 뺐다. 장인은 오랫동안 아이의 등과 배를 쓸어내렸다.

 차츰 아이의 얼굴에 화색이 돌고, 입술에도 핏기가 다시 나타나기 시작했다. 한시름 놓았다. 우리도, 계곡도.

 깊은 심호흡으로 스스로에게 안심을 주고 하늘을 보니, 햇살이 구름 사이로 삐져 나와 부챗살처럼 펼쳐지며 계곡을 내리쏘고 있다. 연무도 말끔히 걷히고, 계곡물도 빠르게 원래 모습을 되찾아갔다. 나무들도 초록의 제 빛깔을 마음껏 자랑하고 있었다. 어디에선가 노인들의 칼칼한 웃음소리가 들려왔다.

 효도관광 미니버스는 목적지에 잘 도착했겠지…….

유랑 생활 팔십 년 동안, 한 시도 잊지 못한 내 고향 순천. 스무 살까지의 내 몸에 초롱초롱 빛나는 봉산리의 상수리나무, 내 몸 세포 하나하나에 심어놓은 도토리를 떨궈내고 이제 낙엽이 지는 가. 이렇게 늙어 가지 똑똑 부러지는 소리만 들리나. 내가 부러뜨려야 하는가. 이제 내 몸뚱이 추억을 지우는 일만 남았네.

장인도 하늘 저편을 바라보고 있다. 움푹 들어간 눈자위에 물기가 비친다.

4. 상갓집 - 민박집 - 해변 / AM 5:00

한 꺼풀 깎인 햇살, 찰찰 빛나는 플라타너스잎새, 빠르게 물러나는 뭉개구름……. 아침 여덟 시, 숲의 풍경이다. 물이 빠지면서 나뭇등걸과 토사가 제자리를 찾지 못해 난삽하게 널브러져 있는 도로, 외엔 말끔했다. 나는 차를 찾으러 자갈밭으로 뛰어갔다.

내 차는 골짜기 가장자리에서 나뭇가지를 잔뜩 안은 채 웅크려 있었다. 차 주위에 넘쳐흘렀을 물은 빠져나가 없고, 자갈을 깔고 선 바퀴에는 수풀이 뭉쳐 있었다. 나는 운전석의 문을 열고 앉아 핸들을 잡았다. 습관대로 열쇠를 꽂고 시동을 걸었지만, 엔진은 조용했다. 쿨럭쿨럭 기침을 몇 차례 뱉어낼 뿐, 엔진에 동력을 전하지 못했다. 액셀러레이터를 밟거나, 일단에 기어를 놓고 브레이크를 밟은 채 키를 돌려도 이제는 기침도 하지 않는다. 전기장치에 물이 닿아 점화가 안 되는 모양이었다. 아니면, 배터리가 방전되었거나……. 휴대폰도 터지지 않으니 보험회사에 연락할 수도 없는 상황이었다. 비는 그쳤지만 꼼짝할 수 없기는 마찬가지였다. 아무 것도 없이 사막에 며칠 서 있다면, 꼭 이런 기분이 아닐까.

보닛을 열었다가, 트렁크를 열었다가, 안절부절 못하고 있는데, 장인이 절름거리며 오는 모습이 보였다.

―……이, 이, 이럴 때는, ……저, 저, 전류를, 자, 자, 잠깐 바꿔 보, 보, 보는 게……, 조, 좋아.

나는 장인에게 운전석을 내주고 곁에 서서 장인을 지켜보았다. 장인은 나뭇가지로 핸들 아래를 쑤셔 전선뭉치를 끄집어내고는 몇 가닥 선을 빼서 끊었다. 문구용 칼로 전선을 자르거나 피복을 벗겨 새로 잇는 장인의 손놀림은 전문가의 그것이었다. 다시 전선을 집어넣고 열쇠를 돌리자 시동이 시원하게 걸렸다. 엔진소리가 상쾌하고 힘이 있었다.

십 킬로 쯤 달렸을까. 차량이 많아지면서 진행속도도 줄어들었다. 도로 주변에 토사가 흘러내렸거나, 나뭇가지가 꺾여 쓰러져 있었다. 도로를 정비하는 포클레인을 비키느라 차들이 천천히 운행했다. 포클레인은 토사를 치우고, 군인들은 유실된 아스팔트를 메우고, 민방위대원들은 통행을 돕고 있었다. 조심조심 운전하며 전진하는데, 민방위대원이 내 차를 가로막았다. 그는 차 안을 들여다보더니 컵라면 세 개와 생수 세 병을 주었다. 수해복구 비상식량이란다. 아이는 좋아했다.

고속도로로 진입하고부터 차량 간격이 넓어지면서 속도가 다시 빨라졌다. 언제 비가 왔었냐는 듯, 아스팔트 콘크리트는 말끔했다. 다시 내리쬐는 햇살 아래서, 도로는 불 없는 냄비처럼 뜨겁게 달궈지기 시작했다. 큰 도로로 올라와 삼십 분 정도 달리니 양양 휴게소가 우리 앞에 번듯한 모습으로 나타났다. 우리는 휴게소에 들러 설렁탕으로 늦은 점심을 해결한 후 곧 차에 올랐다. 나는 아내에게 전화를 넣어 그 간의 상황을 간단히 설명하고 차를 출발시켰다.

쉬지 않고 목적지인 강릉시 송정동에 도착하니 오후 일곱 시를 막 넘기고 있었다. 아이와 장인을 차 안에서 쉬게 한 다음, 나는 상갓집에 들어섰다.

나는 고인과 제주한테 인사하고 마당에 깔린 돗자리에 앉아 사이다를 마셨다. 아는 사람이 한 명도 눈에 띄지 않아 일어서려는데, 윤 차장의 부인이 인사해온다.

– 먼 길 오느라 고생 많으셨네요. 오시지 않아도 되는데…….

많이 울었는지 눈이 부어 있는 부인을 나는 즉각 알아보지 못했다. 회사에 한 번 온 적이 있었다지만 맞는 얼굴이 금세 안 떠올랐다. 그렇더라도 친근한 느낌이었다.

─상심이 크시겠습니다. 윤 차장 님, 누구보다 건장하셨는데…….

알전구의 노란 불빛이 눈을 찔러와 나는 고개를 숙였다. 발 끝에 지역신문이 걸려 들춰보니 민박집 광고가 보였다. 고개를 드니 미망인은 어느새 뒤돌아서 안채로 들어서고 있었다. 나는 나무젓가락 포장지에 민박집 전화번호를 메모해 주머니에 넣었다. 그렇잖아도 밤에 묵을 곳을 찾던 중인데, 잘 되었다 싶었다. 나는 핸드폰으로 민박집에 전화를 걸어 위치를 확인해두고 남은 사이다를 비웠다. 끊어질 듯 끊어질 듯하다가 계속 이어지는 호곡성, 공중에 떠서 이리저리 부유하는 부침개 냄새와 향 냄새, 화투장 부딪치는 소리, 그리고 간간이 터지는 환호와 탄식, 알전구에 달라붙는 하루살이들……. 상갓집에서 진행되는 모습들과 소리들 너머로, 엊저녁의 숲 속, 그 계곡 물소리가 들려오는 것 같아, 나는 벌떡 일어나서 초상집을 나왔다.

아이와 장인을 깨워 차에서 내리게 하고 민박집에 들어서니, 저녁 아홉시였다. 우리는 안방에서 켜놓은 텔레비전의 국영방송 아홉시 뉴스를 귀에서 밀어내며 잠에 빠져들었다. 피곤해서 곧 잠이 들 것 같았지만, 소비자고발 프로그램의 기자들 목소리가 독특해 오히려 정신이 맑아왔다. 그러다 어느새 잠이 들었던가.

꿈을 꾸었다. 한 밤에 두 가지 상황을 연이어 체험하게 되었다. 내가 유곽을 어슬렁거리고 있다. 정육점처럼 붉은 전등을 밝힌 유리문을 열고 들어가 쪽방 앞에 서 있으니, 윤 차장의 미망인이 나를 방에 디밀고 돈을 요구한다. 미망인은 포주인가. 주전자를 쟁반에 받쳐

든 미망인이 늙고 초라해 보여, 나는 지갑에서 지폐를 한 묶음 꺼내 건네준다. 방 안을 둘러보고 있는데, 한 여인이 들어온다. 머리 모양을 바꾸고 짙게 화장을 했지만, 나는 그녀가 아내임을 금방 알아차린다. 아내는 쑥스러운지 계속 어색한 미소를 짓고 있고, 나는 아내한테 공손히 절을 하고 침대에 눕는다. 부인은 계속 미소를 띠다가 창문 쪽을 바라보며 큭큭 웃는다. 나는 누군가의 시선이 느껴져 벌떡 일어나 창문을 열어본다. 창문 밖, 장인의 얼굴이 빠끔히 드러난다. 장인이 깜짝 놀라더니 해맑게 웃는다. 나도 웃는다. 박장대소하는 중에 미망인도 어느새 들어와 웃는다. 모두가 깔깔거린다.

곧이어 또 다른 풍경이 펼쳐진다. 나는 가야국의 장수이다. 신라와 백제가 우리 가야를 넘보고 있다. 그들이 언젠가는 쳐들어올 것이라는 예감으로 불안하다. 나는 그들로부터 우리 가야를 지켜낼 것이다. 그런데, 가야에 지난번 국빈방문으로 와서, 한 번 모셨던 신라의 공주를 나는 흠모하고 있다. 신라는 골품제가 있어 아무하고나 혼인을 치르지 않는 풍속이 있다. 나는 더욱 애만 태운다. 왕이 호출하여 나는 왕실로 불려간다. 왕은 내게 고민이 있어 보인다고, 돕겠다고 온화하게 말한다. 나는 왕 앞에 무릎을 꿇고 공주를 향한 나의 애절함을 솔직하게 털어놓는다.

왕에겐 애완용으로 키우는 원숭이가 있는데, 녀석이 나를 향해 까르르 웃으며 제비돌기를 한다. 왕도 우스운지 큭큭, 웃음을 참는 모습니다. 나는 신라의 공주를 사랑한다, 공주를 보지 못하면 차라리 목숨을 끊겠다고, 펑펑 눈물을 쏟는다. 내 눈물방울이 그렇게 크고 굵은지 나도 놀랐다. 장마철 약수처럼 쏟아져 나온다. 왕은 자리에서 일어나 내게 다가온다. 그리고는 내 손을 잡고 어깨를 토닥여준다. 원숭이가 내 어깨 위에 올라와 꺅꺅, 또 웃는다.

나는 밤을 기다렸다가 왕의 침소에 몰래 들어간다. 원숭이가 왕의 발밑에서 자고 있다. 나는 원숭이를 잽싸게 끌어내 즉시 목을 칼로 친다. 목이 잘려나간 원숭이의 입에서 "아빠!"라는 어린아이의 목소리가 똑똑히 들린다. 아이의 노랫소리도 메아리처럼 들리는 듯하다……

잠꼬대가 심했던지, 아이가 내 어깨를 흔들어 깨워 나는 꿈에서 빠져나왔다. 아이는 눈을 비비며 할아버지가 없어졌다, 고 칭얼거린다. 방 안을 둘러보니, 장인이 누웠던 자리는 말끔히 비어 있는 채로, 이불이 단정히 개어 있었다. 나는 아직 잠에서 덜 깨, 멍하니 천장에 달린 형광등을 바라보았다. 벽지가 늘어져 있는 모습이, 꼭 누군가 천장에 매달려 있는 것처럼 보였다. 바깥에는 다시금 비가 내리는 듯, 파도소리와 함께 양철 처마를 때리는 빗소리가 낭랑하다. 휴대폰을 열어 시간을 확인해보니, 새벽 네 시였다.

장인은 어디로 가신 것일까, 비가 내리는 이 새벽에.

—할아버지 모시고 올 테니 코, 자고 있어……

나는 아이를 누이고 이불을 여며 주었다. 아이가 눈을 감는 모습을 본 후, 나는 점퍼를 걸치고 바깥으로 나왔다. 민박집에서 한 블록 건너가 왼편으로 돌아나오니 곧장 해변이었다.

불이 났는가. 해변 구석에 오래된 비치파라솔이 보이고, 파라솔 의자 아래께에서 희뿌연 연기가 피어오르고 있었다. 낙뢰를 맞은 것이라는 생각도 들고, 쓰레기 더미가 타는 중이라는 생각도 들었다. 연기와 함께 붉은 불길이 희뜩번뜩 타올랐다. 나는 불이 이는 곳으로 빠르게 걸어갔다. 사람이 있었다.

……장인어른이었다.

연기를 헤치고 좀 더 가까이 가서 살펴보니, 파라솔 의자 곁에 큰 드럼통이 서 있는데, 불은 거기에서 시작되고 있었다. 원래 그 자리에서, 드럼통에다 불필요한 것을 넣어 태우는가 보았다. 통뿐 아니라 주변이 시커멓게 그을려 있었다. 장인은 무슨 제의식이라도 치르는 듯, 불을 일으키는 일에 골몰해 있다. 마치 불을 처음 갖게 된 원시인처럼 정성껏 불을 지피는 장인에게 방해되지 않도록, 나는 뒤로 물러났다.

해변이 갑자기 와자하며 시끄러웠다. 새벽운동을 나왔나……, 사람들의 모습이 파도에 곧 파묻힐 듯 일렁이고 있었다. 해변 끝자락에는 승합차가 서 있었다. 우리 동네에서 나온 효도관광 미니버스였다. 버스에서 방금 쏟아져 나온 듯한 노인들이 아이들처럼 아이들처럼 뽈뽈뽈 뛰어다녔다. 나는 노인들을 보다가 장인 쪽으로 고개를 돌렸다. 점차 크게 타오르는 불길 속으로 장인이 무언가 던져 넣는 모습이 또렷이 보였다. 멀리서 봐도 알 수 있는, 손가방, 장인의 것이었다. 편지와 사진, 그리고 콘돔이 든 손가방이 불길 속으로 들어가는 모습이 다시금 내 머릿속에서 재생되고 있었다.

─할아버지……, 좋아하시던 손가방 불 속에 던져 버리셨죠? 불에 태우시려고 바다에 오셨나봐요.

아이가 어느새 민박집에서 나왔는지, 내 곁에 있다. 내 생각이 아이의 입에서 나온다.

　[불 속에 들어갔다가 물에 녹아요. 모두 그래요. 우리가 바다에요. 우리의 뼈가 바다래요. 녹아버린 소금 대신 뼈가 우리 몸 안에 있대요. 그러니까 우리는 바다에요. 우리가 뛰어들면 반겨주는 바다에요.]

갑자기 바다 쪽에서 노인들의 환호가 들려왔다. 먹구름에 가려져 있던 일출의 모습이 드러난 것이었다. 아이가 해변으로 달려갔다. 장인도 파도를 향해 뛰어갔다. 장인의 등 위에서 일어나던 불길이 파도에 떨궈지며 바다에 금세 번져나갔다. 구름과 바다 사이를 완전히 벗어난 태양이 바다를 끓이기 시작했다. 붉게 타오르는 바다를 향해 장인은 "아바이 죄송합네다. 오마니 용서하시라요." 하고 연신 외쳐댔다. ◉

달
의
무
늬

달
의
무
늬

1.

　　　　소희가 죽었다는 말을 휴대전화로 듣고, 나는 베
란다에 나가 창밖을 바라보았다. 오늘이 대한(大寒)이라는데 비가 내
리고 있다. 정오, 이 시간이면 테니스장에서 운동하는 소리가 들리
는데 오늘은 조용하다. 테니스 라켓에서 튕겨 오르던 공은 보이지
않고, 늘어진 그물 밑 땅으로 물이 스미고 있다. 빈 테니스장에 포플
러 나무와 자전거, 벤치가 비를 맞으며 조용히 떨고 있다. 빗줄기 속
에서 기타 소리가 들려오는 듯싶다. 나는 테니스장을 오래 응시한
다. 기타 소리가 더욱 선명하다. 「달의 무늬」다. 눈을 감는다.
　테니스장 한쪽, 라켓을 지팡이 삼아 한 발로 서 있는 소희의 모습
이 보인다. 그녀는 기타 선율을 음미하듯 눈을 지그시 감고 있다. 젖

은 앞머리를 손등으로 쓸어 올리고, 기타를 켜고 있는 남자 앞으로 좀 더 다가선다. 접이식 의자에 앉아 기타 연주에 몰두해 있는 사람은 나다. 나는 「달의 무늬」 선율을 입으로 웅얼거리며 손가락을 떨어대고 있다. 그녀는 내 앞에 가까이 와서 고개를 끄덕인다. 연주를 마치자 후드득, 비가 내리기 시작한다. 나는 기타를 들고, 그녀는 라켓을 들고 테니스장 바깥으로 나온다. 모퉁이를 돌아서니 승용차가 서 있다. 그녀와 나는 승용차 안으로 들어간다. 그녀와 나의 숨소리만 차 안 가득 떠돌고 차창엔 나와 그녀의 훈기로 이내 서리가 낀다. 비가 세차게 차창을 두드려댄다. 나는 물 안에 들어가 있다고 생각한다. 어릴 때, 물속에서 잠수하며 놀 때처럼 코끝이 먹먹하다. 나는 그녀의 어깨에 묻은 나뭇잎을 떼 준다. 그녀는 내게 지난 감정에 대해 중얼거린다. 모든 것이 부드럽다. 나는 숨을 멈추고 물속 깊이 더 들어간다. 따스하게 몸을 어르는 물, 서서히 귀를 막아오는 수압, 불안을 헤치려는 용기……. 가빠지는 호흡, 내가 숨을 참지 못하고 뱉어내자, 그녀도 숨을 몰아 내쉰다. 나는 조수석 창에 그녀의 이름을, 그녀는 운전석 창에 '엄마'라고 쓴다. 잠시 후, 그녀는 나를 동네 입구에 내려놓고 차를 다시 움직인다. 차창에 박힌 글자들은 흐느낌처럼, 줄줄 흘러 사라지고 없다. 그녀의 자동차가 달리며 도로에 만든 타이어 길도 빗물에 흘러 곧 지워진다.

눈을 떠 밖을 보니 빗줄기는 약해져 있었다. 나는 거실로 들어와 의자에 앉았다. 오늘 해야 할 일을 그려 보았다. 고모부를 찾아뵙는 일이 제일 중요했다. 호주에 있는 고모의 안부를 여쭈면서 혹시 아내 소식을 한 조각 귀동냥할 수 있을까 생각했다. 빌린 돈 상환 날짜를 좀 더 늦춰달라는 이야기는 않아도 살펴주실 것이다. 지난주에 곧 찾아가겠다고 전화했다. 준비해둔 선물은 없고, 읽어보시라고 지난해 발표한 글을 들고 가면 되겠지. 아, 그리고 연극도 보아야 했다. 오후 세 시 공연으로 예약하지 않았었나. 고등학교 때부터 동경해오던 작가의 작품이어서 꼼꼼히 관람할 필요가 있었다. 그리고 아내 메일로 부칠 사진과 메시지도 생각해 봐야 했다. 내게서 완전히 떠나버리겠다던 아내는 처음 몇 달은 호주 고모님 곁에서 한국인 유학생 뒷바라지로 생활해 나갔다. 고모의 홈스테이 일을 도우며 음식도 만들었는데, 그 후 독립해서 반찬가게를 차렸다는 이야기를 들었다. 유학 간 딸아이 뒷바라지 때문만은 아니었다. 나와 크게 다투고 난 뒤, 이별을 통보하고 피하듯 달아난 시드니행이었다. 벌써 오 년이 지났는데, 주검으로라도 한국에는 절대 오지 않겠다고 한다. 나에 대한 미움과 부끄러운 소문 때문이라기보다, 갑상선과 유방에 자라난 암 덩어리를 제거하면서 한국에서의 기억을 도려내야겠다는 말을 들었다.

　[당신, 원망스럽겠지. 당신 건강 나빠진 이유는 내 탓 아닌가. 처음엔 당신 허위의식이 부른 결과라 여겼는데, 그렇게 우겨댔는데, 지금은 모두 내가 만들었단 생각뿐. 나 멋지자고 당신 골병들게 했

어. 이십 년 동안 앞날을 모른 체하고 지난날만 되새겼어. 절망을 연기하면서 편안한 삶을 희망하던 나, 내 머리 위의 햇살 따갑네. 미안해서 따갑네. 아이가 보내준 사진 보니 당신 많이 야위었네.]

낯설어요. 당신이 보내는 편지와 사진들, 한국에서 지내던 시간들. 다른 평범한 삶처럼 살림 꾸려가려고 악착같이 버텨왔어도 헛것 좇는 당신 좇느라 이제 허물만 남았어요. 낯설어요. 돌아보니 모두 낯설어요. 당신 문장도 이해하기 힘들어요. 당신 마음 모르겠어요.

치료하면서 조심하고 있다 해도 아내는 언제 재발할지 모르는 상태다. 수술 예후 오 년을 본다. 항암제 맞고부터 늘 피로해 하고 감기몸살이 떠나지 않는다 했다. 머리카락도 많이 빠져가는 모양이다.

아내가 의심 살 행동을 보인 것은 딸아이가 고등학교 입학하면서부터였다. 아이의 대입 정보를 알아본다며 초등학교 동창을 만나고 동기모임에 자주 나가더니…… 스트레스가 심했던가……. 갱년기를 맞은 아내는 아이와 나에 대한 부담이 한계에 다다랐을 것이다. 처남에게 빚을 낸 아이 교육비가 제일 압박이었다면서 컥컥 울었다. 나는 아내의 배신에 울부짖었다. 악다구니로밖에는 아내의 잘못을 꾸짖을 수 없는 무력함이 더 고통스러웠다.

무슨 이유였을까. 우주 탄생의 비밀보다 더한 의문이었고, 답을 알 수 없어 괴로웠다. 아내가 계속 말하는 '힘들고, 외로웠다'의 원인에는 나밖에 없었다. 아내가 의심스러워 뒤를 쫓은 것부터 잘못이었다. 차라리 못 보고 못 들었다면……

아내가 누군가의 차에서 내리는 모습을 시내에서 우연히 발견하고, 그녀를 추궁하면서 나는 의처증 환자로 취급받았다. 삼 개월 뒤 나는 스스로 정상상태임을 확인했다. 아내 가방 안에 넣어둔 극소형 녹음기가 그를 증명해 주었다. 두 사람이 차 안에서 만나던 한 시간이 생생하게 녹음돼 있었다. 둘의 애정표현은 대화와 대화 없음의 녹음 내용에 담겨 있었다. 나는 아내도 얼마든지 상냥할 수 있다는 것을 알고 치를 떨었다. 사랑한다는 녀석의 말과 아기 같은 아내의 음성이 내 귀를 후벼 파고 뇌수를 태웠다. 머리가 부서질 듯 아팠고, 입술은 뜨겁게 말라 갈라졌다. 나는 녹음을 온전히 들을 수 없었다. 낙심한 것처럼, 아파트 베란다에 나가 몸도 떨어뜨려 죽고만 싶었다.

그렇게 낙심과 의심, 이해와 곡해로 오 년의 세월을 보내고 마모돼 가는 기억을 놓아두는 상황이 되었다.

남산에 가서 연극 보고, 오랜만에 명동을 거닐다가 안국동 고모부의 변호사 사무실에 가면 하루가 다 지날 것이다.

그녀에게 가봐야 할까? 영안실에 가면 조문객들 중에서 이십 년 만에 보는 얼굴도 있어 반갑기는 하겠지만, 마음이 편치만은 않을 것 같다. 얼굴 마주 보며 바랜 풍경을 떠올리는 일은 현실을 잊게 해 줘 좋은데, 변치 않은 형편을 상기하고 여전한 생활을 이야기하는 일은 싫다. 공연히 마음만 무거워서 돌아올 나를 상상하니 기운이 빠졌다. 스무 살 시절은 무엇이나 할 수 있고, 어디에든 갈 수 있었지만, 마흔 중반을 넘어선 지금은 무엇이든 할 수 없고, 아무 데나 갈 수 없지 않은가. 교통사고로 횡사한 그녀에게는 안타까운 일이어서 지나친 애도도 어색하지 않을 것이다. 그런데, 그녀에 대한 기억은 장롱 속 깊이 박아둔 손수건이나 면장갑처럼 내게 당장 절실한 것은 아니었다. 가족도 아닌 바에야 굳이…… 여기 아닌 다른 좋은 곳으로 가서 잘 지내라 애도하며 오늘 하루 그녀를 추억하리라.

요 몇 년 동안 나는 중년 고개를 넘어 드는 내가 낯설었다. 준비 없이 닥친 시간을 인정치 않으려는 심사라 알고 있으면서도 아직 멀었다고 우기는 중이었다. 어릴 때부터 글 읽기와 글쓰기로 사물과 생각을 담고 표현하는 취미가 이제는 주된 노동이 되어 버린 지금, 다른 일에 더 흥미를 가졌다면 여러모로 좋았을지 모르겠다는 생각이 자주 들었다. 대학 때 쓴 시가 문예지에 발표되고, 아내와 결혼하면서 고모부의 소개로 식품회사 홍보부에 입사했지만, 일 년 남짓 근무하다가 조직 생활의 단조로움을 피해 보자는 생각으로 회사를 그만둬 버렸다. 상사와의 잦은 마찰이 퇴사를 부추겼지만, 조급하지 않았나, 아쉬워하는 요즘이다.

나는 이십 년 동안 반신불수 걸린 노인처럼 집안에서 아내의 발걸음 소리에 예민해 있다가, 글쓰기에 매달리면서, 논술 강사 노릇도 하면서 계절의 변화를 모르고 지내다가, 혼자서 이렇게 지천명을 바라보는 나이가 됐다. 결혼 생활이란 것은 저축도 없이, 한 달 한 달 간신히 넘기기 급급한 세월이었다. 아내는 더 늙기 전에 장인어른의 장사를 도와 집칸이라도 마련해야겠다면서 친정으로 옷가지와 화장품을 옮겨 버렸다. 처가에 대한 피해의식으로 늘 전전긍긍하는 나를, 아내는 더 이상 끌어안지 않고 큰소리로 대응했다. 그러다 아내와 남자 친구 만남 사건이 터진 것이었다. 아무 관계도 아니고 아무 부끄러운 일 없었다는 아내가 처음에는 안쓰럽기도 했지만, 수치심을 덜려는 아내의 계속되는 자기기만을 더 참지 못했다. 의심은 사랑보다 강했는지 나는 아내의 멱살을 움켜쥐었다. 아내를 향한 분노를 물건들에 퍼부었다. 텔레비전 브라운관이 터지고 선풍기 목이 꺾이자 아내는 장모를 불렀다. 장모에게 끌려간 뒤 그녀는 이혼서류를 들고 오더니, 두 달 후 아이를 데리고 호주로 날아가 버렸다.

나는 시간에 더욱 무감각하게 되었다. 생활을 풍족하게, 라는 희망보다 괜찮은 시를 몇 편 써 보겠다는 욕심으로 세월을 견뎌왔는데, 가끔 메일로 보내오는 아이의 훌쩍 자란 모습을 보고, 마음만으로는 안된다는 것을, 도저히 시간을 이길 수 없다는 것을 알아차리는 것으로 만족해야 하는 나이가 되었다. 무엇이 어떻게 어디서부터 잘못되었는가……. 잘못은 없다, 주위엔 돌연사나 치유 어려운 병에 덜미를 잡힌 친구들도 많지 않은가, 삼시 세 끼 탈 없이 먹을 수 있다는 것만으로도 고마워해야 하지 않겠는가…… 하는, 늘 똑같은 위안도 이제는 지겹다.

이런 상념도 기운을 빼앗는지, 온몸이 피로해져서 나는 거실 바닥에 누웠다. 어지러웠다. 손가락 발가락이 저릿저릿하면서 급작스러운 공복감이 찾아왔다. 수영장에서 실컷 놀다가 근력을 모두 소모한 후에 몰려온 배고픔 같은 것이었다. 나는 벌떡 일어나 라면 끓일 물을 올리고 가스 불을 켰다. 일을 마치고 돌아와 컵라면에 물을 부어 거실에서 후룩거리던 아내의 얼굴이 떠올랐다. 거기에 덧씌워지는 얼굴이 있다. 카페 '토방'에서 라면을 끓여 나눠주던 소희. 그녀의 동그란 이마, 날렵한 코, 얇은 입술, 빠른 턱 선이 생각났다.

그리고 보니, 아내와 소희가 함께 떠오를 때가 많았다. 소희를 처음 보았던 스무 살 시절에도 아내의 대학생 때 모습이 오버랩 되었고, 그녀가 결혼했다는 소식을 들었을 때도 웨딩드레스를 입은 아내의 모습이 떠올랐다. 갸름한 얼굴형과 마른 체구라 해도 얼굴은 전혀 닮지 않았는데 같은 이미지로 연상됐다. 어수룩해 보이지만 똑 부러지고, 다정다감하면서도 언제 그랬냐 싶게 싸늘하게 변하는 표정이 비슷하게 여겨진 모양이었다. 남들과의 친화력이 좋으면서 자의식도 강한 성격은 둘을 자연스럽게 연결하게 했다.

돌아보면, 두 사람이 우연히 마주친 경우도 서너 차례 있었다. 고모부가 위암에 걸려 종양 제거 수술을 받고 고모와 내가 간병할 때, 소희가 친구들과 병원으로 찾아온 적이 있었다. 당시 동기였던 아내도 과제 때문에 나를 급히 만나야 할 일이 있어 와 있었다. 내가 고모와 교대하려고 병실에 들어서니 고모는, 친구들이 방금 나를 찾아왔다고 전했다. 내가 아내 쪽으로 고개를 돌리자, 고모는 아내가 아니고 다른 친구들이라 했다. 로비로 달려가 보니 소희와 카페 여주인, 그리고 민호 형이 우우 몰려 있었다. 특별히 할 말은 없고, 그냥 혜화동에 연극 보러 왔다가 내 생각이 나서 서울대병원까지 왔다고 했다.

그리고 그해 여름, 스터디 회원이었던 아내와 사촌 동생이 광화문 대형서점에 왔을 때, 나의 안내로 카페 토방에 들른 적이 있었다. 소희가 주인 대신 물 컵을 들고 사촌에게 인사하고 주문을 받았다. 아내는 그녀를 모르고 있었고, 소희도 기억에 없는 듯 무심해 보였다. 또 한 번은 형님 결혼식에 축하객으로 왔는데, 아내와 뷔페식당에서 마주 보고 식사를 했는데도 서로 모른 체했다. 내가 소희에게 아내를 인사시키고서야 소희는 반갑다며 환하게 웃어 보였다. 그러고 보니, 그녀는 가족의 중요한 사건에 자주 끼어 있었다. 하지만 소희는 나를 책 빌려주는 친구쯤으로 생각하는 듯했다. 차츰 아내가 다가와서 나도 소희를 친구 이상으로 여기지 않았다. 아내와 사귈 때 사소한 일로 다퉈 한동안 멀어지면 소희가 가끔 생각났지만, 그것은 불투명한 앞날에 대한 불안을 지우려는 마음일 뿐, 실제 적극적인 접근은 않았다. 막연하기만 한 미래를 미루려 하루하루를 책 읽기와 기타연주에 맡겨 흘려보내던 시기였다.

현관 밖을 나서니 어느새 비가 그쳐 있었다. 추웠다. 저녁에는 빙판이 될 것이다.

2.

'꿈이 정말입니다. 정말이 꿈입니다.'라는 여배우의 대사를 우물거리며 극장을 나왔다. 드라마센터 주변 건물은 몇 년 전까지 예술전문대학이었는데, 지금은 서울시에서 운영하는 시민 대상 교육 시설로 바뀌어 있었다. 나는 극장 앞에서 잠시 걸음을 멈추고, 예장동을 돌아 충무로로 내려갈까, 명동으로 빠져 종로로 향할까, 망설였다.

마음은 머뭇거리지만, 몸은 벌써 명동으로 향하고 있었다. 습관이었다. 나의 발은 명동으로 진입하는 계단을 딛고 있었다. 스무 살 시절의 많은 시간이 이 거리에 묻혀 있다. 초등학교를 감싸고 있는, 담벼락을 낀 계단에는, 글을 잘 쓰게 해달라는 나의 스무 살 소원이 끼어 있었고, 세븐칼라 사진관에 진열된 육군 중령 가족사진 뒤에는 〈반성의 시간〉이란 나의 시화가 숨어 있었다. 입간판이 바뀌었지만, 상호는 그대로인 '돌 다방' 입구 바닥에는 내가 깨트려놓은 것 같은 소주병 조각이 반짝거리고 있다. 내가 뿌리며 걸어 다닌 스무 살 시간이 다시 째깍거리며 살아나고 있었다. 영안실에 안치돼 있는 그녀가 그 시간의 중심에서 다시금 내게 다가오고 있다.

그녀에 대한 첫 기억은……, 아무리 힘을 다해 떠올리려 해도 안 된다. 언제 처음 보았는지, 어떻게 말을 섞게 되었는지, 어디까지 속마음을 보였는지, ……잘 모르겠다. '토방'이라는 자그마한 카페, 카운터 겸 주방 입구, 스탠드 의자에 앉아 담배를 피우고 있는 그녀의 모습이 지금 내 머릿속에 가장 선명하게 박혀 있는 이미지다.

카페의 여주인은 손님으로 온 소희에게 가끔 서빙을 시키기도 했는데, 그럴 때마다 그녀는 툴툴거리면서도 자연스럽게 차를 날랐다. 시와 노래를 즐겼던 여주인은, 대학생 노래연합회에서 나와 함께 활약하던 다른 대학 선배였다. 나는 군대를 제대하고 복학해 졸업을 앞둔 상태였다. 학점을 거의 이수한 터라 학교보다 토방에 자주 드나들어 손님들과 대화하고, 술 마시고 노래하며 남는 시간을 메웠다. 손님이라야 대부분 토방 주변의 상점주인들, 혹은 여주인의 오지랖에 관계된 사람들이었다. 모두 토방 안에서는 오빠이거나 동생, 언니나 형이 되었다. 오빠와 언니들의 술친구, 혹은 노래 반주자가 카페 토방에서의 나였다. 무엇으로든 앞날의 불안을 떨어내지 않으면, 어떻게 해서든 당장의 지루함을 치우지 않으면, 주변의 누군가를 마구 괴롭힐 것 같았다. 소희도 같은 심사였으리라. 졸업 후 결혼을 할 것인지, 직장을 다닐 것인지, 공부를 더 해야 하는지…… 앞으로 어떤 소속에서 삶을 이어갈지 모르는 시점에 선 아득함, 발아래 딛고 설 지반이 없는 황황함, 그런 허망함을 채우거나 불확실함을 지우려, 시간이 고여 있는 토방 안에 스스로를 담그고 싶었던 것이다

소희와 카페 여주인, 그리고 민호 형과 친구가 토방에서 술을 마시고, 그들 곁에서 밤새 노래하는 내가 눈앞에 떠오른다. 민호 형이 술잔을 손가락으로 톡톡 치며 박자를 맞춘다. 소희 앞에는 맥주 거품이, 여주인 앞에는 담배 연기가 풍성한 풍경이다. 민호 형은 선원

이었는데, 친구인 여주인의 노래 선배와 한 번 놀러 오더니, 거의 매일 저녁 카페에 들렀다. 나는 그즈음 그들을 위해 바다와 관련된 노래를 자주 불렀다. 술을 얻어 마시고, 기타를 퉁기면서 목청을 돋우면 바다에 가 있는 듯했다.

육 개월 후 다시 배를 탈 때까지, 민호 형은 나의 기타를 들으려 토방에 온다고 했지만, 실은 소희가 따라 주는 술과 소희의 미소 때문에 찾는다는 것을, 카페 여주인과 그녀의 애완 고양이가 잘 알고 있었다. 원래 그 고양이는 소희의 페르시안 친칠라종이었는데 여주인이 맡아 기르고 있었다. 녀석은 소희의 무릎에 있다가 민호 형의 어깨에 올라가기를 좋아했다.

고양이를 좋아하는 남자는 민호 형 외에도 많았다. 사직서점 이실장님, 중부경찰서 손 경사님, 중앙약국 김 약사님……. 그들은 모두 그녀의 무릎에 앉은 고양이를 안아 보려 토방에서 술을 마시는 것 같았다. 거기에다 내가 소개해 준 고교 친구 광수까지 그녀의 미소를 보기 위해 토방을 드나들었으니, 테이블이 세 개밖에 없는 토방 안은 늘 가득 찼다.

돌 다방을 지나치니, 순대 익는 냄새가 뺨에 달라붙었다. 할머니 순대국밥. 가게 바깥으로 내놓은 연탄아궁이 위에는 여전히 찌그러진 솥이 올라앉아 있었고, 그 위에 허연 김이 피어오르고 있었다. 비닐에 덮인 순대를 꺼내는 할머니는 그때 그 할머니가 아니었다. 아궁이는 아직 그대로인데, 사람은 그때 그 사람이 아니었다. 사람은 시간에 너무 약한 존재였다. 순대 할머니를 지나쳐 골목을 빠져나오니 퍼시픽 호텔이 드러났다. 호텔 위용이 펼쳐지면서 완전히 다른 장소로 훌쩍 이동한 듯했다. 나는 학교 졸업 때, 언젠가 이 호텔에서 와인을 마시며, 위성이 쏘아주는 프랑스 채널을 틀어놓고, 명동 야경을 내려다보고 싶다는 생각을 했었다. 하지만 스무 해가 지난 지금도 생각뿐이고 실천은 못 하고 있다.

퍼시픽 호텔 아래, '봄날'이 보인다. 이 레스토랑에서 동창들과 모임을 한 적이 몇 번 있었다. 술을 너무 많이 마셔 토하러 화장실에 갔다가 깜박 졸았는데, 일어나보니 다음 날 아침이었던 적도 있었다. 소희와 민호 형하고도 한 번 온 적이 있는 것 같은데……, 그녀인지 토방 여주인지 확실치가 않다. 곡을 선별해서 녹음한 민호 형의 카세트테이프를 전해 받고, 영화도 볼 겸 충무로 대한극장 앞에서 네 명이 만나기로 했는데……, 소희가 맞다. 민호 형과 토방 주인이 나오지 않아 영화도 보지 못했다. 다른 일이 있었다고, 미안하다고 나중에 사과를 받았지만, 당시 나와 소희는 틀어진 약속으로 비게 된 시간 때문에 화를 내면서 각자 헤어지려다가 명동거리를 걷게 되었다. 그리고 봄날에 들어갔다. 봄날에 가기 전에 충동적으로 영락교회에 들어가 예배까지 보았다. 예배시간을 알고 있었을까. 그녀는 시간을 확인하면서 서둘러 중부경찰서 쪽으로 걸어갔다. 두 사람은 성가대의 찬양 시간 중에 본당에 스며들 수 있었다. 목사의 설교가 이어져, 그녀는 고개를 주억이며 말씀을 경청하는 듯싶었고, 나는 곧장 선잠에 빠져들었다. 찬양과 묵도, 봉헌과 통성⋯⋯, 예배 순서마다 그녀는 낮은 음성으로 아버지를 부르면서 기도에 열중했다.

그녀는 하나님 아버지께 그녀 아버지의 재기를 기도했을 것이다. 그즈음 토방 주인이 내게 해준 소희에 대한 말토막을 연결하면, 소희의 아버지는 회사에서 명예퇴직하고 중장비 임대사업을 벌였지만 사기 수에 걸려 빚만 잔뜩 지고, 오히려 사기죄로 도망하는 처지라 했다. 식구들은 뿔뿔이 헤어져 살아가고 있고, 그녀는 이모 집에 얹혀사는데, 이모부 눈치가 보여 친구 집을 떠돈다고 했다.

한국전력공사 중부지점을 지나면서 마음이 한결 가벼워졌다. 그녀에 대한 기억이 새록새록 피어나면서, 스무 살 시절 속에 잠겨 있던 풍경이 삐져나오고 있었다. 꿈에서 깨어나 현실로 돌아올 때, 그 시간과 공간의 재구성 사이의 나 없음, 그리고 곧 이어지는 나의 챙김에서 오는 안도 같은.

명동 지하도에 들어서니 팝콘 튀기는 소리와 원두커피 향이 반겼다. 지상으로 올라서자 사람들로 붐볐다. 거리를 걸으며 자기는 혼자가 아니고, 누구보다 바쁘고 흥겹게 살아가고 있다면서, 자신감을 뿜어내는 저 사람들 중에 그녀가 있다. ⋯⋯나도 있는가.

[우리가 처음 손을 잡았을 때 명동 거리 몹시 흔들렸네. 지난 봄날 당신, 거리에 흐르는 사람들 보면서 모두 예쁘다 했지. 살아 있

는 게 기쁘다고. 명동성당 지나며 괴롭다면서도 저렇게 피어나는 개나리를 보고 꼭 쥐던 당신 손 온기 남아 있네. 한 꺼풀 벗겨진 햇살로 꽃망울 터뜨리는 봄은 또 오지만 당신은 없어. 지는 꽃은 또 피는데, 어디로 갔는가, 당신은, 가족은. 시집오던 해 새봄 할머니 돌아가시고 시집 식구보다 더 슬프게 곡하던 당신. 할머니 어디 가지 않고 마음에 남아 있다고 오열하던 당신.]

마음은 없어요. 깊은 병 들어보니 잘 알겠어요. 몸 외엔 모두 거짓이에요. 수시로 아파오는 몸만이 진실이에요. 당신 만나 아이 낳고 이십여 년 함께 지냈다고 내 안에 당신 자리 잡고 있지 않아요. 가족은 없어요. 시간을 먹어치우고 자라났다가 스러지는 우리 몸처럼 그저 나타났다 사라질 뿐이에요. 아쉬울 것 없고, 슬플 것도 없어요.

여기저기 두리번거리는 사람, 급한 일이 있는 듯 재빠르게 걸어가는 사람, 물건을 고르면서 이야기를 나누는 사람……, 명동 거리는 사람들로 가득하다. 관심 있게 들여다보면 다양한 연령층에, 색다른 옷차림과 개성 있는 표정들임에도 지금 내게는 모두가 같은 모습으로 보인다. 손을 맞잡은 부녀거나 서로 어깨를 부딪는 연인, 리어카에 액세서리를 잔뜩 실은 상인들도 모두 똑같이 이십 대 중반의 여성이다. 어머니의 젊을 때 모습이거나, 누님의 스무 살 시절, 아내의 졸업 직후, 인기 연예인의 화장 전 모습……. 모두 같은 얼굴이다. 소희의 얼굴도 그와 같았다.

　나는 장갑과 허리띠를 파는 노점상 앞에서 오래도록 서성거렸다. 고모부에게 허리띠라도 선물해야 하지 않을까, 이런 것 어울리실까, 너무 약소한 것은 아닌가……, 망설였다. 그러다가 순간, 정지된 상황을 맞닥뜨렸다.

　소매치기 현장이다. 모든 것이 자연스러웠지만, 한구석이 어색했다. 나는 똑똑히 소매치기 정황을 목격했다.

　장갑 노점은 다른 곳보다 붐비고 있었다. 만지작거리던 허리띠를 제자리에 놓고 돌아서려는데, 장갑을 고르던 여인의 어깨에 걸쳐 있는 가방이 움찔, 흔들렸다. 잠시 후에 그녀의 가방에서 지갑이 홀랑 빠져나왔다. 지갑은 여인 뒤에 서 있던 미소년의 주머니로 순식간에 들어갔다. 많은 사람들은 어땠을지 모르겠지만 내게는 그 장면이 고속 카메라로 녹화된 필름처럼 아주 선명하게 보였다. 너무도 빨리 벌어진 일이어서 아무 일도 없었던 것 같았다. 아니면, 알고도 모른 척해야 하는 상황이거나……. 미소년은 천천히 리어카를 돌아 다른 노점에게로 스며들었고, 그 모습을 바라보는 나에게 다른 소년이 다가와 내 발을 밟았다. 녀석은 자신의 바지 주머니에 손을 넣었다가 빼내고는 손에 든 물건을 슬쩍 꺼내 보였다. 번쩍, 칼이었다.

　모든 것이 연극의 한 장면 같았다. 소매치기와 가방을 털린 여인, 주위 사람들, 그리고 나와 칼을 든 바람잡이……, 모두가 가면을 쓰고 자신의 연기에 몰두하느라 시침을 떼고 있었다. 아무 일도 없었다는 양, 못 본 척, 서로 모르는 체하고 있었다. 세상일에 끼어들지 않는 게 현명하잖아. 나는 무덤덤한 표정으로 내 역할을 해내며 그 자리를 황급히 떠났다.

거의 뛰다시피 명동을 지나 소공동을 거쳐 광화문에 이르니, 비가 다시 내리기 시작했다. 나는 지하도를 건너 세종문화회관 별관으로 빠르게 올라가 비를 피했다. 많이 내릴 것 같지 않은 빗줄기였다. 여기서 토방 카페까지는 오백 미터 정도밖에 안 되는 거리였다. 한달음이면 비를 얼마 맞지 않고도 카페 안으로 들어갈 수 있었다. 토방이 아직 있는지……, 여주인이 결혼하면서 처분했다는 소식을 들은 지도 십여 년이 지났는데……. 그 자리에 여전히 같은 간판이 붙어 있는 모습을 작년에 차를 타고 지나면서 보았다. 나를 포함한 그 시절 그들이 여전히 노래하고 시를 끼적이며 술을 마시고 있을 것 같았다. 햇살이 빠끔히 나오면서 한 가지 기억이 더 붙어 나왔다.

나는 시와 소설을 공부하면서 나 자신을 좀 더 잘 알려 노력하게 되었고, 다른 삶에 필요 이상으로 간섭하고 평가하는 스스로를 알게 되었다. 늘 지금보다 나은 삶이 있지 않을까 희망하기를, 그러다가 어쩔 수 없다고 절망하기를 수차례 반복했다.

희망과 절망은 모래시계의 모래알 같은 것이었다. 윗모래가 줄어들면서 아랫모래는 커지는, 시간이 흐르면서 같은 모래를 끌어안았다 밀어내는 모래시계.

스무 해 전, 여기서 민호 형과 소희가 세종문화회관 옆구리를 지나가는 모습을 본 적이 있었다. 두 사람은 어디로 가는 중이었을까. 민호 형은 나를 못 봤지만, 그녀와 나는 눈이 마주쳤던 것 같다. 내가 황망히 고개를 돌려 반대 방향으로 빨리 걸어가지 않았더라면 그녀와 민호 형은 나를 보고 어떤 표정을 지었을까. 당시, 그녀는 내 친구 광수와 밀접한 관계로 발전하는 중이었다. 광수하고 잘못됐다는 소문을 들은 적이 없는데……, 더욱이 민호 형은 유부남이어서 가까이할 수 없는 사람이라는 것을 그녀 스스로가 잘 알고 있을 텐데……. 내가 오해하는 것인가, 아니면 그녀가 믿을 수 없는 사람인가. 민호 형은 기러기 아빠였다. 태평양에서 육 개월 동안 참치 잡은 돈을 아내와 딸이 있는 영국으로 부쳐 주고 있었다. 배가 정박해 있는 수개월 동안, 토방 카페에서 육지의 시간을 붙들고 있는 중이었다. 그는 한 달 전만 해도 술에 취해 맥주병을 뺨에 대고 아이가 보고 싶어 죽겠다고 훌쩍거렸다. 그러더니……. 그녀가 위안을 주고 있는지, 민호 형은 연신 벙글거렸다. 두 사람은 문방구를 끼고 외골목으로 들어갔다. 골목의 끝은 여관이었다.

그 후 나는 오히려 그녀와 민호 형의 눈치를 보게 되었다. 둘의 관계가 어떻든 관여를 안 하면 그만이었는데, 나는 공연히 신경이 쓰였고 오히려 내가 잘못을 저지른 사람 같이 생각되었다. 나는 답답해서 스스로 토방에 발길을 끊었다. 그런데 석 달 후, 종로에서 민호 형을 우연히 만나 토방을 다시 찾게 되었다.

민호 형과 나는 회포를 풀자며 낮부터 토방에서 맥주를 마셨다.

민호 형은 맥주 한 잔에 취한 목소리로 여주인에게, 그리고 소희에게 돈을 빌려 달라고 했다. 얼마인지 액수는 정확히 몰랐지만, 나는 돈을 꿔 달라는 민호 형이 갑자기 이상해 보였다. 여주인과 소희에게, 마치 맡겨놓았던 것을 돌려달라는 듯, 당당하게 말했다. 나는 민호 형을 달리 보게 되었다. 위선을 목격한 황당함이었다. 아니, 그렇게 보려는 내 모습이 싫었는지도 몰랐다. 변명 같지만, 돌아보면 스무 살 시절의 유치한 생각과 행동들이었다.

나는 토방을 박차고 나가 사직 공원으로 올라갔다. 매점에서 소주를 사서 병째 벌컥벌컥 들이마셨다. 빨리 취하고 싶었다. 취해서라야 다시 토방에 들어갈 것 같았다.

어떻게 알았는지, 민호 형이 내가 앉아 있는 벤치로 다가와 내 머리를 쓰다듬었다. 나는 그의 손을 밀어내며

'모두 싫어, 꺼져 버려'라고 소리치고 일어났다. 쓰다듬던 그의 손은 어느새 몽둥이로 변해서 내 몸 여기저기를 두드리기 시작했다. '못난 놈, 너처럼 약한 놈이 무슨 여잘 알아보겠다고, 못난 녀석'이라는 말이 그의 이빨 사이로 삐져나왔다. 내가 그에게 핑계라도 들이대려 얼굴을 바라보니, 그는 내 뺨을 후려치곤 손을 잡아 꺾었다. 나는 낙엽처럼 굴러 하수구에 처박혔다.

다음 날, 숙취로 머리가 아파오고, 몸은 완전히 굳어 손가락 하나 까닥일 수 없었다. 한참 만에야 나는 내가 누운 곳이 여관이라는 것을 알았다. 민호 형이 방에 들여놓은 모양이었다. 그가 투숙하는 여

관이었다. 나는 그즈음 아버지 곁을 떠나려 이리저리 눈치를 보고 있는 중이었다. 아버지에게서 벗어나면 장래가 좋게 다가올 수도 있으리라 자만하고 있던 터였다.

간신히 일어나 거울을 보니, 눈 밑이 찢어졌는지 피가 응고돼 있었고, 머리카락이 엉망이었다. 갈빗대도 욱신거렸다. 문득 서러웠다. 입안에 쓴 침이 고였다. 침을 뱉어내면 서럽지 않을 것 같았다. 피가 말라붙은 입술은 잘 떼어지지 않았다. 나는 침을 꿀꺽 삼켰다.

3.

열심히 살아가는 것이 행복이라고 믿었습니다. 당신과 아이 번 듯하게 내세울 수만 있다면, 그게 행복의 전부였습니다. ……그런데 내가 뭘 잘못했어요? 이혼한 동창 녀석이 외롭다며 달려들어 밀쳐내지 못했을 뿐인데……. 이젠 병든 몸뚱이만 귀찮아. 당신이 보살펴 주지 않아도 돼. ……그만둬. 더 이상 원망 없어. 내 걱정 마! 언제부터 생각해줬다고. 너 신나게 폼 잡고 다닐 때 나 몸뚱이 망가뜨리며 돈 벌었어!

[원망하지 말아요. 그래요. 나 용서할 자격 없어요. 당신 원망이 내 용서보다 커요. 당신 고생 어떤 용서로도 대신할 수 없어. 원망

이고 용서고 원래부터 없어. 그저 사랑하니까 사랑일 뿐.]

아내보다 소희와 함께 스무 살 이후의 시간을 보낼 수 있으리라 기대했던가. 전혀 없지만은 않았을 테지만, 당시 내게는 여건이, 아무런 준비가 돼 있지 않았다. 나는, 그녀의 말처럼 '아버지한테 소개할 수 없는' 무기력한 존재였다. 토방에서 술에 취한 그녀를 자주 보면서, 그녀를 안쓰러워하면서, 남자로서 그녀에게 성실하고 의리를 다하리라 생각하기도 했다. 하지만, 그녀는 나를 동반자로 여기지는 않는 듯했고, 나 역시 내 앞날을 계획하는 일만으로도 복잡하던 나날이었다. 후에 적극적이던 아내만큼 소희가 먼저 다가왔다면 용기를 냈을지도 몰랐다.

여름의 어느 날이었다. 며칠 동안 나 혼자 토방을 지키고 있었다. 여주인이 내게 가게를 맡기고 휴가를 떠난 것이었다. 월드컵 결승전이 펼쳐지고 있는, 뜨거운 밤이었다. 손님이 없어 일찌감치 셔터를 내리려는데, 소희가 내 어깨를 두드렸다. 그녀는 이미 많이 취해 있었다. 소희는 늘어져 출렁이는 손으로 문을 더듬고 문고리를 잡아당겼다. 나는 그녀를 들이고 카운터 보조 의자에 앉혔다. 그녀는 자기가 계산할 테니, 셔터를 내리고 밤새워 마시자고 했다. 나는 그녀에게 커피나 마시고 집으로 들어가라고 했다. 그녀는 커피도 다 마시지 못하고 계산대 앞에 엎어져 졸았다. 나는 어쩔 수 없이 그녀를 소파에 누이고 문을 닫았다. 결승 골을 넣었는지 멀리서 함성이 들려왔다.

나는 새벽녘까지 혼자 술을 마시다가 벽에 얼굴을 기대고 눈을 붙였다. 주방에서 수돗물 떨어지는 소리가 들려왔지만, 눈이 뜨이지 않았다. 나는 계속 선잠에 붙들려 있었다. 그녀가 싱크대에서 세수를 하는 모양이었다. 물이 빠지는 소리가 들리고 거칠게 의자를 옮기는 소리, 잠시 후에 문이 열리는 소리를 들으며 나는 잠에 빠져들어 갔다. 그녀가 문을 열고 나가면서 나를 내려다보았던 듯싶다. 그리고 내 머리에 대고, '널 많이 생각하지만, 아버지한테 소개할 수는 없어'라고 말했던 것 같다. 나는 가만히 있을 수밖에, 잠을 더욱 불러 그 속에 빠져 있을 수밖에 없었다. 이대로 몇십 년 잠들고 싶었다. 잠에서 깨어나 막막한 현실을 다시금 마주하기 싫었다.

하지만 나는 금방 일어나지 않을 수 없었다. 셔터를 내리지 않은 것이 잘못이었다. 누군가 가게 유리문에 돌을 던지고 달아난 것이었다. 다행히 유리는 깨지지 않았지만 나는 크게 놀라 다시 잠을 이룰 수 없었다. 문밖으로 나가 돌멩이를 주우니 따뜻했다. 거리를 이리저리 둘러보았다. 아무도 없었다. 가로등 불빛 너머로 기다란 팔이 감추어졌다.

4.

기억이 틀리지 않다면, 저기 싱크대 찬장 안에 꽂힌 책들 중 상당

수가 내 것일 테다.「우울한 영혼」이란 제목의 이상 평전,「패러다임」,「가요선집」등 내가 자주 펼쳤던 책들이 아직 있었다. 테이블과 의자가 바뀌었지만, 토방의 실내 구조는 변하지 않았다. 음악을 들으며 술을 마시다가 이야기 나누던, 숱한 사람들의 흔적이 실내 구석구석에 배어 있었다. 나와 소희와 여주인, 그리고 민호 형과 김 약사, 책방 주인과 송 형사가 툭툭 튀어나올 것 같았다.

게다가 고양이까지 아직 있었다. 고양이가 예전처럼 주방의 온수 보일러 곁에 있었다. 하지만, 당시의 그 고양이는 아니었다. 그때와는 다른 스코티시폴드 종이었고, 털 색깔도 달랐다. 나는 커피를 주문하고 고양이를 손짓으로 불렀다. 고양이가 내 무릎에 앉았다. 나는 커피를 손등에 묻혀 고양이 입에 갖다 댔다. 녀석은 그때의 고양이처럼 아무 머뭇거림 없이 내 손등을 핥았다. 꺼끌꺼끌한 감촉도 그때와 별반 다르지 않았다. 나는 가방에서「본질과 현상」을 꺼내 읽다만 페이지를 펼쳤다. 아이와 아내가 함께 찍은 스티커 사진이 끼어 있다.

[당신, 소희 생각나지? 소희, 당신하고 많이 닮았잖아. ……그 친구 이십오 년 만에 보았어. 남편이 육군 중령이라며 건강하고 평온한 가정을 꾸리는 것 같았는데……, 그 친구 교통사고로 영면에 들었어. 당신 돌아와. 함께 있어야 건강 찾을 수 있어. 어서 돌아와요.]

한국에 갈 수 있을까요? 한적한 골목, 붐비는 지하철, 작은 카페들, 대형 서점, 웃풍 세던 우리 집, 식탁 겸 내 책상, 엄마표 식혜를 마시는 나……. 거기서 내가 분리돼 있다는 것이 견딜 수 없어요. 당신과 아이와 함께하던 곳 못 간다 생각하니 괴로워요. 하지만 이제는 잊겠어요, 잊어야 아프지 않으니까요.

나는 또 상기해 낸다. 소희와 고양이, 그때의 나를. 나는 달라진 내가 되지 않으려 애를 써본다. 똑같이 맞추어보려고 몰입한다. 집중의 끝에 몰려 속이 매스껍다. 갑자기 식도를 흔들고 목젖을 치고 올라오는 것이 있다. 나는 토악질을 참지 못해 급히 커피값을 치르고 바깥으로 나온다. 화장실은 긴 골목 끝, 여전히 지린내를 피우며 들어앉아 있다.

깨진 변기를 끌어안고 나는 속엣것을 끌어올린다. 속을 비워내야 마음이 가라앉을 것 같아, 손가락을 넣어 목젖을 눌러가며 게워낸다. 속에서 쏟아져 나온 점심때의 라면 뭉치들을 내려다보는데, 기적이 있다. 화장실 문을 열어보니 고양이가 문설주를 긁고 있다. 나는 고양이를 들어 안고 털을 쓰다듬는다. 손가락에 묻은 토사물을 씻은 셈이다. 고양이가 싫다는 듯 발톱을 세워 내 손을 할퀸다.

나는 고양이의 발을 쥔다. 고양이가 내 어깨에 올라 목덜미를 핥는다. 내가 떼어내려 힘을 줘도 소용없다. 고양이는 내 일부처럼 달라붙어 몸 여기저기를 핥는다. 고양이의 혀가 귓등을 쓸어올릴 때는 온몸에 고압 전기가 흐르는 것 같다. 고양이 노린내가 코를 찌르고 아기 울음이 귀를 후빈다. 나는 가위에 눌린 듯 꼼짝달싹할 수 없다. 고양이가 아래로 내려와 등을 들이민다. 나는 잔뜩 웅크려 고양이를 끌어안는다. 둘은 한데 엉켜 휘다, 펴다, 굽히다, 떤다. 내가 숨을 거칠게 몰아쉬자 고양이는 높은 소리로 운다.

나는 고양이를 내려놓고 손목시계를 보았다. 다섯 시 이십 분이었다. 이제는 고모부가 있는 안국동으로 가야 했다. 지금 가면 퇴근 시간 안에 맞출 수 있겠다 싶었다. 손가락과 허벅지에 고양이의 털이 한 움큼 묻어 있었다. 손을 세게 털어도 고양이 털은 잘 떨어지지 않았다.

화장실 골목에서 나와 광화문 방향으로 돌아서려는데, 고양이가 따라왔다. 내가 빠른 걸음으로 내달으면, 고양이도 빨리 따라왔고, 걸음을 늦추면 녀석도 느릿느릿 쫓아왔다. 나는 뒤돌아 고양이를 안고 다시 토방으로 향했다. 마침 쓰레기 압착차가 곁을 지나고 있었다. 불현듯, 지난 시간의 내가 짜증스러워졌다. 나는 고양이를 트럭 뒤 압착 칸에 휙 던져 넣었다. 날카로운 고양이 울음소리가 차 꽁무니에 말리고 나와서 내 발춤을 감아왔다. 고양이가 트럭에서 곧장 튀어나왔는데, 뒤따라오던 승용차에 치였던가 싶었다.

돌멩이 사건 후 이십여 년이 지난, 재작년에 소희를 다시 만났을 때도 오늘처럼 이렇게 겨울비가 부슬부슬 내리고 있었다. 그녀는 토방 여주인과 우리 집 근처를 지나고 있다며 핸드폰으로 알려왔다.

나는 마침 집에서 컴퓨터를 고치고 있었다. 그들을 집 앞에서 만나 동네 칼국수 집으로 안내했다. 두 사람은 절친했던 친구를 오랜만에 만난 사람답게 활짝 웃으며, '내조가 좋은지 얼굴이 환하다'고 크게 말하고 웃었다. 나는 그녀들에게 아내와 떨어져 있다는 말을 하지 않았다. 땀을 뻘뻘 흘리며 칼국수만 후룩거렸다.

다음 날, 소희 혼자 우리 동네에 왔다. 나는 밖으로 나가 그녀가 있는 통닭 호프집으로 들어갔다. 그녀는 이미 호프를 반쯤 비우고 있었다.

아이는?

학원에.

너희 아이는?

학교에.

부인은?

직장에.

남편은?

부대에.

잘 지내?

잘 지내.

그런 짧은 대화가 오갔다.

내가 민호 형과 다투고 토방에 발걸음을 않으면서 그녀는 육군사관

학교 생도와 교제 중이었고, 나도 아내와 급속히 가까워지고 있었다.

소희는 맥주를 마시다가 벌떡 일어나 내 기타연주를 듣고 싶다며 나를 일으켜 세웠다. 나는 그녀가 이끄는 대로 걸어갔다. 그녀는 우리 동네를 잘 아는 사람처럼 거침없이 걸어 테니스장까지 가서 안으로 들어갔다.

소희는 나를 접이식 의자에 앉혀 놓고 테니스장을 나갔다가 금방 다시 들어왔다. 그녀는 마술처럼 등 뒤에서 기타를 꺼내 내게 내밀었다. 그리고는 테니스장 그물에 걸쳐 있는 망가진 라켓을 집어 와 딛고 내 앞에 섰다. 그녀는 내게 기타를 연주해보라는, 그 시절로 돌아가고 싶다는 뜻으로 눈웃음을 보였다.

나는 잃어버린 시간을 불러내는 의식을 치르듯, 그녀를 향해 「달의 무늬」를 공들여 연주했다.

기타를 내려놓자마자 그녀는 내 어깨를 잡아 일으켰다. 두 사람은 곧장 테니스장을 빠져나왔다. 나는 그녀가 세워둔 승용차 안으로 빨려 들어갔다. 나는 조수석에 누워 떨어지는 빗방울을 바라보며, 이미 허비해 버린 시간을 되돌리려는 헛된 노력을 하려는 게 아닌가 생각했다.

문득, 이런 일들이 우스워졌다. 나는 혼잣말하듯 '세월 흐르기 전에 공부를 더 하고 싶다.'고 중얼거렸다. 그녀가 나를 보고, 자신도 가끔 시를 쓴다며 다음에 보여주겠노라 했다. '네가 쓰는 글에 내 이야기도 좀 넣어봐'라고 말하고, 웃어 보였다. 그녀의 말이 가볍게만

들리지 않았다. 나는 대답 대신 서리 낀 차창에 그녀의 이름을 썼다. 그녀도 차창에 엄마, 라고 썼다. 글씨들은 잠시 뒤에 눈물을 줄줄 흘리며 형상 모르게 뭉개져 버렸다.

나는 차창에 비친 그녀의 미소 속에 스며 있는 어둠을 보았다. 그녀를 다시는 못 볼 것 같다는 생각이 들었다. 그녀의 어깨에 붙은 나뭇잎을 떼어냈다. 그녀가 움찔, 하더니 고개를 돌려 창밖을 바라보았다. '그때 남편하고 너, 둘 사이에서 고민 많이 했어. 네가 더 걱정되더라'라는 그녀의 말이 차창에 튕겨 귓속을 파고들었다. 나는 그녀를 향해 '그래, 남편하고 오래오래 잘 살아.'라고 느릿느릿 말했다. 그녀는 충혈된 눈으로 나를 물끄러미 바라보더니 환하게 웃었다.

그 모습이 내 기억에 남아 있는, 그녀와 관련한 마지막 풍경이다. 그 후, 그녀는 나에게 몇 차례 전화를 걸어, '남편이 전근해서 지방으로 이사 간다, 아이들 공부가 엉망이다, 이번에 남편이 진급했다, 동생이 차를 바꾼다는 데 필요하면 헐값에 넘기겠다'는 소소한 이야기를 늘어놓곤 했다. 그러다가 한동안 연락이 없어 바쁘려니 했는데, 사고 소식을 들은 것이다. 이제 그녀는 서울대 병원 안치실에 누워 있다.

어느새 안국동을 지나고 있다. 고모부 사무실은 현대 본사 건물 맞은편에 있다. 현대 쪽 일도 맡은 적이 있어 이곳에 사무실을 냈는데, 요즘은 일이 많지 않다는 이야기를 들었다. 핸드폰 시계를 보니 여섯 시가 가까워 왔다. 고모부님께 전화도 없이, 퇴근 무렵에 들이

닥치면 실례일 텐데……. 나는 핸드폰을 만지작거리며 사무실을 한참 올려다보았다.

갑작스레 울린 자동차 경적에 나는 머리칼이 곤두설 정도로 놀랐다. 레미콘트럭에서 터져 나온 소리가 주변을 찢어놓는 것 같았다. 자동차 사고가 났는가. 아스팔트 콘크리트와 자동차 타이어의 마찰음이 귀청을 긁어댔다. 트럭이 교차로 가로등을 들이받아 서 있었고, 승용차가 그 뒤에 바짝 붙어 있었다. 뒤이어 달려온 차들도 돌거나 멈추면서 도로는 순식간에 아수라장이 돼 버렸다. 다행히 사람은 다치지 않은 모양이었다. 트럭에서 젊은 운전자가 튀어나오더니 승용차에 달려가 안에 있는 운전자의 멱살을 잡아끌었다. 승용차 운전자는 중년이었지만 트럭 운전자를 한주먹에 쓰러뜨렸다. 둘의 주먹질이 교차로를 흔들어댔다. 서로, 죽여 버리겠다는 고함과 욕설이 도로를 뜨겁게 달궜다. 나는 버스정류장으로 빠르게 걸어갔다. 102번 버스가 와서 냉큼 올라섰다. 혜화동을 경유해 미아동으로 향하는 버스였다. 버스는 사고 현장에 쏠려 있는 승객들의 시선을 끌고 이화동 쪽으로 달려갔다.

서울대학교병원 정문 앞, 나는 버스에서 내려 장례식장을 찾았다. 장례식장은 암 병동 옆에 있었다. 여섯 시밖에 안 됐는데 어느새 주변이 어두컴컴해져 있었다. 나는 영안실을 밝히는 불빛을 향해 걸었다. 어둠 속을 지나며, 식장에서 옛 친구들을 마주치면 어떻게 할까, 걱정했다. 의연해야겠지만……, 되도록 친구들이 없기를 바랐다. 빠르게 영안실에 들어가 명복을 빌고 나오면 될 것이다.

국화 근조화환이 늘어 서 있는 장례식장에 들어서니 향냄새가 얼굴에 끼쳐왔다. 나는 그녀의 위패가 놓여 있는 영현실을 찾아 들어가 영정 앞에 섰다. 그녀가 국화꽃 사이에서 온화하게 미소하고 있다. 나는 분향하면서, 좋은 데 가서 잘 살아라, 속으로 그녀의 명복을 빌고 절했다. 재배하고 오른쪽으로 돌아 상제와 마주했는데, 그녀가 서 있어서 놀랐다. 시선을 모아 힘주어 다시 보아도 그녀였다.

그녀의 딸이었다. 그녀와 딸이 어쩜 이렇게 똑같은 모습인지, 나는 조문은 않고, 물끄러미 그녀를 바라보았다. 절을 하고 다시 딸아이의 얼굴을 오래 바라보았다. 그녀도 내 눈길을 피하지 않았다. 나는 고개를 돌리고 영현실을 나왔다.

장례식장 건물을 나서면서 나는 다시 깜짝 놀랐다. 발을 헛디뎌 넘어질 뻔했다. 영안실 입구에 고양이가 있던 것이었다. 스코티시종 고양이였다. 토방에서 보았던 노란색의 그 고양이가 영현실 입구 신발장 위에 올라앉아 나를 쏘아보고 있었다. 뒷덜미가 서늘해지고 머리끝이 쭈뼛거렸다. 나는 고양이와 마주친 눈을 돌리고 장례식장을 황급히 빠져나왔다.

검은 진주 같던 그녀의, 그녀 딸아이의 까만 눈빛이 어른거렸다. 영안실을 나와 치과 병동을 끼고 큰 도로로 빠지는 어두운 길을 걸으니 코가 뜨거워지며 눈물이 나왔다. 쇳덩이가 가슴을 짓이기는 듯했다. 울지 않으면 심장이 멈춰버릴 것 같아, 나는 컥컥 울음을 토하면서 걸었다. 후르르, 한 줄기 빛이 어둠을 가르고 날아오르다 스러졌다. 하늘을 올려다보니 달이 떠 있었다. 별들도 빛을 내며 달 곁을 지키고 있는 하늘이었다. 당장 아내가 보고 싶었다. 소희의 반짝거리던 눈빛도 어른거렸다.

[언젠가는 모두 사라지겠지요. 별도 먼지가 되기 전에 환하게 타오르다 없어집니다. 그 빛이 우주를 떠돌다 어느 순간 자기를 다시 드러내 보이겠지요.]

한국 쪽으로 고개를 돌려 한참을 바라보았어요. 저물어가는 하늘 속으로 별 하나 흐르고 있었어요. 긴 꿈처럼 흐르더군요.

[나 아닌 다른 것을 받아들이고 내놓는 아픔뿐입니다. 부디 아프지 마세요.]

흐르던 별 사라지고 달이 올라 있어요. 얼굴을 쓰다듬는 달빛이에요. 달빛은 코와 입, 귀를 어루만지고 지나가요. 엄마, 하고 나도 모르게 중얼거려요. 달의 무늬가 몸 깊이 새겨져요. 이번엔 소리 내어 엄마, 하고 불러 봅니다.

[어머니, 오세요, 당신.] ◉

가족에겐 가족이 없다

가족에겐 가족이 없다

        유니가 엄마의 입원을 알게 된 것은 여행을 마치고 난 후였다. 그녀는 홍콩에서 인천공항으로 날아와 여객터미널에 발을 딛고서야 스마트폰을 충전할 수 있었다. 편의점에서 휴대폰 충전 박스의 빨간 버튼을 바라보노라니 엄마 목소리가 귀 언저리에 맴돌았다.

   다리 힘 있을 때 많이 다녀라. 즐거운 날 많은 게 좋은 인생. 엄마가 함께 못 가서 미안. 엄마는 엄마 길 다닌다. 너희 보는 보람으로 다리 닳을 때까지, 온몸으로 길 때까지 다닌다.

스마트폰 화면을 열자 세 개의 문자 메시지와 두 개의 부재중 전화가 떠 있었다. 고시학원 등록 안내 메시지 속에 언니의 문자가 일찌감치 도착해 있었다. 나머지 하나는 창희의 것이었다. 유니는 언니의 문자메시지를 열어 서너 번 읽었다. 엄마는 잠시 쉬면 된다고, 아무 걱정 말라고 씌어 있었다. 그녀는 곧장 통화버튼을 눌렀다.

언니가 받아 바로 엄마를 바꿔줬다. 엄마는 피로한 목소리였지만 음정이 높았다. 아무 일 없다고, 피곤이 겹쳤다고, 내일쯤 걸어서 퇴원할 거라 했다.

빈혈이었다. 작년에도 이맘때 쓰러져 보름 동안 바퀴 달린 침대에 누워 있더니 또 같은 상황인 듯싶었다. 지금이라도 한국 가서 병실에 들어서면 언니와 도란도란 이야기하는 엄마가 환하게 보일 것이다. 유니는 웃으며 두 사람에게 달려들 것이다.

실은 엄마가 고모이고 언니는 사촌이지만, 유니는 두 사람을 직계 가족으로 여겼다. 언니와 고모도 유니를 사촌으로 생각하지 않는 것이 분명했다. 가끔 두 사람이 대화하는 모습에 무슨 경계선 같은 막이 둘러싸여 있는 느낌은 자곡지심일 뿐이라는 것을 유니는 잘 알고 있었다. 그녀는, 가족에겐 가족이 없다는 생각을 해본다.

모든 엄마는 여자이지만, 모든 여자가 엄마는 아니겠지. 자기 알을 밀쳐내는 뻐꾸기조차 품어 키워내는 어미 새처럼, 엄마는 내 둥지 지키려 바쁘게만 살았다. 바쁜 엄마는 적어도 나쁜 엄마는 아닐 거야.

유니는 의정부로 향하는 리무진 버스에 앉아 스마트폰에 저장한 사진을 띄워보았다. 지난 여행의 자리에 다시 들어가는 자신을 놓아 두었다. 여행지에서 자꾸 엄마가 생각났던 이유가 있었다. 이층버스를 탔을 때, 시호와 여행지에서 이야기를 나눌 때, 언뜻언뜻 엄마가 떠올랐다.

유니는 홍콩 공항에서 이층버스를 타고 침사추이로 향하고 있었다. 이층버스는 에어컨을 틀어놓고 있어도 더웠다. 머리끝에서 허리까지 땀이 몸의 길을 따라 흐르고 있었다. 유니는 탈것에 앉으면 쏟아지는 잠을 주체 못 하는 체질이었다. 인천공항에서 먹은 멀미약도 바닥 모를 잠으로 빠져들게 했다.

습기 먹은 건물들을 등지고 있는 빅토리아항구의 새벽은 적요했다. 물에 어린 빌딩들이 허공에 반사하듯 늠름하게 서 있었다. 유니는 항만에 홀로 서서 누군가를 기다리고 있다. 아무도 없는 부두, 그 뒤 검푸른 바다 물결이 유니를 감싸고 있다. 유람선 안에서인가, 취주악기 소리가 들려왔다. 자세히 들어보니 스코틀랜드 의장대에서 쓰는 백파이프 연주였다. 그 소리는 곧 여러 겹으로 합창을 이뤄 유니의 귀를 파고들었다. 물기 젖은 소리는 더 청승맞았다. 유니는 파이프 소리 쪽으로 천천히 걸어갔다. 소리의 진원지는 유람선 개찰구 안이었다.

파이프 소리가 뺨에 가까이 닿았을 때, 훈장을 주렁주렁 매단 남자가 안내판 뒤에서 불쑥 튀어나왔다. 그 소리는 곧장 더 굵고 더 큰 파이프 소리로 바뀌었다. 순간 유람선 안에 숨어 있었다는 듯이 같은 옷차림의 남녀 대여섯 명 정도가 번쩍, 나타났다. 가만히 보니 개찰구 안에는 간이 무대가 차려져 있고, 유니가 어느새 무대 위에 서 있었던 것이다. 그들은 유니 앞에 정렬하더니 서로 어깨를 맞닿았다. 그리고는 군무와 같은 동작을 되풀이했다. 가끔 악기를 입술에 붙이고 소리를 내기도 하면서 다리를 찍쩍 올려붙였다. 그들의 음악은 우리나라의 뽕짝 풍이었다. 일본의 엔카와도 닮았다. 처음 유니 곁에서 파이프를 불던 남자가 대열 앞으로 나서서 한껏 춤을 뽐내고 들어갔다. 잠시 후에 한 아줌마가 기다렸다는 듯이 무대 위로 올라와 트위스트를 자랑했다. 엄마였다.

아, 이렇게 후련한걸.

유니는 활짝 웃는 엄마의 얼굴을 마주하고 함께 춤을 췄다.

엄마, 여긴 웬일이야.

엄마는 디스코 풍으로 하늘을 향해 자꾸 삿대질했다.

여기 참 좋다. 나 여기서 살기로 했다.

엄마가 들어가고 다른 남자가 앞으로 나와 유니 앞에서 텀블링을 해 보였다. 엄마는 환호했다.

여기, 인사들 해! 우리 조카야.

그들은 유니 앞에서 엄마와 어깨동무하고 딱딱 맞추는 스텝을 자랑했다. 홍 시인이 손을 흔들었고, 최창희도 웃어 보였다. 유니는 겸

연쩍어 무대에서 내려왔다.

엄마, 엄마는 사람들 낯설어했잖아!

유니가 소리치듯 말하자 모두 기다렸다는 듯이 훈장을 하나씩 떼어 유니 앞으로 던졌다.

우린 하나야, 모두 한 몸이야.

아가야 너도나도 모두 하나란다. 시간이 우리를 갈라놓을 뿐, 아가, 네 마음에 모두 있어, 불러내면 튀어나온단다. 모두 너란다. 그게 나이고. 우린 하나야. 누군가 꿈을 꿀 때, 시간 갈피에 숨어 있다가 애써 기억할 때 네 눈앞에 나타나지.

어디까지 가세요?

유니는 누군가 자신의 어깨를 흔든다는 것을 알고 문득 짜증이 올라왔다. 가방까지 흔들거리며 유니의 옆구리를 치고 있었다. 목소리의 주인은 중년의 한국 남자였다. 가족 여행을 온 듯, 아이들이 유니를 물끄러미 쳐다보고 있었다. 유니가 고개를 들어 주위를 둘러보니 이층버스 안이었다. 중년 남자 가족은 공항에서부터 같은 버스를 타고 이동했다. 같은 목적지인 듯싶었다. 유니는 눈을 번쩍 떠 아이들에게 미소하고 창밖을 바라보았다.

가로수 사이로 비치는 아침 햇살을 받으며 침사추이 거리가 기지개를 켜고 있었다. 그녀는 공항을 떠나 숙소로 향하는 중이었다. 문득 속이 올라왔다. 눈앞에 시계탑이 들어오자 유니는 버스를 세웠다. 그녀는 아이들에게 작별 인사를 하고 황급히 배낭 끈을 잡고 버스에서 내렸다.

그녀는 가로등 아래로 달려가 욕지기를 했다. 가방에서 아무 봉지나 꺼내 입에 댔다. 속에 있는 모든 것을 비워내야 몸이 개운해지리라는 생각으로 검지를 입에 넣어 게웠다. 문득, 오렌지가 떠올랐다. 자신의 몸이 그처럼 탱탱해지리라 생각이 드니 다시 구역질이 올라왔다. 오렌지를 한입 베어 입에 욱여넣으면 욕지기가 가라앉을 것 같기도 했다. 유니는 그대로 앉아 가로등을 등지고 기댔다. 도로 공사 중이어서 오래 지체하고 있던 이층버스가 막 출발하고 있었다. 버스에서 아이들이 손을 흔드는 것처럼 보였다. 유니도 힘겹게 손을 들어 흔들었다. 중년 가족이 함께 내리지 않아서 다행이라 생각했다. 공항에서부터 계속 재잘대던 아이들 소리가 속을 불편하게 했다.

유니는 일어나 주변을 둘러보았다. 항구에 내린 사람들도 모두 없어져 유니 혼자만 부두에 남아 있었다. 어디선가 오렌지 향내가 나는 것 같았다. 고개를 돌리니 흑인 소녀가 지나가고 있었다. 횡단보도 곁에 'Clock Tower'라고 쓰인 표지판이 눈에 들어왔다. 시계 건물인 줄은 알겠는데 방향을 가늠할 수 없었다. 인터넷에서 검색했을 때 어느 쪽 도로를 건너야 하는지 확인해보지 못했다.

유니는 입이 말라 자판기에서 생수를 뺐다. 찾아가야 할 게스트하우스가 어느 쪽인지 헤아릴 수 없었다. 스마트폰을 꺼내 지도를 띄워보아도 어디가 어딘지 분간이 안 됐다. 집으로 전화를 걸어볼까, 엄마와 통화해 볼까, 망설였다. 집중이 안 됐다. 꿈속에 나타났던 엄마가 계속 어른거렸지만, 엄마의 기운 없는 음성을 듣는다는 게 내키지 않았다. 여행 기분이 너무 가라앉을 것 같기도 하고, 혼자만 여행 온 미안함도 겹쳐졌다. 그래도 걱정하실 텐데……. 즉흥적이긴 했어도 유니 나름의 계획이 있던 여행 일정이었다. 엄마에게 화장품을 팔아넘긴 홍 시인이 홍콩에 머물고 있다는 귀동냥도 있었다. 주로 중국과 거래하지만, 홍콩에도 유통망이 있다는 소리를 들었던 기억이 났다. 혹시라도 그를 마주칠 수 있을까 기대했지만, 만나면 또 무슨 말을 해야 할지, 막연하고 은근히 두렵기도 했다.

유니는 스마트폰 시계를 보았다. 일곱 시를 넘어서고 있었다. 엄마는 지금쯤 출근 버스에 올라 있을 것이다. 엄마, 이제 그만 쉬셔도 되지 않나, 육십 넘으면 은퇴할 때인데…….

태어나면서 생모가 죽고 아버지로부터 초등학교 오학년 때 고모에게 맡겨진 유니는 그 후로 지금껏 고모를 엄마로 여기고 살아왔다. 스무 살이 넘으면 독립하겠다고 마음먹었지만, 여전히 고모네를 완전히 떠나지 못하고 있다.

유니는 스마트폰을 열어 '맘'을 눌렀다. 꿈에서 본 엄마가 머리에서 떠나지 않았다. 통화음이 시작되자마자 전화가 연결됐다.

그래, 잘 있냐? 나는 지금 막 버스 탔어.

역시 피로에 젖은 엄마의 목소리였다. 직장에 가는 중일 것이다.

엄마는 유니가 어디 있는지는 궁금해 하지 않고 홍콩 시간만 재차 물었다. 엄마는 시간을 기준으로 타국의 거리를 가늠해 보는 것 같았다.

여기 한 시간 늦어요. 언니도 잘 있죠?

언니한테는 네가 전화해 봐라. 그 년은 여직 자고 있을 거야.

엄마의 음성이 갑자기 빠르고 높아졌다. 언제나 언니와 자신을 편애하지 않으려 애쓰는 엄마가 유니는 부담될 때가 많았다. 그냥 조카로 대해도 아무 불만 없을 텐데……. 엄마와 통화를 마치면서, 이정표와 방향이 분명하게 눈에 들어왔다.

유니는 스마트폰 지도를 다시 띄워 위치를 확인했다. 화살표가 왼편으로 돌아서 침사추이 골목을 가리키고 있었다. 이제야 길을 알 것 같았다. 숨을 깊이 들이쉬니 홍콩의 습기 먹은 바람이 가슴으로 훅 밀려들었다. 그녀는 사박 오일 동안 되도록 아무 생각 않기로 마음먹었다. 이 나라의 구경거리와 먹을거리에만 집중하기로 했다. 천만 분의 일의 우연으로 홍 시인을 만나더라도 그냥 외면할 것 같았다.

중국 음식 특유의 향과 사람들에게 껴묻혀 있는 짙은 향수가 거리를 흐르고 있었다. 시계 골목, 만두 전문점, 환전소를 지나 지하도를 건너니 수제 양복점이 즐비한 건물이 나왔다. 그 건물 중 하나, 사 층이 게스트하우스였다.

두 사람이 타면 꼭 낄 것 같은 작은 엘리베이터에 올라 사 층에서 내리자 '바우하우스'라는 현판 붙인 대문이 코앞에 다가왔다. 열려 있는 철문 뒤의 현관문 벨을 누르니 주인이 얼굴을 내밀었다. 유니는 미소를 지어 보였다. 주인이 현관문을 활짝 열어 주었다. 엄마 주방에서 나는 잡탕찌개 냄새가 얼굴에 확 끼얹혀졌다. 한국인이 운영하는 게스트하우스가 맞았다. 인터넷 블로그마다 가장 친절하고 가장 저렴하고 가장 편안하다고 칭송하던 집이었다.

유니는 가방을 먼저 들이고 신을 벗어 비닐에 넣었다. 두 평 남짓한 거실은 대형 식탁이 차지하고 있었다. 컴퓨터와 정수기, 그리고 비상 의약품 수납장도 한쪽에 가지런히 놓여 있었다. 오래된 제품이어도 관리를 잘해 깔끔했다. 거실 주위로 방문이 대여섯 개 줄지어 있었다. 유니가 주인을 따라 좁은 복도를 지나니 또 방문이 나타났다. 주인이 열쇠를 건네주며 말했다.

알고 계실 테지만 오늘 저녁에 한 분이 더 오기로 했어요. 같이 다니셔도 좋겠네요.

유니에겐 오히려 잘된 일이었다. 한 사람이 쓰기에는 좀 넓은 방이었고 숙박비용도 반으로 줄게 됐다. 침대가 둘이지만 다락 같은 방이 하나 더 있었다. 에어컨도 달린 다락방이었다. 유니는 건네받은 열쇠를 TV 장에 넣고 배낭을 열었다. 당장 샤워를 해야 했다. 하지만 모든 것이 귀찮아졌다. 잠깐만이라도 몸을 누이고 싶었다.

유니는 점퍼만 벗어 걸고 다락방으로 올라갔다. 매트리스 위에 눕자 절로 한숨이 새어 나왔다. 유니는 모로 누운 채 벽에 손을 대고 눈을 감았다. 낯선 공간이 모두 자기 몸으로 용해되는 것 같았다. 아무런 생각이 나지 않았다. 콕콕 쑤시던 무릎이 바다으로 잠기는 기분이 들면서 잠에 빠져갔다. 기저귀 빨래가 눈앞에서 펄럭거리는 풍경이 가물거렸다. 며칠 동안 계속되는 이미지였다.

　뛰어다니느라 닳아 없어진 연골 진액이 빠져나가면서 알게 될 것이다. 엄마가 된다는 것. 아기를 키우며 엄마는 작아진다는 것. 관절 닳고 뼈 삭는 만큼 아이는 커간다는 것.

　유니는 지방대학 철학과를 졸업한 뒤 곧바로 경찰공무원시험 학원에 등록했다. 홍콩 거리를 오기 전에 그녀는 종로의 학원 골목을 걷고 있었다. 새벽 다섯 시에 일어나 삼십 분 동안 외출 준비하고 자취방을 나섰다. 학원 문을 다섯 시 사십 분에 열고 들어가 복습 마친 후 문을 밀치고 나오면 밤 열한 시였다. 그녀는 취직 않고 또 시험 준비하는 모습을 직접 보이고 싶지 않아 엄마에게 자취방을 얻어달라고 했다. 취직하면 갚겠다고 생활비도 선불로 요청했다. 딸들이 꼭 공무원 되기를 엄마는 희망했다. 유니도 고등학교 때부터 경찰서나 관공서에서 일하는 자신의 모습을 그려왔기에 엄마의 소원대로 최선을 다하려 했다. 빚을 갚기 위해서라도 시험에 붙어야 했다. 그녀는 합격하는 날로 독립하고 월급의 반을 평생 고모에게 보내리라 다짐했었다.
　더부살이 느낌을 없애려 유니는 빨래며 청소 같은 집안일을 언니보다 많이 했다. 엄마는 언니와 다름없이 대하려 했지만, 가끔 지나는 투로 너무 오래 씻는다, 밥을 빨리 먹는다, 서랍이나 창문을 꼭 안 닫는다, 따위의, 유니의 습관에 대해 이야기했다. 그럴 때면 가슴 깊이 박혀 있는 '가족은 없다'라는 말이 유니 입술 끝까지 올라왔다. 가족은 허울뿐, 나만 믿고 나를 챙기며 살아갈 뿐이라는 다짐은 다시금 혀 밑에 단단히 고였다.

학원을 다니는 동안 9급 경찰시험을 치렀지만 낙방했다. 가을부터 7급 공무원시험을 준비하고 있어도 가능성은 없어 보였다. 초등학교 이후 지금까지 조금의 틈을 주지 않고 이어져 온 시험의 연속이었다. 앞으로도 얼마나 많은 시험이 기다리고 있을지, 암기력 없이 태어나면 사회생활도 제대로 못 해야 하는지, 시험이 여유 있는 생활의 척도가 되는 현실이 답답했다.

수강 시작 후 한 달쯤, 유니는 창희 씨를 만났다. 그는 유니보다 열 살이 더 많았다. 알고 보니 초등학교 동문이기도 했다. 그는 학원생활에 능숙해 보였고 누구보다 열심이었다. 겨울이 오면 수석합격 최창희라고 박힌 플래카드가 걸려 있을 것 같았다. 어느 날, 유니가 점심시간에 칼국수를 먹고 강의실에서 멍하니 있는데 그가 요구르트를 건네 왔다.

유니는 창희를 따라 복도 끝 비상구로 나갔다. 계단 옆이 휴게실이었다. 유니는 학원에 별천지 같은 아늑한 장소가 있다는 사실을 처음 알았다. 창희만 알고 있는, 잘 안 쓰는 강사휴게소라 했다. 유니는 그로부터 여러 정보를 들었다. 어느 선생이 실력 있고 어디에서 집중적으로 시험에 나오며 어떤 교재를 들여다봐야 하는지, 과목별로 꿰차고 있었다. 그는 요구르트 뚜껑을 따주며 유니를 그윽이 바라보았다.

유니 씨는 걱정 없겠어요, 아직 창창하니. 반드시 붙어야 할 필요도 없겠고. 무엇이든 할 수 있잖아요.

자신은 이번이 마지막이라고, 회사를 여러 군데 옮겼지만 모두 자기에게 맞는 옷이 아니었다고 했다. 그가 스터디를 권유했지만 유니는 거절했다. 가끔 요구르트를 사 드리는 조건으로 휴식시간을 함께 보내며 좋은 이야기를 해 달라고 했다. 고개를 끄덕이며 희미하게 미소하는 그가 노인처럼 보였다. 인생의 온갖 궂은 경험을 한 뒤 깨달음을 얻은 노인의 얼굴이었다.

유니는 그와 휴게실에서 볼 때가 학원 생활에서 가장 좋은 기억으로 남아 있다. 그는 마치 수년 동안의 묵언 수행에서 놓여난 스님처럼 이런저런 말을 쏟아냈고, 유니는 그의 말을 이해하는 한도에서 고개를 끄덕이며 요구르트를 한 모금씩 입안에 넣었다.

그 늦여름날도 휴게실에서 그와 이야기를 나누었다. 수업시간이 되어 비상문을 여는데, 갑자기 그가 복도 쪽으로 꼬꾸라졌다. 비상문 손잡이를 놓치지 않으려다가 엎어졌는지, 코에서 피가 터져 나왔다. 유니는 비명을 질렀다. 강의실에서 수강생과 강사가 튀어나왔다. 사람이 어떻게 그 많은 코피를 쏟을 수 있는지, 바닥이 금세 피로 흥건해졌다. 강사와 수강생 몇이 그를 들어 안고 복도를 빠져나갈 때도

피는 멈추지 않았다.

학원에서 병원으로 옮겼다는데, 그는 반나절 만에 퇴원해 강의실로 다시 돌아와 수업을 들었다. 중병은 아니고 스트레스에다 영양부족이었단다.

유니도 평상시와 달라지기 시작했다. 그녀에게 지독한 감기가 들어왔다. 유니는 몸 상태도 안 좋았지만, 도무지 학원에 가고 싶은 생각이 나지 않았다. 그녀는 자취방에서 일주일을 누워만 있었다. 걸림쇠가 닳아 없어진 문을 열고 땀내와 향수내로 범벅된 강의실로 다시 들어간다면 창희처럼 피를 쏟게 되리라 생각했다. 일 년이 지나고 이 년이 되고 십 년이 흘러도 같은 강의실에 앉아 있는 자신이 보였다.

게다가 이상한 사건도 있었다. 지독한 몸살로 감기약을 계속 먹은 탓인가. 실제였는지 몽상이었는지 지금도 헷갈리지만, 창희가 자신의 자취방에 왔던 것이었다. 여태껏 방문을 두드리는 사람이 한 명도 없었는데……, 누군가 노크하고 불쑥 문을 열었다. 노을이 지고 있었고, 붉은빛을 휘감고 남자가 문 앞에 우두커니 서 있었다. 창희였다. 그가 과일 바구니와 라면 봉지를 들고 성큼 방 안으로 들어왔다. 붉은빛은 곧 검게 변하고 창희의 흰 웃음만 크게 보였다.

유니는 그에게 라면을 끓여주고 문제집을 열었다. 한 달 뒤에 있을 시험이 번쩍 생각났다. 창희는 유니에게 문제 요점을 설명하다가 잠시 눈을 붙이겠다며 책상 옆에 쓰러지듯 누웠다. 곧 코를 골고 잠이 든 것 같아 유니는 그에게 담요를 덮어 주었다. 유니도 문제를 풀다가 잠이 와서 곁에 누웠다. 잠깐만 붙이자고 감았던 눈꺼풀을 여니 끙끙대는 그의 얼굴이 확 들어왔다. 유니는 아래가 허전해서 고개를 들었다. 자신의 트레이닝 바지가 머리 위에 널브러져 있었다. 그는 놀라는 유니를 보고 벌떡 일어나 밖으로 나갔다. 문 뒤에는 그의 그림자가 한참 동안 붙어 있었다.

유니는 다음 날 일찍 자취방을 나와 주인 할아버지한테 올라갔다. 그녀는 할아버지에게 방을 빼겠다 통보하고 부동산 아저씨에게 방을 내놨다. 방은 그날 저녁에 나갔다. 학원 주변엔 대기 중인 세입자가 많았다. 주인에게서 보증금을 받은 유니는 여행을 준비했다. 홍콩, 인도, 라오스, 유럽 등 돌아볼 나라와 도시 순서를 정하고 인터넷을 뒤져 여행 일정을 짰다.

유니는 떠나는 날 아침, 인천공항에서 엄마한테 전화를 넣었다. 세상 사람 모두가 공무원 하면 되겠냐고, 다른 일을 찾겠다고 빠르고 높은 음정으로 말했다. 엄마는 한동안 침묵하더니 담담하게 그래라, 너희들 마음가는대로 가라며 늘 하던 말을 반복했다. 유니는 꾸짖지 않는 엄마를 더 몰아쳤다. 여행이나 하겠다고, 여행 다니다가 돈 떨어지면 아르바이트하고 자유롭게 살겠다고. 유니는 엄마보다 먼저 전화를 끊고 대합실 게이트 진입 줄에 들어섰다.

고개를 들어 주위를 둘러보니 익숙한 것은 그 무엇도 눈에 들어오지 않았다. 홍콩의 게스트하우스인 줄 깨닫는데 한참이 걸렸다. 유니는 머리맡에 둔 스마트폰을 켜서 시계를 보았다. 일곱 시였다. 열 시간 정도 잠들었던 모양이다. 그녀는 스마트폰 빛을 조명 삼아 벽을 이리저리 비춰 보았다. 전등 스위치를 찾아 전원을 올렸다. 아랫방으로 내려가니 아까는 못 봤던 큰 캐리어가 놓여 있었다.

입이 텁텁했다. 샤워하기 전에 이를 꼼꼼히 닦고 싶었다. 유니는 칫솔을 들고 공용목욕실로 들어갔다. 목욕실에서 나와 다시 방으로 들어가니 한 여자가 침대에 앉아 스마트폰을 들여다보고 있었다. 구릿빛 피부에 짙은 눈썹을 가진 여자였다. 말끔한 피부에 마른 체구여서 같은 또래로 보이지만 실상은 삼십 대일지 모른다고 유니는 추측했다. 여자가 유니를 보더니 발딱 일어나 인사했다.

어머, 위에서 주무시지 않으셨나요? ……피곤하시죠.

여인은 온종일 가방을 끌고 다니느라 힘들었다는 듯 팔을 휘저었다. 여인의 활기가 어색해서 유니는 어정쩡한 미소만 지어보였다. 여자는 망원렌즈 카메라를 들어 뷰파인더를 한 번 들여다보더니 다시 내려놓았다. 그녀는 유니가 막냇동생쯤으로 여겨지는지 긴빵바지를 잡아 뜯듯 벗고 팬티 바람으로 화장대 앞에 앉았다.

여기 주인이 조선족인가 봐요. 모두 한국말로 통하네요. 좋은 게스트하우스야. 저는 김시호예요.

여자가 클렌징크림을 얼굴에 하얗게 바른 채 유니를 돌아보았다.

아, ……네. 저는 이효녀예요.

여자가 고개를 갸웃했다. 이름이 촌스럽다는 뜻일 테다. 유니는 여자의 모습을 외면하고 일정이 적힌 수첩을 꺼내려 배낭을 열었다. 이름을 바꿔야겠다는 생각이 부쩍 더 심해졌는데, 난데없이 튀어나온 게 엄마 이름이라니, 유니 자신도 의아스러웠다. 여행 때만이라도 유니는 유니가 아니었으면 했다. 지난날의 유니에게서 벗어나야 진정한 자신을 알게 될 수 있다고 믿었다. 그런데, 이효녀라니. 고모의 이름은 정말 싫었다.

내게 이름이 있다면 엄마가 아닐까. 꽃이라는 시처럼 불러주어서 되는 이름. 엄마가 이름이어서 좋다. 칠십억 가지 이름 중에 오로지 나와 너에게 꼭 맞는 이름. 살아 있을 모든 것에 삶을 주는 이름.

유니는 시호와 함께 홍콩을 둘러보기로 하고 각자 일찍 잠자리에 들었다. 다음 날, 그녀는 디즈니랜드에 먼저 가고 싶다고 했다. 사진을 많이 찍어두어야 한다며 카메라부터 챙겼다. 두 사람은 게스트하우스에서 주는 콩나물국과 두부조림으로 아침 식사를 하고 디즈니랜드로 향했다. 그들은 시내를 돌아보기 위해 일부러 버스 정류장 두 개를 걸어갔다. 유니는 영화 「중경삼림」이 생각났다.

중경삼림 주인공 같죠?

그녀가 중경삼림 여주인공 아비처럼 선글라스를 끼고 「캘리포니아 드림」을 흥얼거렸다. 시호는 아무 걱정 없이, 아무 어려움 없이 자유롭게 살아가는 강남의 부유층 소녀가 분명했다.

디즈니랜드에 들어서자마자 시호는 카메라 셔터를 누르기 바빴다. 그녀는 카메라 렌즈를 통해 디즈니랜드를 구경하는 듯했다. 메인거리를 지나 놀이기구를 타서도 그녀는 무섭지 않은지 셔터를 누르고 또 눌러댔다. 토이스토어 안에서는 인형을 잔뜩 사서 유니도 인형 가방을 한 아름 안고 다녀야 했다.

두 사람은 반도에서 홍콩으로 돌아오는 유람선을 기다리며 점심을 해결하기로 했다. 삼백 원이면 탈 수 있는 유람선이었다. 바다에서 불어오는 바람이 시원했다. 홍콩의 습도 높은 바람에 한국에 있던 자신이 씻겨 사라지는 기분이었다.

유니는 샐러드 샌드위치를 들고 야외 테이블에 앉아 있는 시호에게 갔다. 그녀는 인형들을 이리저리 둘러보고 있었다.

이렇게 많은 인형을 어디에 쓰려고……

아, 저 아이 있어요. 딸. 네 살이에요. 다음에는 아이와 함께 올 거예요.

시호가 귀여워 죽겠다는 표정으로 미키마우스 뺨을 어루만졌다. 유니는 샌드위치를 베어 물며 그녀를 곁눈질로 보았다. 자기보다 어려 보이는데 네 살짜리 딸아이가 있다는 사실이 믿기지 않았다. 제멋대로, 하고픈 대로 자라온 부잣집 막내가 시호인가 보다.

이상할 거예요. 사람들이 모두 놀라요. 아이가 아이를 낳았다고 그래요.

시호는 들어오는 배를 보며 손짓했다. 몇 사람이 손을 마주 흔들었다. 밝은 옷차림과 환한 미소처럼 저 관광객들의 생활은 여유롭고 행복할 것이다.

사고 치지 않았어요. 사랑의 파생물이라고나 할까. 아이는 지금 언니가 보고 있어요. 새언니, 오빠의 아내. 난 지금 회사 일로 와서 휴가 비슷한 시간을 보내고 있고요. 이런 관광도 업무예요.

시호는 홍콩의 큰 보험회사에서 일한다고 했다. 한국지사에서 올해의 보험왕으로 뽑혀 포상으로 휴가를 받았다는 것이다. 휴가보고서도 정성을 다해 써내려고 진지하게 관람하는 중이란다.

아이가 예쁘겠어요. 아빠 닮았어요, 엄마 닮았어요?

아빠를 닮았어요. 아빠는 보지 못하지만……. 아이 돌보는 새언니한테 너무 미안해요. 좀 더 크면 내가 데리고 있어야죠.

시호는 미망인인가, 미혼모인가. 아빠를 못 본다는 말이 유니는 거슬렸다.

누군가 드론을 띄웠다. 항구 끝을 오르내리던 작은 드론이 유니 쪽으로 다가왔다. 시호가 일어서서 드론 쪽으로 다가가자 드론은 다시 하늘 위로 올라갔다. 이리저리 둘러보아도 드론의 조종사는 보이지 않았다.

아빠가 없어졌군요. 아이에게 아빠는 꼭 필요한가요?

유니는 자신도 모르게 음성을 높였다. 시호가 놀랐는지 눈을 동그랗게 뜨고 유니를 바라보았다. 아빠는 필요 없다, 시호는 고개를 주억이며 유니의 말을 되뇌었다. 그녀는 신부에게 잘못을 고백하는 신도의 눈빛으로 유니를 바라보았다.

아빠 없이도 잘 키울 자신 있어요. 좋은 엄마가 될 거예요.

부모님은 시호네 남매가 어릴 때 일찌감치 사라져 버렸다고 했다. 큰아버지 댁에도 있었고, 고아원에도 있었는데 오빠는 절대 자기와 떨어지지 않았단다. 오빠에게 아기 가졌다고 고백했을 때 오빠는 아이를 지우라고 했다. 엄마처럼 도망쳐 버릴 거라면 아예 낳지 말라고 했단다. 시호는 샌드위치를 내려놓고 유니의 머리 너머를 바라보았다.

유니는 오빠의 말이 맞다고 생각했다. 미혼모는 되지 말아야 했다. 키울 여건 안 된다면 아이를 낳지 말아야 할 것이다. 시호가 가방에서 신데렐라 인형을 꺼냈다.

안녕, 나랑 재밌게 놀자. 네가 훌륭한 어린이가 되게 지켜줄게.

시호의 눈빛이 다시 힘 있고 밝아졌다. 그녀는 마치 딸아이가 바로 앞에 있다는 듯이 인형 팔을 잡고 흔들었다.

스무 시간 진통 끝에 아이가 나왔어요. 비 맞은 인형 같은 아기를 처음 안아보았을 때 다짐했죠. 절대로 이 아가 곁을 떠나지 않으리라. 아가와 평생 함께하다 할 수 있다면 아가보다 하루라도 늦게 죽으리라, 하고요.

유니는 신데렐라 팔을 꼭 쥔 시호를 바라보며 아가와 하나 된 그녀만큼 강한 사람은 없으리라 생각했다. 강한 여인 또 있다. 고모, 엄마는 강했다. 언니와 유니에게 약했지만 다른 것들에게는 단단하고 셌다.

하인이다. 세상의 모든 엄마는 자식의 신도란다. 물 위를 걷는 예수님을 우러르면서도 안타까워하는 신도란다. 아무리 잘못을 빌어도 또 속죄할 게 많은 죄인이다. 부처님 오시어 윤회에서 벗어나는 길을 알려줘도 끝없이 업보를 쌓는 참회 죄인이다.

엄마는 상업고등학교를 다녔다. 졸업하고 주유소 경리로 일하다 고모부와 결혼하면서 작은 건어물 가게를 차렸다. 소매상이 도매상으로 커졌다. 다른 일도 겸했는데, 집장사였다. 오래된 집을 구조 변경해 되팔면서 큰돈을 만졌다. 고모부가 사기당해 술에 젖어 살다 간암으로 돌아가시자 가세가 급속이 기울었다. 지금은 모두 접고 아파트 청소부로 일하고 있다. 언니와 유니 학비, 용돈은 모두 엄마의 빗자루에서 나왔다. 엄마는 개미처럼 부지런하고 시계처럼 일정했다. 버스 운전사가 엄마를 보고 배차 시간을 맞춘다고 했다.

유니는 엄마가 여행을 가거나 쇼핑하는 모습을 본 적이 없었다. 엄마는 오로지 집과 직장만을 오고 갔다. 텔레비전 드라마가 유일하게 엄마의 벗이었다. 드라마의 배우들과 대화를 나눌 뿐 엄마는 동네 사람 누구와도 말을 트지 않았다. 보험설계사라며 초등학교 동창생이 찾아온 적이 있었지만 모른 체하고 돌려보냈다. 엄마는 주위의 어떤 친분도 없이 일 년을 하루 같이 보내는 사람이었다.

그런 엄마가 토요일 오후에는 꼭 한 시간 외출하고 왔다. 언제부턴지 잘 모르겠지만, 엄마는 도서관에 다녔다. 도서관에서 여는 문화프로그램, 문예교실 회원이었다. 엄마가 글을 쓴다는 것이 그다지 새로운 이슈는 아니었다. 엄마는 유니에게 편지를 자주 써 주었기 때문이었다. 유니는 어릴 때부터 엄마와 나누는 편지로 글쓰기를 배워나갔다. 특별한 것은 엄마가 시 쓰기를 배우는 줄 알았는데 수필로 등단한 것이었다.

어느 날 유니가 집에 혼자 있는데 택배가 왔다. 기사님은 짜증 묻은 목소리로 엄마 이름을 외쳤고 유니는 문을 열어 주었다. 문 앞에 부려놓은 책 박스가 스무 개나 됐다. 기사님이 투덜거릴 만했다. 책보다 무거운 건 없었다. 이사할 때마다 엄마는 책을 정리했어도 또 사들여 이삿짐센터 사람들에게 핀잔을 들었다. 그래도 엄마는 책을 계속 모았다.

엄마는 수필가 신인상을 잡지로 받았다. 그리고 주간인 홍 시인의 사업에 참여했다. 엄마가 유일하게 맺고 있는 친한 관계는 홍 시인뿐이었다. 홍 주간에 대해 엄마가 이야기할 때면 어조가 높아지고 단어들이 빨리 발음됐다. 그가 얼마나 해박한지, 일류대 무슨 학과, 어디 대학원을 나왔고 무슨 책을 썼는지…….

홍 시인이 쓴 책이 집에 네 권씩이나 있었고, 그의 사진은 크게 인화돼 엄마 책상 위에 놓여 있었다. 그가 시간이 없어 한 학기를 다른 문화센터 강의로 휴강해도 엄마는 그쪽 프로그램에 맞춰 근무시간표를 짰다. 홍 시인은 화장품 마케팅사업도 겸하고 있었다. 엄마는 그 사업의 네트워크 판매 팀장이 되면서 수필가로 등단한 것이었다.

책 박스가 온 지 사흘 후에 소포가 날라왔다. 6호짜리 택배 박스가 스물다섯 개였다. 책 상자보다 소포 박스가 더 많이 쌓였어도 유니는 소포가 온 줄 몰랐다. 책 박스에 소포 박스가 스며들어 눈에 띄지 않았던 것이다. 언니가 나중에 식사 때 이상한 박스에 대해 언급했을 때에야 엄마가 입을 열었다. 소포의 내용물은 화장품세트였다. 이스라엘 사해에서 채취한 재료로 만들어 희귀하단다. 엄마는 언니의 혼수 적금을 덜어 홍 시인의 통장에 입금했다. 사만 원 빠지는 이천만 원이었다. 엄마를 믿는다고, 다른 사람들 중에 오로지 엄마에게만 질 좋은 물건을 배당하니 살펴보고 인센티브 많이 가져가라는 메시지도 동봉했다. 그는 자신의 대표 시를 육필로 적은 원고지도 넣었다. 엄마는 홍 시인의 '선의'를 아무 의심 없이 선뜻 받들었다. 그것도 삼십 세트를 말이다.

홍콩여행 둘째 날, 시호는 유니에게 해수욕을 권했다. 홍콩 부자들만 산다는 리펄스베이에 가서 바다를 느껴봐야겠다는 것이다. 유니는 수영복도 없어서 망설였다. 시호가 일당을 준다며 보고서 작성 체험에 참여해 달라기에 유니는 인형 하나를 수당으로 치라며 웃었다.

연둣빛 바닷물에 떠 있는 시호는 눈부셨다. 비키니를 처음 입어본다는 그녀는 아이 엄마라고 믿기 힘든 몸매를 지니고 있었다. 해수욕하러 온 모든 사람들이 그녀를 바라보는 것 같았다. 환호하며 그녀에게 헤엄쳐 가는 남자들도 있었다.

유니는 파라솔에 앉아 해변을 둘러보았다. 폴짝폴짝 뛰다가 바닷물에 뛰어드는 남녀, 수건을 들쓰고 책을 들여다보는 부인, 모래를 쌓는 아이들……, 하나같이 여유로워 보이는 사람들이었다. 영양 넘치는 음식을 취하며 쾌적한 집에서 홈시어터가 틀어주는 위성 방송을 시청하다가 꿀잠에 빠지는 사람들. 노동이라고는 서류 업무 몇 시간 처리하면 하루 일을 마치는 사람들. 그들에게 무슨 걱정이 있을까, 유니는 부러웠다.

파라솔에서 맥주를 홀짝이고 있던 유니에게 시호가 걸어왔다. 유니는 사람들의 시선을 밀쳐내는 시호의 함박웃음을 반갑게 맞았다.

내일이면 떠나네요. 한국 가죠? 나는 좀 더 돌아볼 거예요.

시호가 캔 맥주 풀링을 따서 반지처럼 손가락에 걸었다.

아이 보고 싶지 않아요?

아이 생각나서 미치겠어요. 내일 마카오 성당만 둘러보고 저녁에 들어갈 거예요.

……아빠는 어떤 사람……?

유니가 조심스레 묻자 시호가 풀링을 손가락에서 빼서 던졌다. 그리곤 바다 쪽으로 고개를 돌렸다. 시호는 꽤 오랫동안 침묵했고, 유니는 그 침묵의 의미를 전해 받은 듯했다. 시호가 무슨 말을 꺼내려는데, 갑자기 아이 울음소리가 들려왔다. 예닐곱 살쯤 돼 보이는 아이가 곁에서 발을 동동 구르며 허공에 손을 젓고 있었다. 행사장에서 받아온 풍선을 손에서 놓친 모양이다. 풍선이 하늘로 올라갈수

록 아이의 손짓과 울음소리는 커져갔다. 곁에 있던 아빠도 모래를
발로 걷어차며 어쩔 줄 몰라 하고 있었다.

이스라엘 바다 재료로 만든 화장품을 엄마는 결국 한 세트밖에
팔지 못했다. 이런 물건은 알음알음으로 판매해야 하는데, 알고 지
내는 사람이 거의 없던 엄마에게는 당연한 일이었다. 언니가 나섰지
만 이백만 원대의 고가여서 물건을 보자는 사람도 없었다.

유니와 언니의 무언의 힐난을 견뎌내다 엄마는 문예교실에 가서
홍 시인에게 환불을 요구했지만, 아무 성과 없이 당신의 글이 잡지
에서 올해의 수필로 뽑히는 것으로 만족해야 했다. 고모부가 계셨더
라면, 하는 생각을 그때 참 오래 했다. 늘 술에 취해 있거나 병실에
누워 있기만 했던 고모부, 현실과는 동떨어진 삶을 살아왔지만, 고
모부가 있었다면 화장품 따위는 들이지 못했을 것이다.

그래, 동지섣달 서쪽 하늘 같은 네 아빠, 너는 고모부라 불렀지
만 네 아빠는 나보다 너를 더 챙겼단다. 피 한 방울 섞이지 않은
게 무슨 잘못이라도 되는 양, 네 습관 네 말투 네 행동을 따라 하
려 했단다. 밤에 늦게 오는 너를 네 언니보다 애타게 기다렸단다.

이듬해 봄날, 엄마는 화장품 세트를 다른 포장에 담았다. 그다음
날, 스타렉스 차량이 와서 포장을 실어 담고 떠났다. 동남아 수출 도

매상이라 했다. 얼마나 손해를 봤는지 모르겠지만 유니는 처음으로 엄마가 깊이 한숨을 쉬며 아버지 이름을 부르는 소리를 들었다. 어이쿠 양반아 어쩌고 하면서 고모부를 불렀다. 사람 찾는 광고에서의 이름을 되뇌는 것처럼 낯설었다.

출판기념회에 다녀왔다는 어느 토요일, 엄마는 유니와 언니를 불러 앉히고 화장품 세트 포장을 열었다. 딸들에게 준다며 두 세트는 남겨 두었던 것이다. 언니가 자기 체질에는 안 맞는다며 브론즈 팩을 엄마 얼굴에 들씌워 주었다. 엄마는 거울을 보고 달걀귀신 같다고 까르르 웃었다. 모두가 웃었다. 거친 세월이 할퀴고 간 주름에 팩이 끼었다. 엄마는 팩을 천천히 당겨 폈다. 설레는 마음이 얹힌 조심스러운 손길이었다. 하지만 엄마는 후로 그 화장품에는 눈길 한 번 주지 않았다. 유니는 자주 브론즈 팩을 했다. 물기 먹은 부드러운 헝겊이 착 감겨오는 살가움, 따스한 바닷속에 잠기는 기분이었다. 값을 하는 것 같았다. 유니는 팩을 할 때만큼은 엄마의 손해를 말끔히 잊었다.

내 인생은 돌려막는 빚 같았다. 간신히 하나 막아놓으면 하나 또 터지고, 하나 끝내 놓으면 또 하나가 시작되고. 간절함으로 버텨 나갔다. 오로지 너희 향한 간절함으로.

홍콩에서의 마지막 날 저녁, 유니는 시호와 함께 빅토리아항구에서 심포니오브라이트를 감상했다. 반도에 올라선 세계적인 빌딩에서 교향악에 맞춰 뿜어내는 레이저 빛을 보니, 왜 라면이 떠올랐는지 모르겠다. 입덧 음식처럼 두 사람 모두 라면을 찾았다. 유니와 시호는 게스트하우스에 들어가자마자 라면을 끓였다. 꼬들꼬들한 면발을 매콤한 국물과 후루룩 들이마시는 라면은 별미였다. 한국산 라면에 한국산 소주를 홀짝거리며 둘은 서로의 이야기에 취해 갔다.

아빠가 누군지 궁금해했죠?

시호는 나무젓가락 커버로 국물 자국 묻은 입술을 훔쳐냈다.

대학생 때 학교 근처에서 아르바이트하면서 만났어요. 오픈하는 돈가스 전문점 점장님인데 첫눈에 빠져들었죠. 웃음이 참 맑았어요. 하지만 그날 저녁 오픈 축하 자리에선 처량해 보였어요. 나이는 사십 대 초반이라는데, 가까이 보니 주름이 깊었어요. 육칠십 년 된 시간이 패어놓은 주름 같았어요. 거무튀튀한 얼굴을 더 늙어 보이게 했어요. 가족과 멀리 떨어져 있다고, 늘 술, 담배에 찌들어 사는 듯했어요. 곁을 지나는데 오래된 곰팡내가 지독하더라고요.

유니가 따라준 잔을 시호는 한 번에 털어 넣고 라면 국물을 소리 내며 마셨다.

점장님은 고향에 내려가 농사짓고 싶다고 자주 말했어요. 강원도 양양. 아내와 아이 데리고 언젠가는 시골에 가고 싶다고 했어요. 점장님과 같은 공간을 오래 보내고 많은 대화를 나눴지만, 지금은 그 말만 떠올라요. 양양에 가서 살겠다는…….

돈가스 가게는 손님들이 처음에는 밀려들어 재료가 없어 못 팔았지만, 시간이 흐를수록 매상이 떨어졌다.

　다섯 개도 못 나간 날이 많았어요. 처음은 오픈빨이었죠. 어머, 얼굴이 터질 것처럼 빨개요. 혼자 다 마신 것 같아요.

　술이 약한 유니는 소주 두 잔에 온몸이 뜨거워지고 어지러웠다. 그래도 시호의 말은 더 분명하게 들려왔고, 풍경이 선명하게 그려졌다.

　어느 날 시호는 술에 잔뜩 취해 있는 그 점장의 모습을 거리에서 보았다. 슈퍼마켓 인형 뽑는 기계 곁에서 웅크리고 토하는 그를 시호가 토닥여주고, 그의 자취방까지 그를 배웅해 주었다. 알고 보니 그는 시호와 같은 원룸단지에서 자취하고 있었다. 다음 날 가게에서 그와 눈을 마주쳐도 그는 그 일을 전혀 기억하지 못하는 것 같았다. 그리고 일주일 뒤 밤에도 똑같은 일이 있었다. 그가 잔뜩 취해 인형 뽑기 곁에 웅크리고 있었고 시호는 그를 일으켜 자취방으로 갔다. 이후부터는 다른 일이 생겼다. 그가 시호 앞에서 무릎을 꿇고 어린애처럼 펑펑 우는 것이었다. 시호는 팔을 벌려 그의 어깨를 보듬어 주었고 그는 훌쩍이며 그녀의 가슴을 파고들었다. 그의 원룸에서 시호는 처녀를 잃었다. 그리고 사랑을 얻었다. 하지만 연민으로 시작된 사랑은 오래가지 못했다.

　라면 국물이 식어 유니는 배낭을 열고 앤드루 성당 언덕에서 산 육포를 꺼냈다.

　점장님은 돈을 빨리 벌어 말끔히 정리하겠다고 했어요. 점장님 앞에서 말하진 않았지만 나는 정리하기를 원치 않았어요. 그냥 가끔 만나 술을 함께 마시며 이야기를 나누기를 바랐어요. 그는 정말 자상하고 맑았어요.

잘 조리된 육포는 금세 한 봉이 바닥났다. 엄마와 언니 것 두 봉은 남아 있었다.

그런데 내 몸이 이상하다는 것을 내가 알게 됐을 때 점장님은 사라졌어요. 하드웨어 메모리가 삭제된 것 같았어요. 내가 임신을 알리지도 않았는데 점장님은 어딘가로 숨어버린 것이죠. 내 몸속 아이가 점장님을 정리하게 도와준 것 같아요. 여기저기 모두 감당할 수 없음을 알려준 것이죠. 일주일 휴가 뒤에 출근했더니 모두 없어졌어요. 가게도, 자취방도 아무 흔적 없이 정리됐더라고요.

시호도 학교를 자퇴하고 그 동네를 떠났다. 삼 년 동안 영어와 광둥어를 공부했다. 토익은 980점을 넘어섰고, 광둥어도 중국 본지인보다 낫다는 평가를 받았다. 아이를 오빠네 맡기고 독한 마음으로 공부만 했다고 한다. 유니와 시호는 소주 네 병을 말끔히 비우고 잠자리에 들었다.

어둠을 덮어쓰기 시작한 리무진 버스 바깥 풍경은 새삼스러웠다. 송추에서 장흥으로 넘어가는 도로변의 가로수, 신호등, 여기저기 낡은 건물과 퇴색한 간판들……, 십여 년을 지나던 거리인데도 새로웠다. 가로등이 켜진 양주 쪽 도로는 더 생경했다. 여행은 벌써 잊히는지, 차창 너머 가로등이 트리처럼 연결되어 빛을 내고, 문득, 그리움이라는 말이 그 위에 얹혀졌다.

메시지 도착 음이 울려 유니는 스마트폰을 눌러 보았다. 아직 열어보지 않은 창희의 메시지 위에 새로운 메시지가 올라와 있었다. 언니가 보내온 것이다. 유니는 메시지 아이콘을 클릭했다. 잘 왔냐는 문장 아래 동영상이 띄워져 있었다. 유니는 영상 위 플레이 버튼을 눌렀다.

엄마가 춤을 추고 있는 모습이 담긴 영상이었다. 병실에서 누군가의 생일 축하 파티가 열린 모양이다. 환자들 대여섯 명이 환자복에 고깔모자를 쓰고 몸을 마구 흔들어대고 있다. 하모니카가 반주하는 생일축하 노래와 깔깔거리는 웃음소리가 화면을 가득 메우고 있다. 엄마가 제일 신이 난 모양이다. 이상하게 엄마의 모습이 어색하지 않았다. 엄마는 늘 그렇게 흥에 젖어 사는 사람이라는 듯 자연스러워 보였다.

춤추는 엄마의 영상을 보니 유니는 울컥, 가슴이 조여 오며 느닷없이, 오열이 목젖을 치고 올라왔다. 속에서 끓어대던 말이 순식간에 소리 되어 입 바깥으로 튀어나왔다.

엄마! 고모든 엄마든 나는 엄마 하나뿐이에요. 세상에 엄마가 몇인 사람이 어딨어!

리무진 버스 안의 승객들이 일제히 유니를 쳐다보았다. 유니는 자신도 모르게 터져 나온 말에 스스로도 놀라 손으로 얼굴을 가리고 고개를 숙였다.

엄마 나 이제 가요. 가서 엄마하고 오래오래 살아요.

이번에는 속으로 눌러 담았다.

여행 내내 '가족은 없다'고, 나만 잘 챙기면 되리라던 마음은 사라지고, 불쑥, 고모가 만들어주던 김밥이 먹고 싶어졌다. 입덧이라도 난 사람처럼 김밥 한 토막을 당장 입에 넣지 않으면 숨이라도 끊어질 듯, 식욕이 치솟았다.

입 안 가득 고인 침을 삼키고 고개를 드니 리무진 버스의 검은 창에 춤추는 엄마 영상이 계속 붙어 있었다. 유니는 스마트폰 영상을 정지시키고 창희의 메시지를 열어 보았다. 보고 싶다는, 꼭 만나자는 문장이 말풍선을 흔들고 있었다. ◉

딸꾹질, 멋지 않는

연길에 간 형은 오늘이 제사인 줄 알까?

조부 제사를 준비하는 준수의 마음이 무겁다.

진설(陳設) ─ 거울처럼 닦은 제기 위에 거울 같은 마음 담았습니다. 어물 그림자도 두껍습니다. 북쪽에 서 있는 병풍은 우리의 시간과 공간을 나누어놓고, 어동육서, 홍동백서 방향따라 진설한 양식을 내려다봅니다. 정성 받아주시길…… 차린 것 없어도 어서 오시어 고달픈 우리 삶 위로해주시길…….

─ 시장에서, 형님 봤어요. 어제, 과일 고르고 있는데, 형님, 멀리

서 배추 만지고 있던데요?

아내가 북어포 얹은 제기를 건네주며 말했다. 준수는 북어포를 떨어뜨릴 뻔했다. ……형, 잘 있을까. 형수와 조카아이들도 여전한지……. 준수는 안방에 차려진 제사상 위에 포를 놓고 부엌으로 갔다.

-괜찮아 보여, 형수님?

준수는 사과 깎는 아내 쪽을 보았다.

-조금 야위셨어요. 부스스하고, 여전히 침울해 보이고……. 아는 체하려다 말았어요.

그랬을 것이다. 형이 사라지고 형수도 본가에 발길 않은 지 육 년이 지났다. 아내는 형네 속내를 모르는 상태에서, 얼굴 마주하기 어색했을 것이다. 오늘 제사에도 형 내외가 올 것 같지는 않았다. 이렇게 제사를, 막내인 준수가 주도해서 모신 지도, 친족 행사에 가족 대표로 나선 지도 오래된 느낌이고, 그것이 당연하다고 여겨지는 요즘이다.

제기에 전을 담고, 다과를 얹는 아내의 손놀림이 빨라졌다. 대학 강사 노릇 십여 년이 지나도록 자리 잡지 못하고, 늘 떠 있는 남편을 묵묵히 지켜주는 아내가 준수는 고마울 뿐이었다. 제사 준비하면서 더욱 늘어난 아내의 불평도 밉지 않고 여러 가지 미안하기만 했다.

아내의 손에서 준수의 손으로 전해지는 제사 음식의 무게, 제사 때마다 자연스럽게 얹히는 경건함과 조심스러움 때문에 더욱 무겁다. 조부의 생전 모습이 제물 담긴 제사상 위에서 어른거린다. 이렇게 선조를 기억하는 것으로 나를 확인하며 지금 여기의 삶을 유지하는 것이 아닐까. 준수는 좀 전에 쓴 축문을 확인한다.

'대학지도(大學之道)는 재명명덕(在明明德)하며, 재친민(在親民)하며, 재지어지선(在止於至善)이니라…….' 방학 때 시골에 놀러 가면 회초리를 들고 대학을 외게 했던 할아버지, 할아버지의 호통이 아직도 귀에 쟁쟁하다. 아내는 조부를 직접 뵙고 모셔본 적 없지만, 시댁의 조상을 맞는 그녀의 준비가 정성스럽고 정갈하다. 제사상 위에 배어 있는 공동사회의 습관, 그 흔적들이 방 안을 채워가고 있다.

하루 벌어 하루 먹기 힘들어도 모실 조상 많아 괴롭다. 종손으로 제사 지내왔어도 사업은 어려웠다. 감당할 많은 일들을 줄여 내 시간 갖고 싶었다. 나 혼자 밥 먹고, 혼자 사색하고, 혼자 잠자고 싶었다. 세월 변한 만큼 이제 종친들도 변하면 안 되나. 힘들어도 내색할 수 없는 종손이다. 장남이라는 내 자리, 누가 가져가면 안 되나.

형이 중국 광저우와 이우를 오가며 액세서리로 돈을 만드는 동안, 형수도 바쁜지 통 보이지 않았다. 형수는 형 심부름과 아이들 공부 돌보느라 많이 지쳤을 것이다. 형이 연길에 왕래한다는 소리를 누가 했던가. 아내였나, 형수에게 들었다던 누님이었나. 연길엔 도매로 거래할만한 시장이 없을 텐데……. 연길에서 실종됐다던 종현 형을 찾으러 갔다는 말도 있었다. 가족보다 친구를 더 좋아한 형이기에 그럴 수 있었다.

촛대를 세우고 돗자리를 펼치니 병풍에 기댄 할아버지 초상이 또렷해진다. 준수와 아내는 진설을 모두 마쳤다. 몸은 기계적이긴 해도 마음에는 잔뜩 힘이 들어간 움직임이었다. 치매를 앓고 있는 아버지도 오늘 따라 조용했다. 어머니도 소파에 앉아 미소 지으며 준수 내외를 바라보고 있었다. 숙부 댁 제사꾼들이 아직 도착하지 않아서 준수는 장롱에서 가방을 꺼냈다.

가방 안에는 모택동술과 우황청심환이 들어 있다. 석 달 전, 연길에서 사온, 숙부에게 드릴 선물이다. 가방에서 다이어리를 열어 메모를 들여다보니 연길을 돌아다니던 자신이 보였다. '延吉社會科學院 文學藝術研究所 趙吉壽'……. 연길에서 만난 사람들의 명함이 툭, 떨어졌다. 중국 음식 특유의 그 조미료 냄새가 훅, 끼쳐왔다.

형이 정말 연길에 있었던 것일까.

연길 가는 첫날, 준수는 학교 기숙사에서 아침을 맞았다. 인천 공항에서 일행과 만나도 됐지만, 논문을 지도하는 최 교수의 프로젝트 수행을 겸한 여행이어서 최 교수 집 근처에서 일정을 시작하기로 정한 것이었다. 게다가 연길에서 유학 온 박 선생도 함께여서 기숙사가 가장 적합한 첫 숙소였다. 연변 작가회의 소속이고, 평론활동중이라는 박 선생과 자정 너머까지 이야기를 나누다가 자리에 누웠지만 준수는 통 잠을 이룰 수 없었다. 박 선생의 코고는 소리와 망가진 선풍기의 꺽꺽대는 소리가 잠을 멀리 몰아냈다. 아니, 코 고는 소리는 핑계일지 모른다. 밤새 아버지 걱정에 아내의 투정, 형을 만날 수 있지 않을까 하는 기대……, 등등의 상념이 몸을 쉬지 못하게 했다. 새벽녘에야 간신히 눈을 붙였는데, 곧장 또 다른 이미지가 펼쳐지며 준수를 이끌었다.

무언가에 끌려가는 듯한 걸음으로 올라간 야산 공터. 만국기가 펄럭이고, 애드벌룬이 떠 있다. 무역박람회장 같다. 베트남사람, 중국사람, 일본인, 몽골사람, 우즈베키스탄사람……, 나라마다 고유 의상을 입은 사람들이 바삐 오간다. 박람회 좌대에는 각 나라별 고유 음식을 팔고 있다. 좌판 줄에서 유독 사람들이 붐비는 곳이 있다. 준수가 가까이 가 보니 빈대떡을 팔고 있었다. 그 가게 좌대 위에 태극기가 펄럭거린다. 사람들을 비집고 들어가 보니 낯익은 사람들이 눈에 들어왔다. 프라이팬으로 전을 부치고 있는 형님, 동그랑땡을 입에 물고 어깨를 덩실거리는 아버지, 몽골 전통의상을 입고 풍선을 불고 있는 종현 형. 세 사람이 손님을 끌려고 절도 있게 움직이는 모습이다. 프라이팬으로 부침개를 높이 올렸다가 잡아채는 형님, 동그랑땡을 고치에 꿰어 마이크 삼아 노래를 부르는 아버지, 몽골 장화를 신고 헐렁한 앞차기를 해 보이는 종현 형. 세 사람이 하는 노래와 동작을 사람들이 따라하며 좋아하고 있었다.

아버지, 아버지 이제 정신이 드세요? 형도 일이 잘 풀리나 보네.

준수는 사람들이 행복해 하는 모습을 보다가 어깨동무 틈으로 끼어든다. 그도 손을 번쩍 들어 하늘을 찌른다. 형이 어깨를 떠미는 통에 준수는 한 가운데로 나간다. 쑥스럽지만 흥겨움을 주체 못해 그는 마구 몸을 비틀어댄다. 박수와 환호가 점차 높아진다.

저기, 뉘김매? 춤, 참으로 잘 춘단 말이.

종현 형이 푹 꺼진 눈으로 준수를 바라보며 손뼉을 친다.

우리 아들이여. 우리 막내 최고여.

아버지와 형이 달려들다가 멈춘다. '동작 그만', '그대로 멈춰라', '얼음땡', '무궁화 꽃이 피었습니다'……. 끊어진 필름처럼 거기서 멈춘다. 꿈이다. 생생한, 여기 기숙사 실내보다 더 또렷한 현실이다. 현실에서의 형은 사라진 상태이고, 아버지는 치매환자로 십 년 째다.

준수는 박 선생과 기숙사에서 나와 학생회관 로비에서 커피를 마시며 최 교수를 기다렸다. 잠이 모자라 눈이 씀벅거렸지만 머리는 맑았다. 커피를 다 마시고 나니 파이프 담배 냄새가 풍겨왔다. 최 교수였다.

준수 일행은 택시에서 시외버스로, 시외버스에서 지하철로, 지하철에서 리무진 버스로 옮겨 타서 인천공항까지 왔다. 공항에서 합류한 인원이 두 명 더 있었다. 연변 조선족 문학을 부흥시키겠다고 발족한 문학상 운영위원들이었다. 교수이고 평론가인 아버지뻘의 두 선생 앞에 앉아 있으니 준수는 더욱 긴장됐다. 선생들은 연길에서 비평 문학상을 언제 수여하고, 백두산과 두만강지역을 언제 돌아보는지, 최 교수에게 몇 차례 확인했다.

비행기가 이륙하자 건물과 산, 들과 강이 한 시야에 내려다보인다. 지표면에 달라붙어 먹을 것을 찾아 부지런히 움직이는 생명들……. 대기권 밖으로 올라가면, 검은 물질뿐일 것이다. 원래 그랬던 것처럼. 적막 속, 멀어질수록 보이지 않을 빛……. 지구를 벗어나 우주의 어둠 속에 홀로 있다면, 얼마나 견딜 수 있을까? 삶은 홀로 있는 어둠이 아니라, 여럿이 부딪히며 발하는 빛일 것이다. 그 빛을 내게 하는 힘은 누군가와 관계를 맺는 것. 그것이 우정이건 사랑이건, 미움이건 증오이건, 서로 물고 물려 있어야 살아가는 게 아닌가. 생명은 그러면서 어둠을 극복해나가지 않았던가…….

상념을 이어가면서 창 아래를 내려다보는데, 곁에 앉은 박 선생이 말을 건네왔다.

—무신 생각 그리 함매. 시계 바늘 고치잔 말이. 중국은 한국보다 시간이 아니 빠르오.

박 선생은 팔을 올려, 보란 듯이 손목시계 바늘을 한 시간 빠르게 돌려놓았다. 준수도 시계를 조정했다. 한 번 입을 연 그는 습관대로 수다를 늘어놓았다. 중국여행이 처음인 준수에게 예비지식을 전하려는 의도로 보였지만, 준수는 여느 때처럼 그의 말에 귀를 반쯤만 기울였다. 말이 빠르고 중언부언이 심했다. 중국은 자본주의화 되어가고 있다, 모두가 돈 많이 벌고 싶어 한다, 부정부패와 빈부격차가 심해지는 게 문제다. 조선족도 변하고 있다, 중국인이지만 소수민족이어서 큰 출세는 생각지 않고 있다. 요즘은 누구나 돈을 최고로 여기고 있다……. 받침 없고 맺음 없이, 흘리듯 발음하는 그의 우리말은 온전히 듣기 어려워 늘 새로 구성해야 했다. 준수는 그가 한국에서 유학생활을 무사히 마치기를 진심으로 빌었다. 여러 명이 중국에서 왔지만, 모두 금방 돌아가거나 한국에서 사고를 당해 제대로 과정을 이수한 사람은 아직 한 명도 없었다. 공부도 그렇지만 생활비도 문제여서 유학생들은 학점이수보다 경제활동을 우선하는 경우가 많았다. 박 선생도 가진 것 없음을 늘 아쉬워했다.

최 교수는 유학생의 일탈을 많이 겪어보았음에도 기회가 되면 학생들을 받았다. 민족애와 한국학 교육, 교포사회에서의 공명심 등이 활발한 국외 활동의 동인이 되는 듯싶었다. 창 아래를 내려다보니 구름이 떠 있다. 만져보고 싶은 구름 사이로 푸른 바다가 비친다.

분향강신(焚香降神) – 향로 속 먼지 더미가 한 필의 향으로 세워질 때까지, 꽂힌 향에 다시 불이 타오를 때까지 우리는 기다립니다. 흔들리지 말 것, 우리 숨결 찾아오시도록. 숨결 속에서 현현하시도록, 흔들리지 말 것. 매 순간마다 진실이 있고, 조부님이 있으니 우리가 있습니다. 떠나도 이렇게 제자리로 오시지 않던가요. 있는 듯 없는 듯, 다른 삶도 공경하며 지내라던 말씀이 향내에 말려 흐릅니다.

숙부 가족이 도착해서 준수는 곧장 기제사를 진행했다. 준수는 라이터로 불을 댕겨 초에 붙인 후, 제기를 다시 매만지고 손을 모았다. 숙부가 제사상 아래 누운 축문을 일으켜 세워 훑어보았다. 숙부는, 형이 불참했으니 제주 이름을 준수 것으로 고치게 했다. 준수는 형 이름자에 자신의 이름을 덧씌우고 상 앞에 앉았다.

향에 불을 붙여 향로에 꽂자, 사촌 형이 강신 잔에 청주를 반 잔 따라 준수에게 건네준다. 준수는 잔을 들어 향로 위에서 돌리고 퇴주 그릇에 붓는다. 술잔에 휘어드는 향 연기가 준수의 잔 돌림에 따라 흩어진다. 조부 사진 위에 얼핏, 종현 형의 핏기 없는 얼굴이 비친다. 준수는 일어서서 절을 올린다.

늘 배가 고파 향내만 코에 닿아도 현기증 일던 그 시절, 아우처럼 책 볼 여유 없었다. 버거웠다. 내게 씌워지는 할아버지의 기대는 시조에서부터 전해진 무게였다. 도망치고만 싶었다. 자기를 늘 방기한 모습인 아버지를 사이에 두고 벌이는 어머니와 할아버지의 보이지 않는 다툼, 그 사이에 끼어 어지러웠다. 결국 돈이 힘 아니던가. 할아버지의 권위도 조상의 비석도, 사당의 기둥도 어머니의 돈이 힘내서 서지 않았던가. 참기 힘들었다. 왜 남에게는 관대하고 식구들은 옹색해야 하는가. 그 체면과 배려는 거꾸로 된 이기심 아닌가.

형이 없으니 제례 순서가 틀리지나 않는지, 준수는 자꾸 허둥댄다. 숙부의 눈짓에 따라 제사꾼 모두가 머리를 조아린다. 참신(參神) – 우리 모두가 기억하므로 이렇게 모시어 무탈하기를 소원합니다. 이 기억이 여의하기를 소원합니다. 술잔이 숙부와 사촌형의 손으로 건너간다. 술이 넘쳐 흐칠거린다. 초헌(初獻) – 우리의 근원이 영원으로 이어지기를, 묻혀 있던 종손의 앙금이 사라져주기를, 올리는 술이 묽혀주기를 회원합니다.

형, 연길에 정말 있었는지……, 흔들리는 촛불처럼 아리아리하다. 사진 속에서도 세월이 흐르는가, 할아버지 주름 많이 깊어졌다.

연길 공항이 다가오는지, 비행기 밖에는 바다대신 드넓은 대지뿐이다. 수수밭이 파도처럼 출렁거리고 드문드문 붉은 기와집이 섬처럼 떠 있다. 비행기가 내려앉으면서 수수밭이 밀려나는가 싶더니, 어느새 공항 건물이 눈앞을 가로막는다.

공항로비에는 여기저기 군복을 입은 공원이 날카로운 시선을 던지고 있었다. 아직 앳된 얼굴이지만 몸짓과 눈짓은 칼날처럼 번뜩였다. 로비 허공에서는 휘발유 냄새에 실려 행진곡 선율이 떠돌고 있었다. 준수 일행은 연길사회과학원에서 마중 나온 사람들과 택시를 탔다. 중고 승용차로 택시영업을 하는 운전수들의 눈빛이 바빴다. 준수 일행을 태운 작은 택시는 무언가에 쫓기듯 도로 위에 달리는 자동차들 사이를 빠져나갔다. 차창 밖으로 붉은 기와집이 자주 눈에 띄었다. 농촌은 우리와 별반 달라 보이지 않았다. 여행지임을 알게 해 준 풍경은 시내에 들어서고부터였다. 붉은색 바탕에 금빛 초서체 간판, 자전거와 오토바이 행렬, 안개가 끼어 있는 듯한 거리⋯⋯. 낯선 장소임에 분명하지만, 언젠가 와본 곳 같은 기시감.

― 여기 연길이르 공기가 좀 탁하짐. 탄을 연료로 하고 있음매.

우리도 예전에 이러지 않았나. 겨울이면 골목골목에서 연탄 냄새가 피어오르고, 교실에서도 오전 내내 석탄 냄새로 머리가 지끈거리지 않았던가. '愛丹路'라 쓰인 거리를 지나 '高明睍'에 들어서니 건물도 높아지고 붉은 색조도 더 강해져 있었다. 간체자와 한글이 섞인 상호들 건너에 아파트가 보였다. 박 선생이, 목적지에 거의 왔다며 자기 집이 있다는 동네를 가리켰다. 그의 손끝을 바라보니, 집합건물들 사이로 길을 새로 내는 공사장이 먼저 눈에 들어왔다. 공사 현장에는 쥐색 제복을 입고 머리를 짧게 깎은 남자들이 돌을 나르고 있었다.

― 죄수이짐, 교화하고 사회적응 경험으로 활용한단 말입네.

의아해 하는 준수의 눈빛을 보았는지 박 선생이 빠르게 설명했다. 차가 신호에 걸려 정차하고 있는데, 가까이에서 한 어린 죄수가 준수를 바라보았다. 그의 눈을 피해 준수는 얼른 고개를 돌렸다. 눈을 찌르는 날카로운 시선이었다.

연변대학 길 건너에 사회과학원이 자리하고 있었다. 일행은 사회과학원 정문에 정차한 택시에서 내렸다. 담장에 금이 가고 지붕 귀퉁이가 허물어졌어도 연구기관으로서의 분위기는 전달되고 있었다.

일행이 가방을 들며, 끌며 현관으로 들어서는데, 원장으로 보이는 사람이 부하직원들의 호위를 받으며 나왔다. 앞 머리칼이 전혀 없어도 젊고 건강해 보이는 원장과 마주하자, 최 교수는 들고 있던 가방을 팽개치듯 내려놓았다. 그는 이맛살을 찌푸려 기분 안 좋다는 표정을 지었다. 준수에겐 기선을 제압하려는 의도적인 제스처로 보였다. 최 교수는 자신이 프로젝트의 책임자임을 강조하면서 지원을 받으려면 단체장이 공항까지 나왔어야 하는 게 아니냐는 투의 인사말을 던졌다.

최 교수는 연변 조선족에 대해 그렇게 신뢰를 갖지는 않는다고 자주 입에 올렸었다. 같은 민족이어도 국적이 달라서 이중의 품성을 가졌다고 했다. 그들을 도우는 일이 빠진 독에 물붓기여도 계속돼야 한다고 했다. 그들에겐 방랑민 의식이 깔려 있지만, 우리와 같은 추억이 있기에, 풍속이 같기에, 특히 같은 말을 쓰고 있기에 도와야 한다는 것이었다.

사회과학원 원장실이라야 지금 한국의 낡은 아파트 수위실 수준이었다. 군데군데 흠집 난 철제 책상과 칠이 벗겨진 캐비닛장, 두텁게 먼지 때가 끼어 있는 유리창이 어려운 상황을 말해 주고 있었다.

최 교수와 원장이 이야기를 나누는 동안, 준수는 소변을 보러 화장실에 갔다. 우리의 시골 변소처럼 문은 낮았고, 좌식변기도 없었다.『장백산』,『문학예술』이라는 종합문예지가, 앉은 자리 어깨쯤에 걸려 있었다. 종이 품질이 좋지 않았지만, 우리말로 가득 들어차 있는 잡지였다. 환경이 열악해도 한국말로 된 잡지는 성의껏 제작하려는, 열정어린 모습이 떠올랐다.

원장실로 돌아가니 분위기가 한결 밝아져 있었다. 일행을 대하는 사회과학원 사람들의 태도가 많이 달라보였다. 지원과 수혜범위가 구체적으로 약속된 모양이었다. 원장은 최 교수에게 숙소를 바꾸시라며 호텔에 전화를 걸어 호기 있게 예약했다. 곧이어 단단한 체구의 청년이 원장실에 들어왔다. 원장은 그를 보고 고개를 끄덕이곤, 이번 여행에서 안내역을 맡아줄 비서라고 인사시켰다. 그는 한족이었음에도 연길의 우리말을 정확히 발음했다.

비서가 안내한 준수네 숙소는 중급 호텔이었다. 그는 '阿里郎大殿'이라는 네온간판이 기와지붕에 걸린 호텔에 일행을 내려주고 잠시 후에 오겠다, 하고 떠났다.

준수와 선생들이 짐을 풀고 로비에 나가 있으니 비서가 달려왔다. 원장 비서가 일행을 안내한 곳은 '옥란식당'이었다. 평양에서 파견된 북한 사람이 운영하는 음식점이었다. 북한여성들이 한복을 곱게 차려 입고 인사해왔다. 그들은 호기심어린 일행의 시선을 즐기는 듯, 빙글빙글 웃으며 식탁 시중을 들었다. 일행이 힘들지 않느냐는 식의 안쓰러움 섞인 질문을 던지면, 대개 '일 없습네다.' 라고 간단히 대꾸했다. 북한 말투와 치마저고리 차림 외에는 남한 숙녀와 다를 바 없었다. 아니 좀 더 날렵하다는 느낌이었다. 그녀들은 꼭 필요한 언행 외엔 더 하지 않았고, 시중이 끝나자 아코디언 반주에 맞춰 북한의 대중가요, '휘파람'을 불렀다.

옥란식당에서 반주로 시작한 술은 이차 삼차로 이어지면서, 결국은 마지막, 노래주점에서 노교수와 준수를 쓰러뜨렸다. 먹고 마시다 대취하는 모습을 보고야 만다는 중국식 접대 문화에 대한 정보를 귀에 담고 왔지만, 이 정도일 줄 예상 못했다. 돌고 도는 건배 제의와 인사말 후의 잔 비우기, 조금의 흐트러짐이 있으면 곧장 퍼부어대는 야유, 가식인지 진심인지 모를 칭찬……, 어수선한 말과 행동이 도수 높은 '흰술'에 섞여 식도를 꾸역꾸역 밀고 들어왔다. 술집 소파에 누웠다가 눈을 뜨니, 아리랑호텔의 화장실 변기가 보였다. 중국 조미료 냄새가 토사물 위에서도 풍겨와 준수는 또 속을 울컥 올렸다.

독축(讀祝) - 우리 곁을 떠나신 오늘입니다. 할아버지와 할머니의 오랜 습관대로 우리 모여 서로를 확인합니다. 여기, 우리 시간 끌고 당기는 조부모가 와 있음을 분명히 느낍니다. 우리 곁을 떠나도 떠나지 않는다는 진실을 다지면서 이렇게 모여 미래를 그립니다.

평소보다 높은 음성으로 축문을 읊는 숙부의 모습을 곁눈질하니, 운율을 맞추려는 숙부의 고갯짓이 서글퍼 보였다. 감정을 껴묻힌 독축은 꿇어앉아 조아린 모두의 머리 위에 얹히고 있다. 거실 소파에 앉아 있을 아버지도 숙부의 낭송에 추임새라도 넣겠다는 듯 '꺼이꺼이' 소리를 낸다. 독축이 끝나 무릎을 펴니 저릿저릿, 가벼운

경련이 독축의 메아리처럼 리듬감 있게 전해온다. 조부의 초상이 미소 짓는다.

연길에 간 형의 귀에도 축 소리 닿고 있으면 좋겠네. 종현 형도 들을 수 있으면 좋겠네.

늘 걱정이었다. 부모 부담 덜어드리고, 동생들 편히 공부시켜보겠다는 고민뿐이었다. 풍족한 생활이 장남의 무한한 책임을 해소할 유일한 방법이라 여겼다. 챙겨야 할, 신경 써야 할, 돌봐야 할 것들이 많다고 스스로 과도한 의무감에 사로잡힌 적이 많았다. 그래서 한 군데 매진할 수 없었다. 모든 상황이 안사람을 실망하게 했는지 모르겠다. 아버지 쓰러지고, 어머니마저 병원에 입원했을 때, 아내는 앞으로 겪을 간병을 근심했다. 이혼까지 생각했지만 장남은 함부로 이혼할 수도 없는 사람이다.

형이 최근에야 후회인지, 하소연인지 중단한 공부에 대해 아쉬워한다는 말을 누님으로부터 듣고, 준수는 화가 치밀었다. 어머니 아버지로부터 언제나 제일 먼저, 가장 많은 혜택을 받지 않았던가. 의무감이 아니라 의타심이 아니었나. 중국에 사업체를 차려놓은 것은 도피 아니던가. 형수에게 부담을 덜어 주려는 노력을 하지 않아, 결국 형수에게도 큰며느리 역할 제대로 해볼 기회를 못 준 것 아닌가.

공손하게 잔을 올리는 숙부의 손에는 조상과 가족에 대한 사랑이 단단하게 뭉쳐 있다. 아헌(亞獻) - 올바른 삶의 길, 선현의 삶의 흔적은 우리의 실핏줄 타고 흐릅니다. 사촌형과 자리를 바꾼 준수는 잔에 술을 채워 사촌형에게 건네준다. 잔에 술이 가득 차 찰랑인다. 촛불도 흔들린다. 종헌(終獻) - 아무리 새것들이 차고 넘쳐도 늘 한결 같습니다. 우리의 마음도 그러길 빕니다.

아버지와 큰형이 해야 할 종계 일을 숙부네가 도맡아 잘 치러내고 있다. 조상에 대한 신념이 없으면, 가족애가 아니면 그 귀찮은 일을 어떻게 다 해낼 수 있을까.

왜 우리만 중심이라고, 닮은 것들만 영원히 잘 살겠다고 발버둥 치는지 모르겠다. 앞으로 어떻게 될지 모르는 채 연명하듯 살아가는 우리 생인데, 무슨 부귀영화를 보겠다고……. 오만 아닌가.

연길에서 이틀째, 준수는 숙취를 뒤집어 쓴 채 호텔을 나섰다. 아직 동이 트지 않았지만 백두산을 오르기 위해 바삐 움직여야 했다. 온몸에 깁스를 한 듯 뻑뻑하다. 식도까지 알코올이 출렁거리는 듯한 술기운을 안고 노교수의 가방을 챙겼다.

경차가 유독 붐비는 안도를 거쳐 이도백화에 다다르니 침엽수림이 병풍처럼 펼쳐졌다. 비서가, 가끔 호랑이도 출몰해서 조심해야 한다고, 놀랍지 않느냐는 듯이 크게 말해서 잠시 분위기가 어색해졌다. 준수는 취기가 더욱 올라오면서 구토기가 심해져 입 안에 고이는 침을 계속 삼켰다.

일행은 '長白山'이라고 쓰인 현판 아래에서 사진을 촬영하고, 천지에 올랐다. 제연을 위해 산을 오르는 고대인 같은 등산객들 틈에서 준수는 숙취를 이겨내려 몸에 힘을 주었다. 천지 가까이 커튼처럼 드리워져 있던 안개는, 일행이 천지에 올라 서성거리는 동안 서서히 걷혀나갔다. 영상으로만 보던 천지의 시퍼런 물을 발 아래로 내려다보니, 민족정기의 원천이니, 민족혼의 시원이니 하는 말이 겉치레만은 아니라는 실감이 왔다.

천지에서 갰던 마음과 몸은 하산하면서 다시 탁해졌다. 연길에 오기 전부터 수상자 인원에 대한 견해 차가 있었다. 최 교수 팀은 수상자 한 사람만 원했고, 사회과학원에서는 세 사람 공동 수상을 주장했다. 많은 상금이어서 여러 사람에게 나누어야 문단에서 잡음이 없으리란 뜻이었다. 그쪽 형편을 짐작케 할 의견이어서 최 교수는 그들의 견해를 받아들였다. 심사 도중 최 교수와 준수는 사회과학원을 나와 원장 차에 올랐다. 원장이 특별히 최 교수와 준수를 집으로 초청해 점심식사를 대접하겠다는 전언이 있었다. 원장의 자택으로 향하며, 최 교수는 준수에게, 가을학기에 원장의 동생이 박사과정으로 유학 올 예정이라 했다.

거북한 속을 복식호흡으로 가다듬으며 원장 부인이 차려놓은 전골을 내려다보고 있는데, 원장이 동생을 데려와 인사를 시켰다. 배가 불룩 튀어나온 중년의 남자가 자신을 소개했다. 조광일이라 했다. 석사를 어학으로 마쳤고, 박사를 문학으로 전환해서 열심히 해보겠다고, 깊이 고개를 끄덕이며 자기를 소개했다. 지도교수는 전에 없던 미소를 얼굴에 연방 올렸다.

밥을 먹고 나니 조광일이 밖으로 나가자며 준수의 소매를 잡아끌었다. 그들은 바깥으로 나와 택시를 탔다. 조광일이 데려간 곳은 '연길꿤성'이라는 꼬치구이 음식점이었다. 이미 약속이 됐던 듯, 식당 안으로 들어서니 박 선생이 부인과 함께 그들을 맞았다.

숯불에 꿤을 구우며 준수는 고량주를 마셨다. 지금까지 연길에서 먹었던 음식 중에 가장 입에 맞았다. 조광일과 박 선생은 이미 서로 잘 아는 사이여서 중국말로 이야기를 나누다가, 준수의 눈치가 보이는지 한국말을 섞기도 했다. 그들은 준수에게, 학교생활 잘 지도해 달라고 자꾸 건배를 제의해왔다. 준수는, 지도교수에게 성심껏 하는 수밖에 없다는 말을 되풀이하며 호기 있게 술을 마셨다.

한국말하는 모두 취기가 올라 목소리가 커졌다. 준수는 조광일의 넓은 얼굴을 뚫어지게 쳐다보며 술에 젖은 목소리로 물었다.

─만약, 통일 되면 한국으로 귀화할 생각 없습니까?

─……허허, 내래 어디매 소속된다 생각해 본 적 없수다래. 그래두 국적은 중국 아님매. 지금 한국 돈 많이 있다 해두, 월급이 많이 준다 해두 마음 아니 기울 것 같습매.

조광일은 술에 취한 듯 했지만 하고픈 이야기를, 단어를 되도록 정확히 고르려 애쓰며 전했다. 그는 남한의 물신화된 자본주의와 북한의 부조리한 사회주의가 모두 이상적이지 않다고 했다. 그는 중국식 자본주의가 많은 사람에게 기회를 준다는 믿음을 갖고 있었다. 연변이라는 공간에서 얻게 된 조광일의 객관적인 시각이 준수를 빨리 취하게 했다.

– 많이 살펴 주구래. 내 안즉 공부 아니 돼서 잘 모르짐.

히물쩍 웃는 조광일의 얼굴에는 여전히 취기가 없어 보였다. 준수는 술잔을 빠르게 비우고 다시 채워 조에게 권했다. 술잔을 입 안에 털어넣는 그를 보고 준수는 일어섰다. 화장실을 찾았다.

건물 끝, '변소'라고 쓰인 간판을 찾아 앞에 섰지만, 문은 잠겨 있었다. 급해서 혁대를 푸는데, 구석에서 누군가 쭈그려 앉아 오줌을 누고 있었다. 돌아서려다 어긋난 발걸음 때문에 몸이 휘청, 흔들렸다. 곁눈질로 바라보니, 펨집에서 옆 자리에 앉아 있던 여인이었다. 그녀의 허연 허벅지가 골목 안의 어둠을 밀어내고 있었다. 길 끝에서 따뜻한 바람이 불어오고, 그 바람에 섞여 고량주 냄새가 실려왔다. 한겨울, 연탄아궁이를 돌보고 온 어머니의 품에서 나던 냄새가 이러지 않았던가. 목덜미를 누군가에게 잡힌 듯, 준수는 그녀가 일어설 때까지, 꼼짝 않고 서 있었다.

계반(啓飯) – 삽시(插匙) – 준수는 메 뚜껑을 열어 흰 밥 위에 숟가락을 꽂는다. 맑은 하늘, 희고 풍성한 구름에다가 깃발을 꽂는 기분이 이럴까. 허공에 있다가 다시 뿌리를 박는 마음. 사촌형도 젓가락을 추스르고 시접 위에 놓는다. 고요하다. 조상을 향한 발원이 응해온 것인지, 할아버지의 구중이 들려온다. 작년보다 못하네. 탕국이 싱겁고 굴비도 오래됐어. 첨작(添酌) - 너희 속에 나는 없다. 너희들 스스로 가두려는 심보 아니냐. 딴에는 잊지 않으려 애를 써야 서로 의지하겠지.

할아버지의 음성이 주파수 맞지 않은 라디오 소리처럼 끊김이 심했다. 잔에 청주를 채우고 올려도 잡음은 계속됐다.

합문(闔門) - 할아버지 마음껏 진지 드시도록, 가족 모두 거실로 나간다. 그제야 숙부 눈을 제대로 맞추고 사촌 형 안색을 살핀다. 그 동안 잘 지냈니? 조금 힘들어 보인다. 요즘 경기 안 좋지? 공부는 잘 돼 가나……. 지난 번 대종계에 참석 못해서 죄송해요. 우물터 아재가 낙상하셨다고 들었어요……. 준수와 숙부는 눈으로 묻고 답한다.

어린 시절부터 늘 고민 많았어도 속내 털어놓을 형제가 없었다. 아버지, 사기수에 걸려 조바심 낼 때도, 은행빚 못 갚아 집이 경매 들어가게 생겼을 때도, 종계에서 큰 집 역할하라고 다그칠 때도 나는 혼자 꿍꿍 앓다가 병이 나곤 했었다. 장남이어서 가장 걱정 많이 했고, 좋은 일은 아우들한테 양보해야 했다. 문제를 해결해야 할 위치여서 나는 늘 전전긍긍했다.

형은 자신이 택한 것을 항상 못마땅해 했다. 형에겐 그만큼 선택의 폭이 넓었고, 기회가 먼저 주어졌다. 그러면서도 동생들에게 피해

의식이 있어 보였다. 경제적으로 불안정한 시기에 사춘기를 보내서 그랬을지도 몰랐다. 그렇더라도 형에겐 아우들에 비해서 항상 질 좋은 새것이 있었고, 특별한 오락거리가 주어졌다. 가겟방에 모여 살 때, 형에게만은 공부방이 따로 마련되기도 했었다. 공부방에서 저녁마다 친구들과 술판을 벌였어도, 기타 소리와 팝송이 흘러나왔어도 어머니는 열심히 공부하는 줄 알았다. 아니, 어머니는 알면서도 모른 체 했을 것이다. 크리스마스이브 날에는 밤새 한 숨 못 잤다고 주인집에서 어머니를 호출했었고, 농번기에 시골 숙부 네에 친구들과 떼 지어 몰려가 밥해 달라 조르는 통에 혼쭐났다고, 숙모가 어머니 만날 때마다 투정이었다. 생각해보면 형이 철이 덜 든 것이 아니라 장남으로서의 부담이 과장된 자의식으로 표출되었던 듯싶었다. 아버지와 형은 가족보다 친구들을 더 살갑게 대했고, 어머니는 집안에서 남자들의 빈 구석을 메우려 언제나 혼자서 애를 태웠다.

學而時習之 不亦說乎. 아버지가 술만 드시면 읊어대던 구절 아니냐? 그래. 공부에 때가 있다. 나는 때를 몰랐다. 집달리가 쳐들어오게 생겼는데, 무슨 공부인가. 사정도 모르시면서 숙모와 고모는 제사 음식 부실하다고 핀잔하고, 어머니는 자존심 세우려고 제사 지낼 수 있는 큰집을 갖고만 있으려 하니, 그 융자 빚은 모두 어떻게 감당했겠는가. 학이시습지, 내겐 사치였다.

형은 중학교를 수석으로 졸업하고 기계공업고등학교에 진학했다.

유신체제로 돌입한 정권은 기술입국을 목표로 공업고등학교를 세워 우등생들로 채워넣었다. 기계공고를 장학금으로 다니던 형은 어느 순간, 책을 손에서 놓더니 간신히 졸업하고 군에 자원입대했다. 만기 제대 후 경제활동을 해보겠다고 동분서주했지만 늘 빈손이었다. 박람회에 쫓아다니다가 점포 보증금을 떼이고, 중소기업 영업사원도 오토바이 사고로 집어치울 수밖에 없었다. 카페를 운영하겠다며 숙부 돈을 빌려 인테리어를 했지만 불법건축물 단속으로 개업도 못한 채 문을 닫고……. 집에 틀어박혀 소설책에 묻혀 살다가 남대문 액세서리 상가에 흘러들었다. 친구인 종현 형에게서 유통을 배워 중국으로 진출하게 된 것이었다. 그리고 아무 연락 없이 한국에 들어오지 않은 지 육 년째다.

– 큰애, 중국 일 바쁜가?

숙부는, 형의 사정을 얼추 알고 있지만 확실히 알아두어야겠다는 듯한 어조로 물어온다.

– 예, 그런가 봅니다.

– 큰며느리도 거기 같이 있나?

– 아니, 아이들 챙기느라 한국에 있습니다.

준수도 실은 형수가 어디서 어떻게 생활을 꾸려나가는지 잘 몰랐다. 형이 중국 어디에 있는지 형수 보면 여쭤보고 싶었다. 형수가 본가에 발길을 끊었고, 전화번호도 모두 바꿔 버렸기 때문에 의혹만 커질 뿐이었다. 형네가 찾아오기만을 기다릴 수밖에 없었다. 맏이 역할 과하게 요구하는 것도 아닌데, 숨어 지내는 것으로 미루어 가정에서의 위치도 그렇게 번듯하지 못한 것 같았다. 조상을 허상이라고 하는 세월이어도 어떻게 외면할 수 있을까. 어머니도 그랬고, 어머니의 어머니도 자식들 미래를 염려하는 마음으로 인내해 왔을 것이다. 자식을 통해 자기를 존속시키고, 지금 괴로움 잊어가며, 조상과 이어지겠다는 마음이 우리네 오랜 가르침 아닌가. 어머니의 마음이 곧 종교 아닌가.

준수는 소파에 앉아 졸고 있는 아버지를 물끄러미 바라본다. 숙부가 기침을 하고 안방으로 들어가자, 준수가 갱물을 쟁반에 받쳐 들고 조심조심 뒤따른다. 개문(開門) - 너희들 곁에서 흰머리 뉘고 죽었다는 이유로 이렇게 해마다 대접받는구나. 너희가 죄 이어받았다는 이유로 너희 자식들도 조아리겠지. 문득, 라디오 전원이 꺼진 듯, 시냇물 소리 같은 소음이 뚝 그치고 고요하다.

연길에 간 형, 식사는 제때 하는지.

여행 사흘째, 준수 일행은 아침 일찍 돈화 시를 돌아보기 위해 호텔을 나섰다. 안도를 거쳐 대석두에서 사진을 찍고 돈화에 도착했다. '오도리 성', 바람 어구라고도 불린다는 운전수의 설명이었다. 그러고 보니 따뜻한 바람이 온몸을 부드럽게 어르며 지나고 있었다.

발해의 기원지, 육정산 아래에서 일행은 중국전통 족발국수로 점심을 해결했다. 국숫발 사이로 들어온 바람이 목에 걸려 헛기침이 자꾸 나왔다. 준수는 정각사에서 향불을 피워 올리고, 발해 공주의 묘를 둘러보았다. 요동성 터의 주춧돌이 낯설지 않았다. 한국 유적지에 온 듯 싶었다. 중국 관람객들이 오히려 외지인 아닌가, 착각이 들 정도였다. 준수는, 해동성국이라 일컬어지던 발해의 도읍, '강동 옛터'라고 쓰인 비문에 손을 얹고 있는 자신을 누군가 쳐다보고 있다는 느낌이 또렷했다. 말갈기를 부여잡고 바람을 가르며 달리던 조상들의 근육이 비문 주위에 어른거렸다.

호텔로 돌아오면서 최 교수는 다음 날 오후에 있을 문학상 시상식까지 개인시간을 가지라 했다. 준수는 잠깐 누워 허리를 폈다가 일어나 박 선생한테 전화를 걸었다. 식구들 선물도 사고 연길 시내를 천천히 걸어보고 싶었다.

박 선생은 준수를 '신화서점'으로 데리고 갔다. 조선 코너에는 북한 서적과 한국 서적이 마주보고 있었다. 금강경 번역과 김일성 전기가 북한쪽 책장을, 추리소설과 콩트집이 남한쪽 책장을 채우고 있었다.

준수는 서점에서 나와 박 선생이 이끄는 대로 만두전문점을 갔다. 박 선생은 수십 가지 종류의 만두 중, 준수가 좋아할 것 같다는 만두를 골라 주문하곤, 핸드폰으로 부인을 찾았다. 중국말과 우리말을 섞어가며 나누는 통화 내용을 조합해 보니 아이가 아픈 모양이었다.

─ 집사람이 한국에 가고 싶어하짐. 아이도 학교 쉬게 돼서리…….

아내가 한국에 와서 일을 해야 할 형편이란다. 초청하면 되는데, 일자리가 있을지 의문이라고 말끝을 흐렸다. 부인은 박 선생이 학위 마칠 때까지 경제 활동해야 할 것이다……, 준수는 큰 동작으로, 높은 음성으로 박 선생을 위로했다. 준수는 시골 사람에게 한 번 열심히 살아보라고 허세부리는 얼치기 도시 사람이 떠올라 스스로도 겸연쩍었다.

준수가 선물 이야기를 하니, 박 선생은 서시장으로 가자며 일어섰다. 빠른 걸음으로 골목골목을 거치자 그들은 어느새 커다란 시장 내부에 들어서 있었다. 도매시장이었다. 좌판이 즐비하게 늘어 서 있었고, 물건은 천장에 닿을 듯 쌓여 있었다. 상인들과 술래잡기라도 하듯, 이리저리 재빠르게 움직이며 물건을 흥정하던 박 선생이, 시장 끝자락에서 준수에게 쥐어준 것은 술과 우황청심환, 그리고 차(茶)였다. 시장을 나오며 준수는 박 선생에게 술 한 병을 건넸다. 고마움의 표시였다. 그는 일 없다며 극구 사양하다가 술병을 받곤, 길 건너로 준수를 이끌었다. 도장 새기는 집이었다. 박 선생은 준수에게 이름을 써 보라고 종이를 내밀었다.

준수는 주인이 도장 새기는 모습을 내려다보다가, 창밖으로 길가에 오가는 사람을 쳐다보다가 하며 이국 풍경을 눈에 담았다. 그러다 깜짝 놀라서 눈을 크게 떴다. 형 아닌가. 누군가를 찾는 듯한, 시장을 들어설까 말까 망설이는 듯한, 어깨를 굽힐싸한 특유의 몸짓……. 멀리서 보아도 알 수 있는 검은 눈썹……, 형이었다. 시장 안으로 훌쩍 들어가 버린 형을 찾아보려고 준수는 도장집에서 튀어나왔다.

어느새 인파에 휩쓸려, 형은 보이지 않았다.

헌다(獻茶) – 마른 침 삼키면서 기다리면 또 만나지겠지. 병풍 아래 말고 다른 곳, 다른 날에 볼 수도 있겠지.

안방에 들이가 다시 제사상 앞에 서서 윤기 빠진 멧그릇을 바라본다. 준수는 메를 떼서 갱물에 말아 풀어낸다. 할아버지께서 드신 음식, 잘 소화하시도록 숭늉을 드린다. 수저를 거두고 멧그릇 뚜껑을 덮으니 제사꾼들, 마지막 재배를 준비한다. 모두 무릎을 꿇고 머리를 깊이 조아린다. 철시복반(撤匙復盤) – 사신(辭神) – 촛불이 한 차례 크게 일렁이다가 멈춘다. 또 만나겠습니다.

촛불을 끄니 마음이 빠르게 가라앉는다. 제사의 모든 절차가 끝나, 준수는 제사상 위의 음식을 빠르게 거두어 모은다. 철상(撤床) – 물기 빠지고 식어 버린 음식들은 살아 있는 사람이 처리해야 할 것. 아내가 부침개를 먹기 좋게 자르고 분배하는 동안, 준수는 향로와 촛대, 조부 영정을 보관함에 넣고, 축문을 들고 바깥으로 나간다. 소지(燒紙) – 불타오르는 글씨들 사이사이로 조부의 음정 높던 말씀, 무거운 몸짓, 주름진 얼굴이 되살아나다가 곧 스러져간다.

– 오늘, 아버님 고마워하실 거다. ……고마워라.

음복(飮福)을 위해 상을 다시 차리는 아내와, 조막손으로 엄마를 돕는 아이의 움직임이 바쁘다. 어머니가 소파에 앉아 부엌을 바라보시며 미소 짓는다. 다시 집안이 환해졌다.

거실에 상이 차려지고 숙부 가족과 어머니, 그리고 준수와 아이가 상을 앞에 두고 앉았다. 아버지에게는 아내가 탕국밥을 방으로 가져다 드리고 나왔다. 식구 모두 말없이 국을 훌쩍거리고 있는데, 전화벨이 요란하게 울렸다. 모두들 벽걸이 시계를 쳐다보았다. 시계 바늘은 새벽 두 시를 가리키고 있었다.

─ 서방님, 어머니 좀 바꿔 주세요.

형수였다. 울다가 지친 아이처럼 목소리가 쉬어 있었다. 육 년 전에도 한 번 이런 전화를 받은 적이 있었다. 준수는 어머니께 수화기를 건네주며 눈을 끔벅했다. 조용히, 일찍 통화를 마치라는 신호였다. 계속 식사를 진행했지만, 식구 모두는 두 사람이 오가는 대화에 신경을 곤두세우고 있는 낌새였다. 어머니는, 오늘 너희 할아버지 제사였다, 무슨 일 없냐, 아이들 잘 지내냐, 라고 말하다가, 그래, 알았다, 라고만 되풀이했다.

통화를 마친 어머니는 준수에게 수화기를 돌려주고 못됐어, 라 짧게 뱉고는 수저를 소리 나게 놓았다.

─ 나더러 아들 찾아달란다. 친구 찾으러 중국 갔는데 소식 끊겼다고……, 지가 찾아보지.

어머니는 안방으로 들어가며 눈물을 훔쳤다. 그러면서도 평온한 얼굴이었다. 시댁과 어머니에 대한 미안함을 형수는 가끔씩 그런 식으로 표출했다. 형수가 어쩌면 제일 답답할지도 모른다.

연길에 간 형은 식구들이 얼마나 지쳐야 나타날는지.

연길 마지막 날, 오후에는 시상식이 잡혀 있어 오전 시간이 비게 됐다. 박 선생이 어떻게 알고 호텔 로비에서 준수를 불러냈다. 연길에 왔으면 꼭 가 봐야 한다고, 도문(圖們)을 기잖나. 두만강, 압록강, 송화강의 원류이고 북한과 국경지역이어서 감회가 남다를 것이라 했다.

호텔에서 택시로 사십 분 정도 달려가 내리니, 붉은 지붕을 머리에 두른 현대식 석조 건물이 우람하게 서 있었다. 국경 관리소 건물이었다. 주변에 차량 통제 구조물이 설치돼 있었고, 권총을 허리에 찬 보초병이 준수를 지켜보고 있었다.

두만강.

준수는 박 선생이 시선을 둔 쪽으로 고개를 돌렸다. 폭이 좁고 수심도 낮아 보이지만, 기운 찬 물살이 흐르고 있는 강이었다. 문득 '눈물 젖은 두만강'이라는 노래가 떠오르고, 방한모 쓴 피난민들이 꽁꽁 언 강을 건너는 옛 사진의 풍경도 어른거렸다.

비치파라솔 쪽으로 걸어가니, 교각이 시작되는 자리에, '조선 남양 – 中國 圖們 – 國境留念'이라는 안내판이 서 있었다. 북한 땅이 코앞이었다. 다리 건너편, 북한쪽 국경수비군의 날카로운 모습과 공동주택에서 오락가락하는 북한 주민의 모습도 희미하게 보였다.

박 선생이 이끄는 대로 전망대 건물로 올라가니 교각이 훨씬 눈에 잘 들어왔다. 다리 가운데에 붉은 선이 두껍게 그어져 있었다. 분명한 국경선이었다. 최근, 남한의 한 시인이 여기 와서 감정을 주체 못해 저 붉은 금을 넘어 북쪽으로 달려가다 잡혔다는 소식이 생각났다. 붉은 선이 눈에 크게 다가와 시야가 온통 붉어지는 듯싶었다. 울컥, 가슴을 치받고 올라오는 것이 있었다. 같은 상처와 같은 추억, 그리고 같은 희망이 있는 형제들 아닌가. 그 시인의 마음을 조금 알 것 같아 준수는 눈이 뜨거워졌다.

전망대에서 내려와 다리 가까이 가니, 중국 군인이 초소에서 튀어나와 준수 일행을 막아 세웠다. 아직 앳된 소년이었지만 몸이 단단하고 빨랐다. 붉은 국경선 잔상이 눈에 겹쳐지면서 준수는 갑자기 거대한 트럭이 바로 앞에 서 있는 듯한 위압을 받았다. 박 선생이 초병에게 다가가 중국말로 뭐라 하니 초병이 허허, 웃었다. 그의 웃음을 보자 갑자기 딸꾹질이 터져 나왔다. 시작한 딸꾹질은 좀처럼 멈추지 않았다. 초병은 준수와 어깨동무를 하고 사진도 같이 찍었다.

도문에서 연길로 돌아오면서 잠시 그치는가 싶었던 딸꾹질, 연길 시민회관에 들어서자 다시 시작되었다. 한국에서 지원하는 문학상 시상식은 처음이어서 연길의 여러 단체에서 참관하러 왔다. 준수는 딸꾹질을 참아가며 카메라를 들고 플래시를 터뜨렸다.

공식행사가 끝나고 리셉션이 시작되자 준수는 구석진 곳에 앉아 숨을 골랐다. 여러 방법을 써도 딸꾹질은 계속됐다. 청년 내빈들이 웅성거리면서 준수가 있는 구석 테이블로 와서 앉았다. 나누는 이야기를 들어보니 그들은 화가인 듯싶었다. 딸꾹질을 들어가게 해 주겠다며 털보가 가까이 다가왔다. 그의 입 안에서 풍기는 술내와 향내가 역해 준수는 딸꾹질이 멈추는가 싶었다. 털보는 옆구리에 끼고 있던 화집을 펼쳐보였다.

– 이거이 작품이짐. 보시라요. 우리 이거이 팔아서 돈 많이 벌고 싶습네다.

누드화였다. 사진보다 더 세밀하게 표현된 여성의 나체 유화였다. 그는 준수에게 딸꾹질이 금세 멈출 거라며, 선정적인 자세를 취한 누드만 열어보였다. 화집을 들추는 그의 손짓과 그림을 설명하는 그의 목소리가 더 외설스럽게 느껴져 대면하기 거북했다. 중국의 문화대혁명은 이렇게라도 표를 내고 있는 듯 보였다. 준수는 슬며시 일어나 더 구석진 자리로 갔다.

식이 끝나니 피로가 몰려왔다. 방망이로 맞은 듯 온몸이 욱신거리고 한기가 일었다. 절절 끓는 온돌방에 눕고 싶었다. 그러나 여기서는 기대할 수 없는 일이었다.

카메라를 만지작거리며 쉬고 있는데, 조광일과 박 선생이 준수를 기다렸다며 달려들듯 다가왔다. 박 선생이 나가자고 했다. 안색이 안 좋아 보이니 바깥바람을 쐬자는 것이었다. 미리 갈 곳을 정해둔 듯한 행동이었다. 식장을 빠져나와 택시를 잡아타니, 졸음이 몰려왔다. 그 와중에도 꿈을 꾸었다. 낙타가 뚜벅뚜벅 걷다가 한 바퀴 재주넘고는 똥을 한 움큼 누는 모습이 보였다. 그 광경이 우습기도 하고 우울하기도 해서 준수는 꿈속에서 웃다가 울었다.

택시에서 내리자 눈 앞 풍경이 낯설었다. 꿈속처럼 모든 사물들이 들떠 있었다. 밤에만 열리는 시장이라는데, 온갖 동물과 식물들이 살아 있는 채로, 혹은 죽어 몸뚱이가 분리된 채로 상점에 진열돼 있었다. 자정이 가까워오는데도 사람들이 북적거렸다. 무대의 조명처럼, 백열등이 환하게 동식물을 비추어, 생명의 모습이 더욱 기괴해 보였다. 거리의 바닥은 동물들의 배설과 세척 오물들이 범벅이 되어 척척했다. 사람들의 흥정 소리, 동물들의 절규, 오토바이 경적 등이 귓속을 후비고 들어와 머리를 쥐고 흔들었다.

조광일과 박 선생이 앞서 가다가 꽁무니를 감추었다. 준수는 그들이 사라진 곳으로 바삐 걸어갔다. 오가던 사람들, 동물이 걸린 상점들은 어느새 보이지 않았다. 컨테이너 박스와 허물어져가는 붉은 벽돌집이 듬성듬성 박혀 있는 들판이었다. 준수는 박 선생이 일부러 특별한 술집으로 자신을 이끌었다는 생각이 들어 반쯤 열린 컨테이너 박스를 들여다보았다. 박 선생과 조광일이 자리잡고 앉아 술잔을 나누고 있을 것 같았다.

이끌리듯 들어간 컨테이너 박스 안은 밖에서 볼 때보다 훨씬 넓었다. 술집은 아니었고, 무슨 작업장 같았다. 메틸알코올 냄새가 풍기다가 진한 땀내가 끼쳐왔다. 바닥은 허드렛물과 거품으로 질척거렸고 무언가 담겨 있는 자루가 띄엄띄엄 널브러져 있었다. 화공약품이 들어 있음직한 통이 켜켜이 쌓여 있는 안쪽에서 남자들의 음성이 들려왔다. 준수는 슬그머니 다가가 안을 훔쳐보았다. 넓은 책상 위에 비닐을 깔아놓고 어떤 짐승인지 모를, 붉은 몸통을 주물거리는 모습이었다. 세 사람이었는데, 칼이며 도끼, 톱 따위가 들려 있는 그들의 손이 벌겋다. 비닐 앞치마를 두른 그들의 몸놀림, 손놀림은 숙련된 기술자처럼 민첩했다.

"잘 저며야 함메. 모다 돈 아님메."

조광일의 음성이 아닌가, 혹은 사회과학원장? 준수는 목소리의 주인을 확인하려 했지만 가위눌린 양 꼼짝할 수 없었다.

준수의 기척을 알아차린 것인가. 기계적으로 움직이던 손들이 멈칫했다. 준수가 황급히 통 사이로 숨자 다시 작업하는 소리가 들려왔다.

"돈 아니 되는 뼉다구는 개들한테 줘 버리라우."

발끝에 걸리는 포대자루가 있어 준수는 툭툭, 구두코로 펼쳐보았다. 몽골의상이 비쭉 흘러 나왔다. 둘둘 말린 델 안에 말가이도 피로 얼룩진 채 구겨져 있었다. 꿈에서 보았던 종현 형의 차림과 흡사했다. 그는 허겁지겁 다시 옷을 포대에 넣고 컨테이너 박스를 황황히 빠져 나왔다.

한참을 달려 시장 거리로 돌아와 숨을 몰아쉬니 다리가 풀려왔다. 눈을 감자 동물과 사람이 서로 먹고 먹히는 수라장 같은 환영이 떠올랐다. 박 선생은 어디로 간 것인가. 구경을 접고 당장 쉬고 싶었다. 준수는 한적한 곳을 찾았다. 길 건너에 놀이터가 눈에 들어왔다.

놀이터 벤치에 앉아 숨을 가라앉혀도 혼란스러운 것은 마찬가지였다. 공터에서 마침 굿판이 벌어지고 있었다. 늘상 있는 일인지 구경꾼은 별로 없었고, 무당과 농악패들, 그리고 굿을 청한 가족뿐이었다. '망묵'이라 하던가. 함경도 식 넋청거리가 펼쳐지고 있었다. 잠시 휴식 시간인 듯, 무당이 쉬러 젯상 뒤로 물러서고, 풍물잡이들이 일어섰다.

……형? 정말 형이 맞나? 대금을 내려놓고 뒤로 돌아선 악사가 형으로 보인 것은 너무 피로한 탓인가. 준수는 눈에 힘을 주고 다시금 그에게 초점을 맞췄다.

형이 왜 여기 있는 걸까. ……아, 형이었다. 고개를 쳐들고 어깨를 으쓱거리다가 두 팔을 꺾어 벌리는, 특유의 기지개 켜기……, 형이 맞았다. 형을 보려고 여기 오기 전, 기숙사에서 그런 꿈을 꾸었나. 형은 종현 형이 큰일을 당했으리란 생각으로 넋이라도 달래려는 것일까.

준수는 제단 뒤로 들어서는 형의 뒷모습을 따라갔다. 형은 제기가 담긴 상자들 틈에서 작은 상자를 고르더니, 그 안에서 번쩍거리는 물건을 한 움큼 집어 올렸다. 액세서리였다. 본가에서도 자주 눈에 띄던 모조 진주목걸이였다. 형은 그 목걸이를 구경 온 사람들에게 하나씩 나눠 주었다. 전단지도 함께 전했다. 형이 다가와서 준수는 슬쩍, 등을 돌려 가로등 뒤로 숨어들었다.

형이 다시 풍물잡이 자리로 돌아가 앉자, 준수는 곁에 누군가 떨구고 간 목걸이를 주워들었다. 집의 것과는 약간 달랐다. 목걸이 중앙에 큰 동전 같은 장신구가 있었다. 장신구 안에는 태극 문양이 작게 박혀 있었다. 그리고 전단지 안에는 종현 형의 스무 살 시절 얼굴이 찍혀 있었다. 심인광고였다.

준수는 형에게 달려들어, 언제 돌아올 수 있는지, 건강은 괜찮은지, 형수와는 연락하고 있는지……. 물음을 쏟아내고 답을 듣고 싶었다. 그러나 준수는 형에게 가까이 다가가지 못했다. 형의 얼굴을 따라가다 형과 눈을 마주쳤지만, 준수는 급히 시선을 돌렸다. 형도 마찬가지였다. 준수와 형은 누가 먼저랄 것 없이 서로 모른 척, 외면했다.

준수는 급한 볼일이 생각났다는 듯이 몸을 돌려 박 선생이 있음직한 시장 주점가로 빨리 걸음을 옮겼다. 멈췄던 딸꾹질이 다시 시작됐다. 간격이 빨라지고 정도도 심해 준수는 잔뜩 웅크려 입을 막아야 했다.

딸꾹질은 인천공항에 도착해서 가방을 둘러매니 뚝 그쳤다.

언제 연길을 갔었던가 싶게 준수는 일상으로 빠르게 돌아왔고, 조부의 제사를 지내는 이 시간까지 정신없이 일에 묻혀 지냈다. 형을 본 기억도, 되새길 겨를도 없었다.

음복을 마치고 식혜로 후식을 대신하고 있는데, 아버지 방에서 우당탕, 그릇 깨지는 소리가 들려왔다. 준수는 벌떡 일어나 아버지에게로 달려갔다. 방 안은 온통 어질러져 있었다. 아버지가 어느새 당신 방에 향로와 할아버지 영정을 가져다 놓았을까. 향로는 엎어져 모래가 방바닥을 덮고 있었고, 먹다 만 탕국물이 침대를 적시고 있었다. 얼굴 가득 밥풀을 붙인 아버지는 할아버지 영정을 앞에 놓고 고개를 주억였다. 아버지는 어디서 꺼내왔는지 액세서리를 할아버지 영정에 주렁주렁 매달아놓고, 형이 아끼던 장구와 기타도 엎어놓고 둥둥거렸다.

노래라도 부르는가, 아버지는 장구채를 마이크처럼 입에 대고 꺼이꺼이, 아버지 식의 노래를 불렀다. 자기 노래에 취한 아버지, 어깨가 으쓱으쓱, 목걸이가 출렁거리는 할아버지의 영정도 으쓱으쓱, 그 모습을 바라보는 식구들도 아버지가 넘어질까 아버지 곁에 다가가어, 어, 추임새를 넣어가며 덩실거린다.

기억이 없는 아버지, 갓 태어난 아이 같은 아버지를 바라보니 울컥, 소화 안 된 육적이 식도를 차고 올라온다. 숨길이 어긋났는지 준수는 딸꾹질을 터뜨린다. 연길에서 본 형이 그대로 아버지에게 들씌워진다. 준수의 딸꾹질은 멈추지 않는다. ◉

환(幻), 눈물겨운 숨고르기의 시간 또는 희망

변지연 | 문학평론가

1.

누구든 어렵잖게 감지했겠지만, 김기우의 주인공들은 서로가 거의 동일 인물로 느껴질 만큼이나 뚜렷한 공통점들을 몇 가지 공유하고 있다. 대부분 석·박사 과정을 이수했거나 학위 논문을 준비 중인 연구자 신분이지만, 이들이 감당해야 하는 현실은 그리 녹록지가 않다. 이들은 대학이 아닌 미술관이나 백화점 문화센터에서 청소년과 일반인 대상의 미술사나 글쓰기 강좌를 맡는 것으로, 때로는 자서전 대필가 노릇을 하며 근근이 생계를 이어가고 있다. 개중에는 나이 오십 줄이 되도록 계약직 강사 생활만 십수 년째 하고 있는, 그리하여 어떠한 희망이나 자긍심도 없이 그저 오랜 시간 불안정한 신분을 견디는 것만이 삶의 전부가 되어 버린 듯한 이도 눈에 띄는 것이다. 그리하여 그는 문득 다음과 같이 자문하고 있다.

종교도 없이, 눈물 철철 흘리며 목 놓아 참회할 대상도 없이, 오
십 년을 지내온 나는 무엇인가. 남의 말을 글로 정리해 주는 세월
만 보낸 나는……, 밥을 먹고 똥을 싸면서 주변 사람들 의심하고
미워하는 나는 누구인가……. 나는 문지방에 이마를 붙이고 숙모
네 신발을 정리했다. (「그림자를 그리는 남자」, p.38)

하지만 이런 자조 섞인 탄식보다 더욱 묘한 울림을 주는 것은 탄
식의 뒤끝에 무심코 이어지고 있는 그의 행위 – "숙모네 신발을 정
리하는" – 이다. 다분히 습관적인 것으로 보이는 이 사소한 행위 속
에 마치 그의 삶의 이력이 통째로 응축되어 있는 듯이 보이기 때문
이다. 그는 "남의 말을 글로 정리해 주는 세월"만 보내고 주변 사람
들과 끊임없이 연루되며 갈등을 겪으면서도, 누군가의 처지나 주변
환경에 마음 써 주는 것을 간과하지 못하는 부류의 인물이다. 실제
로 김기우의 주인공들은 연구 이외의 이런저런 소임들과 인간관계
를 맺는 일들로 끊임없이 방해받고 마음 쓰며 시달려야 하는 처지에
놓여 있다. 밖으로는 지도교수나 후배의 이런저런 요청에 부응해야
하고 갖가지 학술행사와 모임에도 참석해야 하지만, 안으로는 처자
식의 생계도 꾸려야 하고 노부모 봉양과 집안 제사도 챙겨야 하는
고단한 가장들인 것이다.

무엇보다 눈에 띄는 것은 이들의 주체적 삶을 가로막는 가장 큰 난
관이 매번 '가족'으로 그려지고 있다는 사실이다. 어떤 면에서는 그
리 놀라울 것도 없지만, 김기우의 소설에서 가족은 구성원의 삶에

가장 막강한 영향력을 행사하는 근원적 조건으로 부각되고 있다. 이를테면 그것은 "이상하리만치 추상적이고 모호한, 별로 기대할 것도 없고, 외면해도 별 아쉬움 없을 것 같"으면서도 언제나 "가장 현실적이고, 가장 현재적인 문제"(「바다로 간다」, p.74)로 부상해 있다. 문제는 그것이 대부분 개체의 고유한 삶을 제약하고 소외시키는 방식으로, 그런 점에서 다분히 폭력적인 방식으로 행사되고 있다는 점이다. 김기우의 주인공들에게 '할아버지'는 뿌리 깊은 조상 숭배 사상에 바탕을 둔 봉건적 권위주의의 표상으로, '아버지'는 종손이자 가장으로서의 책무를 버리고 술과 외박과 가출만 일삼다가 뒤늦게 집에 돌아와 십 년째 치매를 앓는 무책임성의 표상으로 다가온다. 그런가 하면 '어머니'는 "가족, 씨족, 민족의 결속을 유지하기 위해 현모양처로 의당 희생해야 한다는 오랜 풍속"을 지키며 "남편 섬기는 시간을 전 생애로 삼다"가 마침내 지쳐 '바다'로 떠나는(「바다로 간다」, p.80), 이른 바 가부장제의 희생양의 모습을 하고 있는 것이다.

2.

할아버지와 아버지, 어머니 세대의 가족사를 일종의 전사(前史)로 본다면, 이러한 전사의 그늘은 새로운 세대에도 여지없이 드리워지고 있다. 이는 우선 집안의 장손이자 장남인 '형'이 늘상 부재한다는 사실로 뒷받침된다. 김기우의 소설에서는 아버지와 마찬가지로 형 또한 이런저런 이유로 부재중이다. 그것이 의도적인 도피의 결과이든 피치 못할 사정에 연유한 것이든, 그 차이는 그다지 중요한 것이 아닐는지 모른다. 형 대신 제사를 올리는 동생 부부의 애틋한 정성만큼이나, 부재하는 형들의 심중은 '시조로부터 대대로' 자신에게 부과된 소명으로 인한 심리적 압박감과 이로부터의 도피 욕망, 그럼에도 불구하고 이를 이행하지 못하는 자의 자격지심 따위로 무겁게 그늘져 있을 것임이 분명해 보이기 때문이다.(「바다로 간다」, 「딸꾹질, 멎지 않는」)

그러나 장남 아닌 차남으로 설정된 김기우의 주인공들에게 가족이 제약을 가하는 방식은 형의 경우와는 조금 다른 양상을 띠고 있다. 문중과 가족 바깥의 영역에서 자신의 일에 몰두하거나 아예 외국으로 떠나버린 형들과 달리, 가족 내에 현존하는 이들은 십 년째 치매를 앓고 있는 아버지를 간병해야 하고, 가출한 어머니를 찾아나서야 하며, 바쁘다는 이유로 서로 피하는 형님과 누님들 대신에 제사와 간병 등을 도맡아야 하는 처지에 직면한다.(「바다로 간다」, 「봄이 끝날 때」, 「누웠던 자리」, 「딸꾹질, 멎지 않는」) 이들은 그간 미루고 미루던 졸업논문을 쓰기 위해 "몇 달간 일주일 중에 나흘 정도는 하루 열 시간 이상 꼼짝없이 앉아" 있어야 하지만, 밤이면 "치매 앓는 아버지와 전투하느라" 온몸이 지칠 대로 지쳐 있다. 이럴 때, 가족은 자신의 앞길을 가로막는 장애물, 심지어는 도로 한가운데에서 자신을 치여 꼼짝달싹 못하게 만들고 달아나 버리는 뺑소니차 같은 것으로 간주되기에 이른다. 단편 「누웠던 자리」에 묘사된 주인공의 상황—자전거를 타고 가다가 자동차에 들이받혀 도로 바깥으로 곤두박질치게 되었지만, 자동차는 저만치 달아나고 자신은 손가락 하나 움직일 수 없게 된 것—이야말로 이러한 인식이 절묘하게 형상화된 장면이 아니고 무엇일까.

문제는 그것이 딱히 어느 누구의 잘못 때문이라 비난할 수도 없고, 어떤 방법으로도 문제가 해결될 기미가 보이지 않으며, 그렇다고 해서 치매 앓는 아버지를 버릴 수도, 가족으로부터 도피할 수도 없다는 사실이다. 이쯤 되면 가족은 혈연공동체라는 사실만으로 구성원들에게 저항할 수 없는 힘을 가하는 절대적 운명이 되고 있는 셈이다. 그리하여 김기우의 주인공들은 이 모든 것들을 '나와 무관해 보이는 것들'로 규정지으며 끝도 없는 피해의식과 원망과 자조감에 휩싸인다. 이를테면 컴컴한 어둠 속, 대형 트럭들이 차도를 달리는 위험한 상황에서도 김기우의 주인공은 넋두리하듯, 다분히 자학적으로 항변하고 있다.

이대로 엎드려 수천 년의 시간이 흘러도 별 불만은 없을 것 같았다. 나와 무관해 보이는 세상, 조그맣게, 아주 조그맣게 세상을 향해 비난을 퍼붓다 잠을 자고 싶다……. 이렇게 아스팔트에 눌어붙어 바싹 말라버려도 후회는 없을 것……, 후루루, 곧 떨어질 낙엽을 덮고 한 잠 자고나면 나는 완전하게 여기에서 없어질 테고……, 그래도 자동차는 달리고, 사람들도 다니겠지……. 금붕어는 어디 있나……, 지도교수가 교정을 부탁한 석사논문을 읽어야 하는데……, 치매 걸린 아버지 목욕은 이제 누가 시켜 드리나……. 이런 자포의 심정과 미련을 둔 걱정이 희미하게 떠오르지만, 내 육체는 깨어날 기미를 보이지 않는다. 완전히 탈진한 상태, 숨을 곳 없어 보이는 상황, 한 포기 잡초가 되었다가, 한 마리 나비가 되었다가, 후미진 시골 뒷골목 풍경이 되어가고 있다는 희미한 의식만 있달 뿐, 내 육체를 일으킬 기운은 전혀 없었다. 자기를 완전히 쏟아 부은 성 접촉 이후의 쇠진, 혹은 외로움 같은……. (「누웠던 자리」, p.164)

3.

하지만 항변의 대상이 다른 무엇이 아닌 가족일 때, 그것도 '치매 앓는 아버지', '형의 부재'처럼 쉬 돌이킬 수 없거나 불가피한 상황에 해당할 때, 이들의 항변은 외부를 향한 비난이나 비판의 성격을 지니기 어려운 것이 될 수밖에 없다. 김기우의 인물들이 자꾸만 눈을 감고, 잠을 자고, 꿈을 꾸며, 음악소리와 더불어 환상에 젖곤 하는 것은 이러한 사정과 무관하지 않은 것으로 보인다. 아닌 게 아니라, 꿈과 음악과 환상으로의 전이는 김기우의 소설을 작동시키는 매우 핵심적인 모티프라 할 수 있다. 이 모티프들이 텍스트마다 반복되며 모종의 유의미한 서사적 동인으로 기능하고 있다면, 이는 단순히 생리학이나 취향의 문제를 넘어서서 작가 특유의 상징적인 장치로 봐야 할 터이다.

많은 꿈들이 그렇듯이, 때로 그것은 김기우의 인물이 느끼는 현실의 양상을 압축적으로 복제하는 기능을 맡기도 한다. 이를테면 "김이 모락모락 피어오르는 순대를 썰어 접시에 담고는 어디론가 가져가"는 '아내'와, 순대가 맛보고 싶지만 "그물 침대 자리를 빼앗길 것 같아 차마 내려서지 못하"는 '나', 그리고 '아내로부터 돈을 받고 사라지는' '장인과 아이'의 모습(「물의 꿈」, p.220)은 불신과 피해의식으로 조각난 가족의 현실이 실감나게 형상화된 꿈속 장면이다. 그러나 많은 경우 그것은 김기우의 주인공들이 현실로부터 느끼는 극도의 피로감과 이들 내면에 도사리고 있는 심각한 도피 욕망을 지시하는 기호로 읽혀진다.

가령 김기우의 텍스트에 자주 등장하는 '바다'는 소외되고 상처받은 이들의 휴식과 갱신을 가능케 하는 원초적 공간으로서의 상징성을 지닌다고 볼 수 있다. 이는 그의 텍스트 곳곳에 출몰하는 '수분'과 관계되는 소재들 – 예컨대, 물, 습기, 비, 목욕탕 등 – 로 다양하게 변주되면서 그의 인물들을 옭아매는 온갖 의무들과 관계들로부터의 전이와 해방 또는 치유의 순간을 마련해 주는 장치로 적극 활용되고 있다. 예컨대, 「봄이 끝날 때」의 주인공 'K'가 아버지를 간병하는 중에 자꾸만 "(책의) 활자 사이를 열고 밀어닥치는 바닷물"과 "슈트라우스의 왈츠가 온몸을 쑤셔대는" 환상에 빠져드는 것은 현실에서는 더 이상 출구를 찾을 수 없기 때문이다. 모종의 한계 상황에 부딪힐 때마다 이들은 끊임없이 깊은 물속과 우주의 검은 물질 속(「누웠던 자리」, p.163), 또는 파도가 희롱하는 해변과 깊은 바닷물 속으로 들어간다. 그리하여 수초와 물고기와 플랑크톤이 되었다가 아예 바닷물이 된다. 때로는 저 카프카의 인물의 신세 – 요컨대, 종국에 가서는 가족의 손에 쓰레기로 치워지고 마는 – 를 떠올리게 하는 자못 자학적인 상상도 펼쳐진다.

……그저 이대로 누워 있다가 시간이 오래 흘러, 누군가 누워 있는 나를 발견하고 흔들어 깨운다. 깨지 않으면 그대로 놓아두거나 경찰에 신고하겠지. 한뎃잠을 자다가 몸을 망가뜨렸다며 식구들은 나를 고향에 묻을지도 몰라. 잠자는 나를 발견 못했다면 오랜 세월이 흘러 백화점 회사가 건물을 새로 지으려 부술 때, 나도 시멘트 더미와 함께 쓸려 어딘가에 버려지려나. 흙더미에 섞인 내 육체의 세포들이 비가 오면 강으로 흘러들거나 지하수에 섞여들어 사라질 게 분명하다. 부서진 나, 조각난 나는 강에서 바다로 흘러가겠지. 육지에서 '나'임을 확인시키던 내 세포들은 소금물에 녹을 터. 세포벽에 갇혀 있던 내 체험들, 기억들은 바다 소금물에 용해되어 바다와 하나가 될 것. (중략) 숨을 들이마시다가 뱉어내면서 한 생을 살아가다가, 숨이 멈추면 다시 흙이나 먼지가 되고, 물을 만나 바다로 흐르다 비가 되기를 되풀이하겠지…… (「바다로 간다」, p.60)

그렇다면 이들이 이처럼 꿈으로 환상 속으로 자리를 옮겨가서 시도하는 것은 무엇일까. 어떤 경우건 그것은 일종의 상상적인 '자기 해체' 또는 '자기 망각' 쯤으로 요약될 수 있을 법하다. 'K'의 표현에 따르면, 그것은 곧 "나임을 알게 하던 몸 구석구석이 해수에 녹아들어 물과 하나를 이루어가고 있음"을 느끼는 일이자 "자신과 관련한 모든 것을 잊"(「봄이 끝날 때」, pp.115~116)을 수 있는 유일한 방법인 것이다. 이는 붕괴된 가족 관계 속에서 날로 소외되어가는 자신의 삶에 대한 철저한 회의와 부정을 의미한다. 그러나 또한 그것은 모종의 치

열한 싸움 – 그저 손쉬운 자기 위안의 방식쯤으로만 치부할 수 없는
– 이 이들 내면에 벌어지고 있음을 뜻하는 것이기도 하다. 억압적 현
실 속에서 희미해지고 일그러진 자신의 형상과 의식을 해체하여 저
원초적이고 근원적인 거대 공간으로 스스로를 귀속시키기. 그리하
여 역설적으로 진정한 '나'의 복원을 꿈꾸기. 말하자면 세계의 부당
한 질서와 억압이 있기 전, 현실에서의 모든 왜곡된 '관계들'과 '의
무들'로부터 자아가 훼손되기 전의 원초적 상태를 상상적으로나마
복원함으로써 상처를 치유하려는 몸부림이라고나 할까.

그런 점에서 본다면 김기우가 빚어내는 꿈과 환상은 그 어떤 방식
보다도 적극적으로 현실에 이의를 제기하며 자신을 찾아가기 위한
'눈물겨운 숨고르기'의 공간이라고 정의될 수 있을 듯하다. 그의 인
물들의 의식이 부단히 꿈과 환상의 형태로 모습을 바꿀 때 그 저변
에 깔려 있는 것은 매번 이들이 현실에서 발설하지 못한 것들, 또는
이들의 자유를 '합법적'으로 억눌러 온 현실의 민낯에 다름 아니기
때문이다. 가령 저 「그림자를 그리는 남자」의 주인공이 속물의 전형
인 '서수권 대표'로의 변신을 시도함으로써 겨냥하는 것은 궁극적으
로 현실의 세속성에 대한 따가운 질타, 그리고 '다른 삶'의 체험을
통한 자아 찾기의 과정이 아니고 무엇일까.

4.

그럼에도 불구하고 던지게 되는 한 가지 물음은 김기우의 텍스트

에서 가족은 어떤 의미인가 하는 것이다. 그것은 결국 해체되어야 할 환상인가, 아니면 오히려 복원되어야 할 희망인 걸까? 사실 이런 질문이 무색할 정도로 김기우의 텍스트에서 가족은 대부분 '도막나' 있거나 구성원 한둘에 의해 겨우 '연명되고' 있을 뿐이다. 핏줄에 의해 종횡으로 이어진, 그런 만큼 마음과 마음 또한 끈끈이 이어졌다고 믿어져 온 지난날의 가족의 결속력은 상실된 지 오래이다. 다시 인용하지만, "이상하리만치 추상적이고 모호한, 별로 기대할 것도 없고, 외면해도 별 아쉬움 없을 것 같"은 그 무엇이 김기우의 주인공들이 느끼는 가족의 현주소인 것이다. 심지어는 집을 박차고 달아난 '형'의 다음과 같은 볼멘 목소리도 들려오고 있다. "왜 우리만 중심이라고, 닮은 것들만 영원히 잘 살겠다고 발버둥 치는지 모르겠다. ……(중략)……오만 아닌가." (「딸꾹질, 멎지 않는」, p.324)

　　사실 이 문제는 '대화적 구성'이라고 일컬을 만한 작가 특유의 서사 전략을 염두에 두고 이해될 필요가 있다고 여겨진다. 텍스트가 1인칭 서술이든 작품 밖 화자의 서술이든, 작가는 결코 주인공의 시선에만 초점을 맞추지는 않는다. 그러기는커녕 그는 어떤 형태로든 주인공과 갈등 관계에 있거나 적어도 그에게 불편을 초래하는 이들의 목소리까지 허용함으로써 서로 다른 처지와 입장을 아울러 고려하는 균형 감각을 발휘해 보이고 있는 것이다. 이는 현실을 바라보는 작가의 시선이 일면적이지 않음을 의미한다. 또한 그것은 그렇게 여러 겹일 수밖에 없는 시선들을 어떤 형태로 담아낼 것인지를 모색

했을 작가의 고심 어린 노력이 드러나는 지점이기도 하다.

예컨대 「봄이 끝날 때」의 주인공 'K'의 아버지가 젊은 시절 썼다는 '오래된 수첩'의 존재는 아버지의 숨겨진 내면과 처절한 생존 투쟁의 이력을 보다 폭넓은 시각으로 엿볼 수 있게 만든다. 그런가 하면 서술의 행간에 주인공과 긴장관계에 놓인 다른 화자들 – 아버지와 형, 아내와 헤어진 연인 등의 것으로 추정되는 – 의 목소리를 어떠한 인용 표지도 없이 끼워 넣는 방식은, 인물들 저마다가 지닌 고유한 입장과 정서 또한 간과하지 않겠다는 작가의 의지가 저변에 깔려 있는 듯이 여겨진다. 이를테면 아들이 치매 앓는 아버지와 한바탕 실랑이를 벌이다 지쳤을 때, 난데없이 어딘가에서 들려오는 다음과 같은 목소리란 누구의 것이겠는가.

얼마 남지 않았어요. 미완성인 내 인생. 이젠 우는 일도 없겠지요. 말도 필요 없어요. 소리가 무슨 소용이에요. 고요만이 가득한 어둠의 세상. 침묵 속에서 나는 나를, 한때 내 것이었던 육체를, 거기에 붙어 떨어지지 않으려 안간힘 하던, 그래서 아팠던, 못난 나를 바라보겠죠. 얼마나 우스울까요? 그래서 눈물이 납니다. 내 눈을 볼 수 있는 눈망울을 찾아 육십 년을 떠돌았지요. 없었어요. 네가 있어 좋아요. 내가 뿌린 씨, 좋은 줄 몰랐어요. 나를 용서해줘요.

머리를 감싸 쥐고 자꾸 돌아누우려는 아버지를 K는 바로 눕혔다. 아버지의 눈에 눈물이 비치는 듯싶다. ……아버지, 이제 주무

가족에겐 가족이 없다

시라니까요. (「봄이 끝날 때」, pp.112~113)

한편의 시라 해도 좋고 노래 가사라 해도 좋을 형태의, 저 애틋한 목소리의 주인은 물론 아버지일 터이다. 그리고 이 목소리를 통해서야 비로소 우리는 아들 아닌 아버지의 내적 진실과 마주칠 수 있게 된다. 저 따스하고도 허심탄회한 아버지의 고백을 아들도 들었을까? 아마도 그렇지 않을 것이다. 일종의 방백(傍白)으로 처리되고 있는 목소리를 아들이 들었을 리 없기 때문이다. 하지만 만일 저 목소리를 '아들이 상상한' 아버지의 목소리로 가정한다면 어떨까. 물론 어느 쪽이든 크게 달라지는 것은 없을 것이다. 중요한 것은 저 목소리가 어딘가에서 들려오는 순간 이미 양자 사이에 마음의 교류가 일어나고 있음을, 또는 적어도 일어날 가능성이 있음을 우리가 본능적으로 직감하게 된다는 사실이다.

이러한 서술 방식은 주인공과 아내, 옛 연인 사이의 미묘한 갈등 관계를 그린 「달의 무늬」에서도 매우 비중 있게 활용되고 있다. 물론 "낯설어요. 돌아보니 모두 낯설어요. 당신 문장도 이해하기 힘들어요."라고 탄식하는 아내의 목소리와 "나 멋지자고 당신 골병들게 했"(「달의 무늬」, p.245)음을 고백하는 남편의 목소리 사이에는 막막한 공백이 자리잡고 있다. 어쩌면 작가가 드러내고자 한 것은 이 공백의 허허로움이었을까. 그러나 서로 긴장 관계에 놓인 세 사람의 목소리가 제각각의 심경을 드러낼 때, 우리가 보게 되는 것은 이들 사이를 잇고 있는 보이지 않는 소통의 끈, 그리고 서로가 다시 이어질 수 있으리라는 가느다란 희망인 것이다.

5.

'서로가 다시 이어질 수 있으리라는 희망'이라면, 이를 가장 아름답고도 힘 있게 품고 있는 작품은 단연 「딸꾹질, 멎지 않는」일 것이다. 이 작품의 주인공 '준수'와 치매 앓는 아버지는 무엇보다도 '연길에 간 형'을 간절히 기다리고 있다. 지도교수의 프로젝트 수행 차 가게 된 연길에서도, 집으로 돌아와 형 대신 제사를 정성껏 지내는 와중에도, 준수의 머릿속은 온통 형에 대한 걱정과 불안으로 가득 차있다. 사실 그는 연길에서 우연히 형과 맞닥뜨린 순간이 없지 않았다. 그러나 이들은 "누가 먼저랄 것도 없이 서로 모른 척, 외면했"고, 준수의 "멈췄던 딸꾹질이 다시 시작된"다. "숨길이 어긋날" 때 일어나는 것이 딸꾹질이라면, 준수의 그것 또한 숨길이 어긋났기 때문에, 즉 서로 이어져야 할 것이 단절됨으로써 일어난 현상이라 할 수 있다. "준수의 딸꾹질은 멈추지 않는다."는 짧은 문장으로 끝맺고 있는 이 작품은 그래서 더욱 깊은 여운을 남긴다. 멈추지 않는 딸꾹질이란 곧 서로가 다시 이어져야 한다는 당위 또는 그렇게 되기를 바라는 희망을 의미하는 것에 다름 아니기 때문이다.

이러한 그의 희망이 눈물겨운 것은 그것이 맹목적인 가족주의나 단순한 핏줄의 논리에 의해서만 비롯되고 있는 것은 아니라는 점에 있다. 앞서 언급한 것처럼 이 작품 또한 가족 구성원들의 상이한 처지와 생각들이 치열하게 교차하는 대화의 장으로 구성되어 있는 것이다. 예컨대 형이 집을 떠난 이유를 짐작하게 하는, 가족에 대한 형의 다음과 같은 문제의식은 사뭇 예리하고 준엄하다.

…… 내게 씌워지는 할아버지의 기대는 시조에서부터 전해진 무게였다. 도망치고만 싶었다. 자기를 늘 방기한 모습인 아버지를 사이에 두고 벌이는 어머니와 할아버지의 보이지 않는 다툼, 그 사이에 끼어 어지러웠다. 결국 돈이 힘 아니던가. 할아버지의 권위도 조상의 비석도, 사당의 기둥도 어머니의 돈이 힘내서 서지 않았던가. 참기 힘들었다. 왜 남에게는 관대하고 식구들은 옹색해야 하는가. 그 체면과 배려는 거꾸로 된 이기심 아닌가. (「딸꾹질, 멎지 않는」, p.317)

뿐만 아니라 작가는 '연변'이라는 특수한 공간으로 소설의 배경을 옮김으로써 가족의 문제를 민족의 문제로 확대하여 접근하는 양상도 보여주고 있다. "어디매 소속된다 생각해 본 적 없"다는 조선족 학자 '조광일'의 생각은, "왜 우리만 중심이라고, 닮은 것들만 영원히 잘 살겠다고 발버둥치는지 모르겠다."는 '형'의 인식과 더불어 국가 또는 민족 공동체의 의미나 존재 가치에 대한 근본적인 회의와 성찰을 유도하고 있는 셈이다.

그럼에도 불구하고 이 작품은 주인공의 '준수'의 모습과 생각을 통해 핏줄과 핏줄의 이어짐, 또는 이 핏줄을 타고 흐르는 마음과 마음의 교류를 부단히 상상하고 있다. 물론 그 또한 다른 주인공들과 마찬가지로 "검은 물질뿐"인 대기권 밖의 적막을 머릿속에 그리는 것을 잊지 않는다. 그러나 이들과 달리 그는 "홀로 있는 어둠"이 아니라 "여럿이 부딪히며 발하는 빛"(p.315)을 꿈꾸고 있다. 어둠 속에서 생명의 빛을 내게 하는 힘은 누군가와 '관계'를 맺는 것이라는 믿음 때문이다. 이러한 그의 믿음은 어딘가에서 떠돌고 있을 형을 간절히 기다리는 마음으로, 또는 제사 행위에 자신의 마음을 깃들여 넣는 행위로 구체화되고 있다. 무엇보다도, 그가 제례의 절차를 하나씩 밟으며 읊조리는 언어들이란 얼마나 그윽하고 아름다운가. 다음과 같은 그의 다짐처럼 흔들림 없는 기다림이 존재하는 한, 가족은 필경 '있을' 것이다.

가족에겐 가족이 없다

분향강신(焚香降神) ─ 향로 속 먼지 더미가 한 필의 향으로 세워질 때까지, 꽂힌 향에 다시 불이 타오를 때까지 우리는 기다립니다. 흔들리지 말 것, 우리 숨결 찾아오시도록. 숨결 속에서 현현하시도록, 흔들리지 말 것. 매 순간마다 진실이 있고, 조부님이 있으니 우리가 있습니다. 떠나도 이렇게 제자리로 오시지 않던가요. 있는 듯 없는 듯, 다른 삶도 공경하며 지내라던 말씀이 향내에 말려 흐릅니다. (p.316) ◆

여기 여덟 개의 중단편소설 화자들은 일인칭이든 삼인칭이든 이 시대를 살아가는 가족의 모습입니다. 일 층에서나 삼 층에서나 흔히 볼 수 있습니다. 그리고 소설의 모습입니다. 허구 이야기인 소설은 주인공과 작가 사이의 거리가 중요합니다. 마치 줄광대의 연기를 받쳐주는 줄과 같은 팽팽함, 그 유지가 관건입니다.

편 편의 이야기가 가족 일원 하나하나를 주인공 삼아 진행되고 있고, 연작의 형태로 연결돼 있어도 소설집 전체에서 던지는 질문은 크게 하나입니다. 어디까지, 얼마나 사랑해야 하는지에 대해 묻지 말아야 한다는 것. 그저 사랑할 뿐. 그게 전부일 것입니다.

십여 년 전, 저는 칠순 맞은 어머니를 모시고 한강유람선을 탔습니다. 잠실에서 내려 롯데월드에 들르고 압구정 현대백화점에 갔습니다. 식구들은 옥빛 한복이나 캐시미어 바바리 곱게 차려 입고 활짝 웃으며 집을 나섰습니다. 하지만 백화점의 환한 조명 아래에 들어서자 금세 입을 다물고 서로 안 보려고 주변 물건에 눈을 얹더군요.

어머니가 제일 초라해 보였습니다. 마네킹이 입은 옥빛 원피스를 보고 촌스럽다며 치마저고리 풀썩거리던 어머니, 소녀들의 난만한 웃음에 더 쪼그라들던 어머니 입술, 햇살이 부끄러운 낮달 같은 어머니.

가족들 만남 후에는 늘 미진한 구석이 있습니다. 모임 후 제각각 둥지로 돌아가고, 저도 집으로 돌아오면 공연히 미안해서 허기가 몰려옵니다. 더 잘해 주지 못해서, 힘이 부치는 자신이 미워서, 식구에게 부담 떠넘기려는 '미움'임을 알면서도 미워하는 미안함은 좀체 사라지지 않습니다.

석 달에 한 번쯤 형제자매가 모여 요양병원에 누워 있는 어머니를 뵙고 함께 식사합니다. 본인들 어린 시절 이야기가 끝나면 아이들 키우는 일화로, 앞으로의 자식 걱정으로 고함 같은 대화를 나누다가 헤어집니다. 여전한 미움으로 슬쩍 밀어 내리는 그 슬픔, 떨어져나가는 그 앙금이 저를 위로합니다.

책을 모든 가족에게 바칩니다.

2019년 12월 **김기우**